철서의 우리

鐵鼠の檻

철서의 우리

下

교고쿠 나츠히코(京極夏彦) 지음 ┃ 김소연 옮김

손안의책

일러두기

1. 외래어의 표기는 국립국어연구원의 외래어표기법과 용례집을 원칙으로 했다. 단, 일부 인명은 통용되는 음으로 표기하기도 했다.
2. 사찰의 이름과 메이지 유신 이전의 연호는 한자 음으로 표기했다.
3. 한자는 최초 1회 한글과 병기를 원칙으로 했으나 필요할 경우 다시 표기했다.
4. 본문의 주는 옮긴이 주이다.

등장 인물

마츠미야 진뇨[松宮仁如]: 마츠미야 진이치로의 장남으로 속명은 마츠미야 히토시[松宮仁]. 아버지에 반발해 집을 나가지만 쇼와 15년 본가에 화재가 발생하던 날 돌아온다. 화재 때 부모가 사망하고 동생이 실종되자 출가한다.

마츠미야 스즈코[松宮鈴子]: 마츠미야 히토시의 여동생. 이쿠보 기요에의 소꿉친구. 열세 살에 있는 본가의 화재 때 실종된다.

고사카 료벤[小坂了稔]: 60세. 명혜사의 승려. 직책은 직세.

구와타 조신[桑田常信]: 48세. 명혜사의 승려. 직책은 전좌.

와다 지안[和田慈行]: 28세. 명혜사의 승려. 직책은 지객.

나카지마 유켄[中島祐賢]: 56세. 명혜사의 승려. 직책은 유나.

마도카 가쿠탄[円覺丹]: 68세. 명혜사의 관수.

오니시 다이젠[大西泰全]: 88세. 명혜사의 노승.

스가노 하쿠교[菅野博行]: 70세. 명혜사의 승려. 구와타 조신 이전의 전좌. 속명은 스가노 히로유키[菅野博行].

가가 에이쇼[加賀英生]: 18세. 나카지마 유켄의 행자.

마키무라 다쿠유[牧村托雄]: 마도카 가쿠탄의 제자로 구와타 조신의 행자. 이전에는 하쿠교의 행자.

스기야마 데츠도[杉山哲童]: 명혜사의 승려. 관동 대지진 때 미아가 된 이후 진슈 노인과 함께 생활했다.

진슈[仁秀]: 명혜사의 이웃에서 밭을 일구며 사는 노인. 명혜사의 승려가 된 데츠도, 후리소데를 입은 소녀 스즈를 거두어 길렀다.

추젠지 아키히코[中禪寺秋彦]: 고서점 교고쿠도[京極堂]의 주인이자 신주. 통칭 교고쿠도. 해박한 지식과 현란한 말솜씨로 사건을 풀어나간다.

에노키즈 레이지로[榎木津禮二郎]: 조증이 있는 장미십자탐정사무소 탐정.

세키구치 다츠미[關口巽]: 교고쿠도의 친구. 울증이 있는 환상소설가.

추젠지 아츠코[中禪寺敦子]: 잡지 ≪희담월보≫의 기자. 천진한 용모에 어울리지 않는 총명하고 쾌활한 재원. 추젠지 아키히코의 동생.

이마가와 마사스미[今川雅澄]: 골동품상으로 가게 마치코안[待古庵]의 주인. 에노키즈 레이지로가 군대 시절 상관이다.

구온지 요시치카[久遠寺嘉親]: 의사. 도쿄에서 개인 병원을 하다가 정리하고 하코네의 산중에 있는 여관 센고쿠로에서 기거 중인 노인.

이쿠보 기요에[飯窪李世惠]: 잡지 ≪희담월보≫의 기자. 명혜사 취재를 기획했다.

도리구치 모리히코[鳥口守彦]: 잡지 ≪실록범죄≫의 편집기자. 사진가 지망생.

야마우치 주지[山內銃兒]: 고서점 런던당[倫敦堂] 주인. 교고쿠도의 지인.

야마시타 도쿠이치로[山下德一郞]: 경부보. 가나가와 현 본부 수사1과의 형사. 수사주임이었던 무사시노 연속 토막 살인사건의 수사 실패 이후 서내의 입지가 내리막. 하코네 산 사건으로 반전을 꾀하고자 한다.

이시이 간지[石井寬爾]: 경부. 가나가와 현 본부 수사1과. 야마시타 경부보의 상사.

마스다 류이치[益田龍一]: 야마시타 경부보의 부하 형사.

〈청방주(靑坊主, 아오보즈)〉[†], ≪화도백귀야행≫(전편, 풍(風))

〈야사방(野寺坊, 노데라보)〉[††], ≪화도백귀야행≫(전편, 양(陽))

[†] 눈이 하나 달린 중의 모습을 한 푸른색의 요괴. 다나카 나오히(田中直日) 소장 및 자료 제공.

[††] 문을 닫은 절에서 사는 요괴. 다나카 나오히(田中直日) 소장 및 자료 제공.

들은 이야기다.

몹시 안타까운, 정체를 알 수 없는 답답함을 느끼고 이마가와는 하늘을 올려다보았다고 한다.

하늘에는 하늘이라는 뚜껑이 덮여 있다. 어차피 우주는 유한하다. 반드시 끝이 있다. 거기에서 나갈 수는 없다. 자신의 껍질을 부순다. 집을 나간다. 사회에서 뛰쳐나간다. 나라에서 도망친다. 규칙을 깬다. 무엇을 해도 마찬가지다. 우주에서 나갈 수는 없다.

뻥 뚫린 듯한 겨울의 파란 하늘은 어찌된 셈인지 전혀 시원스럽지 않고 그저 엄격하기만 해서, 이마가와가 그런 기분이 들게 만들었다.

구온지 노인은 상당히 괴로워 보였다. 숨이 가빠졌다. 에노키즈는 소란을 피우던 것은 멈추었지만 그저 무의미하게 기운이 넘쳐 보였다. 이런 기운은 이런 경우 어딘지 모르게 파괴적이다. 그 남자다운 눈빛도 왠지 이마가와를 움츠러들게 하는 듯해서, 아무래도 차분해질 수 없었다고 한다.

같은 간격으로 서 있는 나무들 맞은편에 총문(惣門)†이
보였다.

시커멓다. 명혜사다.

"저기 ——— 입니다."

"아아, 힘들구려. 의사가 오히려 건강하지 못하다더니.
아무래도 운동이 부족한가 보오."

"그건 당신이 나이가 많기 때문입니다. 자, 마치코, 가
자. 자네가 앞장서야지."

"적어도 마치코안이라고 불러 주십시오. 어릴 때의 별
명은 아무래도 간지러워서요."

"알겠네. 알았으니 가게, 마치코 씨! 저 이상한 문 앞에
도 경찰이 있지 않은가. 그 마를 쫓는 귀와(鬼瓦) 같은 얼굴
로 쫓아내란 말일세."

엉망이다. 어떻게든 하겠다더니, 에노키즈는 아무것도
하지 않을 생각인지도 모른다. 여기까지 와서 도로 쫓겨난
다면 이마가와는 어떨지 몰라도 구온지 노인은 도중에 쓰
러지고 말 것이다.

총문으로 다가가자 아니나 다를까 경관들이 달려왔다.

"이봐요! 관계자 이외에는 출입 금지요."

"흐음, 그 뭐랄까요."

"여어, 수고가 많네! 나는 탐정 에노키즈 레이지로야.
자, 여길 좀 지나가겠네."

"아?"

---

† 선종 사원에서 가장 바깥쪽에 있는 정면의 문.

경관 중 한 명이 에노키즈의 얼굴을 보고 의아한 듯이 고개를 갸웃거렸다. 다른 경관들은 그 경관을 보며 고개를 갸웃거렸다.

"왜 그래?"

"당신, 그 '황금 해골 사건' 때의———."

"와하하하, 자네는 그때 교회로 나를 마중 나온 차를 운전했던 경관이로군! 이렇게 추운 곳에서 멀거니 서 있다니 자네도 출세를 못 했군. 날 보고 배우게. 이번에 그 몽골계 경부를 만나면 잘 말해 두도록 하지. 나중에 이름을 가르쳐 주게!"

"아, 그럼 이시이 경부님의———."

"그래!"

에노키즈는 소리 높여 그렇게 말하고 총문을 지나간 뒤,

"아는 사이일세."

하고 말했다. 경관에게는 들리지 않은 것 같았다.

이마가와는 식은땀을 흘리며 뒤를 따랐다.

구온지 노인은 신이 나서,

"정신 똑바로 차리시오."

하고 경관들에게 호통을 쳤다.

우연히 잘된 것인지, 계산하고 저지른 것인지는 알 수 없다. 무엇보다 몽골계라는 한 마디만으로 누군지 알 수 있는 그 경부라는 사람도———어떨까. 모든 게 이런 식이라면 앞으로 어떻게 될지 알 수 없다. 그러나 에노키즈는 전쟁 중에도 이런 방식으로 난국을 헤치며 수많은 무

훈을 올렸던 듯하다. 그때마다 이마가와는, 따르는 부하의 입장도 좀 생각해 주었으면 좋겠다고 몇 번이나 생각했다.

경내에 인기척은 없었다. 에노키즈는 마치 자기 집 마당이라도 걷는 것처럼 거침없이 삼문을 지난 뒤 곧 걸음을 멈추었다.

"이봐, 마치코 씨. 어디부터가 절이지?"

확실히 그건 알기 어렵다. 산 같기도 하고 경내 같기도 한 경관이다. 에노키즈가 말하는 절이라는 것도 건물을 가리키는 것인지, 부지 내에 들어왔느냐 아니냐를 뜻하는 뜻인지 확실하지 않다.

"여기는 절 내부입니다."

그렇게 대답했다. 틀리지는 않았을 것이다.

적어도 이곳은 ——— 명혜사의 결계 안이다.

에노키즈는 심드렁하게 흐음 ——— 하고 말했다.

"뭐야. 벌써 들어와 있었던 건가? 그래서 스님은 어디 있지?"

"글쎄요 ———."

아직 선당에 있을까. 시간상으로는 작무를 하고 있을 때라고 생각하지만 어제 이곳을 떠난 후에 어떻게 되었는지를 알 수 없으니 뭐라고도 말할 수 없었다. 섣불리 여기저기 돌아다니다가 형사들을 만나기라도 하면 쫓겨날 가능성도 있다. 아니, 스님을 만나도 큰 차이는 없을 것이다.

어차피 이물은 배척될 것이다.

"무슨 일이오!"

채찍으로 내리치듯이 울리는 목소리가 들렸다.

하필이면 ——— 지안이었다.

검은 옷을 입은 아름다운 승려는 차수당흉을 하고 좋은 자세로 서 있었다.

"우리 절은 현재 관계자 외에는 출입이 금지되어 있을 텐데. 무슨 일이시오. 이마가와 님. 귀하는 이미 우리 절에 서의 볼일은 끝나신 게 아니었습니까. 이제 와서 무슨 일로 오셨습니까."

"그것은 ———."

이마가와는 지안이라는 승려의 존재를 잘 이해하지 못하고 있다. 자신과는 종류가 다른 인간이다. 내용이 아니라 외견이 다르다. 같은 종류의 생물이라고는 생각할 수 없다.

이마가와가 악전고투하고 있는 부분을 지안은 전혀 갖고 있지 않은 것 같은 기분이 든다. 지안 같은 생물에게는 몸에 군더더기라곤 없는 게 아닐까. 이마가와는 군더더기를 몇 겹으로 껴입고 걸어 다니는 거나 마찬가지다.

"——— 수사를 하러 왔습니다."

"수사는 경찰이 할 일이지요. 골동품상이 출입할 영역이 아닙니다. 돌아가 주십시오."

"하지만 ———."

이마가와는 우선 구온지 노인을 훔쳐보았다. 본래 이마

가와는 안내 역할이고, 이런 상황에서 앞으로 나서야 할 이유는 없다. 하지만 구온지 노인도 할 말을 찾고 있는 듯했기 때문에 이마가와는 다음으로 에노키즈를 보았다.

───이 사람도 저 사람과 동류인가.

에노키즈는 지안을 향한 채 우뚝 서 있었다. 유리구슬 같은 눈은 주위에 쌓인 눈을 비추며 회색빛을 내뿜고 있다. 인공물 같다.

"이 녀석───누구지?"

에노키즈는 짙은 눈썹과 입매를 긴장시키며 지안을 응시한 채 그렇게 말했다. 눈을 반쯤 감는다. 더욱더 인공물 같다. 이마가와는 어쩔 수 없이 대답했다.

"이 사람은 감원이신 와다 지안 씨입니다."

지안은 차수 자세를 조금도 무너뜨리지 않고 미끄러지듯이 접근해 에노키즈 앞에서 멈추었다.

"귀하는 누구시오."

"───탐정이다."

"탐정?"

지안은 갸름한 눈을 가늘게 떴다.

에노키즈는 지안을 바라본 채 한 걸음 더 다가갔다.

키가 큰 에노키즈는 내려다보듯이 지안을 응시했다.

가냘프고 몸집이 작은 지안은 가느다란 눈썹을 추켜올리고 올려다보듯이 그를 마주 노려보았다.

에노키즈는 말했다.

"당신, 뭘 하면서 살아왔지?"

"뭐라고요?"

"지금까지 뭘 해 왔냐고 물었어."

"———무슨 뜻인지."

"있는 그대로의 뜻이다."

"———불도(佛道)에."

"흠. 그런 건가."

에노키즈는 갑자기 흥미를 잃은 듯이 긴장을 풀고 시선을 피했다. 지안도 속박이 풀린 것처럼 시선을 옆으로 비꼈다.

이마가와도 봐서는 안 될 것을 본 듯한 기분이 들어서 역시 시선을 피했다.

시선 끝에 스즈가 있었다.

———이것은.

이치마츠 인형은 여전히 밑바닥이 없는 어두운 구멍 같은 새까만 눈으로 이쪽을 물끄러미 보고 있었다.

소름 끼칠 정도의 오한이 스쳤다.

지안이 스즈를 알아차렸다.

에노키즈도 그것을 알아채고 스즈를 보았다.

순간 세 개의 인형은 무대장치와 함께 통째로 얼었다.

마치 천적을 만나 꼼짝도 못 하는 것 같았다.

스즈가 말했다.

"뭐 하러 왔어."

"뭐야———너———누구냐."

에노키즈가 띄엄띄엄 말했다.

"돌아가."

스즈는 그렇게 말했다.

그러나 다음에 소리친 사람은 지안이었다.

"누군가, 누군가 있다!"

사람을 불렀다기보다 비명이었다.

몇 명의 승려가 회랑을 호랑이처럼 달려 삼문으로 나왔
다. 거의 동시에 지객료에서 경관들이 뛰어나왔다.

"무슨 일이십니까."

"지, 진슈를 이리로! 빨리."

승려들은 기민하게 발길을 돌려 경관들 사이를 지나
달려갔다. 경관들은 상황을 파악하지 못하고 멀찍이서 에
워싸고 있었다. 아무래도 경관들은 통솔이 제대로 이루어
지지 않고 있는 모양이었다. 아직 명령체계에 혼란이 있
는 걸까. 승려들의 기민한 움직임에 비하면 엉망진창으로
보인다.

"무슨 일인가? 어라, 탐정이잖아."

스가와라였다.

"이상하군. 어디로 들어왔지? 순경은 뭘 하고 있었던
거야. 방심할 수 없는 사람이군. 응? 아아, 와다 씨, 당신입
니까———?"

스가와라는 경관을 헤치고 두 사람 앞에 나서더니 신기
한 것이라도 보는 것처럼 위에서 아래까지 훑어보았다.

"아하, 이거 큰일이로군."

느긋한 반응이지만 이마가와는 그의 마음을 이해할 수

있다.

스가와라에게는 에노키즈나 지안이나 오십보백보인 것이다.

스즈는 ———.

스즈는 모습을 감춘 후였다.

"이봐요, 탐정 양반. 어떻게 여기에 들어왔는지는 모르겠지만 이건 곤란해요. 이렇게 소동을 일으키면 ——— 수사 방해라고요."

"소동을 피운 건 이 사람일세. 나는 아니라고. 거짓말 같으면 저기서 시만토가와 씨와 마치코 씨가 보고 있었으니까 물어보도록 해."

"응? 아, 당신들도 왔소? 취향 한번 특이하시군요. 하지만 이건 장난이 아니에요. 이봐, 체포해."

"예?"

"포승줄 갖고 있지? 묶어. 공무집행방해다."

최악이다.

경관이 달려왔다.

그때 승려들이 돌아왔다.

경관들의 움직임이 한순간 멎었다.

승려들은 본 적도 없는 지저분한 남자를 데리고 있었다.

대머리에 넝마를 걸치고 있다. 걸치고 있다기보다 감고 있다. 몸도 얼굴도 햇볕에 탄 건지 더러운 건지 몹시 거무스름하고, 옷과의 경계도 매우 애매하다. 넝마에 팔다리가 돋아난 것처럼 보였다. 넝마는 지안 앞에 끌려나와 눈 위를 굴렸다.

지안은 자세를 무너뜨리지 않고 오히려 몸을 꼿꼿하게 세우며,

"진슈!"

하고 일갈했다.

이 넝마가 바로 소문으로 듣던 진슈 노인———스즈의 보호자인 모양이었다.

이마가와는 연장자———그것도 꽤 나이 차이가 많이 나는———를 아무렇게나 불러 젖히는 지안의 모습과 그때까지 그가 취하던 계율주의적 태도 사이에서 큰 차이를 느끼고 몹시 당혹스러워졌다. 하기야 격앙한 사람이 가까이에 있는 경우, 대부분의 사람들은 그 흥분에 중독된 것처럼 심박수가 빨라지는 법일 테니 그것은 단순히 그런 것이었을지도 모른다.

지안은 진슈를 내려다보며 거친 어투로 말했다.

"그 아이를 경내에 들이지 말라고, 그렇게 단단히 일러두지 않았소! 내 명령을 지키지 못하겠다는 거요, 이 어리석은 자 같으니!"

지안은 꾸짖는다기보다 욕을 하고 있다.

상기된 눈가가 희미하게 붉게 물들어 있다.

스가와라도 경관들도 무슨 일이 일어난 건지 전혀 이해할 수 없는 모양이다. 이마가와 옆으로 온 경관은 포승을 든 채, 아니, 포승을 엉거주춤 늘어뜨린 채 그쪽에 정신이 팔려 손이 멈추어 있다.

진슈는 무작정 사죄했다.

"정말 죄송합니다, 스님. 사물의 도리도 모르는 어린아이이니 부디, 부디 용서해 주십시오."

무릎을 꿇은 것이 아니다. 바싹 엎드려 있다. 넝마가 땅바닥에서 몸부림치는 것 같은 모습이다.

"시끄럽소. 변명은 듣지 않겠습니다! 경내의 질서를 어지럽히지 말라고 그렇게나 말했거늘———."

지안이 눈짓을 하자 대기하고 있던 승려가 즉시 경책을 건넸다.

지안은 경책을 쳐들었다.

"———못 알아듣겠습니까!"

진슈는 왼쪽 어깨를 호되게 맞고 오른쪽으로 굴렀다.

지안은 사정없이 다시 경책을 쳐들었다.

구온지 노인이 경관을 뿌리치고 진슈에게 달려갔다.

"이, 이봐요, 지안 씨. 당신 노인에게 무슨 짓을 하는 거요! 그게 스님이 할 짓이오?"

"비키십시오. 귀하와 상관없는 일입니다!"

"보고도 못 본 척할 수는 없소! 나는 의사요. 이봐요, 경관! 우리 선량한 민간인을 체포할 밧줄이 있다면 이 야만스러운 스님을 묶지 못하겠소? 이건 폭력 행위요."

구온지 노인은 진슈 노인을 몸으로 덮어 감싸다시피 하며 경관을 노려보았다.

"비키십시오!"

지안은 다시 경책을 들었다. 이마가와는 말려야 한다고

강하게 생각했지만 솔직히 움츠러들어 있었다.

어제 오후의 일을 떠올린 것이다. 어제는 지안이 맞고 있었다. 그리고 그것은 폭력적 제재가 아니 ――― 라는 설명을 듣고, 이마가와는 납득했다. 그러나 지금의 지안은 어제의 데츠도와는 분명히 다르다. 시선에 가학적인 독기가 어려 있다. 그런데도 ―――.

"이봐요, 와다 씨 ―――."

스가와라가 한 발짝 나섰다.

"――― 이 사람은 스님이 아니잖소? 스님끼리 서로 때리는 건 괜찮지만 이런 건 곤란한데. 이 의사 선생을 때렸다간 당신은 상해죄요. 우리는 경찰이란 말이오. 어떤 경우에도 당신들의 논리가 통할 거라고 생각하지 말아요."

지안은 경멸이 담긴 ――― 것처럼 보이는 ――― 시선으로 우락부락한 형사를 보며,

"경찰 권력을 행사해서 민간인에게 합법적인 오라를 지우는 것과, 제 행위에 얼마나 차이가 있을까요. 분명히 이 자들은 체포되고 감시를 받아도 불평은 하지 않을 겁니다. 하지만 그것도 공무집행방해인지 뭔지 하는 법이 있기 때문이겠지요. 이 자들이 암묵적으로 법을 따르는 것과 마찬가지로 이곳에는 이곳의 불문율이 있어요. 만일 이 진슈가 경찰에 도움을 청하고 보호를 청하고, 나아가서 저를 고소라도 한다면 그때는 순순히 따르겠지만, 이 자는 이렇게 맞는 것을 감수하고 있습니다. 이 자는 우리 절의 승려는 아니지만 우리 절 안에서 생활을 함께 하고 있는 자예요.

당연히 이런 것은 다 알고 여기에 있는 거지요. 체포해서 자유를 빼앗는 것도 경책으로 때려서 육체적 고통을 주는 것도, 형태는 다르지만 결국은 같은 것. 우리는 이렇게 행지(行持)를 변경하면서까지 경찰의 방식에 전면적으로 협조하고 있습니다. 그렇다면 경찰도 절 안의 일에는 참견하지 말아 주셨으면 합니다."

스가와라는 벌린 입이 다물어지지 않는다는 듯——이라기보다 정말로 입을 반쯤 벌리고 자신의 귀 뒤를 만졌다. 진슈는 그 모습을 올려보며 쉰 목소리로 말했다.

"그, 그만두십시오. 맞아도 싼 짓을 했습니다. 맞는 것은 상관없습니다. 때려 주십시오. 맞고 싶습니다."

진슈는 구온지 노인을 가만히 밀어내고 그 자리에 있는 전원에게 사죄했다. 구온지 노인은 이마에 주름이 생길 정도로 두 눈썹을 추켜올리고,

"그건 비굴하잖소."

하고 말했다.

지안은 마치 오물이라도 보는 것처럼 싸늘한 표정이 되어 진슈를 말없이 모욕하고 나서 스가와라를 노려보며,

"무엇보다 하쿠교 스님이 그렇게 되신 것은 이 진슈의——아니, 그 아이 때문이오. 이제 됐어요. 진슈, 물러 가시오. 가시오!"

하고 말했다.

진슈는 쌓인 눈이 움푹 꺼질 정도로 머리를 숙이고는 천천히 일어서서, 몸에 묻은 눈을 털지도 않고 터벅터벅

걸어갔다. 이마가와는 그 뒷모습을 보고 몹시 안타깝고 공허한 기분이 들었다.

"와다 씨. 그 아이가 스즈인가 하는 아이입니까? 이제 그만 무슨 일이 있었는지 얘기 좀 해 주시지요? 야마시타 경부보님은 아침부터 벌써 몇 시간이나 그 남자에게만 매달려 있어요. 스즈가 관련이 있을까요?"

스가와라의 불만스러운 듯한 발언은 곧 무시되었다.

"하쿠교 스님과 이번 사건은 상관이 없을 겁니다. 그러면 이야기할 필요는 없지요."

"상관없는 게 아니겠지요. 실제로 그 감옥은 어젯밤에 부서졌소. 스스로 나갈 수 없다 해도 누군가가 의도적으로 그 스가노인가 하는 남자를 꺼내서———."

"스가노?"

구온지 노인이 그렇게 말하며 일어섰다. 옷자락이 젖어 있다. 스가와라는 그것을 잠깐 신경 쓰다가 말을 이었다.

"———음, 그 스가노 하쿠교가 살인을 저질렀을 가능성은 누구도 부정할 수 없어요. 와다 씨 당신도 말입니다. 그러니 스가노가 왜———."

"스가노——— 하쿠교? 아니, 하쿠교라니, 그, 박사의 박(博)에 갈 행(行) 자를 쓰는 건 아니겠지요? 어떻소, 스가와라 군. 응?"

구온지 노인은 이번에는 완전히 스가와라의 말허리를 잘랐다.

스가와라는 어쩔 수 없이 의사의 질문을 받아들였다.

"뭐가요? 이름? 그랬나? 아마 그렇게 쓰지요, 와다 씨."

지안은 고개를 끄덕이고 당혹스러운 시선을 노의사에게 보냈다.

"그럼 ——— 지안 씨. 그 스가노 하쿠교라는 사람은 설마 그, 일흔 가까이 된 할아버지는 아니겠지요? 어떻소?"

구온지 노인은 눈을 부릅뜨고 있다. 스가와라가 물었다.

"뭐요, 구온지 씨였나? 구온지 씨, 당신 그 스님을 알고 있습니까?"

"아니, 동성동명인 사람을 알고 있을 뿐이오. 이봐요, 어떻소. 그것은 할아버지요? 젊은이요? 가르쳐 주시오, 지안 씨!"

지안은 예측하지 못한 사태에 약간 창백해진 얼굴로 가느다란 눈썹을 일그러뜨렸다. 스가와라가 대신 대답했다.

"아아, 할아버지 맞습니다. 연세가 꽤 드신 노인이에요. 마른 낙엽 같은 할아버지지요. 뜻을 알 수 없는 말밖에 하지 않아서 진짜 나이는 모르지만. 그게 어쨌다는 겁니까!"

"스가노 ——— 스가노가 ——— 에노키즈 씨!"

구온지 노인은 불그레한 얼굴을 더욱 붉히며 에노키즈에게 시선을 던졌다. 이마가와는 마치 목각인형이나 펭귄처럼 그 동작을 흉내 내어 탐정을 보았다.

탐정은 딴 데를 보고 있었다.

아니, 저것은,

——— 스즈의 궤적을 눈으로 쫓는 형태 그대로.

에노키즈에게는 아무것도 들리지 않는 것 같았다.

구온지 노인은 탐정이 넋을 놓고 있자 단념한 듯이 다시 스가와라를 향했다.

"그건 ——— 정말로 ——— 이봐요, 그 스가노는 언제부터 여기에 ——— 이 절에 있었소!"

"쇼와 16년(1941)에 입산했습니다."

지안이 대답했다.

"쇼와 16년 ——— 이봐요, 형사님. 스가와라 군이라고 했나? 날 그 남자와 만나게 해 주시오."

"만나게 해 달라니요. 잠깐만요."

"지금 고민하고 있을 때요? 나는 99퍼센트 그 영감, 스가노 히로유키†를 알고 있소. 잘 알고 있지."

"알고 있다고? 정말입니까?"

"정말인지 아닌지 만나보면 알 거요. 그건 그렇고 이런 곳에 있었던 건가, 스가노 ——— 어디요. 그는 어디 있소?"

구온지 노인은 행선지를 듣기도 전에 걸음을 옮기기 시작해, 성큼성큼 큰 걸음으로 경관들 사이를 빠져나가더니 돌아보며 큰 소리로 말했다.

"빨리 하시오!"

이마가와에게는 그의 눈에 기백이 깃들어 있는 것처럼 보였다.

---

† '博行'은 일본어에서 음으로 읽으면 '하쿠교', 훈으로 읽으면 '히로유키'가 된다.

지안은 왠지 상당히 겁먹은 기색이었다. 스가와라가 뒤쫓고, 경관들이 뒤를 따랐다. 이마가와 옆에 있던 경관도 사람들에게 뒤처지지 않으려고 밧줄을 손에 든 채 뒤를 따랐다. 지안은 그들의 움직임을 확인하고 마지막으로 에노키즈를 응시하더니 갑자기 삼문 안으로 사라졌다. 승려들도 곧 뒤따랐다.

뒤에 남은 이마가와는 아직도 우두커니 서 있는 에노키즈 옆으로 가서 어떻게 말을 걸어야 할지 망설이다가 결국,

"저어."

라고만 말했다.

서양 인형 같은 탐정은 그 색소가 옅은 하얀 피부가 한층 더 새하얗게 질린 채 어딘가 먼 곳을 보면서,

"저런 것이 있다니———."

하고 말했다.

에노키즈를 질질 끌다시피 하면서 이마가와는 구온지 노인과 경관들을 쫓았다.

그곳은 어제 이마가와 일행이 감금되어 있던 방———선당 옆의 건물——— 바로 뒤에 있었다. 기묘한 광경이다. 산의 경사면 앞에 참호처럼 파인 눈덩어리가 있다. 그 참호의 고랑 너머에는 시커먼 동굴이 입을 벌리고 있다. 수북이 쌓여 있는 눈 덕분에, 알고 있지 않았다면 모르고 지나쳤을 것 같은 구멍이었다. 방공호와도 비슷했다. 몸을 굽혀야 겨우 들어갈 수 있을 정도의 구멍에는 쇠창살이

끼워져 있다. 쇠창살이 달린 문은 열려 있고 그 앞에 경관과 구온지 노인이 서 있었다. 이마가와는 에노키즈의 소매를 당기며 고랑으로 내려가 그 옆에 바싹 붙었다. 붙어 있는 게 좋을 듯한 기분이 들었기 때문이다.

쇠창살에서 스가와라가 몸을 구부린 자세로 나왔다.

"오오, 이제 이런 일은 질색이야. 이봐요, 당신. 들어가요. 당신들도 들어갈 겁니까? 뭐, 상관없나."

아무도 들어가겠다는 말은 하지 않았지만 이런 말을 듣고 나니 안 들어갈 수도 없었다.

안은 칠흑처럼 어두웠다.

"계단처럼 되어 있으니까 조심해요."

뒤에서 스가와라가 따라왔다. 당연할 것이다.

입구에 비해 천장이 높은 터널은 아래로 뻗어 있었다. 안은 그렇게 춥지 않다. 저장소 같은 구조이기 때문일지도 모른다. 희미하게 이상한 냄새가 코를 스쳤다.

이마가와는 앞서 가는 구온지 노인의 등에 손을 대고 그대로 일단 눈을 감았다. 눈을 뜨고 있어도 다를 바가 없기 때문이다. 눈을 감자 신경이 조금 흥분해 있었음을 깨달았다. 천천히 눈을 뜨자 그 흥분은 약간 진정되었다. 눈도 어둠에 익숙해져서 안의 풍경이 흐릿하게 보였다.

아무래도 안은 완전히 어둡지는 않은 모양이었다.

게다가 터널이라기보다는 암굴이다. 의외로 안은 넓다. 벽과 천장은 울퉁불퉁한 바위지만 바닥은 평평하다. 평수로 말하자면 다섯 평쯤 될까. 벽면에는 몇 군데 움푹 팬 곳이 있고 그 안에는 석상 같은 것이 안치되어 있는 듯했다. 그러나 어둠에 녹아 있어서 정말로 거기에 석상이 있는지 없는지는 확인할 수 없었다. 천연의 동굴을 가공한 것인지, 탄광처럼 판 것인지는 알 수 없다.

정면에는 커다란 구멍이 있었다. 다음 방이 있었다. 불빛은 거기에서 새어 나왔다.

"그리로 들어가요."

스가와라가 짧게 말했다. 잔향음이 남았다.

물방울이 뚝뚝 떨어지는 것 같은 소리가 났다.

다음 방은———우리였다.

넓이는 비슷하다.

다만 입구와 똑같은 쇠창살이 방을 절반 정도로 가르고 있다.

쇠창살 앞에서 두 명의 남자가 상자처럼 보이는 물체 위에 걸터앉아 있었다. 두 사람 모두 랜턴을 들고 있다. 한 사람이 랜턴을 얼굴 가까이에 비추며 돌아보았다. 아마 시타였다.

우리 안에는 다다미가 한 장 깔려 있다.

그 위에 무언가가 앉아 있었다.

우리 맞은편———감옥의 불빛은 벽에 고정되어 있는 촛대 하나뿐이다.

희미하게 연기가 난다.

그래서 잘 보이지 않았다.

"이건 좀 재미있군."

에노키즈가 작은 목소리로 말했다. 그래도 잘 울린다.

야마시타는 민감하게 그것을 알아듣고 무음에 가까운 작은 목소리로 말했다.

"이봐! 타, 탐정도 함께 온 건가? 목소리가 울리니까 큰 소리 내지 말게. 머리가 아파. 자, 빨리 대질을 하게."

구온지 노인이 스가와라에게 떠밀리다시피 하며 우리로 가까이 갔다. 이마가와는 그 비스듬히 오른쪽 뒤에 야마시타와 나란히 섰다.

"우와하하하하하하핫!"

에노키즈가 한껏 새된 괴성을 질렀다.

이마가와는 간이 떨어질 정도로 놀랐다. 응응거리는 소리가 남았다.

에노키즈는 그것이 재미있는지 우후후 하고 웃었다.

"시끄럽소. 당신이 어린애요! 이봐, 스가와라 군. 어째서 이자를 들인 건가?"

"글쎄요. 자, 구온지 씨."

어둑어둑해서 구온지 노인의 표정은 읽을 수 없다. 그러나 처음부터 이마가와는 이 노회하고 소탈한 대머리 할아버지의 기분 따윈 알지 못했다. 나쁜 사람이 아닌지는 알지만 그와 행동을 함께 하는 것도 거의 타성 때문이다. 다만 이제 익숙해졌기 때문에 안심할 수는 있다는 것뿐이다.

구온지 노인은 안주머니에서 안경을 꺼내어 쓰고 자세히 살펴보는 것 같았다. 그러나 이 상황에서 안경은 쓸모가 없을 것이다.

"당신———."

안에 있는 자는 움직이지 않는다.

"당신 스가노 씨요?"

역시 움직이지 않는다.

노의사는 몸을 돌려 야마시타에게 말했다.

"이봐요! 어째서 이런 곳에 가둔 거요. 그는 범죄자요? 이, 이건 너무 대우가———."

"부탁이니까 큰 소리 좀 내지 말아요. 이것은 경찰이 한 짓이 아닙니다. 처음부터 이랬으니 우릴 탓하지 말아 주었으면 싶군요."

"처음부터 이랬다니, 그렇다면 당장 놓아주어야 하는 거 아니오? 놓아주어야 할 텐데요. 이것은 인도적으로 용납할 수 없는 대우요. 인권 문제지. 경찰은 어째서 이런 일에 눈을 감는 거요?"

"그러니까. 제대로 설명해 주게, 스가와라 군. 어이, 자네는 좁으니까 나가. 구온지 씨, 이 남자는 어제 이곳을 빠져나가 몹시 날뛰었어요. 난투 끝에 스님과 경관이 도합 세 명이나 부상을 입었단 말입니다."

야마시타의 말에 걸터앉아 있던 형사는 일어서서 입구 쪽으로 비켰다.

"날뛰었다고? 그게 무슨 소리요?"

"그러니까 흉포하단 말입니다. 사납다고 할 수도 있지. 아무래도 신경이 맛이 간 모양이에요. 아니, 잠깐, 내 말을 먼저 들어요. 알고 있습니다. 보호해서 의사에게 보이는 게 먼저일지도 모른다고 말하고 싶은 거겠지만, 우선 이곳에 넣을 수밖에 없었어요. 내일이라도 전문가를 불러서 데려갈 겁니다. 그보다 어떻습니까? 이 남자는 말은 할 줄 알지만 무슨 말을 하는 건지———."

"어두워서 모르겠소. 밖으로 내보낼 수는 없나?"

"여기에 들어와 있는 한은 얌전해요. 꽤 고령인 것 같은데 한 발짝만 밖으로 나가면 마치 들개 같다니까———."

"절 사람들은 뭐 아는 거 없소? 아까 지안 스님이 쇼와 16년에 입산했다고 하던데."

"그거 말입니까. 아무래도 갑자기 불쑥 찾아와서 이곳에서 머리를 깎았다는 모양이에요. 전직이나 경력은 아무도 모른다고———이봐요, 당신. 어째서 내가 당신네 민간인에게 이런 말을 해야 하는 거지? 수사에 협조해야 하는 건 그쪽일 텐데."

"알고 있소. 협조하고 싶어도 어두워서 할 수가 없군."

"구마노이 씨———."

"응?"

에노키즈가 말했다. 이름은 여전히 틀렸지만, 이마가와가 듣기에는 목소리만은 진지한 것처럼 들렸다.

"———나는 지금 아주 싫은 생각을 떠올렸어요. 여기는 어두컴컴해서 싫은 것이 잘 보이는군요. 저———."

"에노키즈 씨. 무엇이, 무엇이 보인다고요?"

"그러니까 싫은 것———."

섬광이 스치고, 일그러진 원 안에 가지런하지 않은 커다란 줄무늬가 떠올랐다.

——— 대일여래(大日如來)[†]?

이마가와는 무엇이 어떻게 된 건지 알 수가 없었다. 왜 그렇게 생각했는지도 알 수 없다.

왜냐하면 그것은 확인할 사이도 없는 아주 잠깐, 찰나의 일이었고 곧 일그러진 원은 줄무늬를 ——— 조금 늦게 ——— 동반하고 이동해 이상한 그림으로 바뀌었기 때문이다.

그것은 그림이 아니었다. 줄무늬는 쇠창살의 그늘이었고 이상한 그림은 이상한 남자의 모습이었다.

다시 말해서 일그러진 원은 에노키즈의 손에서 발사된 광선 ——— 손전등의 빛에 의해 색깔과 형태를 얻은, 현실의 광경이었다.

"——— 하, 이렇게 확실하게 보이니 좋습니다."

남자는 얼굴을 들었다.

"스, 스가노, 이보게, 스가노!"

구온지 노인은 쇠창살에 달려들었다.

떠오른 그 얼굴은 사람의 것이 아니었다.

쇠창살의 줄무늬 그림자와 노의사의 둥근 그림자 사이에서 그 이상한 얼굴은 눈을 크게 뜨고 있었다. 야윈 얼굴. 백발이 섞인 흐트러진 머리카락. 입이며 턱이며 할 것 없

[†] 우주의 참모습과 진리와 활동을 의인화한 밀교(密敎)의 부처. 비로자나(毘盧遮那)라고 음역함.

이 가느다란 수염이 아무렇게나 자라 덮여 있다. 탄력을 잃어 가는 흙색 피부에는 가느다란 금 같은 주름이 종횡무진으로 나 있었다.

그러나 그렇게 조금씩 일그러진 부분이 쌓여서 만들어 낸 이화(異化)의 효과가 그 남자를 사람에서 멀어지게 하고 있었던 것은 아니다.

눈이다. 눈이 죽어 있다. 광선이 직접 비추고 있지만 그 눈은 탁했다. 홍채는 이완되고, 열려 있는 동공이 모든 광명을 흡수하고 있었다.

죽은 물고기 같은 눈———.

구온지 노인은 창살에 얼굴을 밀어붙이다시피 하고 있었다.

"이보게, 날세. 모르겠나? 구온지, 구온지 요시치카야. 조시가야에 있는 구온지 의원의 원장일세. 이봐, 스가노. 자네 잊은 것은 아니겠지!"

스가노는 마치 넋이 나간 것처럼 물고기 같은 눈을 부릅뜨고 있었다.

구온지 노인은 쇠창살을 흔들었다. 삐걱삐걱, 하고 녹슨 금속이 삐걱거리는 소리가 났다.

"날세. 이보게, 생각해 내란 말일세. 에에잇———."

노의사는 야마시타에게 랜턴을 빼앗아 자신의 얼굴을 아래에서부터 비추었다.

"———이 주름진 목을 본 적이 없나!"

스가노는 입을 열었다. 의지의 힘으로 열었다기보다 근

육이 이완되어 아래턱이 떨어졌다고 하는 편이 가깝지 않을까.

"아아아아아———."

몹시 거슬리는 목소리였다.

"——— 원장 ——— 원장 선생님."

"오! 말을 했다. 확인 작업은 완료됐군. 이 녀석은 당신이 아는 사람이군요. 좋아. 가지요. 이야기는 밖에서 듣겠습니다."

야마시타는 일어섰다. 마치, 굴 안은 이제 싫다는 듯한 몸짓이다. 그러나 구온지 노인은 우리에서 떠나려 하지 않았다.

"이봐요, 가자고요. 당신."

"스가노. 자네, 자네 말일세."

"이봐요, 구온지 씨. 이 남자는 제대로 이야기를 못 한다니까요, 가요."

"아, 아니, 나는 이 사람과 할 이야기가 있소! 이, 이, 이야기가 있단 말이오."

흥분한 나머지 발음이 흐트러졌다. 불안정한 빛에 떠오른 대머리의 관자놀이에는 혈관이 불거져 있다. 노의사는 당장이라도 터질 것 같은 기세였다.

"이봐요, 구온지 씨! 어이, 스가와라 군, 거들게."

형사들이 창살에 매달려 있는 구온지 노인을 떼어 내려고 어깨에 손을 댄 순간, 그림자가 크게 흔들렸다. 이마가와에게는 어둠이 자라났다 줄어들었다 한 것처럼 보였지만 그것은 광원이 멀어졌기 때문이었다. 요컨대 손전등을 든 에노키즈가 어떤 이유로 이동한 것이다. 그 상황에 질린 것인지도 모른다.

어두워지자 스가노는 다시 침묵하고, 구온지 노인도 할 수 없이 우리에서 떨어졌다.

입구 쪽에서 에노키즈의 보통 사람 같지 않은 괴성이 났다. 그것을 들은 순간, 이마가와는 한시라도 빨리 밖으로 나가고 싶다는 강한 충동에 쫓겼다. 그래서 목소리가 난 쪽을 향했다.

구온지 노인은 지객료로 옮겨졌다. 이마가와는 에노키즈를 데리고 쫄레쫄레 그 뒤를 따랐다. 달리 생각나는 적당한 행동도 없었기 때문에 어쩔 수 없었다.

야마시타는 처음에 이마가와가 이 지객료를 찾아왔을 때 지안이 앉아 있던 곳에 앉아, 이마가와 일행에게 방석을 권했다. 마치 자기 집처럼 행동하고 있다.

야마시타는 곧 침착해져서 물었다.

"그 스가노라는 사람은 뭘 하던 사람입니까?"

"나와 마찬가지로 의사요. 내가 유학 시절에 독일에서 신세를 졌던 선배의 동창이지요. 전쟁 전에는 우리 병원에서 소아과를 담당하고 있었소. 쇼와 16년 초봄에 실종되었고요."

스가와라가 중얼거렸다.

"이곳에 온 것도 16년이라고 하니까 와다의 이야기가

사실이라면 앞뒤는 맞는군."

"그렇군요. 방랑하고 있거나 어딘가에 숨었거나 죽었거나———그럴 거라고 생각했는데 출가해서 산에 틀어박혀 있을 줄은. 어지간한 나도 까맣게 몰랐소."

야마시타는 그 말을 듣고 잠시 천장의 얼룩을 바라보고 있었는데, 그러다가 결심한 듯이,

"나는 말이지요, 구온지 씨. 확실히 말해서 처음 단계에서 센고쿠로에 있던 당신들 전부를 체포했다면———적어도 이런 상황은 회피할 수 있지 않았을까 하고, 현재는 조금 후회하고 있어요. 무모하든 독단이든, 크게 벗어나지는 않았을 테니까. 숙박객 전원 공모설은 진실은 아닐지 몰라도 유효하기는 했어요."

하고 말했다.

"그건 무슨 뜻이오?"

야마시타는 가볍게 흘러내린 앞머리를 쓸어 넘기며 말했다.

"잘 들어요, 수사회의에서 당신들이 용의자에서 목격자로 격하된 것은 단순히 여행자에게는 동기가 없다———라는 정도의 이유 때문입니다. 하지만 그 후로 사흘이 지났는데, 알겠습니까? 겨우 사흘이에요. 그 사이에 어떻게 됐지요? 이쿠보라는 여자도 실은 관계자, 거기 있는 이마가와 군은 처음부터 관계자. 취재를 온 다른 사람들도 몇 달 전부터 이곳 사람들과는 연락을 취하고 있었지요. 게다가 이번에는 당신도 관계자예요. 결국 관계가 없는 것은

───이봐요, 뭘 하는 겁니까!"

　단 한 사람 관계가 없는 에노키즈는 일어서더니 발돋움을 해서 천장과 상인방 사이의 공간을 들여다보고 있었다.

　"앉아요! 진짜 체포하겠소 ─── 어쨌거나 이제 사건과 관계가 없는 것은 이 바보 탐정뿐이란 말입니다. 이건 우연인가요? 내가 보기엔 그렇지 않은데. 이런 우연은 없어요."

　"그건 그 말이 맞소, 경부보님. 이건 우연이 아니오. 필연이지. 이렇게 되어야 하기 때문에 이렇게 된 거요. 어떤 이유가 있어서, 즉 조금이라도 약간이라도 관계가 있어서 사람은 모이고, 행동하는 거요. 그 결과 사건이든 뭐든 일어나는 것이니 전혀 관계없는 사람이 섞여 있는 편이 더 부자연스럽지요."

　"그럼 뭡니까, 이 절의 스님 중에 당신이 옛날에 알던 사람이 있었던 것도 우연이 아니라는 겁니까?"

　"뭐, 그렇겠지요 ───."

　구온지 노인은 오른쪽으로 기울어 있던 중심을 왼쪽으로 옮기며 자세를 바로 했다.

　"─── 나는 쇼와 초기 무렵, 태평양 전쟁이 시작되기 전까지는 센고쿠로에 매년 오곤 했소. 센고쿠로는 우리 아버지 때부터 단골이었거든. 스가노가 상근 의사가 된 것은 쇼와 7년 무렵이었으니, 그러니까 그렇지, 스가노도 몇 번 데려온 적이 있소."

　"센고쿠로에? 그 남자를?"

"그렇소."

노인은 작은 눈을 깜박거리고 나서 몹시 온화한 표정을 지었다.

"그 무렵에는 병원도 호황이었고, 그래서 딸이 자주 아팠던 것을 빼면 그럭저럭 나는 행복했소. 사실 그 무렵부터 내 인생은 붕괴의 징후가 있었지만 그런 것은 당시에는 몰랐거든. 정확히 언제였는지는 잊었지만 센고쿠로에서 으리으리한 스님 일행과 마주친 적이 있었소ー."

그것에 대해서는 이마가와도 들었다.

"ー 그때, 스가노는 스님의 모습을 보고 뭔가 생각하는 게 있었는지 내게 이렇게 말했소. 우리는 환자를 베고 꿰매고 약에 담가서 살리고 있다. 그래도 죽어 버리면 그뿐이고 뒷일은 아무것도 하지 않는다. 다음 환자가 있으니 어쩔 수 없지만 뭔가 의문이 남는다ー고. 의사는 살아 있는 사람밖에 상대하지 않는다, 그러니까 무슨 일이 있어도 살리려고 하지만 정말로 그래도 되는 걸까, 치료한다는 것은 그런 형태가 아니면 불가능한 걸까ー 스가노는 그렇게 말했소. 똑똑히 기억나요."

구온지 노인은 눈을 감고 뭔가를 곱씹듯이 얼굴을 옆으로 향했다.

"그때 나는 뭐라고 대답했더라."

"구온지 씨, 구온지 씨" 하고 야마시타가 세련되지 못한 목소리를 냈다.

"하지만 의사는 손님을 하루라도 오래 살리는 게 일이잖아요. 죽으면 아무것도 안 되지요. 유족도 슬퍼하고, 병원도 돈을 못 받잖습니까. 그 사람은 무슨 소리를 하는 겁니까? 아무런 이득도 없을 텐데. 그런 의사가 있다면 다른 병원에 손님을 빼앗길 겁니다."

"손님이 아니라 환자요."

"환자가 손님이잖아요."

야마시타의 반응에 노의사는 큰 한숨을 쉬었다.

"당신은 모를지도 모르겠군."

"압니다. 형사는 악당을 붙잡고 의사는 병을 고치고 스님은 장례식을 하는 게 일이에요. 자신의 장사에 의문을 가지면 일을 잘할 수 없어요."

"뭐, 그럴지도 모르지요. 다만 내게는 그 말이 계속 인상에 남아 있었소."

"그래서요?"

"그 후 몇 년인가 지나서 스가노는 실종되었소."

"그것 봐요. 일을 못 하게 된 거잖아요."

"그렇게 의기양양하게 말하지 않아도 되오. 나도 그렇게 생각하던 때도 있었으니까. 사실 스가노가 어째서 모습을 감추었는지 나는 모르오. 전혀 알 수가 없었소. 지금은 ———아주 조금 짐작이 가는군요. 하지만 그것도 예상에 지나지 않소. 어쩌면 전혀 다른, 빚이나 뭐 그런, 내가 알지 못하는 이유로 몸을 숨긴 것인지도 모르지. 그냥 변덕이었을 뿐 특별한 이유가 없었을 수도 있고. 하지만 그가 이곳에 있다는 것은———."

구온지 노인은 살에 파묻힌 눈을 감았다.

"———스가노는 그때의 이야기를 기억하고, 어쩌면 그래서 이 산에———."

"찾지 않았습니까?"

스가와라가 물었다.

"그, 소아과라고 했나? 직장을 팽개친 거니까 곤란했을 텐데요. 당신은 스가노 씨를 찾을 생각은 안 했나요?"

"곤란했소. 결국 문을 닫고 말았지요."

"닫았다고?"

"소아과를 잃고 말았거든. 애초에 우리 소아과는———아니, 스가노는 평판이 아주 나빴소. 그런 의미로는 야마시타 군의 말이 맞소, 환자도 줄어들기 시작했고 게다가 시국도———."

"평판이 나빠요? 그러고 보니 실례지만 당신 병원은 평판이 나빴던 모양이더군요."

"호오, 조사했소? 하지만 그 무렵에는 병원 자체는 평판이 나쁘지 않았다오. 나빴던 것은 스가노 개인의 평판이지요."

"실력이 나빴나 보군요?"

"일반 의사에게 실력이 좋고 나쁘고는 중요하지 않소. 치료에 필요한 것은 풍부한 지식과 정확한 판단력, 그 외에는 인덕이지. 고도의 전문적 기술을 필요로 하는 것은 일부 의사뿐이거든."

"그래요?"

"그렇소. 돌팔이의 대부분은 지식이 없거나 판단을 잘 못 내리거나, 아니면 인덕이 없거나 셋 중 하나요."

"스가노 씨는 뭐가 없었던 겁니까?"

야마시타가 물었다.

"인덕이오. 아니——사람은 나쁘지 않았지만—— 성벽(性癖)이라고 할까."

"성벽?"

"그러니까——당신, 그러고 보니 내 신원은 확인했소? 도쿄 경시청에 물어보라고 했잖소."

"예?"

야마시타는 스가와라를 보았다. 스가와라는 무뚝뚝하게 대답했다.

"아직 보고는 안 들어왔는데요. 하기야 조회한 것이 그저께니까요. 오늘쯤 센고쿠로의 마스다 군에게는 보고서가 도착했을지도 모르지요."

"그래. 아직 사흘밖에 안 됐으니까. 아직."

야마시타는 궁색한 변명을 했다. 구온지 노인은 그 모습을 보고 아랫입술을 조금 내밀며 불만스러운 듯이, 그리고 자조적으로 말했다.

"당신들은 모르겠지만 나는 나에 대해서는 잘 알고 있소. 아시다시피 나는 작년 여름에 문제를 일으킨 병원의 원장이오. 많은 사람들이 불행해졌고, 사람도 많이 죽었지. 다친 사람도 나왔소. 그리고 나만 남았소. 그래서 도쿄 경시청이니 검찰청이니 하는 곳에는 나에 대한 정보가 있는 거지요. 조서인지 진술서인지 잘 모르겠지만 똑같은 얘기를 아주 세세한 데까지 서른 번은 했소. 서류는 손으로 다 들 수 없을 정도로 있을 거요."

"그 말은——— 지난번에도 들었습니다만."

"그러니까 스가노에 대해서도 보고서에 실려 있을 거요. 그걸 읽어 주시오. 나는 말하고 싶지 않소."

"그 남자는 그 사건의 관계자인가요?"

"관계자라고 할까——— 뭐, 직접적인 관계는 없지요. 그 녀석이 실종 중이었을 때의 사건이니까. 그러니 그것은 사건의 씨를 뿌린——— 아니, 역시 관계자인가?"

"범인입니까?"

"범인은 나요."

"예?"

"내가 범인이나 마찬가지라는 뜻이오. 범인 따위——— 그 사건에는 범인 따위는 없었소."

"없다고? 당신이 관련된 사건은 아마 '조시가야 영아 연속 유괴 살인사건'이지요? 범인은 붙잡히지 않았단 말인가요?"

스가와라가 대답했다.

"제 기억으로는 붙잡히지 않았어요. 하기야 영아 유괴 살인에 대해서는 사건 자체가 신문에 보도조차 되지 않았던 모양이니까요. 보도된 것은 사고인지 자살인지——— 저는 모르겠습니다만. 그 왜, 관할서의 츠기타가 기억하고 있었어요. 삼류잡지가 지저분한 중상기사를 쓰면서 선동

하는 바람에 유명해진 모양이더군요. 그러니 해결되지 않았을 가능성도 있지요."

―― 당신은 나를 모르시오?

구온지 노인이 처음 만났을 때 그렇게 말했던 것을 이마가와는 떠올렸다. 그렇다면 묻고 싶어질 만도 하겠다고, 이마가와는 새삼스럽게 생각했다.

야마시타가 물었다.

"미해결인가?"

"해결은 되었소. 그렇지요, 에노키즈 씨?"

구온지 노인은 탐정에게 동의를 구했다. 이마가와는 사정을 모르지만 구온지 노인이 에노키즈 같은 남자를 신뢰하는 것도 그때의 일이 있었기 때문인가 보다.

그러나 믿었던 탐정은 졸기 직전의 상태였는지, 눈을 반쯤 뜬 것을 뛰어넘어 삼분의 일만 뜨고,

"내가 나서서 해결되지 않은 사건은 없지."

하고 말했다.

"거짓말 말아요. 범인 없는 해결이 어디 있습니까."

야마시타는 승복할 수 없는 모양이었다.

"그것은―― 뭐, 보고가 들어오면 알게 될 거요. 경찰도 내부에 거짓말을 하지는 않을 테지."

"뭐, 아무리 도쿄와 가나가와의 사이가 나쁘다 해도 같은 경찰이니까 엉터리 보고서 같은 것은 오지 않겠지만 ―― 뭐. 좋습니다. 그런데 의사가 스님이 될 수가 있나, 스가와라 군?"

"글쎄요. 그럴 수도 있지 않겠습니까? 사람의 몸을 자르다 보면 허무해지기도 하겠지요. 저도 전쟁터에서 돌아온 후에는 머리를 박박 깎고 싶은 기분이 들었거든요."

"자네는 비과학적이니 그런 마음이 드는 것도 이해가 가네만. 게다가 소아과란 말이야. 어떨까, 구온지 씨. 당신은 혹시, 조금은 스가노 씨의 마음을 알 것 같습니까? 그는 과학을 버리고 종교로 내달린 걸까요?"

"그런 걸 버리는 바보는 없소. 만일 있다면 처음부터 갖지 않았겠지. 신앙이 과학적 사고를 대신할 수 있을 리 없잖소. 스가노 씨는 의사가 싫어진 게 아니오. 의사 일을 할 수 없게 된 자신이 싫어진 거지요. 그 점을 혼동하지 마시오, 형사님."

구온지 노인은 표표하게 격분했다.

야마시타는 반론도 하지 못하고 약간 풀이 죽었다.

"뭐. 이제 그런 이야기는 됐어요, 나는. 스님의 궤변으로 소화불량을 일으킬 것 같다고요. 이봐요, 구온지 씨, 당신은 무슨 과지요?"

"나는 작년까지 산부인과였지만 원래는 외과요."

"그래요? 저 스가노의 증상은———그럼 모르겠군요."

구온지 노인은 아랫입술을 내밀며 몸을 뒤로 젖혔다.

"어떤 증상 말이오? 사납게 굴었다더니 많이 심했소?"

"어제 큰 난동을 부렸어요. 궁지에 몰린 강도보다 훨씬 심하게 날뛰더군요. 아까도 말했지만 아무래도 저 어둠

속에 틀어박혀 있는 동안에는 조용한 모양입니다. 그런데 한 발짝만 밖으로 나가면 손을 댈 수 없게 될 지경이지요. 그런 병에 걸린 걸까요? 처음에는 심한 대우라고 생각했지만, 저래서야 스님들도 곤란했겠지요. 어제는 정말 엄청났으니까. 그렇지, 스가와라 군?"

"심하지요. 아니, 심했어요. 그렇지, 저 남자는 대체 몇 살입니까?"

"나보다 일곱 살인가 여덟 살 많으니 올해 일흔이 넘었으려나."

그러면 ——— 이마가와는 쓸데없는 생각을 하고 있다. 구온지 노인은 아직 예순두세 살이다. 그런데 꽤 늙어 보인다. 이마가와는 일흔 살은 되었을 거라고 짐작하고 있었다.

스가와라는 놀란 듯이 말했다.

"아니, 일흔이라고요! 그 나이에, 저 마른 나뭇가지 같은 팔의 어디에 저런 힘이 있는 걸까. 경관 한 명이 뇌진탕을 일으켰다고요."

"그 증상은 언제부터 있었소?"

대답한 것은 야마시타였다.

"뭔가 계기가 될 만한 사건이 있긴 했던 모양입니다. 그 후부터라는군요. 그게 무엇이었는지, 지금까지 털어놓은 승려는 없습니다. 지금도 저쪽에서 사정청취를 하고는 있지만. 아무래도 입이 무거워요. 이번 사건과는 상관없다는 주장만 하고 있습니다."

"상관없다는 게 맞지 않겠소? 감금되어 있잖소."

"하지만 어제 멋대로 나와서 날뛰었다고요. 그 전에도 나오지 않았을 거라는 보장은 없어요. 무엇보다 경찰에게 사실을 숨기는 스님들의 태도가 수상하단 말입니다. 스가노의 존재를 감추고 있었다고요. 수상하게 여기지 않는 편이 비정상이겠지요."

"상관이 없으니 입을 다물고 있었겠지요. 절의 수치라고 생각한 것인지도 모르고. 물론 칭찬할 일은 아니오만. 말하고 싶지 않은 것도 있게 마련이오."

"무슨 소립니까. 경찰관 앞에서는 어떤 허위 증언도 하지 않는 것이 선량한 국민의 상식이에요."

"무슨 소리요. 범죄와 상관없는 것은 경찰에게는 한마디도 하지 않는 것이 우민(愚民)의 속성이오. 하지만 그러면 당신은———스가노를 의심하는 거요?"

"의심하고 있지요. 왜냐하면 그 남자는 그———정신에 이상이 있잖습니까. 그러니———."

"그러니 시체를 변소에 처박거나 눈보라가 치는 밤에 지붕에 올라가거나 해도 이상하지 않다고 말하고 싶은 거요? 그야 무엇이든 정신이상자의 소행으로 치부해 버리면 간단해서 좋겠지만, 그것은 지나치게 단적이지 않소? 그렇게 간단한 일이 아닐 거요."

"아니. 간단할 겁니다. 범죄라는 것은 본래 간단한 거니까. 다만 실마리를 찾기가 어려울 뿐이지요. 지혜의 고리[†]

---

† 퍼즐 장난감의 일종.

같은 거라서 알고 보면 간단한 거예요. 나는 스가노가 그 실마리가 아닐까 싶습니다."

"호오. 분명히 내가 관련되었던 사건도 간단했지. 그 이유를 듣고 싶구려."

"이 절의 스님은 지나치게 침착해요. 그것은 스가노라는 비장의 패가 있었기 때문입니다. 만일 지문 등의 결정적인 증거가 나왔을 경우에도 저 자가 범인이라면 다른 스님들은 괜찮지요. 어젯밤에 구와타라는 스님이 겁을 먹고 도망쳤는데, 나는 그것도 수상하다고 생각합니다. 소동이 일어날 것을 알고 도망친 듯한 느낌도 들거든요―――."

분명히 어젯밤의 구와타 조신은 겁을 먹고 있었다. 그러나 겁먹은 것으로 말하자면, 이마가와의 눈에는 그 자그마한 몸집의 소설가가 훨씬 더 겁먹은 것처럼 비쳤다.

"――― 그리고 그 스가노가 탈옥해서 날뛰었을 때 스님들이 얼마나 당황했는지 아십니까? 그야말로 예측하지 못한 사태로, 안전장치가 풀렸으니 난리가 났지요. 그 후로 스님들은 전보다 더 입을 다물고 말았어요."

"왠지 앞뒤가 맞는 건지 안 맞는 건지 알 수 없는 논리구려, 경부보님. 스가노가 범인이라면 우리에서 나왔다고 해서 스님들이 당황하거나 동요할 필요도 없소. 존재를 감출 것도 없겠지. 오히려 희생양으로 삼는 편이 다른 스님들의 보신(保身)을 꾀할 수 있을 텐데."

"그것은, 그러니까 누군가의 명령으로 움직이고 있다거나."

"미친 사람을 원격조종하기는 어렵소."

"양광(佯狂)일지도 모르지요."

"양광?"

"미친 척하는 걸 말하는 거로군!"

에노키즈가 갑자기 외쳤다.

"하하하하, 그 정도는 알고 있네. 하지만 그 사람은 진짜라네. 사장."

"당신이 그걸 어떻게 알아요!"

"알지. 당신 눈은 옹이구멍인가?"

"무, 무례한!"

"잠깐, 잠깐. 그렇게 화내지 마시오. 당신은 높은 사람이잖소. 에노키즈 씨도 좀더 완곡하게 말할 수는 없겠소? 그런데 야마시타 씨. 이것은 에노키즈 씨의 말이 옳아요. 스가노가 양광이라면 어째서 그런 묘한, 시체를 장식하는 짓을 했겠소?"

"그, 그야 양광이라는 것은 이 남자의 말대로 미친 척을 하는 것이니, 모든 것은 연기인 거지요. 그 연출도 그렇게 보이기 위해서———."

"어째서 그렇게 보여야 하는 거요?"

"그거야 물론."

야마시타가 한순간 입을 다문 틈에, 구온지 노인은 물론이고 뭐고 없다고 말했다.

"스가노가 정말로 정신에 이상을 일으킨 거라면 이해가 가오. 그러나 그렇지 않다면, 그리고 그렇지 않은데도 그런 척을 하고 있는 거라면, 정신이상자의 소행으로 착각될 만큼 시체를 장식한 것은 내가 했다고 나서는 거나 마찬가지 아니오? 일부러 정신이상자의 짓으로 보이게 한 것이라면 정신이상자가 아닌 척을 해야지. 그렇게 생각하면 역시 스가노는 진짜 정신이상자고, 탈옥을 해서 저지른 단독범행일 수밖에 없소."

"아아 ——— 아니 ——— 그렇지. 알았어요. 누군가 다른 스님이 스가노에게 죄를 뒤집어씌우려고 이상한 장식을 한———."

"그것도 아닙니다."

이마가와는 참다못해 발언했다.

"스가노 씨의 단독범행설도, 진범이 따로 있고 스가노 씨에게 죄를 덮어씌우려고 했다는 설도, 이 경우에는 맞지 않습니다. 만일 그렇다면 그 진범은 위장공작에 실패한 겁니다."

"실패? 어째서."

"그것은, 스가노 씨의 그 모습은 아무리 봐도 스님으로는 보이지 않기 때문입니다. 메이지 시대 이후로 스님이 머리를 기르는 것이 허락되었기 때문에 지금 도쿄에서는 평범한 머리 모양을 한 스님도 적지는 않지만, 그런 분도 가사를 입고 다니지요. 다시 말해서 스님인지 그렇지 않은지를 판단하는 기준은 의복, 아니면 머리 모양——— 그것뿐입니다."

"그게 어쨌다는 거요?"

"그러니까 이쿠보 씨가 본 범인인 듯한 남자는 스님이었 단 말입니다."

"그러니까 그게 ——— 아아."

야마시타는 몹시 싫은 얼굴을 했다. 이마가와는 말을 이었다.

"밤이고 눈보라가 몰아치고 있었으니, 아무리 실내등 이 있었다고는 해도 역시 어두웠을 겁니다. 시야를 확보 하기가 아주 어렵지요. 그런데도 이쿠보 씨는 그것이 스 님이라고 한순간에 인식했습니다. 다시 말해서 제 생각 에, 그 사람은 가사 같은 것을 입고 있었거나 ——— 가사 를 입고 지붕에 올라가지는 않겠지만 ——— 적어도 양복 을 입지는 않았을 거예요. 그리고 무엇보다 삭발한 상태 였어요. 그 외에는 없다고 생각합니다. 그렇지 않았다면 어, 스님이다, 하고 생각하지는 않았을 겁니다. 하지만 스가노 씨는 복장이야 어찌 되었든 머리카락이 있습니다. 따라서 지붕에 올라간 것은 스가노 씨가 아닐 겁니다. 그 리고 스가노 씨의 짓으로 보이게 하려고 위장을 한 것이 라면."

"실패했다 ——— 과연 그렇군."

"따라서 스가노 씨는, 적어도 료넨 씨의 시체를 유기한 범인은 아닙니다. 다른 건 모르겠지만 그 나무 위에 시체 를 유기한 사건만은 다른 사람의 범행, 즉 광인의 논리로 저질러진 이상한 행동은 아닐 겁니다."

"그렇군. 아니, 뭔가 있을 거라고 생각하는데 ——— 이쿠보의 발언도 믿을 만한지 어떤지 의심스럽고."

구온지 노인이 말했다.

"야마시타 씨. 당신은 철학자도 아니고, 뭐든지 의심하면 다 되는 것은 아니오. 그렇게 증언을 전부 의심하다간 끝이 없소. 예를 들어 경찰을 포함한 우리는 전원, 생전의 고사카 료넨을 모르지요. 시체가 정말로 고사카인지 아닌지 알 수 없다 이거요. 이곳 스님들이 그렇게 말하고 있을 뿐이지. 거기서부터 의심하기 시작하면, 아직 이 절에는 인원수 외의 스님이 숨어 있을지도 모르는 거요. 와다 지안도 사실은 다른 이름일지도 모르고. 아무것도 믿을 수 없게 될 거요."

"그런 것은———그렇지, 스가와라 군?"

"그래요. 거짓말을 해서 득을 보는 놈 외에는, 거짓말을 하는 녀석은 없을 겁니다, 구온지 씨. 거짓말을 간파하고 자백하게 하는 것이 형사가 하는 일이니 의심하는 것은 당연하지요."

"최소한 거짓말이 아닐 거라는 부분은 확실하게 믿으시는구려. 하지만 그 부분이 이해관계로 연결되어 있는지도 모르지 않소. 어쨌거나 그 이쿠보 씨는 두려워하고 있었소. 그렇게 두려워하면 거짓말은 못 하지. 믿으시오."

"그렇게 따지자면 구와타 조신도 두려워하고 있었는데요."

"아아, 오늘 아침에 쥐잡기 소동이 있었을 때 잠깐 방을 들여다보았는데 상당히 겁을 먹고 있더구려. 그것도 믿으시오."

"그런 기준이라니 말도 안 돼요. 그렇지, 스가와라 군?"

스가와라의 우락부락한 얼굴이 살짝 흔들렸다.

야마시타는 몹시도 스가와라를 의지하게 된 것 같았다.

이마가와의 기억으로는 분명히 처음에 센고쿠로에서 이 두 사람은 대립했다. 어떤 형태로 신뢰관계가 형성된 것일까. 이마가와는 흥미를 느꼈다.

구온지 노인이 물었다.

"그건 그렇고 그, 스가노가 이상해진 사건은, 물론 내용은 모를 테지만 시기가 언제요? 언제부터 그렇게 되었소?"

"작년이랍니다. 작년 여름."

"작년 여름이라———."

구온지 노인은 그렇게 말하더니 침묵했다.

"듣자 하니 그때까지는 매우 품행이 방정한 스님이었던 모양이에요. 어쨌거나 그 전좌인가? 그건 높은 직책이라고 하더군요. 삼사 년 만에 그렇게까지 출세했으니."

하지만 야마시타의 설명은 노의사의 귀에는 들리지 않는 듯했다.

왠지 일이 이상하게 돌아가고 말았다. 방금 전까지 체포하네 마네 하고 있었지만 이 상황에서 공무집행방해라는 것도 이상하다. 야마시타도 그렇게 생각한 모양이다. 가능한 빨리 돌아가라고, 또 멋대로 경내를 돌아다니지 말라고

만 못을 박고 자리를 뜨려고 했다.

구온지 노인이 말했다.

"야마시타 씨."

"왜 그러십니까?"

"내게———스가노와 단둘이 이야기를 할 시간을 주지 않겠소? 딱 30분, 아니, 15분이면 되오. 부탁합니다."

"그는 말을 하지 않아요. 하는 말도 잘 알아들을 수 없고."

"상관없소."

"상관없다고 하셔도———당신도 수상하고 그쪽은 더 수상해요. 단독회견은 허가할 수 없어요."

"어째서 내가 수상하단 말이오?"

"예를 들면 당신이 공범, 또는 흑막일 수도 있지요. 그것은 충분히 있을 수 있는 일입니다."

"어떻게 하면 그런 생각을 할 수 있나! 나는 오늘 처음으로 이 절에 왔소. 믿을 수 없다는 거요?"

"입으로는 무슨 말이든 할 수 있겠지요. 스가노 본인도 당신이 보낸 스파이———쥐일지도 모르고. 아니, 그럴 수도 있겠군. 음. 그런가."

야마시타는 뭔가 생각난 모양이었다.

"그게 무슨 소리요? 그런———무엇 때문에? 전화도 편지도 없는 절의 감옥 속에 있는 남자와 어떻게 연락을 취하겠소?"

"하려고 마음만 먹으면 할 수 있지요. 젊은 행각승은

모두 탁발인가 하는 모금업무를 하기 위해 마을로 나가니까요. 유모토나 모토하코네 부근까지는 나간다더라군요. 그 중에 또 한 마리, 당신이 풀어놓은 쥐가 있는 겁니다. 행각 승을 전령으로 이용하면 통신연락은 가능하지요. 센고쿠로 부근이라면 잔디를 깎다가도 금방 갈 수 있고———."

야마시타는 손뼉을 딱 쳤다.

"아아, 그래서 당신은 센고쿠로에 머물고 있었던 거 아닙니까? 스가노가 미쳐서 감금된 것은 역시 연극이고, 그 이유는 범행이 불가능하다고 생각하게 만들기 위해서인 거지요. 감금되었다면 아무도 의심하지 않을 테니까. 하지만 실제로는 행각승이 당신의 지시로 열쇠를 따고 밖으로 내보내서———."

야마시타는 그냥 떠올린 생각이 예상 외로 잘 정리되자 기뻤던 것일까. 선 채로 연설을 시작하고 말았다. 구온지 노인이 기가 막혀서 할 말을 잃고 이마가와를 훔쳐보며 어깨를 으쓱했다.

"———당신, 고사카와 오니시에게 개인적인 원한이라도 있었던 것은 아닙니까? 살해 계획은 전쟁 전에 스가노가 입산한 당초부터 세운 것이고, 어떤 이유로 좌절했다가———전쟁인가? 그렇겠지요. 그리고 스가노를 시켜 죽이게 한 다음, 아하, 센고쿠로에 나온 승려는 당신이었군요. 당신의 머리는 승려와 똑같으니까."

"아아, 시끄럽소. 분명히 나는 머리가 벗겨졌지만 지붕 같은 데는 올라갈 수 없는 노인이란 말이오. 그럴 만한 체력은 없소. 게다가 왜 지금 실행했단 말이오? 전쟁이 끝난 것도 올해로 8년째인데."

"그런 걸 내가 어떻게 압니까? 그 동안 다른 사건에 관여했던 것은 아닙니까? 그렇군. 그거야."

"당신은 경관보다 작가가 되는 게 낫겠소. 세키구치 군보다 재미있는 책을 쓸 수 있겠구려. 왠지 우연히 앞뒤는 맞는 것 같지만 그럼 묻겠는데, 어째서 스가노는 어제 날뛰었단 말이오? 그것도 내 지시요?"

"날뛰는 것은 SOS의 의사표시라는 건 어때요? 비밀이 폭로될 것 같으니까 마구 날뛰었고, 그래서 즉시 당신이 온 거지요———."

"나는 날뛴 것은 몰랐소. 알 수가 없잖소. 무엇보다 그렇다면 어째서 나는 그렇게 이상하게 사람을 죽이게 했단 말이오? 아니면 죽였단 말이오?"

야마시타는 갑자기 침묵했다.

"그거———예요. 늘 거기란 말이지."

덴구의 콧대가 부러진다[†]는 것은 이런 걸 두고 하는 말이다.

스가와라가 선 채로 말했다.

"야마시타 씨. 이 구온지 씨에 대한 보고서가 오고 나서 하지요. 그 무렵에는 저쪽의 사정청취도 끝날 테니까요. 감식반도 물러갔으니 뭣하면 아무 경관이나 시켜 출구를

[†] 덴구는 코가 매우 높으므로, 덴구의 코라고 하면 우쭐해서 자랑하는 것을 말함.

감시하게 하면 됩니다."

"그렇군 ——— 하지만 증거를 인멸하거나 뒤에서 말을 맞추면."

"괜찮습니다. 도망칠 수만 없다면 무엇을 하든 상관없어요. 오히려 실수가 생기겠지요. 증거를 전부 태워 버린다 해도 괜찮아요. 제가 다 불게 할 테니까."

"뭐든 상관없소. 나는 기다릴 거요. 접견 허가를 받을 수 있다면 말이오. 양심에 거리끼는 데는 없으니까."

"그래요? 그럼 여기서 얌전히 기다리면 되겠군요."

스가와라는 내뱉듯이 말하고 야마시타와 함께 방을 나갔다.

형사들이 나가자 에노키즈는 곧 벌렁 누웠다.

"아아, 어째서 이렇게 귀찮은 걸까. 여기는 좋지 못한 곳이야."

"어떻소, 에노키즈 씨. 뭘 좀 알겠소?"

"알겠습니다. 그 아이는 요괴예요. 그 스님은 내용물이 아무것도 없고. 마치 인형 같아요 ——— 그것은 ——— 뭐, 상관없나."

에노키즈에게는 스즈가 요괴로 보인 걸까. 이마가와에게는 스즈도 지안도 에노키즈도, 자신과 같은 인간으로는 보이지 않았다. 전부 요괴 인형이다. 세 사람 중에서는 가장 이해할 수 있을 것 같은 사람은 오히려 지안이었다.

"범인은 ——— 어떻소?"

"범인은 없어요."

"없다고?"

"그래요!"

에노키즈는 그렇게 말하고 빙글 등을 돌렸다.

확실히 ——— 그것이 가장, 누구의 의견보다도 ———
이마가와는 정곡을 찌르는 의견처럼 생각했다.

구온지 노인은 에노키즈의 등을 바라보고 있었다. 이렇게 어쩌면 어이없기까지 한 탐정의 모습을 보고도 노의사는 여전히 탐정에게 실망하지는 않은 모양이었다. 시선에 그런 분위기는 없다. 노의사가 이 기인의 어디를 그렇게 신뢰하는 것인지, 이마가와는 이해하기가 힘들었다.

그 사건.

여름에 있었던 사건 때문일까.

"노인장. 그, 여름에 있었던 사건이라는 것은 ———."

이마가와는 처음으로 그것을 물어볼 마음이 들었다. 이마가와는 그때까지 눈앞에 있는 노인의 표면에는 흥미를 갖고 있었지만 내면에는 거의 관심이 없었다. 그것은 노인에 관해서만 그런 것이 아니라 거의 모든 일들을 이마가와는 그렇게 접해 왔다. 이마가와는 어차피 내면 따위 알 수 없다고, 어딘가 냉정하게 생각하며 살아 왔다. 특별히 자신의 생각을 바꾼 것은 아니었지만 굳이 말하자면 다이젠과의 대화가 영향을 주었는지도 모른다.

"——— 힘든 사건이었습니까?"

노인은 턱을 당기며 오오, 하고 말했다.

"이마가와 군. 힘들기야 물론 힘들었지요. 나는 인생의 거의 전부를, 추억부터 재산, 가족까지 전부 다 그 사건으로 잃었소. 그것은 전부 내 탓, 자업자득이었지요. 죽은 사람에게 불평을 해 봐야 소용없고, 오히려 사과해도 죽은 사람은 용서해 주지 않는다오. 하지만——— 나는 스가노도 죽었다고 생각하고 있었소. 그런데——— 스가노는 살아 있었소."

방바닥 위에 바둑돌이 놓이는 바람에 승부에 지고 만 것 같은——— 그런 사건이었다고, 이전에 노의사는 말했다.

이마가와는 그 뜻은 알 수 없었지만 생각 외로 노인이 받은 마음의 상처는 깊을지도 모른다고——— 이마가와는 이때에 이르러 그렇게 생각했다. 만일 정말로 그렇다면 이 구온지라는 남자는 상당히 강한 사람이다. 아니면 그의 약한 부분을 이마가와가 느끼지 못한 것뿐일까.

"노인장께서는 스가노 씨가 이 사건의 씨앗을 뿌렸다고 하셨지요. 그것은 대체———."

구온지 노인은 턱을 당기며 마치 달마처럼 불그레한 얼굴로 팔짱을 끼더니 고개를 숙였다.

"스가노가 그 옛날에 무슨 짓을 했는지, 사실은 아무것도 모른다오. 억측일 뿐이지. 그래서 나는 묻고 싶소. 그자 탓일지도 모르지요. 아니, 아마 그럴 거요. 하지만 나는 ——— 스가노에게 전부 떠넘기고 네 탓이라고 책망할 마음은 없소. 그래도 아주 조금, 조금만 내 마음을 알아주었으면 하는 거요."

이마가와는 아무 말도 하지 않았다.

자신이 들어갈 수 있는 영역이 아닐 것 같은 기분이 들었기 때문이다.

잠시 지나자 에이쇼가 들어왔다.

"실례 ——— 하겠습니다."

차를 들고 있었다.

어딘지 모르게 기운이 없었다. 그가 스승으로 우러르던 ——— 우러렀는지 아닌지 이마가와는 모르지만 ——— 승려가 연달아 죽었으니 무리도 아닐 거라고 생각은 한다. 이마가와는 겨우 몇 시간의 교류였지만 다이젠의 죽음이 꽤 견디기 힘들다. 하물며 오랫동안 생활을 함께 했던 자라면 ——— 설령 그렇게 사이가 좋지 않더라도 ——— 괴로운 기분이 들지 않을까.

이마가와는 구온지 노인에게 에이쇼를 소개했다. 그리고 규칙적인 숨소리를 내기 시작한 에노키즈를 깨웠다. 에노키즈는 일단 천장을 향해 돌아누웠다가 보리스 칼로프[†]가 연기한 활동사진 속의 괴물 같은 자세로 부스스 일어나더니 책상다리를 하고 앉았다. 그리고 에이쇼를 보았다.

에이쇼는 탐정과 눈이 마주치자 겁먹은 듯이 경직했다.

---

† 영국 런던 태생의 영화배우(1887~1969). 1931년 개봉한 영화 〈프랑켄슈타인〉에서 괴물 역을 맡은 이후 괴기 영화의 전문배우로 유명해졌다.

차를 든 손이 떨렸다.

"치정 싸움인가?"

"예———?"

"얻어맞았군."

"아니오, 그."

"아프지?"

"예?"

"무슨 소리요, 에노키즈 군."

"괜찮습니다, 구마노사키 씨. 이 젊은 승려는 뭔가 하고 싶은 말이 있는 것 같군요. 이곳에는 경찰 같은 무서운 사람도, 스님 같은 두려운 사람도 없어요. 무서운 것은 이 두 사람의 얼굴뿐이지. 자, 말해 보시오. 짧은 이야기라면 들어줄 테니. 자, 그 오른팔의 멍과 입가가 찢어진 이유를 말해요."

"이, 이것은———행발 중에 실수를 저질러, 그 벌책을 받은 것입니다."

"벌책?"

"아까 그 행위 말이오. 봤잖소."

"아까? 그게 뭡니까?"

"그 왜, 삼문 앞에서 지안 스님이 노인을 판자조각으로 때리고 있었잖소. 당신도 있었을 텐데."

"노인? 못 봤는데———."

그러고 보니 에노키즈는 스즈에게, 또는 스즈의 행방에 정신이 팔려, 이마가와가 소매를 잡아당길 때까지 그 소동이 있는 동안 내내 넋을 잃고 있었다. 그렇다 해도 눈앞에서 일어난 큰 소동이 기억에도 남지 않다니, 머리 구조가 어떻게 되어 있는 것일까.

"━━ 하지만 판자로 맞은 것은 아니에요. 이 사람."

"뭐? 이봐, 자네. 잠깐 좀 보여주게."

구온지 노인이 손을 내밀자 에이쇼는 자신의 손을 쑥 집어넣으며,

"돼, 됐습니다."

하고 말했다.

부끄러워하는 것 같은 몸짓이다.

"어려워할 필요 없네. 나는 의사야."

"의사 선생님 ━━ 이십니까?"

"의사일세. 의사를 싫어하나? 나는 특별히 그 뭐냐, 남색에 취미가 있는 것은 아니니 안심하게. 손을 잡을 생각은 안 했네."

"아━━."

에이쇼는 오른팔을 스윽 내밀었다. 노의사는 양손으로 아래에서 받치듯이 그 팔을 가볍게 들었다.

"이거 심하군. 아프겠어. 심한 타박상이지만 ━━ 경책으로 맞은 것 같지는 않군. 넘어져서 덧문짝에 부딪치기라도 했나? 여기 아픈가? 여기는 ━━."

에이쇼는 아픔을 목소리로 드러내지 않고 입가와 미간을 희미하게 일그러뜨려 표현했다.

"뼈는 괜찮은 것 같군. 하지만 제대로 처치하지 않으면

물건도 들 수 없을 텐데. 무엇보다 습포고 뭐고 아무것도 없잖나. 이삼일은 팔을 쓰면 안 되네."

"그것은———안 됩니다."

"안 되는 게 어딨나. 다치면 쉬어야지."

"작무가———있습니다."

"작무인지 통무인지 모르겠지만 다치면 요시다 시게루[†]라도 쉬네. 유럽이나 미국에서는 다친 것을 참으면서까지 일하는 사람은 없어. 근면한 것은 좋지만 도를 지나치면———."

"근면한 것이 아닙니다. 당연한 일입니다. 일이 아닙니다. 수행입니다. 일하는 것이 아니라 살아 있을 뿐입니다. 배려해 주셔서 고맙습니다. 부디 이해해 주십시오."

에이쇼는 머리를 숙였다.

"자네 스승에게는 그렇게 배웠을지도 모르지만 의사로서는 그렇습니까 할 수 없네. 팔이 움직이지 않게 되면 어쩌려고."

"보제 달마의 제자인 2조(二祖) 혜가는 면벽(面壁)하는 달마에게 가르침을 청하기 위해 왼쪽 팔꿈치를 잘라 내밀었습니다. 구도(求道)의 결의는 팔 하나보다 훨씬 무겁습니다. 이 정도 아픔으로 내던질 수는 없습니다."

"혜가인지 대가인지 그런 것은 모르네. 자네 스승에게 내가 이야기하지. 팔을 자르면서까지 배워야 하는 그런

[†] 일본의 정치가(1878~1967). 종전 후 외무장관을 지내고 자유당 총재에 취임했으며 이후 총리를 역임했다.

것이 이 세상에 어디 있단 말인가."

구온지 노인은 몸을 일으켰다.

"자네 스승은 이름이 뭔가?"

"예———."

에이쇼는 나카지마 유켄의 행자다.

이마가와는 그렇게 말하려고 했지만 에이쇼가 조금 젖은 눈으로 자신을 보고 있음을 알아차리고———.

아니, 그 에이쇼의 목덜미 언저리의 희고 젊은 피부가 달라붙는 것처럼 망막에 새겨져서———.

이마가와는 말하려던 것을 멈추었다.

구온지 노인은 뭐냐, 왜 그러냐고 말하면서 완전히 일어섰다.

"도대체가 그 스가노의 대우도 그렇고 진슈 노인에 대한 짓도 그렇고, 그리고 이 에이쇼 군도 그렇고 좀 지나치게 심하군. 나는 신앙은 인정하고 세상에 많은 가치관이 있는 것도 인정하네. 하지만 무엇보다 존중되어야 하는 것은 인간이야. 사람의 존엄을 무시한 사상이나 행동은 미신이나 망집과 다를 바가 없네. 분쇄해야 해."

"그만두는 게 좋을 겁니다."

에노키즈가 말렸다.

"당신에게는 무리예요."

"무슨 소리요?"

"하지만 거기 있는 자네도 무리를 하는 건 좋지 않아."

"예?"

"다음에 얻어맞으면 팔이 부러질 걸."

에노키즈는 그렇게 말하며 귀찮다는 듯이 에이쇼를 돌아보았다. 그리고 나서 이마가와를 곁눈질하며,

"기분 나쁘군, 마치코 씨."

하고 말했다.

무슨 뜻인지 알 수 없었지만 왠지 모르게 핵심을 찔린 기분이 들어서, 이마가와는 그답지 않게 얼굴을 붉혔다. 다만 그것은 단순히 이마가와의 외모에 대한 비방일 가능성도 있었다.

"보게. 저렇게 얼굴이 이상하게 생긴 놈도 수치심이라는 것은 갖고 있네. 그러니 자네처럼 소년인지 청년인지 알 수 없는 스님이 부끄러워하는 마음도 이해는 가지만, 참고 있으면 안 돼."

"참지 ———— 않았습니다."

"자네는 미숙하군. 내가 누구라고 생각하는 건가?"

"어 ————."

"이곳은 자네에게는 맞지 않아. 나가게. 나가고 싶지 않나?"

"무슨 ————?"

에이쇼는 에노키즈의 얼굴을 정면에서 바라보고 ————. 넋을 잃었다.

에노키즈는 날카로운 눈빛으로 에이쇼를 노려보며 말했다.

"그렇군. 알겠네. 그래서 나가고 싶지 않은 것이로군.

그렇다면 별일은 없겠어. 이 사람은 괜찮아요. 팔 하나쯤 부러져도 괜찮으니 고토쿠지 씨도 마치코 씨도 이 사람에게 더는 상관하지 않는 게 좋겠어요. 차는 마실 테니 돌아가서 걸레질이라도 하게."

"에노키즈 군, 그건 무슨 소리요?"

고토쿠지, 즉 구온지 노인은 선 채로 갈 곳을 잃고 그렇게 말했다. 에이쇼는 잠시 뱀 앞의 개구리처럼 겁먹은 기색으로 움직이지 않았다.

"뭘 하고 있나, 에이쇼━━━."

"유."

에이쇼는 장지문 맞은편에서 들려온 목소리에 민감하게 반응해, 정좌를 한 채 반사적으로 방향을 바꾸며 깊이 머리를 숙였다.

"━━━유켄 스님! 소, 송구합니다."

거기에 유켄이 서 있었다.

"아니, 차를 가져가더니 네가 좀처럼 돌아오지 않아서 말이다. 상황이 상황이니만큼 걱정이 되어서 왔다. 아무 일도 없었느냐?"

"아, 아무 일도━━━ 없었습니다."

구온지 노인은 우연히 서 있었던 탓도 있고 해서, 유켄과 마주보듯이 가슴을 펴고 다리를 조금 벌리며, 소위 말하는 인왕상처럼 딱 버티고 서서 말했다.

"없지는 않지요. 당신이 스승이오? 이 청년 승려는 부상을 입었소. 그것도 일상생활에 지장을 초래할 정도의 부상

이오. 다친 사람에게 과도한 노동을 강요하는 것은 찬성할
수 없는데."

"당신은? 탐정인가 하는 그 분이오?"

"탐정은 나지."

에노키즈는 책상다리를 하고 앉은 채 그렇게 말했다.

"호오."

유켄은 바위 같은 얼굴을 에노키즈에게 향하고 몸을 낮
추며 가치를 재듯이 둘러보았다. 구온지 노인은 그것을
더러운 것이라도 보는 듯한 시선으로 쳐다보며,

"나는 의사요."

하고 말했다. 유켄은 시선을 다시 구온지 노인에게 돌
렸다.

"아아, 하쿠교 스님을 알고 있다는 분이 당신입니까?
지안 스님께 들었습니다. 저는 유나인 나카지마 유켄이라
고 합니다."

"내가 아는 사람은 의사인 스가노 히로유키요. 하쿠교
도, 미친 승려도 아니란 말이오. 그렇게 불결한 곳에 가두
다니, 유켄 씨인지 뭔지, 여기는 대체 뭐 하는 곳이오!"

유켄은 구온지 노인의 말을 피하듯이 몸을 가볍게 구부
리고 에이쇼의 오른쪽 손을 잡았다.

"다쳤다니? 어딘가에 부딪쳤느냐?"

그리고 소매를 걷어 검푸르게 변한 환부를 쳐다보며,

"호오, 이래서는 작무도 못 하겠구나. 왜———."

그는 에이쇼의 오른쪽 귀에 얼굴을 가까이 하며 말했다.

"───말을 하지 않았느냐?"

에이쇼는 가볍게 입을 벌리고 눈동자만을 옆으로 옮겨 유켄의 딱딱해 보이는 얼굴을 보았다.

에노키즈는 유리알 같은 눈으로 그 모습을 바라보며,

"그야 당신에게 맞았기 때문이겠지."

그렇게 말했다.

"뭐? 무슨───에이쇼───너 무슨 말을."

"또 그 사람을 때릴 셈인가? 그 젊은 스님은, 기특하게 도 당신에 대해서는 말하지 않았어."

유켄은 삼각형의 눈썹을 추켜올리며 에이쇼의 옆얼굴을 뚫어져라 쳐다보더니, 일어서서 에노키즈를 노려보았다. 에노키즈는 고개를 획 돌렸다.

"왜 내가 에이쇼를 때린단 말이오! 탐정인지 뭔지, 망언을 내뱉는 데에도 정도가 있지. 아마 경책으로 맞는 승려의 모습을 보고 선승은 대개 폭력적일 거라고 생각하기라 도 한 모양인데───그런 것을 촉견폐일(蜀犬吠日)[†]이라고 하는 거요."

"선인지 뭔지 하는 것은 말로 전해지지 않는다고 교고쿠도가 그러던데, 그것은 말이 통하지 않는다는 것을 잘못 말한 거 아닌가? 당신이 무슨 말을 하든 그런 경은 의미를 알 수 없으니 나는 상관없어. 이봐, 마치코 씨, 중국어인지

[†] 촉나라의 개는 해만 보면 짖는다는 의미. 식견이 좁은 사람이 현인의 언행을 의심하는 것을 비유적으로 이르는 말. 중국 촉나라는 산이 높고 안개가 항상 짙어 해가 보이는 날이 드물기 때문에 개들이 해를 보면 이상히 여겨 짖었다는 데에서 유래했다.

뭔지로 대꾸해 주게! 아마 스님은 거짓말을 하면 안 된다는 게 규칙이었지. 아닌가?"

"그것은 불망어계(不妄語戒)†라 한다고 들었습니다."

"그것 봐, 있잖아. 당신은 그 어쩌고를 깨고 있는 거 아닌가?"

"내가 불망어계를 깼단 말이오? 언제, 어떤 거짓말을."

"항상, 자기 자신에게! 어째서 감추는 거지? 그런 거야 뭐 어때. 하계에서는 드문 일도 아닌데."

"무슨 뜻인지 모르겠소!"

"뜻 같은 건 아무래도 상관없어!"

유켄은 침묵했다.

에노키즈는 벌떡 일어서서 에이쇼를 피해 유켄 앞으로 나가더니,

"잘 보게."

하고 말하고 나서———.

유켄의 뺨을 때렸다.

유켄은 잠시 아픔을 견디듯이 옆을 보고 있다가 결국 그대로 말없이 뒤로 물러나 에노키즈에게서 얼굴을 돌린 채 조용히 밖으로 나갔다.

"이———이봐요, 에노키즈 군!"

에이쇼도 구온지 노인도 어안이 벙벙해 있다.

물론 이마가와도 마찬가지여서, 할 말도 없을 뿐더러

---

† 불교의 오계(五戒) 중 하나로, 진실하지 못한 말을 입에 담아서는 안 된다는 계이다.

손을 쓸 수도 없었다.

에노키즈는 아무 일도 없었다는 듯이 아무런 망설임도 없는 목소리로,

"입으로 말해서 못 알아들을 때는 이렇게 하는 거야, 젊은 스님. 사람을 때리는 폭력적인 놈은 맞아도 싸지. 자, 이제부터는 마음대로 하게."

하고 말했다.

평소에 그 기가 약해 보이는 소설가를 마구 때리는 남자의 말이라고는 도저히 생각할 수 없는 발언이다.

"어———."

에이쇼는 거기에서 말이 막히더니 머리를 꾸벅 숙이고 나서 도망치듯이 그 자리를 떠났다.

어———이가 없군요인지, 어———떻게 이럴 수가 인지, 어쨌거나 선승에게 어울리지 않는 말밖에 떠오르지 않았을 것이다. 이마가와는 그렇게 생각했다.

구온지 노인은 에이쇼가 바깥문 닫는 것을 확인하고 난 뒤 데친 문어처럼 새빨간 얼굴을 하고 에노키즈에게 바싹 다가섰다.

"어떻게 된 거요, 에노키즈 군? 어떤 이유가 있든, 그런 행동은 곤란하잖소."

"뭐, 어떻고 말고 할 것도 없지요. 그저 저는 그런 것을 좋아하지 않을 뿐입니다."

"하지만 그, 뭐냐, 그를 때린 것이 그 유켄임을 어떻게 알았소? 아아, 당신에게는 뭔가———보인 것이로군요?

무엇을 보았소?"

"보았소고 보았닭이고 없어요. 당신도 봤잖아요, 히몬야 씨."

"무엇을? 나는 당신과는 달라요. 아무것도 보이지 않았는데 ——— 이마가와 군, 자네는 뭔가 보았나?"

이마가와는 본 그대로를 말했다.

"에이쇼 군이 다친 것을 유켄 씨는 모르는 것 같았습니다. 하지만 그러면서도 아무것도 묻지 않고 오른손을 잡아 소매를 걷었지요. 틀림없이 그 부분이 수상해요. 에이쇼 군이 오른손에 타박상을 입은 것을 유켄 씨가 알고 있었다면 왜 모르는 척을 했을까요. 몰랐다면 어떻게 상처의 위치를 알았을까요. 제가 본 것은 그것뿐입니다."

"아아, 분명히 나는 다쳤다는 말은 했지만 그 말밖에 하지 않았지!"

"마치코 씨의 말이 맞아요. 아는데도 모르는 척한 겁니다. 부끄러워하는 건 괜찮지만, 보고도 못 본 척하는 것은 안 되지요. 안 됩니다."

에노키즈는 말했다.

——— 무슨 일이 ——— 있었던 것일까.

이마가와는 생각한다. 얻어맞은 유켄의 태도는 분명히 부자연스러웠다. 그 부자연스러움은 에이쇼를 때린 자가 정말로 유켄이라는 증거일까. 그렇다면 왜 ——— 뭔가 틀렸다. 에노키즈가 말하는 거짓말이란 유켄이 에이쇼를 때린 것을 숨기고 있었던 것 ——— 이 아니다.

69

생각하면 생각할수록 결론은 멀어졌다.

생각하는 것을 멈추면, 그 순간 진실은 거기에 있는 것 같았다. 그러나 진실이 있다고 인식한 순간, 인식된 진실과 본래의 진실 사이에는 메울 수 없을 정도의 차이가 생겨난다.

───무슨 일이 ─── 있었던 것일까.

구온지 노인은 턱을 당기고 벗겨진 머리를 긁적이면서 물었다.

"그것은 ───사건과 관련이 있는 거요?"

"없을 겁니다. 게다가 수행이나 종교 같은 것과도 상관이 없을 거예요. 있으려나? 그건 교고쿠에게나 물어보십시오. 자, 심심하니 저는 산책을 하고 오겠습니다."

에노키즈는 모처럼 일어섰는데 도로 앉는 것은 질색이라고 말하면서 성큼성큼 밖으로 나갔다. 경찰이, 경내를 돌아다니는 것을 금지했다───고 말려 봐야 소용없다. 어차피 처음부터 경찰의 이야기 따윈 듣고 있지도 않았을 테고, 들었다 해도 말을 들을 사람은 아닐 것 같다.

에노키즈가 사라지자 갑자기 맥이 풀렸다.

이마가와는 조금 거북했지만 노인에게 할 말도 없고 이제부터 어떻게 해야 좋을지도 알 수가 없어서, 에노키즈가 처음에 보고 있던 천장과 상인방 사이의 공간에 시선을 주었다.

본 적이 없는 양식 ─── 이다.

깊이 생각하지는 않았다.

노인은 고개를 갸웃거리며 생각에 잠겨 있는 것 같았다. 겉모습은 호탕하게도 보이고 완고하다기보다 융통성이 있는 할아버지지만 그 벗겨진 머리 속에는 이마가와가 알 수 없는 ─── 슬픈 ─── 사연이 들어차 있는 것일까. 하지만 일부러 입 밖에 내어 말하지 않아도 일단 그렇게 생각하고 나니 그것은 그것대로 또 아닌 것 같은 기분이 들었다.

　　"이마가와 군."

　　"예."

　　"어떻소, 우리도 탐정처럼 산책이라도 하지 않겠소?"

　　"하지만 경찰이."

　　"잘못될 것 같았으면 처음부터 붙잡혔을 거요. 붙잡히면 붙잡히는 거지."

　　"그것은 ───."

　　"그렇지요? 뭐, 왠지 꼭 끌어들인 것 같아서 미안하지만 ─── 그것도 다 군대 시절에 특이한 상관을 둔 비극이라 생각하고 포기하시오."

　　"예. 하지만 처음에는 제 쪽이 관계자였습니다. 그러니 피차일반이지요."

　　"그래요? 당신 경내 지리는 좀 아시오?"

　　"어느 정도는 압니다. 하기야 어디까지가 경내인지 모르겠습니다만."

　　"충분하오. 갑시다."

　　"어디로?"

"그 노인 ——— 진슈인가? 그 사람을 만나 봅시다."

"왜지요?"

"스가노에 대해서 물어봐야겠소. 스님들은 경찰에게도 말을 하지 않는다고 하고, 지안이 그 후리소데를 입은 여자아이가 어쨌다는 둥 하는 말을 했잖소."

"아아 ———."

스즈는 이마가와도 신경이 쓰이던 차였다.

여전히 밖에는 아무도 없었다.

이마가와는 지객료 외에는 내율전과 이치전, 그리고 선당과 그 옆에 있는 건물밖에 들어간 적이 없다. 회랑을 따라 걷기는 했지만 취재에 동행한 것은 아니기 때문에 식당이나 불전에는 들어가지 않았다.

이쿠보의 이야기에 따르면 대웅보전 뒤쪽에 있는 밭에서 좀더 들어간 곳의 덤불 속에 진슈의 암자가 있는 모양이다.

곧게 뻗은 나무들이 공간을 단정하게 만들어 내고 있다. 쓸데없는 색깔이 없는 것도, 기온이 낮은 것도, 모든 요소가 그 군더더기 없는 풍경을 한없이 완성도 높은 것에 가깝게 만들고 있다.

"마음이 차분해지는군."

"예?"

"마음이 차분해지지 않소? 산속이라는 곳은."

"그렇습니까?"

"나는 돌로 된 건물에 오랫동안 살면서 약품 냄새만 맡다 보니 이런 환경은 신선하다오. 청정하군요."

"하지만 여기는 살인현장입니다."

"그렇지요. 하지만, 죽은 사람에게는 미안하지만 이 산속에서는 그것도 별일이 아니라는 기분이 든다오. 유구한 역사에 파묻힌 이름도 없는 개인의 죽음과 비슷하지요."

"그것은——— 조금 알 것 같습니다."

"그러니 우리 같은 사람들이 기를 쓸 필요는 없을지도 모르겠소. 하지만 이제 와서 그럴 수도 없지요."

구온지 노인은 대웅보전의 지붕을 올려다보았다.

이마가와의 생각으로는——— 선에는 색채가 없다.

물론 수묵화 같은 인상이 영향을 주고 있음이 틀림없고, 깊은 의미도 없고 근거도 박약하다. 하지만 역시 아무래도 이마가와에게 선은 무채색이다.

설령 색깔이 칠해져 있다 해도, 그것은 꿈속의 색채 같아서 빨간색도 파란색도 결국은 단색의 변형에 지나지 않는다. 검은색이나 흰색이나 회색이 살짝 어느 쪽인가로 쏠려 있을 뿐이다.

——— 무채색 속의 '색깔'——— 스즈.

그것은——— 이물(異物)일까? 아니. 아니다.

"그 스즈라는 소녀 말인데요———."

"아아, 그 아이는 우리가 생각했던 것과는 많이 다르더군요. 오늘 처음으로 가까이서 보았는데, 지능은 지체되지 않았소. 어엿하게 지성이 있어요. 본연의 지성을 잃은 것은

아니오. 오히려 이지적이었지요. 교육환경이 나쁜ㅡㅡㅡ
아니, 다를 뿐이지."

"저도ㅡㅡㅡ그렇게 생각합니다. 하지만ㅡㅡㅡ."

ㅡㅡㅡ그 아이는 요괴예요.
ㅡㅡㅡ가면 안 돼요, 이마가와 씨.

"ㅡㅡㅡ아무래도 정체를 알 수 없어요."

"정체? 정체라니, 이마가와 군. 도깨비나 요물이 아닌
것은 확실하잖소. 나도, 당신도 봤소. 그것은 실물이지 환
각 같은 게 아니오. 보이는 그대로지."

"그대로이긴 그대로지만ㅡㅡㅡ."

"이쿠보 군의 이야기 때문에 그러시오? 오늘 아침에 도
리구치 군과 추젠지 군에게 잠깐 들었소만."

"그리고 세키구치 씨의 이야기."

"오오. 들은 대로 이야기하자면, 추측에 불과하고 내가
쓸데없는 말을 늘어놓는 것도 외람된 일이지만, 그 스즈라
는 아이는 어쩌면ㅡㅡㅡ그 이쿠보 군이 말한 행방불명된
소녀ㅡㅡㅡ."

"마츠미야 스즈코 씨?"

"맞소. 그 스즈라는 소녀는 그 스즈코 씨의 아이가 아닐
까?"

"예?"

아이ㅡㅡㅡ라는 생각은 하지 못했다.

"이렇게 좁은 곳에서 그렇게까지 닮는 것은, 내가 야마시타 군은 아니지만 그야말로 우연이라고는 생각할 수 없소. 이름도 그렇고 복장도 그렇고, 지나치게 비슷하지요. 하지만 물론 여우나 너구리나 요괴가 아님은 명백하오. 요괴가 아니라면 우연이라고, 우연으로 밀어붙이니까 기분이 나쁜 거요. 거기에 뭔가 사람의 의도가 개입해서, 그래서 그렇게 된 것이라면 기분이 나쁘지는 않겠지요. 기모노는 부모님에게 물려받은 것. 이름도 부모님에게 물려받은 것. 있을 법한 일이오. 스즈코 씨가 실종된 것이 13년 전이지요. 그 소녀는 열두세 살. 계산은 맞소."

"열세 살에――― 아이를 낳는단 말입니까?"

"요즘 열세 살에 출산했다는 것은 이상한 일이 아니오. 예를 들면 산에서 길을 잃고 헤매다가 무뢰한의 습격을 받아 유린되고 치욕을 당한 끝에 임신 말았다――― 뭐, 별로 상상하고 싶지도 않고 입에 담고 싶지도 않은 이야기지만, 그러다가 그 진슈가 구해 주어서――― ."

"그렇군요――― 이곳에서 출산했다는 거군요."

있을 수 있는 일이다. 아니, 그것이 정답이 아닐까. 산속에서 능욕을 당했다는 것은 뭐라 판단할 수 없지만 스즈가 스즈코의 딸이라면 대부분의 수수께끼도 부자연스러움도 해소된다. 다만,

――― 노래다.

소설가는 노래에 신경을 썼다.

그러나 그 노래도 어머니가 딸에게 알려준 노래라고 생

각하면 되지 않을까? 예를 들면 자장가 대신 들려주곤 했다거나.

―――그 노래를?

으스스한 노래였다.

아니, 민요나 속요 중에는 그런 으스스한 것이 많다고 한다. 그 노래가 특별히 이상한 것도 아닐 것이다. '가고메 가고메'도 몹시 기분 나쁜 가사가 아닌가.

아니, 잠깐.

―――들은 적은 없는―――데요.

그랬다.

소설가의 물음에 이쿠보는 어릴 때 그런 노래는 듣지 못했다고 대답했다.

이마가와는 그것을 구온지 노인에게 말했다.

"그런 거야 배울 수 있지요."

"배울 수 있다고요? 그것은 무슨."

"이마가와 군. 스즈코 씨가 여기서 스즈를 낳았다면, 그녀는 적어도 이 명혜사 뒤에서 십 개월은 산 것이 되오. 스즈코 씨는 그 사이에 노래를 배우고, 또 불렀겠지. 그것을 마을사람이 목격한 거요. 그리고 태어난 아이―――스즈가 성장해서 같은 기모노를 입고 같은 노래를 불렀소. 그것을 다른 사람이 본 거요. 그러니 목격담의 간격이 십여 년이나 벌어져 있는 것일 테지. 그 공백은 딸 스즈가 성장할 때까지 걸린 시간이오."

합리적이고 설득력도 있는 의견이다.

"하지만 그럼 스즈코 씨 ——— 이쿠보 씨의 소꿉친구는 현재 어떻게 되었을까요?"

"유감이지만 나는 죽었을 거라고 생각하오. 산후 조리가 잘못되었는지 아니면 돌림병인지, 사고인지, 그것은 물론 알 수 없소만. 나는 그 아이를 낳자마자 죽었을 거라고 생각한다오. 그렇지 않다면 13년 동안 모습도 보이지 않고 살아갈 수 있을 리가 없소. 그렇기 때문에 진슈 노인은 이쿠보 군의 물음에 대해서 시치미를 뗀 게 아니겠소?"

——— 마츠미야 스즈코는 이미 죽었다.

"그럼 노래를 스즈에게 가르친 건 누굽니까?"

"그야 진슈 씨가 가르쳤겠지. 어머니인 스즈코에게도 진슈 씨가 가르쳤을 거요. 어머니가 열 달 사이에 배울 수 있었을 정도의 노래요. 13년이나 있었으니 싫어도 배웠을 테지."

"그렇군요. 그건 그렇습니다."

"그 스즈는, 그래서 제대로 된 교육을 받지 못했을 거요. 태어나서부터 지금껏 이곳에서 살았을 테니. 사회성도 협조성도 기르지 못했소. 어휘도 부족할 거요. 이건 어쩔 수 없지. 장애가 있는 것은 아니오. 야생아인 것이지."

구온지 노인의 견해는 현재로서는 그것이 진실에 가장 가까울 거라고, 이마가와는 그렇게 생각했다.

그것이 스즈 ——— 후리소데 소녀의 정체다.

——— 빨리 그 불안정한 소설가에게 알려줘야 한다.

이마가와는 그렇게 생각했다. 몹시 신경 쓰는 기색이었기 때문이다. 하지만 그 남자는 어디에선가 강하게 현실이 환상이 되기를 바라는 것 같은 구석이 있으니, 스즈는 요괴라고 생각하게 놔두는 편이 ——— 그에게는 그 편이 좋을지도 모른다.

밭 같은 것이 보였다.

이런 곳에서 무엇을 키울 수 있을까.

덤불———이라기보다 숲———의 그늘에 건물이 보였다.

"저겁니까?"

"오오. 체포되지 않고 무사히 도착했군."

다른 암자와 비슷한———이쿠보는 그렇게 말했다.

분명히 겉모습은 그리 다르지는 않았지만 이마가와가 보기에는 왠지 한층 더 낡은 듯했다.

구온지 노인은 문 앞에 서서 이마가와를 돌아보았다.

"뭐라고 할까. 이럴 때는. 익숙하지 않아서 뭐라고 해야 할지 모르겠구려. 왕진입니다, 라고 말할까요?"

이마가와는 쓴웃음을 지으며 "그렇게 하십시오" 하고 말했다.

"아까 그 벌책 때 입은 타박상이 좀 어떤지 보러 왔다고 말씀하시면 될 겁니다."

"오오. 그렇구려."

노인이 웃으며 문에 손을 댄 순간, 문이 열렸다.

딱 마주친 구온지 노인은 숨을 삼키며 뒤로 물러났다.

처음에는 누가 서 있는 건지 알 수가 없었다.

"이, 이거――― 실례했습니다."

"당신은 다쿠유 씨――― 였던가요?"

다쿠유――― 센고쿠로에 있는 구와타 조신의 행자일 것이다.

"――― 귀하는――― 이마가와 님. 아마 어젯밤에 다른 분들과 함께 떠나시지 않았던가요?"

"다시 왔습니다."

"이, 이곳에 무슨 볼일이라도 있으십니까?"

"진슈 씨 있소?"

구온지가 물었다.

"이 분은?"

"의사 선생님이신 구온지 선생님입니다."

"의사 선생님이――― 왜?"

"뭐 어떻소. 여기에는 당신 같은 젊은 스님이 자주 오시오?"

분명히 이 자리에 어울리지 않는다고 이마가와도 생각했다.

"아니오. 음식을 만드는 승려뿐입니다. 소승은 전좌의 행자로 있습니다. 그리고 고원(庫院)에서의 일도 하고 있고요. 그래서――― ."

안에서 목소리가 들렸다.

"보시를 받고 있습니다."

진슈 노인이었다.

노인은 늘 그렇듯이 비굴하게 등을 웅크리고 소리도 없이 나왔다. 다쿠유는 민첩한 동작으로 옆으로 피했다.

"보시? 전좌의 보시라면 음식이오?"

"예, 예. 남은 음식을 받아다 먹고 있습니다."

"남은? 선승이 음식을 남긴단 말이오?"

구온지 노인은 기묘한 표정으로 젊은 다쿠유와 안에서 나온 넝마 쓰레기 같은 노인을 번갈아 바라보았다.

"물론 그런 일은 없습니다. 죽에는 열 가지 이익이 있는데 식사를 남기는 행각승은 없습니다. 하지만 예를 들어 ———."

"장아찌의 꽁다리라든가, 냄비 밑바닥이나 가장자리에 남은 죽이라든가, 그런 귀한 것을 받고 있습니다. 고마운 일이지요."

노인은 한층 비굴하게 머리를 숙였다.

"흐음, 그럼 말하자면 소박한 스님이 남긴 것, 다시 말해서 씻어내 버리는, 죽도 가장자리에 묻은 풀 같은 것을 당신이 먹는다는 거요?"

구온지 노인이 이마에 주름을 지었다. 다쿠유는 그것을 비난의 의사표시로 받아들였는지 조금 변명하듯이,

"아니오. 일단은 ——— 따님 몫도 있기 때문에 지금은 ——— 관수님이."

하고 말했다. 명목상으로는 그렇지만 아마 현재는 일단 두 끼 분을 더 만들어서 가져다주는 것이 관례일 것이다.

구온지 노인도 다쿠유의 말투에서 그것을 알아차린 모양
이었다.

"하지만 진슈 씨. 당신도 밭일을 하고 있지 않소? 그런
것을 받지 않더라도 옛날부터 당신은 자급자족하고 있었
잖아요?"

"삼십여 명의 식사를 만들 만큼 수확이 풍부하지는 않습
니다. 그래서."

"그래서라니, 당신의 밭이잖소?"

"밭은 대지의 것. 열매는 대중의 것입니다. 귀한 스님들
이 받아 주신다면 피나 밤도 도움이 될 수 있으니 무아(無我)
가 됩니다."

"흥."

구온지 노인이 코웃음을 쳤다.

"진슈 씨. 나는 구온지라고 합니다. 이 사람은 이마가와
라고 하오. 당신에게 묻고 싶은 것이 있어서 왔는데. 잠깐
좀 괜찮겠소?"

"예, 예. 자, 안으로 들어오시지요. 차를 드십시오."

"그럼 소승은——— 경찰 분들도 계시니 이만 실례하
겠습니다."

다쿠유는 구온지 노인과 이마가와를 향해 절을 한 후
빠른 걸음으로 떠났다.

안의 구조는 다른 암자와 매우 달랐다.

우선 봉당이 있다. 마루방에는 거적이 깔려 있고 이로리

가 있다. 천장에서 늘어져 있는 갈고리에는 쇠주전자가 매달려 있다. 오래된 농가 같은 모습이다. 옆방과 구분을 하는 장지는 없다. 다만 가리기 위한 발이 내려져 있을 뿐이다. 진슈가 창고방을 열고 차 솥을 꺼내 차 준비를 시작하자 구온지 노인은 말렸다.

"아아, 신경 쓰지 마시오. 실례지만 이런 생활에서는 찻 잎도——잎이 아닌가? 뭐, 사치품일 테지요. 이렇게 따뜻하게 해 주시는 것만으로도 되었소."

"예, 예. 송구합니다."

진슈는 손을 멈추더니 꺼낸 물건들을 다시 집어넣지도 않고, 구온지 노인과 이로리를 사이에 두고 마주보는 형태로 앉았다.

"당신은 몇 살이오? 나는 올해로 예순셋이오만."

진슈는 눈가에 깊은 주름을 가득 담고 웃었다. 자세히 보니 눈이 크고 온화해 보이는 얼굴이다.

"글쎄요, 심산유곡에서 기거하다 보면 자신의 나이를 세는 것도 잊게 됩니다. 만고불변의 자연과 살다 보니 자신도 천고불변이라고 착각하게 되지요. 문득 정신을 차려 보니 늙어 있었습니다."

"그럼 질문을 바꾸지요. 당신은 언제부터 여기에 계셨소? 사람을 싫어하기라도 하시오? 어째서 마을의 생활을 버린 거요? 아니, 실은 나도 쫓겨나다시피 산으로 온 사람이라서요. 마음은 모르는 것도 아니오만."

"처음부터 버릴 생활 따윈 없었습니다. 싫어하는 사람

도 없습니다. 태어났을 때부터 천애고아였고 사람이 되어
서부터 쭉 이곳에 있었습니다."

"여기서——태어났다는 거요? 부모님은 어떻게 되
셨소? 설마 나무 등걸에서 태어난 것도 아닐 텐데."

"나무 등걸에서 태어났습니다. 키워준 사람은 까마득히
면 옛날에 불귀의 객이 되었습니다."

"오오, 그러니까 당신도——그 커다란 스님——
뭐였지요, 이마가와 군?"

"데츠도 씨."

"맞다. 데츠도 군과 마찬가지로 버려진 아이나 뭐 그런
——아니, 기분 나쁘게 생각하지 말아 주시오. 그런 처
지였던 거요?"

"글쎄요, 어제의 일도 흐릿합니다. 어릴 때의 일은 있어
도 없는 거나 마찬가지. 버려진 아이든 귀신의 아이든 마
찬가지지요."

구온지 노인은 입술을 내밀며 턱을 바짝 당겼다. 의사의
아래턱은 삼중턱이 되었다.

"데츠도 군을——당신은 어디에서 어떻게 알게 되
었소?"

"데츠도는 큰 땅울림이 있었을 때."

"땅울림? 관동 대지진인가?"

"그것을 그렇게 부릅니까? 건물 잔해 밑에서 구했지요.
젖먹이 아기였지만 강한 아이였습니다. 어머니는 돌아가
셨지만 혼자 힘으로 살아남았어요. 말하자면 그도 천애고

아였습니다."

지진 때 생긴 고아를 보호했다———는 것일까.

"그럼 스즈는 어떻소?"

"글쎄요, 지난번에 왔던 여인도 물으시던데 12년인가, 13년 전인가———."

"스즈도 천애고아요? 나무 등걸에서 태어났단 말이오?"

"바로 그렇습니다."

"이곳에서 태어난 것은 아니오?"

"이곳에서 태어난 것은 아닙니다———."

다시 말해서 스즈는 데츠도와 마찬가지로 젖먹이 때 버려졌다는 뜻일 것이다. 그렇다면 스즈코는 어딘가 다른 곳에서 스즈를 낳은 후 버리기라도 했다는 걸까?

"——— 절벽 아래에서 숨도 다 끊어져 가는 것을 주웠지요. 그 아이도 강한 아이였나 봅니다. 살았어요."

구온지 노인도 이마가와와 똑같은 생각을 했는지 시선을 힐끔힐끔 이마가와에게 보내더니 물었다.

"그럼 묻겠는데 진슈 씨. 당신은 스즈의 어머니와 만난 적은 없소?"

"없습니다."

"그럼 그 후리소데는?"

"구했을 때부터. 처음부터———."

"그것으로 감싸여 있었던 거요? 그럼 이름은? 이름은 왜 스즈요?"

"부적 주머니에 스즈라고만———."

"쓰여 있었소? 그렇군. 이마가와 군. 역시 스즈는 스즈코 씨의 아이일 거요, 분명히."

그야 그럴 것이다. 그러나———.

"저어———."

이마가와는 말했다. 지금 물어보지 않으면 영원히 스즈의 정체는 확인할 수 없을 거라고 생각했기 때문이다. 그소설가와 달리 현재의 이마가와는 그 사실을 확인하지 않은 채 남겨두는 게 기분 나빴던 것이다.

구온지 노인의 추론은 어느 정도 옳을 것이다. 하지만 스즈코가 스즈를 이곳이 아닌 어딘가 다른 곳에서 낳았다면 약간의 오류가 생긴다.

스즈코 본인은 진슈와 접촉하지 않았다. 그렇다면 스즈코에게는 진슈에게 노래를 배울 시간은 없었다———는 뜻이 된다. 그 경우, 그 노래는 진슈가 스즈코에게 가르친 것이 아니라고 생각할 수밖에 없다. 따라서 처음부터 알고 있었던 노래이거나, 아니면 실종된 후에 어딘가 다른 곳에서 그 노래를 배웠다고 생각해야 할 것이다.

그러나 그 경우, 이번에는 어머니에게서 딸에게 노래가 전해질 시간이 없어지고 만다.

"노래는———."

"노래라니?"

"——— 스즈는 자주 노래를 부르곤 합니다. 저도 들었는데, 아십니까?"

"아아, 그 익살스러운 노래 말입니까? 그것은 어느 샌가 외웠더군요."

"외웠다? 그럼 당신이 가르친 겁니까?"

"가르친 것은 아니지만 외우기 쉬운 노래였는지, 스즈는 금세 외워서 부르던데요."

"하지만 당신에게서 스즈에게 전해진 것은 틀림이 없지요? 당신 자신은 어느 분께 배웠습니까?"

"저도 배운 기억은 없지만 들으면서 자랐습니다. 스즈도 외웠지요. 데츠도도 알고 있다면, 제가 아이를 볼 때 무심결에 입을 뚫고 나오기라도 했던 것일까요. 아니, 본래 자장가일지도 모르겠습니다 ———."

진슈는 붙임성 있게 웃었다.

"——— 자장가치고는 짜증나는 노래일까요?"

거짓말을 하는 것 같은 표정은 아니다.

선한지 악한지는 별도로 하고 교활함과는 거리가 먼 얼굴이다.

"다시 말해서 당신을 키워준 사람이 불렀던 노래란 말입니까?"

"바로 그렇습니다."

——— 뭔가.

이상하다.

그럼 어떻게 스즈코가 알았던 것일까?

이마가와가 고개를 갸웃거리며 시선을 보내자 구온지 노인은 알아차린 듯 곧 대답했다.

"이마가와 군. 역사라는 건 기록과 기억이라는 두 종류의 형태로밖에 살아남을 수 없소. 그리고 기록도 기억도 ——— 인간에게 유리하게 개찬(改竄)되고 마는 법이라오."

"개찬?"

개찬이라고 노인은 다시 말했다.

"아마 13년 전에 미아인 스즈코 씨를 본 사람이 있었을 거요. 산속에서 후리소데를 입었으니 기이한 느낌을 받았겠지. 그걸 기억한 거요. 기록도 했을지도 모르지요. 그리고 십여 년 후, 같은 곳에서 같은 것 ——— 스즈가 목격되었소. 이 소녀는 노래를 부르고 있었지. 이건 그냥 우연이라고는 생각할 수 없소. 사실 우리도 우연이라고는 생각하지 않았잖소. 그런 생각은 이 두 가지를 연결하려고 합니다. 그 작용이, 전에 본 사람의 기억을 거슬러 올라가서 개찬하고 만 것일 테지요."

"말하자면 스즈코 씨는 당시에 부르지도 않은 노래를 부른——— 것으로 되었다는 뜻입니까?"

"그렇지요. 장소나 옷은 같았소. 그렇다면 노래도 부르고 있었을까? 부르고 있었던 것 같은 기분도 든다, 아니, 부르고 있었을 게 틀림없다, 아니, 노래하고 있었다, 같은 노래다——— 하고 말이오. 이렇게 해서 기억이 개찬되고 기록도 바뀌 쓰이게 되는 거요. 기억을 가진 인간은 죽고, 기록은 사실로 후세에 남지요. 이런 건 드문 일이 아니라오."

"흐음."

그런 일은 실제로 일어나는 일일 거라고 생각은 한다. 그리고 그렇게 생각한다면 아무 문제도 없어지고, 구온지 노인의 설에 발생하는 오류도 메워지고 만다.

"진슈 씨. 이런 곳에서 아이를 둘이나 키운다는 것은 ——— 이 열악한 환경 ——— 실례. 뭐, 그다지 좋지 못한 환경이니 아이들에게 좋을지 어떨지는 별도로 치더라도 매우 고생스러웠을 테고, 당신의 그 비굴할 정도로 사람 좋은 성격도 ——— 그렇군, 당신 자신도 그렇게 살아왔을 테니 말이오 ——— 음. 뭐, 아무도 당신을 나쁘게 말할 수는 없을 거요. 하지만. 스즈라고 했나요, 그 소녀는 가능하면 좋은 곳에 입양시켜 교육을 받게 하든지 어떻게 하는 게 좋겠소. 참견이라고 생각하겠지만 그 편이 좋아요."

노의사는 놀람과 동정이 뒤섞인 듯한 말투로 설교 같은 말을 늘어놓았다.

"예, 예. 그럴까요? 그 아이는 정말 어디에서 온 아이이고, 어째서 그런 산속에 버려졌을까요. 제가 구했을 때는 쇠약해져 있었습니다. 말도 하지 못할 정도로. 사정을 알 길도 없고 ———."

그야 그럴 것이다. 버려진 사정을 설명할 수 있는 젖먹이 아이는 없다.

"——— 회복할 때까지 상당히 시간이 걸렸습니다. 겨우 건강해지고 걸을 수 있게 되었을 무렵, 그 아이, 스즈는

————."

진슈 노인은 커다란 눈을 실처럼 가늘게 떴다.

"————잠시 눈을 뗀 틈에 산으로 들어가 길을 잃고 말았지요."

"이제 막 걸을 수 있게 되었는데 말이오?"

"제가 밭에 나가 있던 틈에 일어난 일이었습니다. 찾고 또 찾다가, 꽤 멀리 떨어진 곳에 쓰러져 있는 것을 발견했습니다. 다행히 살아 있었지만 숨이 다 끊어져 가고 있었습니다."

그것은————확실히 어린아이에게서 시선을 뗀 진슈 노인의 책임이기는 하겠지만, 과연 이 갸륵한 노인을 무책임한 제삼자가 나무랄 수 있을까.

"하지만 이번에는 좀처럼 좋아지지 않았습니다. 상당한 시간이 걸렸지요. 그래서 오랜 세월 동안, 스즈는 누워만 있었습니다. 말도 하지 않고 그저 멍하니 있었지요. 그런 아이가 되었어요."

진슈는 회한의 표정을 띠었다. 그것을 보고 구온지 노인은 곤란한 것 같기도 하고 애처로워하는 것 같기도 한 표정이 되었다.

"당신————그 책임을 느끼는 거로군요. 그러니까 당신의 부주의 때문에 스즈는 앓아눕고 말았다, 그런 거지요? 하지만 그거야 당장 의사에게————아아, 그건 전쟁 중의 일이었소?"

진슈는 고개를 끄덕였다.

"그렇습니다. 다만 아까 말씀드렸다시피 십 년을 하루같이, 내일은 낫겠지, 내일은 일어나겠지 하고 생각하다 보니 시간은 지나 있었습니다. 스즈가 건강해지고 돌아다닐 수 있게 된 때는, 그렇지, 작년인가 재작년인가. 바로 얼마 전의 일입니다. 그런 일이 없었다면 스님들께 부탁해서 당장이라도 수양딸로 보냈을 텐데, 가엾은 짓을 했지요."

"뭐———하지만 당신의 오랜 간병 덕분에 건강해진 것이니 말이오. 아직 그 소녀는 어려요. 이제부터가 중요하지요. 생각하기에 따라서는 당신은 생판 남인 소녀의 목숨을 두 번이나 구한 셈이 돼요. 게다가 이 환경에서 어떻게든 키워 냈으니 말이오. 이것은 선행이오."

진슈는 과분하다, 당치도 않다며 머리를 숙였다.

저두평신(低頭平身). 그 자체다.

"머리를 드십시오. 연장자가 머리를 숙이시면 이쪽이 거북하다오. 그런데 진슈 씨, 그———."

본래 구온지 노인은 스즈에 대해서 물으려고 여기에 온 것이 아니다. 스가노 씨의 이야기를 묻고자 한 것이 찾아온 이유다.

"———다른 한 명인 그, 데츠도 군은 지금도 여기서 살고 있소?"

그러나 노의사도 무슨 이유 때문인지 좀처럼 본론을 꺼낼 수 없는 모양이었다.

"데츠도는 스즈를 데려왔을 때 스님들에게 맡겼습니

다. 그 전에도 잡무나 밭일은 거들고 있었고, 무엇보다 이 작은 집에서 스즈와 함께 살게 할 수도 없으니까요. 보시다시피 아직 경 하나도 외우지 못하지만 도주 레이소 [洞宗令聰][†] 님의 예도 있으니 언젠가 좋은 선승이 되어야지요."

"그렇군요. 그 도주라는 사람은 어떤?"

"예?"

"아니, 됐습니다. 그, 뭐, 여러 가지로 간섭하는 것 같은 질문만 해서———그, 뭣 하오만, 음. 지금도 괴로운 이야기를 하게 한 것 같지만 묻는 김에 한 가지만 더 묻겠소. 당신 그, 스가노라는 스님은 아시오?"

"하쿠교 스님———말씀이십니까?"

"그렇소. 그 하쿠교가 작년 여름에 대체 어떻게 되었는지, 무슨 짓을 했는지———진슈 씨 당신은 아시오?"

진슈의 표정이 갑자기 흐려졌다.

"그———분은———아니, 그 분께는———어떻게 사과를 드려야 할지 모르겠습니다. 이 몸이 지안 님께 아무리 얻어맞아도 어쩔 수 없는 일입니다."

"그것은 스즈와 관련이 있는 일이오? 아무리 물어도 아무도 가르쳐 주질 않는구려. 스님들은 마치 조개처럼 입을 다물고 아무 말도 하지 않소."

[†] 메이지 시대의 선승(1854~1916). 우둔한 인물이었으나 자신의 우둔함을 잘 알고, 자신 같은 우둔한 사람은 남들보다 더 수행을 해야 한다며 남들이 보지 않는 곳에서 음덕(陰德)을 쌓은 결과, 스승의 인정을 받고 스승의 뒤를 물려받아 사원을 크게 번영시켰다고 함.

"그렇습니까. 그러면――――제가 말씀드릴 수는."

진슈는 커다란 눈으로 이로리의 숯을 바라보며 입을 굳게 한일자로 다물었다.

그을린 것 같은 거무스름한 덩어리에 날카로운 눈만이 달려 있다.

승려들 때문에 조심스러운 모양이다.

구온지 노인은 한층 더 진지하게 물고 늘어졌다.

"당신, 스님들에게 신경을 쓰는 거요? 나는 스가노가 출가하기 전부터 알고 있었소. 그 사람에 대해서는 잘 안다오. 한때는 가족처럼 지냈소. 부탁이오. 가르쳐 주시오."

진슈는 그 눈마저 감고 단순한 덩어리가 되고 말았다.

"진슈 씨. 당신이 뭔가 한 거요?"

"그렇――――습니다――――그 분, 하쿠교 님이 모처럼 쌓으신 수행을――――전부 망쳐 놓고 말았습니다."

"당신이 말이오?"

"스즈가――――그랬지요."

"스즈가 스가노의 수행을 망쳤다고요? 무슨 소리요? 이봐요, 진슈 씨!"

냄비를 거는 갈고리가 흔들렸다.

이마가와가 앉아 있는 곳에서는 마치 구온지 노인의 기백이 그것을 흔들기라도 한 듯 보였다. 기백에 눌린 것처럼 진슈는 무거운 입을 열었다.

"스즈가――――돌아다닐 수 있을 정도로 회복되어, 그

것은 그것대로 좋은 일이었습니다. 다만 보시다시피 깊은 산중이라 여자아이가 입을 만한 것이 없었지요. 그래서 어쩔 수 없이 그 나들이옷을 입혔습니다. 그리고 밖에 내보냈지요. 입히는 방법이 어려워서 고생했습니다만——— 어차피 십 년이나 지나서 겨우 입을 수 있게 된 옷입니다. 그리고 스즈는 그 차림으로 산을 돌아다니게 되었지요———.”

산속의 후리소데 소녀——— 소설가가 말한 성장하지 않는 미아——— 의 탄생이다.

그것은 기구한 운명을 거친 산의 산물이었다.

“——— 그리고 스즈는 그런 차림으로 경내에도 드나들게 되었습니다. 그리고 작년——— 여름에.”

“그것이 어쨌단 말이오? 스즈가 후리소데를 입고 경내에 들어가는 게 왜 스가노의 수행에 방해가 되———.”

구온지 노인은 거기서 갑자기 말을 끊고 그 모양 그대로 입을 벌린 채 멈추었다.

“되———.”

진슈는 말했다.

“그 분은 가장 끊기 어려운 번뇌를 끊기 위해 불문에 들어오셨습니다. 그리고 그 수행은 나날이 이루어지고 있었습니다. 그것을———.”

“아———아니. 더는 말하지 말아 주시오. 아, 알겠소. 알겠습니다. 하지만 그럼 스즈는———.”

구온지 노인은 거기서 다시 말을 끊고 오른손으로 얼굴

을 덮더니 그 두꺼운 살을 잡고 짜내듯이 오열을 토했다.

이마가와는 당황했다.

"그러면 ——— 그 스가노는 ———."

"아아, 이게 무슨 일이람" 하고 신음하듯이 말하며 노인은 눈을 굳게 감았다.

"아니, 진슈 씨, 그것은 ——— 그것은 스가노가 잘못한 거요. 그가 가해자요. 스즈는 피해자가 아니오? 그런데 당신은 어째서 그렇게 비굴하게 ———."

"피해자? 비굴?"

진슈는 의아한 얼굴을 했다. 아마 그는 그런 말을 들어본 적이 없을 것이다.

"그렇소. 사과해야 할 것은 절 사람들이오! 참회해야 할 것은 스가노란 말이오! 그런, 아직 사물도 잘 분간하지 못하는 어린 소녀에게 ———."

구온지 노인은 분노하고 있다.

그리고 이마가와는 아까와 비슷한 이상한 기분이 들었다. 이마가와는 노의사가 분노하는 이유를 모른다. 말로 표현하지 않은 부분에서 무슨 이야기가 오갔는지 짐작이 가지 않았기 때문이다.

하지만 두 사람의 대화의 진상을 이마가와는 왠지 알 것 같은 기분이 들었다. 그러나 그것은 의식하면 그 순간 진상이 아니게 되고 마는 것이다.

진슈가 말했다.

"피해자니 가해자니 하시는 것은 이해가 가지 않습니

다. 선인선과(善因善果) 악인악과(惡因惡果)†, 삼시업(三時業)††은 세상의 이치. 해를 끼치고 해를 입는 것도 업보를 씻어 내지 못하기 때문입니다. 삼취정계(三聚淨戒)†††를 지키지 못한 하쿠교 스님도, 지키지 못하게 한 스즈도 죄라고 한다면 같은 죄겠지요."

"모르겠소. 당신들이 하는 말은 모르겠소! 어느 나라에 강간당하고도 사과를 하는 바보 같은 일이 ———아."

노인은 거기서 이마가와를 알아차리고,

세 번째로 말을 멈추었다.

"——— 이마가와 군. 아아, 미안하오. 아니, 이것만은 피해자가 있는 일이니까, 아니, 스즈의 기분을 생각하면 ——— 미안하오. 진슈 씨."

구온지 노인은 고개를 숙였다.

이마가와는 아무 말도 하지 않았다.

다시 말해서 스가노라는 사람의 '끊기 어려운 번뇌'의 정체는 성욕이었다는 뜻일까.

그렇다면 스가노 씨는 수행을 해서 성욕을 끊으려 했던

---

† 선한 일을 하면 반드시 좋은 과보가 있지만 반대로 악한 일을 하면 반드시 나쁜 결과가 있다는 말.

†† 불교에서 선악의 응보로 받는 업을 그 업과를 받는 시기에 따라 세 가지로 나눈 것. 이승에서 받는 순현법수업(順現法受業), 다시 태어나서 받는 순차생수업(順次生受業), 세 번째 태어나서 받는 순후차수업(順後次受業)을 말한다.

††† 대승의 보살이 받아 지녀야 할 세 가지 계율. 악을 방지하기 위해 제정한 모든 금지 조항인 섭율의계(攝律儀戒), 선을 행하는 계율인 섭선법계(攝善法戒), 선을 행하면서 중생에게 이익을 베푸는 계율인 섭중생계(攝衆生戒)이다.

걸까. 그리고 그것은 스즈라는 여인———이라고 할 정
도의 나이도 되지 않은 것 같지만———을 봄으로써 허무
하게도 무너졌다는 뜻이 된다. 스가노 씨는 스즈를 능욕했
고 그것을 계기로 그의 인격은 붕괴되었으며 그 결과 승려
들에 의해 유폐되었다———.

그런 일이 있을까?

이마가와에게는 현실적인 이야기가 아니었다.

우선 이마가와는 그렇게까지 해서 억눌러야 하는 성욕
이 있다는 것을 이해할 수 없었다.

아니, 성욕을 끊는다는 사고방식 자체를 잘 모르겠다.

도가 지나치면 변변한 일이 없을 것 같기는 하다. 그러
나 그것은 어디까지나 사회규범이나 도덕윤리에 비추어
그렇게 생각한다는 것일 뿐이다.

개인차는 있겠지만 생물인 한 성욕은 있는 법이다. 그것
을 부정하는 것이, 혹은 끊는 것이 정말로 옳거나 대단하
거나———그런 것은 아니겠지만———한 것인지, 이
마가와는 이해할 수 없다고밖에 말할 수 없었다. 물론 승
려나 수도사 등 금욕적인 생활을 할 수 있는 사람도 있을
테고, 그런 생활은 어떤 규범이 되고 또 무언가를 낳는
원동력도 될 거라고 생각은 한다. 그러나 그것은 할 수
있는 사람이기 때문에 할 수 있는 것———이라고 이마가
와는 생각하고 있었다. 모두가 그래야 한다고는 생각하지
않고, 당연히 그랬다간 종족은 멸망한다.

겨우 열두세 살의, 사춘기도 되지 않은 어린 소녀를 목

격한 것만으로 의사까지 했던 성인 남자가 자제심이고 뭐고 다 잃었다━━━는 것은, 스가노 씨는 수행을 함으로써 자아 붕괴 직전의 아슬아슬한 데까지 그것을 억누르고 있었다는 뜻일 것이다.

그게 수행인 걸까.

타닥, 하고 숯이 튀었다.

"진슈 씨. 나는━━━당신들을 위해서 도움이 되는 일이라면 할 수 있는 것은 뭐든지 하겠소. 무엇이든 사양 말고 말해 주시오. 나는 저 아래 센고쿠로에 있소. 스즈를 맡아줄 만한 곳도 찾아보지요. 경제적인 원조도, 돈은 그렇게 많지 않지만 할 수 있는 만큼은 하겠소. 이제 와서 당신에게 산을 내려가라는 것은 가혹한 이야기일지도 모르지만 그 아이는 앞날이 창창하잖소. 아니, 거절하지 말아 주시오."

진슈 노인은 이상할 정도로 온화한 웃음을 띠었다.

"고맙습니다."

밖으로 나가자 해가 기울어 있었다.

노의사는 이마에 땀을 흘리고 있었고 지친 것처럼 보이기도 했다. 이마가와는 더욱더 할 말이 없어져서 그저 자신의 발밑을 보면서 뒤를 따랐다.

노의사는 돌아보지도 않고 말했다.

"이마가와 군."

"네."

"당신도 불쾌한 기분일 테지요. 그런 이야기는."

"스즈를 생각하면 대답을 드리기가 어렵습니다. 다만 정말로 그——— 진슈 노인은 확실하게 말씀하시지는 않았지만, 말할 수 있는 것도 아니겠지만——— 예. 역시 대답하기 어렵습니다. 사실일까요?"

"아아. 사실일 거요. 스가노는 터무니없이 파렴치한 짓을 저지른 것일 테지."

"어떻게 아십니까?"

"그는 그런 병이 있었소."

"그런? 그 성적 욕구가 이상하게 강하다거나?"

"아니오. 그건 절륜하다거나 호색한이라고 하는 게 아니겠소. 그거라면 이 세상에 쓸어버릴 정도로 많이 있지. 그런 사람은 그렇게 고생하지도 않소. 이마가와 군. 아무래도 스가노라는 남자는, 나이 어린 소녀가 아니면 성적인 욕정을 품을 수 없는, 어린 여자아이 외에는 성적 대상으로 볼 수 없는 그런 병을 가지고 있었던 모양이오."

"아아."

그것은——— 들은 적이 있었다.

"세상에서는 그것을 변태성욕자라고 부르며 경멸하지만, 물론 누구에게나 그런 기호라는 것은 많든 적든 있는 법이오. 가학 취향이라든가 피학 취향이라든가, 그런 것도 있잖소. 그중에는 이해하기 어려울 정도로 비열한 취향을 가진 자도 있지만 모두들 잘 해소하고 있을 뿐이오. 하지만 스가노의 경우는 해소할 수가 없는 거요. 어떻게 해도 범죄가 되고 말지요. 그런 남자로 태어난 이상 어쩔 수 없었을 테지."

"그래서 어르신은 아까 경찰에게 '성벽'이라고 하신 거 군요? 그래서 스가노 씨는————."

그렇다면 조금 이해할 수 있다고, 이마가와는 생각했다.

"그 사람은 그 사람대로 괴로웠을 거요. 의학은 아무것 도 해결해 주지 않았소. 의학의 영역이 아닐지도 모르고. 그런 것은 세상에서는 이상자로 보지만 의학적으로는 정 상이오. 정신의 병이라면 병이지만 분열증도, 신경증도 아 니지요. 그것을 병이라고 해 버리면 인류는 모두 병에 걸 린 거요. 그래서 그 사람————."

"어르신, 왜 그러십니까?"

"스가노를 만나야겠소."

"만나서 어쩌시려고요?"

"이야기할 거요. 그 사람에게 의견을 말할 수 있는 건 이 세상에서 나뿐이오. 말하자면 치료하거나 용서할 수 있는 것도 나뿐이란 말이오."

"무슨 뜻입니까?"

"아아————아?"

갑자기 앞서 가던 구온지 노인이 걸음을 멈추었기 때문 에 이마가와는 하마터면 부딪칠 뻔하면서 멈추었다.

"저 스님은 참 덩치가 크군."

나무 맞은편에 사람 그림자가 있었다.

데츠도였다.

"돌아다녀도 되는 건가? 경찰한테는 비밀인가? 어디로 가는 거지? 방향이 반대 아니오?"

확실히 센고쿠로 방향은 아니다. 아마 센고쿠로를 지나지 않고 산기슭으로 갈 수는 없을 것이다. 산을 헤치고 가는 것으로밖에 보이지 않았다. 사무에에 지게를 지고 있으니 땔감이라도 구하러 가는 것인지도 모른다.

저 사람이 데츠도라고 말하자 노의사는,

"흐음, 거한이구려."

하고 말했다.

감옥 앞에는 아니나 다를까 경관이 서 있었다.

"들어갈 수 없겠는데요."

"뭐. 괜찮소. 어떻게든 될 거요. 아까 처음에 갔을 때 스가와라 형사가 그러던데, 입구의 자물쇠는 어제 누군가가 연 후로 열쇠가 없어져서 잠글 수가 없다더군."

"그럼 안의 우리도 열려 있는 겁니까?"

"그쪽 우리의 열쇠는 열쇠구멍에 계속 꽂혀 있었다고 하오. 그러니 안쪽 우리의 자물쇠는 있소. 하지만 그건 상관없소. 이야기만 할 수 있으면 돼요. 오히려 문이 잠겨 있는 편이 좋지. 입구만 열려 있으면 문제없소."

"하지만 경관이 감시하고 있어요. 이대로 말없이 방으로 돌아가 있으면 조만간 접견이 이루어질지도 모릅니다."

스가와라가 그런 말을 했었다.

"그런 건 언제가 될지 전혀 알 수 없잖소. 범인이 붙잡힐 때까지 안 될지도 모르고. 그렇다면 경우에 따라서는 아무리 시간이 지나도, 어라? 저걸 보시오."

이마가와가 시선을 돌려 보니 선당 앞 부근에서 소동이 일어나고 있었다.

세 명의 경관이 큰 소리를 내고 있었다.

"과연 평범한 탐정은 아니군. 정말이지, 절묘한 타이밍이오. 아니, 그보다 여기저기에서 닥치는 대로 말썽을 일으키고 있었던 건가?"

아무래도 에노키즈가 불씨인 모양이다.

말썽은 틀림없이 닥치는 대로 일으키고 있을 것이다.

노인이 짐작한 대로 감시하던 경관은 도랑에서 발돋움을 하며 그 모습을 보더니 당황하며 굴 앞을 떠나 소동이 일어나고 있는 쪽으로 향했다. 아무도 굴에 들어가는 사람은 없을 거라고 대수롭지 않게 여기고 있는 듯했다.

몸을 웅크리고 있던 것도 아니고 그늘에 숨어 있던 것도 아닌데, 이마가와와 구온지 노인은 경관의 눈에 보이지 않았다. 경관의 눈에는 좌우간 눈에 띄는 에노키즈의 모습만 보이는 모양이다.

구온지 노인은 재빨리 눈으로 된 참호 그늘로 들어가 그대로 도랑을 따라 몸을 구부리고 달려가더니 쇠창살이 달린 문을 열고 어둠 속으로 사라졌다. 이마가와는 잠시 망설이다가 뒤를 따랐다.

한 번 들어갔던 곳이라 구조를 알고 있을 테지만 이마가와는 발이 걸려 넘어졌다.

바닥은 약간 젖어 있어서 짚은 손바닥이 싸늘하니 차가웠다. 일어선 이마가와는 만약을 위해 입구의 창살문을 닫았다. 자물쇠가 부서졌다는 것을 알면서도, 그때 이마가와는 이제 나갈 수 없게 될 것 같은 불안감을 느꼈다.

처음에 왔을 때는 알아차리지 못했지만 걷다 보니 뚜벅뚜벅 하고 꽤 큰 발소리가 울린다.

이렇게 큰 소리도 상황에 따라서는 듣지 못할 수도 있다.

이마가와는 어둠 속을 신중하게, 아주 신중하게 나아가 우리가 있는 방으로 침입했다.

우리 안에는 불빛이 없었다.

"스가노. 스가노."

구온지 노인의 목소리다.

"거기에 ——— 있지? 날세. 구온지 요시치카일세."

기척은 있었다.

목소리는 들리지 않는다.

"대답을 하게. 미친 것도 아닐 텐데."

"미쳤습니다."

이윽고 목소리가 들렸다.

"안 미쳤잖나. 아까 나를 알아보지 않았나."

"모르겠습니다."

"원장님, 이라고 했어."

목소리는 침묵했다.

"이성이 남아 있다는 증거일세. 이야기는 할 수 있겠지."

"이야기할 것은———아니, 이야기할 수 있는 것은 아무것도 없습니다. 빈승은 마도(魔道)에 떨어져 어두운 망집의 포로가 된 축생 승려. 당신이 아는 스가노인가 하는 천치와는 다른 사람입니다."

"바보 같은 소리 말게. 자네가 만인의 숭앙을 받는 고승이 되어 옛날의 자신은 다른 사람이라고 말했다면, 나는 어슬렁어슬렁 찾아오지는 않았을 걸세. 자네는 새삼스럽게 망설이고 괴로워하고 있지 않은가. 그래서 나는 이렇게 온 걸세. 무엇보다 출가를 하든 출세를 하든, 자네는 우선 내게 뭔가 할 말이 있을 텐데."

"그걸———들으러 오신 겁니까?"

"글쎄. 듣고 싶다고 해도 벌은 받지 않겠지."

"알고 계셨습니까."

"알고 있네."

"당신에게———할 말을 찾을 수가 없었습니다. 빈승은 그걸 찾으러 이곳에 왔습니다. 하지만 그 말은 아직 찾지 못했습니다."

"그런 걸 찾을 때까지 기다리고 있다간 나는 죽고 말 걸세. 내가 죽지 않더라도 자네가 죽겠지. 자네 나이를 생각하게. 얼마 남지 않은 수명 안에 결말을 낼 수 있을 만한

103

일도 아니잖나."

"그렇다면 ——— 빈승을 어떻게 하시겠습니까?"

"——— 어떻게도 안 하네."

"하지만 소승이 저지른 짓은 돌이킬 수 없는 일입니다. 당신은———."

"돌이킬 수 없는 일이라면 돌이키라는 말은 하지 않겠네. 나도 잘 알아. 게다가 이미———."

목소리는 둘 다 동시에 멈추었다. 두 종류의 목소리의 잔향은 서로 뒤섞여 들은 적이 없는 요사스러운 울림이 되어서 이마가와를 감쌌다. 온도가 낮고 습도가 높은 공기는 흐르지 않고 고여서 끈적끈적하게 피부에 밀착된다. 목소리가 날 때마다 그 피부가 진동하는 것이다. 소리는 공기의 진동이라는 사실을, 이마가와는 이런 곳에서 실감했다.

눈은 아무리 시간이 지나도 어둠에 익숙해지지 않았다.

잠시 동안의 침묵.

"아가씨는———."

"죽었네."

"돌아가셨다고요?"

"둘 다 죽었어."

"왜 ——— 그것은."

"자네 때문일세, 스가노 씨."

"빈승의———."

"그래. 그리고 나 때문일세. 모든 사람 때문이야. 혼자만 나쁜 놈은 없네. 그러니 나는 자네를 탓할 생각은 없어. 다만 자네가 혼자서 괴로워하고 있다면 한마디 해 주고 싶었을 뿐일세."

"무엇을———."

"괴로운 건 자네만이 아닐세. 착각하지 말게."

"착각———?"

"자네는 파렴치해. 비열하지. 어쩔 수 없는 바보일세. 그걸 부끄러워하는 건 당연해. 자네의 행동을 회개하려고 정진하는 것도 당연하네. 하지만 그건 자네만의 문제일세. 자네 때문에 세상이 어떻게 되었다고 생각하지 말게. 자네는 어차피 사소한 계기에 지나지 않네. 그리고 자네 자신이 커다란 사회가 만든 하찮은 결과물에 지나지 않는단 말일세."

우리 안의 기척이 증폭되었다.

"나는 의사이니 스님과 달리 이런 것에 대해서 할 말은 없네. 내가 아는 것은 정신질병의 종류나 약품의 이름 정도지. 이건 간단하지만 말일세. 5에 3을 더하면 8이 되지. 3에서 2를 빼면 1이 되네. 그런 거란 말일세. 그러니 자네에게 말로 뭔가 전할 생각은 없네. 그러니 하고 싶은 말만 하고 돌아가겠네."

"원장 선생님———."

"이제 원장이 아니야. 그 병원은 망했네. 스가노. 나는 모든 걸 잃고 말았네. 그리고 그 센고쿠로로 도망쳐 왔어. 비겁하게도 도망쳤네. 변명할 기력도 없었어. 동정을 끌

노력도 하지 않았네. 가족이나 병원의 오명을 씻지도 않았어. 비겁한 자일세. 그렇게 도망쳐서. 도피해서 뭔가 바뀌었느냐 하면 아무것도 바뀌지 않았네. 다만 센고쿠로에 와서 말일세, 스가노. 자네를 떠올렸네. 나는 자네는 행복한 줄 알았어."

"행복?"

"그렇다네. 자네는 씨만 뿌리고 결과도 보지 않은 채 도망쳤잖나. 어떤 결과가 나올지 무서워져서 그랬는지, 아니면 최악의 결과를 예상할 수 있었기 때문에 싫어졌는지, 어느 쪽인지는 모르겠지만 아무것도 보지 않고 냉큼 도망쳤네. 그건 행복한 일이라고, 나는 센고쿠로에서 지금껏 그렇게 생각하고 있었어."

"행복———?"

"나는 자네도 죽은 줄 알았네. 멋대로 굴다가 냉큼 도망쳐서 죽었다고 말일세. 하지만 자네는 살아 있었어. 이런 곳에서 말이야. 아아, 말로 잘 표현할 수가 없군——— 어떤가, 말해 주게. 자네는 왜 사라졌나? 자네는 대체 무엇에서 도망친 겐가?"

신음소리 ——— 어둠의 진동.

그 싫은 목소리였다. 그러나 그 진동은 서서히 질서를 획득하고 말이 되었다.

"——— 원장 선생님. 아니, 이렇게 부르게 해 주십시오. 당신에게 무슨 일이 일어났는지, 빈승은 모릅니다. 하지만 당신이 무슨 말씀을 하시고 싶은지는 알 것 같습니다."

　그것은 그 죽은 물고기의 눈을 가진 이상한 모습의 남자
가 말하는 것이라고는 도저히 생각할 수 없는, 이지적인
말투였다.

　어둠은 이야기를 시작했다.

　"눈치 채신 대로 빈승은 젊을 때부터 남에게 밝힐 수
없는 성벽을 갖고 있었습니다. 성애의 대상을 어린 소녀에
서 찾을 수밖에 없는──── 그런 사내였습니다. 그것은
나쁜 일이라고, 젊을 때는 그렇게 생각했지요. 하지만 그
것은 정말로 나쁜 일일까 하는 의문도 동시에 생겼어요.
물론 사회 안에서는 나쁜 일입니다. 하지만 빈승에게는
어쩔 수 없는, 당연한 일이에요. 그렇다면 빈승은 사회에
적합하지 않은 인간이라는 뜻일까요. 일탈자의 기준은 어
디에 있을까요. 거기에 대해서는 계속 생각하고 있었습니
다. 지천명의 나이를 넘을 때까지 헛되이 나이만 먹으면
서, 그래도 아직 그런 생각만 하고 있었지요. 그리고 그것
은 결국 마경을 불러들인 것입니다. 빈승은────."

　"환자 여자아이에게 손을 댔군."

　"────그렇습니다."

　"참을 수 없게──── 된 건가?"

　"그때는 나쁜 일이라는 생각은 들지 않습니다. 이해해
주실 거라고는 생각하지 않지만, 정말로 그런 생각이 안
듭니다. 도덕도 윤리도 지성도, 없는 것은 아니에요. 정욕
(情慾)만이 있는 것도 아니고요."

"해선 안 되는 일이라는 건 알고 있나?"

"이치로는 알지만——— 그때는, 그럴 때는 그런 행동이 이치에 맞는 것처럼 느껴집니다. 하지만 충동이 지나가고, 그 후에 오지요."

"무엇이?"

"후회——— 는 아닙니다. 그야말로 말로는 설명할 수 없어요. 어린아이가 한없이 깨끗한 존재로 보여요. 부모의 자애나 애정이나 축복에 감싸인, 한없이 성스러운 존재로 보이는 것입니다. 그리고 제 자신이 최악의 모독자라는 것을 깨닫습니다. 더럽고 어리석은 오물이라는 생각이 들었어요. 죄책감이라고나 할까, 혐오감이라고 할까——— ."

"이해한다——— 는 말은 않겠네."

"고민했습니다. 두 번 다시 하지 않겠다고 생각했지요. 그때는 신께 맹세했습니다. 하지만 그것은 앙금처럼 뱃속 깊이 고여서, 정신을 차려 보면 저라는 사람은 계략을 짜고 있는 겁니다."

"계략이란 뭔가?"

"예를 들면 어린 소녀를 유괴하는 방법. 어린 소녀를 뜻대로 조종하는 방법. 어린 소녀의 기억을 지우는 방법. 아무도 모르게 마음을 이루고, 아무도 상처 입히지 않고 스스로도 벌을 받지 않아도 될 방법——— 그런 계략을, 정신을 차려 보면 끊임없이 짜내고 있었습니다. 합법적으로는 이루어지지 않을 바람. 그렇다면 어떻게 잘해야 할지 생각을 굴리고 있어요."

"그래서는 범죄자일세. 게다가 지능범이야."

"그렇지요. 하지만 거기에는 본래, 일이 탄로나지만 않으면 사회적인 죄는 발생하지 않으니 죄의식은 없어질지도 모른다———는 생각이 있어요. 거슬러 올라가서 행위를 정당화하려는 생각이 작용하고 있지요. 하지만 이것도 어차피 사회와 사회에서 일탈한 자신을 합리화하는 작업에 지나지 않았습니다. 그 죄의식 같은 감정은 사회와의 알력에서 오는 것이 아니었습니다. 개인 대 사회라는 구조는 피상에 지나지 않았어요."

"왜인가?"

"원장 선생님. 당신은———빈승이 당신의 따님에게 어떤 짓을 했는지, 언제 아시게 되었습니까?"

"———그것은———바로 얼마 전일세."

"그렇습니까. 오랫동안 모르셨군요."

"생각도 해 보지 않았네. 그게 내 죄일세."

"그렇습니까. 그렇———습니다. 비열하고 파렴치한 빈승은 누구에게도 들키지 않고 욕구를 충족할 방법을 발견했어요. 그리고———빈승은 당신의."

이마가와는 그때, 지금까지 굳이 생각하지 않으려 하고 있던 구온지 노인과 스가노의 관계를 좋든 싫든 확신하게 되었다. 노의사의 죽은 딸은 이 스가노에 의해———.

"듣고 싶지 않네. 그것만은."

노의사의 목소리는 떨리고 있었다.

"——— 알겠습니다. 하지만 당신은 몰랐어요. 진상을 알 때까지 당신은 빈승을 미워하지도, 경멸하지도, 원망하지도 않았을 테지요. 그것은 아무도 모르는 일이라면 사회의, 법의 제재를 받지도 않을 일이었어요. 하지만 죄는. 죄라는 것은——— 그렇지요. 누구에게도 들키지 않더라도, 아무리 교묘하게 해내더라도, 제 안의 죄책감은 늘어날 뿐이었습니다."

"그야 그렇겠지. 그런 것을 배덕(背德)이라고 하네. 현실 사회와는 상관이 없어도 자신 안에 있는 개인을 뛰어넘은 도덕규범 같은 것과 반하는 행동을 하면 죄책감은 사라지지 않아. 그것은 말하자면 개인 대 초개인(超個人), 결과적으로는 개인 대 사회의 갈등의 위상에 있다는 사실에는 변함이 없네."

어둠은 어둠 자체를 떨며 대답했다.

"아니오. 그렇지 않아요. 이것은 선악의 가치판단이나 모럴, 도덕 같은 레벨의 문제가 아니었습니다, 원장 선생님. 생식의 중추가 성적 자극을 받아 활성화되고 충동이 되어 나타나지요. 이것 자체는 하등 이상한 일이 아니에요. 그 성적 자극이 되는 대상이 통상과 다른——— 왜 다른 것인가, 그것이 바로 빈승이 안고 있는 문제였어요. 생식이라는 본래의 목적에서 일탈한 곳에서 기능하기 시작하는 충동, 그 차이가 바로 빈승의 죄책감의 근본이었던 것입니다."

어둠이 부풀어 오른 기분이 들었다.

"그것은 자네만 그런 게 아닐세. 인간은 모두 그래. 생식을 위해서만 성교하는 자는 없잖나."

"그렇게 ──── 착각하고 있을 뿐입니다. 가족도 사회도, 사람이라는 종을 보존하기 위해 아주 교묘한 구조로 만들어진 장치입니다. 성행위는 쾌락이 아니고, 문화가 아니고, 자손을 남기기 위한 행위이다 ──── 라는 의견도, 성행위는 생물학적인 행위가 아니라 애정이며 자애이고 커뮤니케이션이다 ──── 라는 견해도, 모두 허용되는 범위 내의 진폭에 불과해요. 그 범위 내에서 흔들림으로써 인간이라는 생물은 효율적으로 씨를 보존할 수 있는 수단을 얻어 낸 것입니다."

"그 허용되는 범위라는 건 뭔가?"

"뇌수입니다, 원장님. 질문을 하는 것도 뇌. 거기에 대답하는 것도 뇌. 모든 질문은 나온 단계에서 이미 예정조화처럼 해답을 내포하고 있습니다. 얼핏 보기에 정반대로 여겨지는 두 개의 해답도 실은 전부 뇌수의 지배하에 있지요. 인간은 사회와 함께 통째로, 뇌의 속보이는 연극 무대에 올려져 있을 뿐입니다. 그 조화 바깥에 있는 질문을 뇌는 인정하지 않아요. 그것은 '두려움'이나 '더러움'으로 뇌의 테두리 밖으로 쫓겨날 운명에 있지요. 그리고 빈승은 저의 뇌수에 내몰리고 위협을 당하고 있었어요. 당신의 따님 덕분에 빈승은 그것을 깨달았지요."

"딸 ──── 덕분에?"

"예. 두려움이라는 감정을 ──── 빈승은 똑똑히 알았어요. 그리고 거기에서 도망치기 위해 약을 사용한 것입니다."

"약물 말인가?"

"예. 그 무렵, 병원에서 도망쳤을 때 빈승은 중증의 약물 의존증 환자였습니다. 도망친 것은 거기에 약물———가짜 구원과 그 여자———구현된 두려움, 그 두 가지가 다 있었기 때문입니다. 도망쳤다———그래요. 도망쳤습니다. 도망쳐도 도망쳐도 완전히 도망칠 수가 없었어요. 그걸 알면서도 도망쳤지요. 어디로 도망치든 도망친 곳의 상황을 인식하는 것은 자신의 뇌수. 뇌수에서는 절대로 도망칠 수 없어요. 우리 안입니다. 그래도 빈승은, 자신의 그림자를 뿌리치듯이 도망쳐서 이곳에 왔습니다."

"명혜사 말인가?"

"처음에는 정처 없이 도망쳤어요. 정신을 차려 보니 센고쿠로에 있었지요. 그리고 빈승도 똑같이 원장 선생님, 당신을 떠올렸습니다. 쇼와 8년이었는지 9년이었는지, 당신이 그곳에 데려갔을 때의 일을———."

승려와 마주쳤다———는 그때를 말하는 것일까.

"그 무렵에는———어떻게든 될 거라고 생각했습니다. 게다가 당시에 빈승은 의학을 의심하고 있었어요. 과학을 신뢰하고, 두려워하지 않고 의료를 실천하는 당신이 조금 질투가 나기도 했지요. 병을 앓고 있던 빈승은 그런 마음조차 잊고 있었던 겁니다. 안 되겠다고 생각했어요. 그리고 죽으려고 산에 들어갔지요. 그리고 이곳에 발을 들이고 만 것입니다. 그리고 ――― 구원받았어요."

"구원받았나?"

"적어도 약물의존증에서는 해방되었어요. 중증의 신경
증에서 오는 자율신경계의 실조 장애도 나았고요."

"나았다고?"

"나았습니다. 하지만 신비의 힘으로 나은 것은 아닙니
다. 의학적으로도 설명을 할 수 있는 처방입니다. 병든 빈
승은 우선 내관비법(內觀秘法)을 배우고, 이어서 연소법(軟酥
法)을 전수받았어요. 임제종의 중흥으로 평판이 자자한 하
쿠인 선사가 하쿠유시[白幽子]라는 선인(仙人)에게 전수받았
다고 하는 것인데, 처음에는 일종의 명상이라고 이해했습
니다만―――."

"들은 적이 있네. 정신수양 같은 것 아닌가?"

"그건 좀 다릅니다. 자율훈련이라는 것은 틀림없지만
그냥 그런 논리를 생각하고 있는 동안에는 아무것도 되지
않습니다. 그런 이치가 어느 날 문득 사라질 때가 있어요.
그러면 자신의 심음(心音)이 북소리처럼 들리고 혈관 속의
피가 흐르는 소리까지도 들리지요. 몸 구석구석에 신경이
골고루 닿습니다."

"그것은 바이오피드백(생체순환치료)도 아닌 건가? 어차피
인체의 자연치유력을 증진시키는 것이잖나."

"어떤 부분에서 그와 비슷한 효과를 발휘하는 것은 사실
이겠지요. 그렇기 때문에 몸은 나아졌습니다. 하지만 병이
완전히 나았을 때, 그리고 조금은 나은 기분이 되었을 때,

그것은 마경이라며 베어졌습니다. 그래서 출가했습니다."

"왜지? 모르겠군."

"뇌의 경계 밖에 있는 결론이었습니다."

"선(禪)이 말인가?"

"그렇습니다. 그리고 십 년을 수행했어요."

"도움이 ─── 되었나?"

"십 년어치는 ───."

"십 년어치?"

"적어도. 십 년 동안은. 하지만 ───."

이마가와는 두 사람의 대화를 들으면서 칠흑 같은 어둠을 응시하고 있다. 어둠은 이마가와에게도 노의사에게도, 그리고 이형(異形)의 선승에게도 동시에 밀착해 희미하게 떨리고 있다.

당장이라도 동화하고 말 것 같다.

이미 동화했는지도 몰랐다.

"─── 그날. 작년 여름. 장마도 끝나 가는 더운 계절이었습니다. 빈승은 공안을 생각하고 있었습니다. 어떻게 해도 해답은 찾을 수 없었지만 또 진지하기도 했어요. 거기에서 어떻게 잘못 빠졌는지, 이치를 규명하고 행(行)에 빠져 순식간에 한층 더 마경으로 떨어졌지요. 마경은 받아넘겨야 한다고 합니다. 그런데 그때 ─── 먼 옛날에 먼 곳에 두고 온 줄 알았던 '두려움'이 갑자기 형태를 얻어 눈앞에 나타난 것입니다.

"스즈 ─── 말인가. 이 멍청한 친구야."

구온지 노인은 말을 내뱉었다.

"빈승은 정말 멍청합니다———."

어둠의 포로의 목소리에서는 억양이 사라지고 있었다.

"——— 빈승은 내율전이라는 건물에 기거하고 있었습니다. 그날, 그렇지, 데츠도 스님이 왔어요. 그리고 '타시아수(他是阿誰)'라는 공안에 대해 질문하더군요. 석가도 미륵도 그의 종에 지나지 않는다, 자, 말해 보라, 그는 누구인가——— 빈승은 제대로 대답할 수 없었어요. 빈승은 그것에 대해 생각을 거듭했고, 그것은 열흘 동안 계속되었습니다. 열흘째 되던 날의 아침이었어요. 그 소녀가, 색깔이 선명한 나들이복을 입고 암자 앞에 서 있었습니다. 빈승은 제 눈을 의심했어요. 여인이 산중에 있을 리가 없어요. 아니, 그것만이 아닙니다. 소녀는———."

억양 없는 말투에서 지성이 떨어져 나간다.

시각을 전달하는 표현에 규제가 있는 어둠에서, 그것은 특히 현저하다. 후각이나 촉각은 청각을 보충하는 것이 아니다. 그것들은 오히려 혼연일체가 되어 화자(話者)에서 지성을 빼앗는 것을 돕고 있는 듯했다.

"아아, 이제 틀렸다고 생각했어요. 빈승은———."

"듣고 싶지 않네!"

구온지 노인은 한층 강하게 분노했다.

"스즈의 보호자——— 진슈 씨는 자네가 모처럼 쌓은 수행을 스즈가 망치고 말았다며 끊임없이 사과했단 말일세. 자네, 그런 심한 짓을 해 놓고 뭐가 수행인가. 수행이라는 것이 삼도천 강변의 돌처럼 쌓아도 쌓아도 순식간에 무너지는 거란 말인가?[†] 아니면 우에다 아키나리[上田秋成][††]의 〈푸른 두건〉[†††]처럼 스즈의 모습을 보고 도깨비가 되기라도 했다는 겐가?"

"도깨비 ——— 아니, 무서웠습니다. 똑같았습니다. 옛날과 똑같았습니다. 도덕도 윤리도 지성도 제대로 작용했어요. 그런데 멈출 수가 없습니다. 그것이 다른 소녀라고, 논리로는 알고 있어요. 하지만 멈출 수 없어요. 멈출 수 없어 ———."

"수행 따윈 도움이 안 된 것 아닌가. 십 년 동안 무엇을 하고 있었나! 이 사람아, 나는 괜찮네. 딸도 이미 죽었어. 하지만 그 스즈는 ———."

"알고 있습니다."

"무엇을 안다는 겐가!"

"알고 있습니다. 제가 얼마나 한심한 축생도에 떨어졌는지는 잘 알고 있습니다. 빈승은 스즈를 세 번이나 능욕하고, 말리는 다쿠유 스님을 때려서 이곳에 들어오게 되었습니다. 그때 이미 모든 것은 끝났어요."

"끝났다고?"

"그리고 저는 반쯤 스스로 원해서 망가졌습니다. 양광

[†] 부모보다 먼저 죽은 아이가 저승에서 부모를 공양하기 위해 돌을 모아 탑을 쌓는다는 삼도천 강변의 자갈밭을 말한다. 쌓는 족족 악귀가 와서 무너뜨리는데, 마침내 지장보살이 구해 주었다고 한다.

[††] 에도 후기의 국학자이자 시인이며 독본 작가(1734~1809).

[†††] 우에다 아키나리가 쓴 《우게츠 이야기[雨月物語]》에 실려 있는 괴담.

이 아니에요. 정말로 미쳤지요. 의지의 힘으로 미친 것입니다."

"바보 같은 소리. 사람이 미치려고 한다고 미칠 수 있겠나?"

"미칠 수 있습니다. 이곳에 갇혀 어둠을 바라본 지 반년, 마경은 저기에도 여기에도, 당신들 주위에도 있어요! 이곳은 지옥이지만 그래도 무섭지는 않습니다! 빈승은 미쳤습니다. 뇌수의 경계 밖으로 도망친 것입니다."

"무슨 소린가. 어디가 뇌수의 경계 밖이란 말이야. 그런 것은 뇌수의 생각대로 되는 걸세. 수행은―――― 어찌 되었나!"

"산천초목에는 모두 불성이 있으며 수행은 필요 없다. 깨닫는 것이나 깨닫지 못하는 것이나 마찬가지입니다."

"뭐라고?"

"마경에서 놀며 악귀나찰이 되는 것도 좋습니다. 어차피 이 두개골에 들어찬 단백질의 우리 속. 그렇다면 이 감옥에서 한 발짝도 나가지 않고 썩는다 해도 마찬가지가 아닙니까!"

"바보 같은 놈! 네놈은 사람을 그만둘 셈이냐!"

구온지 노인의 성난 목소리가 젖은 메아리가 되어 울려 퍼진다.

그 울림이 그쳤을 때―――.

지성을 잃은 어둠의 목소리는 서서히 인간성조차 잃어가고 있었다.

"오오, 오오, 이렇게 어둠에 앉아 있으면 금색 부처님이 하늘에서 내려올 때도 있습니다. 대우주의 목소리가 들릴 때도 있지요. 이런 상황의 어디가 마경이란 말입니다. 이 것은 피안이겠지요."

"스가노, 그런 것은 흘려버리라고, 스님은 그렇게 말했지 않나. 그 말이 맞네. 그것은 단순한 생리현상이야. 뇌 속의 마약이 보여주는 환영일세. 자네도 의사라면 알 텐데! 그곳은 뇌 바깥이 아닐세! 자네는 아직 우리 속에 있어."

철컹, 하고 소리가 났다. 구온지 노인이 쇠창살을 움켜 쥔 것이다.

공간이 삐걱거렸다. 흔들고 있는 것일까.

"그런 곳으로 가 버리는 건 치사하네! 모처럼 찾아냈는데, 나를 두고 자네 혼자 또 멀리 도망칠 셈인가! 나는 분명히 비겁한 사람이지만 그런 곳에 가고 싶지는 않아!"

어둠은 이제 "오오, 오오" 하고 대답할 뿐이다.

"스가노―――."

빛났다.
――― 대일여래?
또다. 또 보였다.
공간이 드르르르 진동했다.
무슨 일이 일어난 건지 알 수가 없었다.
"어떠냐!"

진동은 몹시 예리한 말로 끝났다.

잔향이 여기저기의 어둠을 웅웅거리며 흔들었다.

"이게 우주의 목소리다!"

"에노키즈——군——이오?"

진동은 에노키즈의 커다란 목소리였다.

"자아! 그런 우물쭈물하는 자에게 얽매여 있다간 당신까지 썩고 말 겁니다. 이런 불쾌한 곳에서는 나가야 해요! 나는 굴속과 꼽등이는 쿠키보다 더 싫어. 이봐, 마치코. 빨리 나오지 않으면 경찰이 올 걸세."

"경찰? 그건 당신이 데려온 것 아닙니까?"

"멍청한 놈. 난 친절하게 알려 주러 온 걸세. 거기 있는 사람."

"에——에노키즈 군, 이보시오."

에노키즈는 회중전등을 빙글빙글 돌리며 스가노에게 다가갔다. 가득 찬 어둠의 질서는 분방한 빛줄기에 희롱당하고 휘저어져, 석실 안은 혼란스러워졌다.

"당신 말이야. 당신은 정말 바보로군!"

"바보——?"

"바보라고 하시면 화낼 겁니다."

에노키즈는 회중전등을 스가노에게 비췄다.

어둠이 잘려나가고 이상한 모양이 떠오른다.

눈이 다르다. 처음 보았을 때와는 다르다.

"흠. 제정신이군."

"그렇겠지요. 에노키즈 군. 이 녀석은 제정신이지요?

당신은 아까 경찰에게 이 녀석의 광기는 진짜라고 했지만 나와 이 녀석은 지금 제대로 대화를——이보시오, 이마가와 군."

"구온지 씨."

"예?"

아마 처음으로 올바른 이름을 불리자 구온지 노인은 대답이 막힌 모양이었다.

"당신, 어째서 이런 녀석에게 집착하는 겁니까? 이 녀석은 단순한 아동 강간마잖아요. 당신과는 이제 상관없어요. 이제 아무래도 상관없지 않습니까."

"하지만."

"하지만이고 가지만이고 없어요. 이 사람은 광기와 정상 사이를 왔다갔다 하고 있어요. 다시 말해서 좋지 않은 약을 다시 시작한 겁니다. 이번 사건과는 상관없어요."

"약? 사실인가? 이보게, 스가노!"

"다——당신은 누구요."

"나는 탐정이다. 그러니 진실밖에 말하지 않아. 당신들의 말로 하자면 천마(天魔)지. 자, 아동 강간마, 당신이 투덜투덜 떠들어 대니까 이 사람의 상태까지 이상해지고 말았잖나. 미치는 것도 약을 하는 것도 어린 소녀를 강간하는 것도 당신 자유지만 남을 끌어들이지는 말게. 혼자서 해! 아까부터 듣자 하니 시시한 이야기를 길게도 늘어놓던데, 나는 교고쿠도가 아니니 일일이 대답하지는 않겠네! 말하자면 당신은 아동 강간마라는 말을 듣고 싶지 않은 것뿐이지 않은가. 이제 슬슬 인정해, 아동 강간마니까. 세상에는 동성애자도, 도착증도 많이 있어. 당신만 고뇌를 짊어지고 있는 게 아니야, 아동 강간마!"

에노키즈는 무엇이 비위에 거슬렸는지 규탄하는 듯한 강한 말투로 스가노를 다그쳤다.

"나는 당신 같은 사람이 아주 싫어. 어린 소녀를 강간하고 수십 년의 의사 생활을 버리고, 또 어린 소녀를 강간하고 십 년의 승려 생활을 버리는 건가? 뭐가 그렇게 불만이 많지? 마음만 먹으면 아동 강간마라도 훌륭한 의사나 승려가 될 수 있을 텐데!"

에노키즈는 쇠창살을 걷어찼다.

징, 하고 이상한 소리가 울렸다.

불빛을 받은 스가노는 눈을 부릅뜨고 에노키즈를 보고 있다.

에노키즈는 그 앞에 그리스 조각처럼 버티고 섰다.

"자, 말해 봐. 답을 가르쳐 주지."

스가노는 두려워하며 아까의 '타시아수' 공안을 엉겁결에 지껄였다.

완전히 혼란에 빠져 있다.

"서, 석가도 미륵도 그의 종에 지나지 않는다 ——— 자, 말해 보라 ——— 그는 누구인가 ———."

"나다."

"아 ———."

스가노는 할 말을 잃었다.

121

"약은 끊어. 그러다 죽을 거야. 자, 이런 곳에서는 나가자고."

에노키즈는 그렇게 말하며 발길을 돌렸다.

회중전등의 불빛이 크게 돌았다. 그 빛에서 벗어나는 순간, 이마가와는 스가노가 몸을 굽히고 양손을 짚은 것을 확인했다. 에노키즈는 구두 소리를 높이 울리며 바깥으로 향했다.

구온지 노인은 힘이 빠진 듯이 아직 서 있었다.

낮은 곳에서 목소리가 들렸다. 스가노는 이제 어둠 속에 있었지만 땅을 기는 듯했다.

그리고 이마가 땅에 닿도록 조아리고 있는 것 같았다.

스가노 히로유키는,

"큰 깨달음을 얻었습니다."

하고, 분명히 그렇게 말했다.

바깥은 어두워지고 있었지만 어둠에서 살아 돌아온 이마가와에게는 충분히 밝았다. 에노키즈는 경찰이 올 거라고 말했지만 주위에는 아무도 없었다. 감시하는 경관조차 아직 돌아오지 않았다.

구온지 노인이 비틀거리면서 나왔다. 초췌한 탓인지 한층 더 작아 보인다.

"이마가와 군. 당신은 들었소? 방금 그."

"들었———습니다."

"이보시오, 에노키즈 군. 스가노는———큰 깨달음을

얻었다고 말했소."

"그러니까 구보데라 씨. 나는 중국어는 전혀 모릅니다. 무엇보다 저런 움막을 나는 아주 싫어해요. 저 사람한테도 후딱 나오라고 명령하고 올 걸 그랬군요."

역시 아까 구온지 노인의 이름을 제대로 부른 것은 우연이었던 모양이다. 수많은 틀린 이름 중에서 그때 우연히 정답이 선택되었을 뿐이리라.

"그런데 에노키즈 군. 당신은 언제 저 굴에 들어왔소?"

"글쎄요. 탐정은 신출귀몰하다는 게 통념으로 정해져 있습니다."

"지, 집요한 것 같지만 알려 주시오. 저 자가 약을 하고 있다는 것은 사실이오?"

"사실이고말고요. 그 냄새는 말린 마(麻)입니다."

"냄새? 마라니 대마 말이오?"

"나는 코가 좋아요! 누군가가 저 사람에게 건네주고 있어요."

"날뛴 것도 그것 때문일까? 아니, 대마 때문에 흉포해지지는 않나? 금단증상도 없고."

"날뛴 것은 저 사람이 날뛰고 싶어서 날뛴 겁니다. 그래서 나는 저 사람이 싫어요."

"하지만 대마는 아마 5년 전에 재배가 금지되었을 텐데. 법률이 생겼잖소."

"그런 건 나는 모릅니다. 어딘가 근처에 자라고 있나 보지요."

"그건 따뜻한 곳에서 자라오. 도치기나 히로시마처럼. 게다가 일본산 마는 향정신물질의 함유량이 적기 때문에 전적으로 섬유의———."

"그러니까 나는 모른다니까요. 저 사람에게 물어보거나 저 사람의 말을 듣고 그걸 가져오는 스님께 물어보면 됩니다. 그런 건 경찰이 할 일이지요."

에노키즈는 성큼성큼 쉬지 않고 걸음을 옮겼다.

이마가와와 구온지 노인은 그 뒤를 잰걸음으로 쫓았다. 에노키즈는 걸음이 빠르다.

"어디로 가는 거요?"

"돌아가는 겁니다."

"돌아가?"

"여기에 범인은 없어요."

"그래요?"

"그렇습니다."

에노키즈는 삼문에 접어들었다. 그때 이마가와는 지객료———라기보다 경찰의 수사본부라고 하는 편이 좋을까———를 신경 쓰며 돌아보았다.

——— 저것은.

진슈 노인이 지객료 옆에 서 있었다. 구온지 노인은 이마가와의 행동을 따라 똑같이 지객료 쪽을 보다가 거기에서 진슈 노인의 모습을 확인한 뒤,

"에노키즈 군, 기다려 주시오. 잠깐 기다려요."

하고 말하더니 그쪽으로 달려갔다. 이마가와는 기계적

으로 그 뒤를 따랐다. 아마 구온지 노인은 진슈 노인에게 인사하려는 모양이라고 생각했기 때문이다. 이마가와도 인사 정도는 해 두고 싶었다.

진슈는 달려오는 이마가와 일행을 보고 커다란 눈을 가늘게 뜨며 싱글벙글 웃었다. 눈에 익고 나니 넝마가 아니라 눈도 코도 있는 인간이다. 스가노에 비하면 그 인간다움은 확연했다.

"어어이, 진슈 씨. 우리는 돌아갈 참인데."

"아아, 예, 예, 안녕히 가십시오."

"오늘은 여러 가지로 미안했소."

"아뇨, 당치도 않으십니다. 누추한 곳에 와 주셨는데 차도 대접하지 못하고 실례가 많았습니다."

"뭘요. 이 절도 여러 가지로 소란스러운데, 당신도 조심하시오. 실은 진슈 씨. 나는 지금 스가노 —— 하쿠교 씨와 이야기하고 온 참이라오."

"예, 예."

"그 자가 한 짓은 무엇을 한다 해도 보상할 수 없지만 그 친구도 지금 좀 일이 있어서, 큰 깨달음을 얻었다고 했소."

"큰 깨달음?"

"음. 그렇게 말하더군요. 그러니 당신도 스즈도 수행을 방해했다는 생각은 하지 마시오."

과연, 구온지 노인은 그 말이 하고 싶었던 것이다.

스즈나 진슈가 그곳에서 주눅이 들어야 할 이유는 어디

125

에도 없다.

그러나 그들은 부당할 정도로 겸양의 자세를 무너뜨리지 않는다. 스가노의 큰 깨달음이 진실인지 아닌지는 별도로 치더라도, 그렇게라도 말하지 않는 한 그 비굴함은 사라지지 않을 것이다.

에노키즈도 조금은 도움이 되었다는 뜻이다.

그 말을 듣자 진슈 노인은

"깨달으셨다고요 ———."

라고 한마디 하더니 고맙다는 듯이 눈을 감고 감옥을 향해 합장하며 절을 했다.

그때 이마가와는 갑자기 뒤에서 목덜미를 잡혔다.

귓가에서 굵고 탁한 목소리가 들렸다.

"이봐요. 이마가와 씨. 당신들 꽤 제멋대로 행동한 모양이군요. 분명히 여기서 얌전히 기다리라고 말하지 않았습니까?"

스가와라였다. 몸을 비틀어 쳐다보니 지객료의 문이 열려 있고 안에서 경관들이 줄줄이 나왔다.

"오오, 아니, 지금 돌아가는 참이오. 미안하오. 이마가와 군에게는 죄가 없소. 내가 산책을 나가자며 이 진슈 씨한테 ——— 어라?"

진슈는 이미 없었다.

"뭐가 죄는 없단 말이오? 돌려보낼 수는 없소."

"어째서요? 아까는 얼른 돌아가라고."

"얼른 돌아가라는 게 얼른 불라는 말로 바뀐 거지요.

당신들이 몰래 뭔가 하고 있는 사이에 센고쿠로에서 보고
가 들어왔어요. 수사회의가 열렸지요."

"그래서?"

"으음, 여러 가지 새로운 사실이 판명되었거든요. 이마
가와 마사스미."

"예."

"장소상 체포영장은 받을 수 없지만 임의로 취조하고
싶소. 싫다고 지껄였다간 긴급체포요."

"저를요?"

"이마가와가 또 있소?"

"이봐! 이 이마가와 군이 뭘 했다는 거요?"

이마가와 앞에 나선 노인을 스가와라는 옆으로 밀쳤다.

"이봐, 당신 골동품상이라 과학 지식이 부족했군. 이마
가와 씨. 당신이 오니시 다이젠과 이야기한 것은 몇 시라
고?"

"일곱 시 전입니다."

"호오. 당신은 무당인가?"

"네?"

"오니시의 사망추정시각은 오전 세 시다."

"세 시 ———— 라고요?"

그럴 리는.

그럴 리는 없었다.

이마가와는 지금도 그때의 목소리가 ————.

──── 훌륭하오. 훌륭한 영해(領解)요.

"그럼 그때의 목소리는."

"시치미 떼도 소용없어. 지금은 안단 말이다. 과학수사
는 절대적이지."

"그럼 저, 저는 죽은 사람과 이야기한 겁니까?"

"웃기지 마. 넌 위증을 했어. 이리 와!"

경관들이 이마가와를 에워쌌다. 양쪽 팔을 잡는다.

"그래서 빨리 나오라고 한 거야!"

에노키즈가 멀리서 외쳤다.

*

불자수(拂子守, 홋스모리)[†]

조주가 없다고 하였다는 공안에,
개에게도 불성이 있다 했다.
하물며 전등(傳燈)[††]에 관련되는 좌선을 하는 방에,
구 년 동안 엎드려 있는 불자(拂子)[†††]의 정(精)은,
결가부좌의 모습을 취해야 마땅하지 않은가 하고,
꿈속에 생각했다.

목어달마(木魚達磨, 모쿠교 다루마)[††††]

장불, 목탁, 객판 등
선종에서 평소에 사용하는 불구(佛具)는
이러한 모습으로 변하기도 한다.
불자수와 같은 것인가 하고 꿈속에 생각했다.

*

[†] 불자(拂子)의 모습을 한 요괴.

[††] 등불을 전한다는 뜻으로, 불법의 정맥을 주고받는 일을 비유해 일컫는 말.

[†††] 불도(佛道)를 닦을 때 마음의 티끌이나 번뇌를 털어내는 데 사용하는 불구(佛具)의 하나.

[††††] 목탁달마라고도 한다. 모쿠교[木魚]는 목탁을 의미하는 것으로 목어달마는 목탁의 모습을 한 요괴.

8

정직하고 성실한 청년이었다.

청년이라고 해도 나이는 나와 그리 차이가 나지 않는다. 약간 어리기는 하지만 고작해야 한두 살 차이다.

하기야 육체연령으로 말하자면 나는 크게 뒤떨어진다. 어느 모로 보나 단련된 것 같은 탄탄한 체구는 말없이 뭔가를 자랑하고 있다. 왠지 끼어들 틈이 없다.

키가 큰 것도 아니고, 게다가 자세도 나빠서 항상 어느 쪽인가로 기울어져 있는 것 같은 나지만 그래도 평소엔 육체적인 열등감을 품는 경우는 별로 없는데, 이런 건전한 육체를 보면 아무래도 내 몸의 존재 자체가 부끄러워진다.

명혜사의 승려들과는 조금 분위기가 달랐다.

등이 곧게 펴져 있다.

눈이 정면을 향하고 있다.

나는 이 승려———마츠미야 진뇨에게 호감을 가졌다.

"진뇨[仁如]라고 하시면 원래는 히토시라고 읽었겠군요?"

교고쿠도는 진뇨와 마주앉았다.

하코네 유모토 주재소의 어느 방이다. 그러나 도쿄 등의 주재소와는 달리 안은 그냥 민가다. 우리는 당연히 다다미 방에 방석을 깔고 앉아 있다.

"아니오. 원래는 진[仁] 한 글자로 히토시라고 읽었습니다. 뇨[如] 자는 득도(得度)할 때 출가를 권하신 분께 받은 것입니다."

"그것은 소코쿠라 마을에 있는 절입니까?"

"잘 아시는군요."

"실은 진뇨 스님. 여기 계시는 부인은 당신을 13년 동안 찾고 계셨다고 합니다. 당신이 이 분이 찾고 계시는 그 사람이라면 이 분의 소원은 이루어진 셈인데 ――― 어떻습니까?"

진뇨는 내 쪽으로 얼굴을 돌렸다. 정확하게는 내 옆에 앉아 고개를 숙이고 있는 이쿠보 씨를 향한 것이지만 나는 그가 내 얼굴을 보는 것이 왠지 부끄러워서, 그 부끄러움을 감추기 위해 고개를 돌리고 똑같이 이쿠보를 보았다.

숨을 죽이고 ――― 라는 표현이 딱 맞았다. 이쿠보는 어깨를 움츠리고 숨을 죽인 채 결코 진뇨 쪽을 보려고 하지 않았다. 교고쿠도는 곁눈질로 그 모습을 보며 말했다.

"자. 이쿠보 씨. 이 분이 마츠미야 진뇨 씨입니다. 당신이 찾고 있던 사람은 이 사람입니까?"

"이쿠보 ―――?"

진뇨는 그렇게 말하더니 새까만 눈썹의 미간에 아주 약

간 주름을 지으며 이쿠보를 응시했다.

"기요 씨――― 인가요? 당신은."

"히토시――― 씨――― 맞으시지요."

"기억하십니까?"

"기억납니다. 그 무렵에는 아직 열 살인가――― 아니, 죽은 누이의 동창이니까――― 열두 살인가―――."

"열셋이었습니다."

"그렇지. 이거, 잘 지내셨습니까. 모습이 완전히 변해서 전혀 알아보지 못했습니다."

"그렇습니까. 이쿠보 씨. 당신이 찾는 사람은 여기 있었어요. 자, 쌓인 이야기가 많겠지만 제 용무를 먼저 끝내고 싶군요. 괜찮을까요?"

"아――― 네."

그렇게 교고쿠도는 13년 만의 해후를 냉큼 가로막아 버렸다. 하기야 만나지 못하는 동안에는 환상이나 희망이나 억측 같은 쓸데없는 것이 덧붙어 비대해지지만, 막상 만나고 보면 그렇게 특별한 감정이라는 것은 들지 않는 법이니――― 내가 그렇다고 해서 이쿠보도 그럴 거라는 법은 없지만――― 아마 그럴 거라고 나는 무책임하게 단정했다.

"자, 진뇨 스님. 제가 묻고 싶은 것은 딱 하나뿐입니다. 그 오히라다이의, 라기보다 아사마야마[朝間山]의 땅은 당신 것――― 인지 아닌지."

터무니없는 전개였다.

"이보게, 교고쿠도. 그건."

"잠자코 있어 주게, 세키구치 군. 자네가 나설 때가 아니야. 어떻습니까, 스님?"

"추젠지 님. 그것은 소승이 그 명혜사가 있는 땅의 소유자인가 아닌가 하는 질문입니까?"

"바로 그렇습니다."

"정확하게 말하면 ─── 정식으로는 상속받지 않았고 권리서도 갖고 있지 않습니다. 게다가 건물과 가옥에 대한 소유권은 본래는 ─── 아마 없을 겁니다."

"그렇군요. 그럼 세무서도 곤란했겠군요."

"곤란했던 모양입니다."

"이보게, 알 수 있게 말하게."

"시끄럽군. 자네는 덤이니 그냥 잠자코 있게. 고정자산세(固定資産稅)가 3년 전에 제정되지 않았나. 그래서 세무서가 이 사람에게 ─── 아, 그러면 없어졌던 등기부나 뭔가가 나왔던 겁니까?"

"그런 모양입니다. 호적 자체가 전화(戰禍)로 일부 소실되어 꽤나 애를 먹은 모양이지만 경찰 쪽에 자료가 남아 있었나 봅니다. 소승은 아버지가 돌아가시고 한동안은 경찰에 구류되어 있었으니까요 ─── 설마 상속할 재산이 있을 거라고는 생각하지 않았습니다."

"하지만 자산가이셨잖습니까."

"허세입니다. 실상은 매우 쪼들리는 살림이었습니다. 사업 자체는 잘되지 않았어요. 하코네로 이사를 온 것도 요코하마의 저택을 팔았기 때문이고, 고육지책으로 지방 산업에도 손을 댔지만 무엇 하나 잘되는 것은 없었던 모양입니다. 본래 산업이 발달하지 않은 땅이었고 지역 사람들과도 알력이 있어서, 타지 사람이 궁한 나머지 뭔가 한다고 해서 어떻게 될 것도 아니었습니다. 하기야 아버지는 소승에게 실정을 전혀 이야기하지 않았습니다만———."

이쿠보의 이야기와는 미묘하게 어긋난다.

사실관계는 그대로지만 시점이 다르면 느낌도 달라지는 것이리라.

"———그래서 빚만 많았던 모양입니다. 집이 불타고 부모님이 돌아가시자 빚쟁이들은 제게 왔습니다. 회사나 뭔가를 전부 처분해서 갚기는 했지만 그때는 부동산에 대해서는 몰랐습니다."

"그때 필요한 여러 가지 수속 같은 것은 변호사에게 의뢰하셨습니까?"

"직접 했습니다. 그쪽을 잘 몰라 고생했지만, 어쨌든 변호사에게 부탁했다면——— 토지에 대해서도 그때 알 수 있었을지도 모르겠습니다만."

"이보게, 교고쿠도. 그럼 명혜사를 산 것은 이 분의 아버님이라는 건가?"

"세키구치 군. 이 분은 지금 막 틀림없이 말씀하시지 않았나. 소유하고 있는 것은 토지뿐이고 건물의 소유권은 없을 거라고."

"그렇네만."

"정말이지 자네를 데려오는 게 아니었어. 이보게, 여기 계시는 진뇨 스님의 춘부장, 마츠미야 진이치로 씨는 옛날에 ─── 내 고용주인 사사하라 소고로 씨의 파트너였네. 아니, 다이쇼 지진의 혼란 시기에 사사하라 씨는 마츠미야 씨에게 하코네가 개발될 것 같으니 토지를 미리 매입하자고 제안했다고 하네. 하지만 관광에 적합한 좋은 곳은 이미 팔렸고 가격도 비쌌지. 모토하코네나 고라, 유모토 근처는 안 되고 결국 그곳밖에 없었다고 하는데, 어쨌거나 그 아사마야마 산 끝자락 꼭대기를 사사하라 씨와 마츠미야 씨가 세로로 갈라서 반씩 산 걸세. 사사하라 씨의 이야기에 따르면 이것은 내기였다고 하더군."

"내기?"

"그래. 마츠미야 씨가 산 쪽 ─── 오히라다이 쪽에는 등산철도가 다니네. 한편 반대쪽, 사사하라 씨가 산 쪽 ─── 오쿠유모토 쪽에는 구(舊) 도카이도가 있다. 양쪽 모두 가도나 철도와 제법 떨어져 있어 당장은 쓸 만한 게 되지 않겠지만 개발이 진행되면 언젠가는 어떻게든 될 거라고 생각한 걸세. 그럼 어느 쪽에 돈이 열리는 나무가 날까 하는, 돈이 드는 느긋한 내기지."

"아버지는 내기에 진 ─── 것입니다."

"그건 아닙니다. 양쪽 다 진 거지요. 그런 근성으로는 장사를 제대로 할 수 없어요. 게다가 당신의 아버지는 돌아가셨지 않습니까? 쇼와 15년(1940)에."

"그렇습니다. 그런 의미로도 진 거겠지요. 게다가 아마 사사하라 씨에게는 도락이었겠지만 아버지의 입장에서는 기사회생을 노린 진짜 승부였을 겁니다."

"아아, 급박한 상황이었다면 그럴지도 모르지만───어차피 사사하라 씨는 이기지 못했으니 꼭 승패를 정하고 싶다면 무승부겠지요."

"그럴지도 모릅니다. 아버지는 욕심이 많은 사람은 아니었지만 어쨌거나 허영심이 많은 사람이었습니다. 자코츠가와 강의 그 집도───훌륭한 저택이었지만 빌린 집이었으니까요."

"빌린 집? 그 댁은 빌린 집이었나요?"

이쿠보는 정말로 놀란 것 같았다.

진뇨는 미소를 지으며 말했다. "그렇습니다. 모르셨습니까? 어쨌거나───아마 그 산의 토지를 산 것이 아버지의 실패의 시작이었을 거라고, 이번에 조사해 보고 새삼 그렇게 생각했습니다."

"하지만 고용인도 있고 차도 갖고 계셨고───유복한 가정인 줄 알았어요."

"유복하기는 했습니다. 하지만 돈이 남아돈 것은 아닙니다. 검소하게 살았으면 곤란해질 것도 없었겠지만───."

"그랬───나요?"

이쿠보는 입을 다물었다.

교고쿠도는 팔짱을 꼈다.

"진뇨 스님. 옛날 일이야 어찌 되었든 당신이 13년 만에 이곳에 돌아온 것은 그 상속이나 세금 등등의 처리───

즉 토지를 처분하기 위해서였지요."

"그렇습니다. 그 취지를 서한으로 타진 받은 때가 작년 8월 말 무렵입니다. 놀랐지요. 그래서 소승이 있던 선사의 관수님께 상의를 드렸더니 놀랍게도 관수님은 그 땅에 대해서 알고 계시더군요. 그래서 그 선사를 나가겠다고 하고 ────."

"나간다고요? 그런 이유만으로 선사를 나오실 것은 없지 않습니까. 겨우 며칠이면 끝날 일인 것 같은데요."

"네. 하지만 이것은 전부터 부탁드렸던 일이었습니다. 소승은 조만간 하코네로 돌아와 어딘가의 절에 ────."

이쿠보는 진뇨가 있었던 듯한 절의 지객에게서 마츠미야라는 승려는 '관수가 직접 명해서' 긴 여행을 떠났다 ──── 고 들었다고 했다. 아무래도 그것은 그 지객 승려가 잘못 알고 있었던 모양이다.

교고쿠도는 말했다.

"그렇군요. 하지만 진뇨 스님. 당신은 대체 어디를 경유해서 이곳에 온 겁니까?"

작년 9월에 가마쿠라를 떠났다면 이미 다섯 달이나 지났다. 마스다 형사의 말에 따르면 '직행하면 반나절'이라고 하니 분명히 이상하다.

"당시의 사정을 아시는 분에게 이야기를 들으러 갔습니다. 모두들 고령이신 데다 본산 대본산의 관수 고승이나 교단 간부 등의 중진들뿐이라 전화나 서한으로 무례를 저지를 수도 없어서, 면담할 수 있는 분은 직접 찾아뵈었습니다. 행선지가 전국에 퍼져 있어서 시간이 걸리고 말았습니다."

"당시의 사정이라면?"

"그 땅을 샀을 때의 사정 말입니다. 그———사사하라 씨의 존재를 소승은 몰랐고, 토지상속은 참으로 하늘에서 뚝 떨어진 것 같은 이야기라 처음에는 솔직히 곤혹스러웠습니다. 하지만 관수님의 이야기를 들으니 아무래도 그 땅은 선종과 인연이 깊은 것 같더군요. 처음 매물로 나왔을 때는 선종 각 파에서 사들이려는 움직임도———조금은 있었던 모양이었어요. 하지만 선종 각 파에서 왜 땅을 사려고 했는지, 그리고 그것이 왜 아버지의 손에 넘어갔는지———관수님의 이야기만 듣고는, 소승은 잘 이해할 수가 없었습니다. 그래서 소개장을 써 달라고 청하여 전국에 있는 도합 여섯 개의 절을 돌았습니다."

"그래서———뭔가 알아내셨습니까?"

"알아냈습니다. 뭐, 명혜사의 특수성에 대해서는 여러분이 더 잘 아시는 것 같으니 생략하겠지만 어쨌거나 그 당시 이미 명혜사는 짐이 되어 있었다고 합니다."

"짐이라면?"

"그 분들이 그렇게 말씀하시던데요. 명혜사가 발견된 것은 57, 8년쯤 전의 일이라고 하는데, 그 무렵과 현재는 상황이 많이 달라졌다는 것은 아시지 않을까 합니다. 아버지가 그 땅을 산 것은 지금으로부터 28년 전인 다이쇼 14년 (1925)이지만 그 당시에도 당연히 상황은 달랐던 모양입니

139

다."

"그것은 그렇겠지만———그렇다면 현재 명혜사는 더욱 짐이 되었다는 뜻입니까?"

"그런 것 같습니다. 문화재로 가치는 있어요. 하지만 변하는 현대사회에 대응하기 위해 새로운 길을 모색하는 종교단체에는 가치가 없지 않을까 한다고."

"그런 알 수 없는 절에는 관여할 시간도, 낼 돈도 없다———고요?"

"예. 하지만 그렇게 말하자면 처음부터 그런 의견을 가진 분들이 주류였다고 합니다. 다만 그곳이 발견될 당시———메이지 시대에는 본말관계나 교단의 조직체계가 아직 완전하지 않았으니까요."

"명혜사는 본말관계의 정비나 자파의 정당성을 보여주기 위한 효과적인 증거가 될 수 있었다는 뜻이로군요?"

"그 말씀이 옳습니다———."

나도 이쿠보도, 아츠코나 다이젠의 이야기를 통해 그런 사정을 대강 알고 있었다. 교고쿠도는 물론 잘 알고 있는 일일 것이다.

"———그래서 메이지 시대에는 그런 각 파의 의도도 있고 해서, 명혜사의 해체만은 저지하려고 그 땅의 첫 번째 주인인 모 기업과 몇 번이나 대화를 했다고 합니다. 그 결과 존속하게 되기는 했지만, 이것은 적극적인 전개가 아니라 오히려 기업으로서도 손을 대기가 어려운 땅이었기 때문인가 봅니다."

"그렇군요. 하지만 관광개발의 거점도 될 수 없었던 데다 지진까지 일어나자 그 기업은 땅을 내놓겠다는 말을 꺼낸 것이로군요?"

"그랬나 봅니다. 하지만 그 당시 ――― 쇼와 초기에는 본말관계나 교단의 조직체계는 이미 어느 정도는 확고하게 정착되었던 모양입니다. 폐불훼석 같은 불우한 시대도 끝나고, 신흥종교라면 몰라도 전통종교에는 강한 탄압도 없었어요. 이제는 역사가 조금 오래되었다고 해서 전통이라고 주장하는 시대가 아니었던 모양이고, 그런다고 신도가 늘어나는 것도 아니었나 봅니다. 절이 관광지가 될 수 있다는 발상도 당시에는 없었을 테고, 게다가 입지가 그랬으니 아무리 하코네라도 그것은 무리였습니다. 하지만 한편으로 불교사적인 견지에서 보면 명혜사의 위치는 어느 정도 중요한 것은 사실이고, 조사할 필요성도 있었어요. 그래서 어느 승려 ――― 명혜사를 발견한 사람이었다고 하는데 ―――."

그렇다면 오니시 다이젠의 스승일 것이다.

"―――그 분의 제안으로 선종 각 파에서 절을 사들이려는 움직임이 일어났다고 합니다. 발언권이 있는 장로급의 분이었던 모양이지만, 처음에 말씀드렸던 대로 그것은 주류파의 의견은 되기 어려웠던 것 같습니다. 어지간한 금액도 아니고, 사면 소유권이 발생합니다. 하지만 조사결과 여하에 따라서는 그것은 공유재산이 될 수 없을 수도 있거든요. 각 파 모두 자파의 절이 아닐 가능성이 있으니 출자하는 것을 망설이는 것도 당연하겠지요. 그렇기 때문에 발견된 후로 30년 가까이 연구기관에 맡기지도 않고 방치했던 것이니, 땅값이 하락해 매물로 나왔다고 해서 어딘가 한 파에서 사겠느냐 하면 사지 않을 테지요. 설령 산다 해도 아무 도움도 되지 않아요."

"그 말씀이 옳군요. 사지 않겠지요."

분명히 아무런 이득도 없다.

"각 종파의 통일된 견해는 좀처럼 얻을 수 없었던 모양인데, 그때 소승의 아버지가 땅을 사겠다고 제의했어요. 그래서 이번에는 교단 대표와 아버지 사이에서 거래가 이루어진 것이지요. 아버지가 그 오히라다이 쪽을 선택한 것이 우연이었는지, 아니면 거기에 절이 있었기 때문에 선택한 건지는 이제 와서는 알 수 없지만———."

"절이 있었기 때문에 선택했다니요?"

"현금 수입을 기대할 수 있었기 때문입니다."

"현금 수입이요?"

"그렇습니다. 땅을 효과적으로 이용하려면 개발을 해야 해요. 선행투자도 필요하지요. 어느 쪽이건 수익이 나기까지는 세월이 걸립니다. 하지만 절은 아무것도 하지 않아도 이미 거기에 있습니다. 그것을 이용하지 않을 수는 없다는 것이지요."

"그렇군요, 땅을 빌려 준다———기보다 보관하는 수고료를 내라는 겁니까?"

"그렇습니다. 아버지는 보존을 하려면 다달이 보관료를

지불하라고 주장했어요. 교단 측은 그것을 받아들였고, 양쪽 사이에 그런 계약이 이루어진 모양입니다. 구입하는 것과 달리 소유권이 어느 특정 교단에 귀속하는 것은 아니고, 출자액도 미미하니까요. 이렇게 되니 얘기가 달라져서, 일본 황벽종을 제외한 각 교단이 조금씩 기부라는 명목으로 출자하게 되었다고 합니다."

"왜 황벽종은 출자하지 않았습니까?"

내 어리석은 질문은 즉시 무시되었다.

물론 교고쿠도에 의해서이다.

"자네는 정말로 건망증이 심하군. 아까 그렇게 길게 설명한 것을 잊었나? 황벽종은 에도 시대에 전래되었으니 말사도 확실하네. 명혜사는 에도 시대 이전의 건축물이라는 것은 우선 틀림없는 사실 같고, 그렇다면 황벽종의 사원이 아닌 것은 명백하지 않은가. 말허리를 잘라서 정말 죄송합니다, 진뇨 스님. 이 친구는 기억력이 나빠서요."

나는 또 바보 취급을 당했고, 진뇨는 거기에 어떻게 대답해야 좋을지 한순간 망설인 듯했지만 결국 그것은 없었던 일이 되어 이야기는 계속되었다.

"――하지만 결국 산 지 이삼 년 만에 아버지는 경제적으로 파탄이 나고 말았고, 우리 일가는 도망치다시피 하코네로 이사를 왔습니다. 하지만 땅만은 팔지 않았어요. 사실상 각 교단의 송금이 아버지에게 유일하게 안정적인 수입이었기 때문일까요."

"잠깐만요, 진뇨 씨."

나는 납득을 할 수 없었다. 황벽종 때문이 아니다. 그 기부라는 명목의 보관료에 대해서다.

"그 각 교단은 당신 아버지에게 돈을 내고 있었던 거지요?"

"그렇습니다."

"그럼 절 자체에는?"

"절 —— 명혜사에 말입니까? 그건 없었습니다. 명혜사 자체에 각 교단이 금전을 보낼 이유는 없지요."

"하지만 ——."

명혜사는 각 교단의 원조로 생계를 유지하고 있다고 오니시 다이젠은 증언했다.

그리고 우리는 아츠코의 질문 —— 사원 경영의 불가능성 —— 은 그 말에 의해 해결되었다고 생각했던 것이다.

"그럼 그 ——."

"압니다. 하지만 이것은 사실입니다. 교단 사무국에 그런 기록은 남아 있지 않고, 현재도 그런 명목의 원조금은 내고 있지 않은 듯합니다. 하지만 각 교단에서가 아니라는 단서를 단다면, 원조금 비슷한 것이 일시적으로 나왔던 적은 있는 것 같습니다."

"교단에서가 아니라고요? 그것은?"

"그러니까 종파 —— 교단으로서가 아니라 개별 사원에서 —— 라는 뜻입니다."

"각 절에서요?"

"그렇습니다. 명혜사에 승려를 보낸 몇 곳의 큰 사원과 그 계열 사원에서, 여러 이유를 붙여 송금이나 원조를 한 적은 있었던 모양입니다. 그것은 교단의 회계가 아니라 사원의 개별 지출로 처리한 것 같습니다."

다시 말해서 가쿠탄 관수를 비롯해 오니시 다이젠, 고사카 료넨, 나카지마 유켄, 구와타 조신 다섯 명을 파견한 다섯 개의 절에서 원조가 있었다는 뜻일까.

내가 그렇게 말하자 진뇨는 "그렇지요" 하고 말했다.

"각 교단은 건축물을 보존하는 데만 출자한다. 조사는 각 사원의 판단에 맡긴다 ——— 는 체재였던 겁니다. 그리고 ———."

하고 싶은 절은 마음대로 하라는 걸까.

"——— 조사해 보니 별 것도 아니었어요. 소승이 있던 총림에서도 승려 한 명이 파견되어 있었습니다."

"예에? 누구입니까?"

"고사카 료넨 스님입니다."

"고사카 료넨?"

그러고 보니 다이젠 노사가 말했었다.

——— 료넨 스님이 옛날에 있던 절에서 ——— 행각승이 한 명 왔는지 올 거라고 했는지.

그 행각승이 진뇨였다.

"그렇습니다. 그렇기 때문에 현재의 관수님도 명혜사에 관한 것을 조금이나마 알고 계셨던 거겠지요. 료넨 스님을 파견한 전 관수님은 현재 교토 쪽에 계시는 중진 중 한

분으로, 소승도 뵙고 말씀을 듣고 왔습니다."

"그러면 명혜사의 승려들은 교단이 파견한 공적인 에이전트가 아니라 그 다섯 개 절이 멋대로 들여보낸 것이다, 말하자면 사적인 조사대였다는 뜻입니까? 명혜사를 원조하고 있었던 것은 다섯 개 절뿐———?"

선종 각 교단의 뒷배가 겨우 다섯 개 절로 줄어들고 말았다.

이것은 어느 모로 보나 허전한 기분이 든다.

"하지만 소승이 있었던 총림을 포함해서 그 다섯 개 절 전부는 말사도 많이 있는 유력 사원이니까———."

"자금력은 있었다는 뜻입니까?"

"아니오. 그러니까 계열의 말사가———."

"아하. 밑에 있는 사원에서도 원조가 있었을지도 모른다는 말씀이시군요?"

"그렇습니다. 반드시 다섯 개 절만이 원조하고 있었느냐 하면, 그렇지도 않았던 모양입니다. 게다가 말사 이외에도 여러 동문(同門) 사원에서 임시 원조가 있었을 가능성도 부정할 수 없어요. 사실, 전쟁 전에는 갓 입산한 잠도 승려 몇 명을 명혜사에 도우미로 보낸 절도 있었던 모양이고, 유세 도중에 들르거나 하는 교류도 많이 있었던 것 같습니다."

그 잠도 중 한 명이 지안이다.

구온지 노인이 센고쿠로에서 목격한 고귀한 승려도, 그 유세 도중에 들른 승려일 것이다. 멀리서 명혜사를 찾아온 사람은 그 여관에 묵을 수밖에 없었을 테고.

하지만———하고 진뇨는 말을 이었다.

"그것도 일시적이었던 모양입니다. 당시 명혜사에 승려를 파견한 관계자의 이야기를 들어 보면 그 원조는 전부 전쟁이 시작되면서 중단되었다고 했습니다."

"전쟁이 시작되면서? 전쟁 중과 전쟁 후에는?"

"없다고 합니다. 그뿐 아니라 파견한 승려는 소환해도 돌아오지 않았다고 하셨어요."

"소환했다고요? 이제 조사는 됐으니 돌아오라고, 그렇게 말했다고 하셨습니까?"

"그런가 봅니다. 소승은 그 다섯 개 절의 관계자를 모두 뵌 것은 아니고, 다섯 개 절을 전부 돌아본 것도 아니지만 적어도 소승이 뵌 관계자들은 모두 그렇게 말씀하셨어요."

"그러면———."

———그들은 원해서 거기에 있었다는 뜻이다.

나는 입 밖에 내어 말하지 않았지만 교고쿠도는 내 얼굴을 보고,

"그래. 그들은 스스로 원해서 명혜사에 남은 걸세."

하고 말했다.

"왜지?"

"글쎄. 오늘 조신 스님도 말했지 않은가. 자신은 벌써 십여 년 동안 본산과 연락을 하지 않았다, 나갈 수 없게 되고 말았다———고."

"그렇게――― 말하긴 했네만."

"아무리 넓은 절이라 해도 조신 스님은 벌써 18년, 다이젠 노사님의 경우는 28년이나 그곳에 있었네. 마음먹고 조사했다면 다 조사하지 못했을 리는 없어. 지나칠 정도로 충분한 시간이 지났네."

"그럼."

"그러니까 나갈 수 없게 된 것이겠지."

――― 나갈 수 없다?

"하지만――― 그러면 그 절은 어떻게."

――― 여기서는 나갈 수 없다.

"어떻게 생계를 유지했단 말인가!"

"거기에 비밀이 있었던 거겠지, 분명. 그렇지요, 진뇨 스님."

"예."

진뇨는 단호하게 대답했다.

"아버지는, 아시다시피 쇼와 15년에 돌아가셨습니다. 경영하던 회사도 전부 소승이 처분했습니다. 다만 그 땅을 아버지가 소유하고 있다는 것만은 소승도 몰랐지요. 물론 각 교단에서 아버지에게 돈을 지불하고 있다는 것은 알 리도 없었고요. 하지만 그, 아버지 앞으로 오는 기부금――― 다시 말해 명혜사 보관료는 전쟁 후에 일시적으로 지급이 중지된 시기를 빼고 현재까지 13년 동안, 계속해서 송금되고 있었습니다."

"그것 참――― 희한하군요."

"그렇지요———."

진뇨는 내 쪽을 맑은 눈으로 쳐다보았다.

"———분명히 계약 자체는 무기한이었고, 땅이 남의 손에 넘어간 것도 아닙니다. 세세하게 조항이 정해진 계약도 아니고, 아버지가 돌아가셨다고 해서 파기되는 종류도 아니었던 것입니다. 그리고 상속인인 소승은 아무것도 몰랐고요. 다시 말해서 수취인 부재 상태로 계약은 계속 이행되고 있었습니다."

교고쿠도는 말했다.

"그러니까 그게 바로 비밀이었던 거군요. 그 계약이 살아 있었다는 것은———마츠미야 진이치로 씨가 돌아가시고 나서 곧바로 기부금 수취인의 명의 변경이 이루어졌다, 이렇게 되는 것이로군요."

"그렇습니다."

"그, 그것은 진뇨 씨, 요컨대 기부금이 사취되고 있었다는 뜻 아닙니까. 하지만 불교계의 중진이 그렇게 쉽게 그런 사기에 걸려들 거라고는."

"세키구치 군. 중진은 그런 기부처의 명의 변경 따윈 일일이 확인하지 않네. 게다가 이것은 법적으로는 사기가 아니야. 교단 측은 명혜사 보관료로 돈을 지불한 것이 아니라 어디까지나 명목상으로는 기부니 말일세. 명의 변경도 납득했을 테고."

"말은 그렇게 해도 사기는 사기잖나. 무엇보다 마츠미야 씨는, 듣자 하니 큰 화재 사고로 돌아가셨다던데. 부보는 당연히 귀에 들어갔겠지."

"아니, 오히려 부보가 전해졌기 때문에 더더욱 그 틈을 타서 명의 변경을 신청했겠지."

"그럼 더더욱 사기 아닌가."

"자네는 참 사기를 좋아하는군. 그런 문제가 아니지요? 진뇨 스님."

"사기라고는 ――― 어느 교단도 생각하지 않았던 모양입니다. 한 교단에서 내는 기부금의 액수는 극히 적었어요. 게다가 추젠지 님도 말씀하셨다시피 사정을 아는 사람은 모두 실무를 담당하는 위치에는 있지 않거나, 또는 돌아가셨습니다. 아버지가 돌아가실 때까지 15년 동안, 확실한 이유도 알지 못한 채 고분고분 지불된 기부금이 그 후 13년 동안이나 계속해서 지불되었다는 것뿐. 아무도 그 진의를 되돌아보는 사람은 없었습니다."

"아무도?"

――― 교단 상층부조차 이곳의 일 따윈 깨끗하게 잊어버린 것 같으니까.

――― 무엇을 위한 원조인지 알 수 없게 된 게 아닐지.

원조는 아니었지만 그 말이 옳았던 것이다.

"수취인은 누구로 되어 있었습니까?"

"영수증에 나타난 명의는 '하코네의 천연을 지키는 모임' ――― 자연보호단체입니다."

"자연보호? 그것은 ―――."

"그렇군요. 고사카 료넨 씨가 명혜사를 존속시키기 위

해 한바탕 연극을 했다는 뜻이로군요."

교고쿠도는 그렇게 말했다.

"이보게, 그럼 절에서 나오는 원조금이 중단되리라는
것을 알아차린 료넨 씨가 마츠미야 씨의 부보를 틈타, 이
번에는 각 교단에서 내는 유지비를 변통할 생각을 해냈다,
그런 뜻인가?"

료넨은 환경보호단체와 관련되어 있다 ―――― 고 다이
젠 노사도 분명히 말했다.

"그렇지. 그는 책사일세. 이것은 마츠미야 가의 가정 사
정에 정통해 있지 않으면 할 수 없는 일이니까. 각 사원과
의 창구도 그가 맡고 있었을 테지. 조사가 시작된 지 15년,
세상도 불안해지고 사원 측도 조사를 중지할 의사 표명을
하기 시작하면서 소환 명령도 내려졌을 걸세. 소환에 응하
지 않으면 원조는 중단하겠다는 말을 들은 것인지도 모르
지. 그래서 료넨 씨는 손을 쓴 걸세."

마치 료넨을 알고 있는 것 같은 말투였다.

시체도 보지 않았으면서 ―――― .

"고사카 료넨은 어떤 사람인가!"

그는 우리 앞에서 갑자기 시체로 등장했다.

그리고 ―――― 처음에 그는 여범(女犯)을 저지르고 술을
마셨으며 결국 횡령을 한 파계승이라고 들었다. 그러나
그것도 수행의 한 형태라는 것을 알고 그런 기행들은 단순
히 방약무인한 타락이 아니라고 ―――― 나로서는 반쯤 믿
기 시작하고 있었던 것이다. 그 구와타 조신조차 마지막에

는 고사카를 인정하는 듯한 언동을 보였다. 고사카 료넨은 ——— 무언가를 부수려고 했던 것이다 ——— 라고.

나는 그의 행동은 전부 그 나름의 탈출 의지가 표출된 것이라고 해석했다.

그러나 그 료넨이 명혜사를 존속시키기 위해 사기 같은 짓을 벌였다는 것이다.

나는 혼란스러워졌다.

——— 나가고 싶지 않았던 것일까?

진뇨는 말했다.

"그렇습니다. 원조를 하고 있던 각 사원과의 연락은 고사카 스님이 혼자서 담당하고 있었던 모양입니다. 연락이 쉽지 않은 곳이었으니 어쩔 수 없었던 것 같습니다. 그리고 ——— 자연보호단체 쪽을 조사해 보니 발기인 중에 고사카 스님이 있었습니다."

"그럼 역시 사기적 요소는 있네, 교고쿠도. 자네는 그런 문제가 아니라고 하지만 ——— 그 단체라는 것은 혹시 가공의 유령단체는 아닙니까?"

"아니오. 그 단체 자체는 실제로 존재합니다. 단체가 생긴 것은 쇼와 15년, 회원 서른 명으로 시작했어요. 현재도 자질구레한 활동을 하고 있습니다."

"하지만 진뇨 씨. 그 단체가 조직으로서 얼마나 확실한 것인지는 물론 모르지만, 단체 명의로 기부된 돈을 절의 존속을 위해 유용한 것이라면 이건 ——— 횡령 아닙니까?"

"그게 그렇지 않습니다, 세키구치 님. 조사해 보니 놀랍게도 무명인 줄 알았던 명혜사가 그 단체의 보호 대상으로 지정되어 있습니다. 그러니 거짓은 어디에도 없는 것이지요."

"교묘하군."

교고쿠도는 감탄한 듯이 말했다.

"종교단체가 환경보호단체에 얼마간의 돈을 기부한다――이것은 별로 드문 일이 아니지. 탄로 난다 해도 아무도 수상하게 여기지 않을 걸세. 하지만 그 구조를 처음부터 만들어 내기는 어려워. 각 교단과의 교섭은 시간도 걸리고 노력도 필요하거든. 그것을 료넨 씨는, 그야말로 아주 쉽게 해낸 걸세. 하지만 그런 교묘함도 사회 혼란기에는 효과가 있었지만, 세상이 안정되고 나니 역시 효력을 잃었다는 것이겠지. 생각하지 못한 곳에서 실수가 생겼어. 그래서 진뇨 스님, 당신은 명혜사에 사실을 확인하기 위해 갔다――는 것이지요?"

"그렇습니다. 우선 서한을 보냈습니다. 작년 11월 정도였을까요. 교토에서 묵으면서 답신을 기다렸지만 결국 받지 못해서 방문하기로 결정하고, 그 뜻을 담은 편지를 보낸 것이 12월, 그리고 에치고를 돌아 그곳에서 해를 넘기고 얼마 전, 나흘쯤 전에 찾아뵀습니다."

"나흘 전이라면――."

그날 아침. 유모토 역 쪽에서 걸어오던 승려.

그럼 그 승려는 진뇨가 아니었던 걸까.

또 한 명의 행각승이 있으리라고는 생각하기 어려웠다.

나는 물었다.

"진뇨 씨, 당신 혹시 나흘 전 아침에 그 유모토 역 방면에서 구 가도를 따라서 걷지 않았습니까?"

"그랬습니다. 소승은 오쿠유모토 쪽에서 올라오고 말았거든요. 편지의 주소는 오히라다이이니 그쪽으로 갔으면 좋았겠지만———."

오쿠유모토 쪽에서도 명혜사로 갈 수는 있다———이쿠보 여사가 그렇게 말했었다. 사실이었던 모양이다.

"———지도상으로 보면 오쿠유모토 쪽에서 가는 편이 직선거리로는 가깝습니다. 다만 이쪽은 경사가 가팔랐습니다. 아무리 수행승이라도 도저히 올라갈 길이 아니었지요. 엄청나게 고생하다가 겨우 도착했습니다. 하지만."

"고사카는 없었군요."

실종되어 있었다———아니, 죽어 있었던 것이다.

"예. 지안 스님의 설명으로는 고사카 스님은 외출하셨다고 하더군요. 언제 돌아올지는 모른다고 해서, 제 사정을 설명한 뒤 다음날 오전 중에 다시 찾아뵙겠다고 말씀드린 후 하산했습니다. 이번에는 오히라다이 방면으로 빠져나왔습니다. 다만———."

그때 아츠코나 도리구치와 스쳐 지나갔을 것이다.

"———설마 료넨 스님이 살해되었을 거라고는, 오늘 아침에 붙잡혀 경관께서 물으실 때까지 꿈에도 생각하지 않았습니다. 무서운 일입니다."

진뇨는 누구나 그렇게 하는, 판에 박힌 듯한 감상을 말했다.

왠지 지나치게 사람 좋은 청년이다.

"또 한 명이 살해되었어요."

"그런 ——— 모양이더군요."

"당신도 의심받고 있습니다, 진뇨 스님."

"예. 붙잡히고 말았습니다."

"이곳에서 붙잡힌 것은 오히려 행운이었을지도 모릅니다. 당신이 모습을 감추었다면 더욱 의심받았을지도 모르니까요. 자칫하면 지명수배되었을지도 모르지요."

"그럴까요?"

"당연합니다. 이대로 교착 상태가 계속되면 당신은 경찰에게 절호의 표적이 돼요. 얼른 결백을 밝히는 편이 현명할 겁니다. 그건 그렇고 ——— 당신은 어째서 사사하라 어르신 댁에?"

"예. 어떻게 할지 결정하지 못하고 유모토에서 사흘을 머물렀는데, 그 숙박하던 곳에서 우연히 이름을 들었거든요 ———."

"호오. 사사하라 씨는 어떻게 아십니까?"

"교토에서 원래의 땅 주인이었던 기업의 연락처를 알아내서 ———."

"그 기업에서?"

"예. 오사카에 있는 회사였기 때문에 연락을 했습니다. 그런데 면담은 할 수 있었지만 ——— 토지 매매 자체는

30년 가까이 전의 일이고 그 사이에 전쟁도 있었던 데다 회사 이름도 바뀌어서, 자세한 사정은 알 수 없었습니다. 다만 지도는 남아 있었고, 거기에서 사사하라 씨가 토지를 절반 사들인 것을 알게 되었습니다. 안 것까지는 좋았는데 주소도, 아무것도 알 수 없어서 곤란했지요. 그러던 차에."

"그렇군요. 이 근처에서는 그 분은 꽤 유명인인 것 같으니까요. 이름을 들었다 해도 이상하지는 않지요."

"예. 여관 쪽에 물어보니 아무래도 소승이 찾고 있던 분인 것 같아서 한번 찾아뵈어야겠다고 생각했습니다. 승려는 아침에 일찍 일어나는 것이 습관이지요. 그래서 아직 이른 시간인가 싶기도 했지만 우선 찾아갔어요. 그때는 일단 장소만 확인하고 오후에 다시 오려는 생각이었는데, 어디서 어떻게 길을 잘못 들었는지 이렇게 ———."

진뇨는 방을 둘러보았다.

교고쿠도는 쓴웃음을 지었다.

"형사의 이야기로는 수상한 승려를 보면 경계하라는 연락을 받았다고 합니다. 이곳 순경은 성실한 사람이라, 노인만 살고 있고 게다가 마을에서 떨어져 있는 사사하라 씨 댁에는 특별히 주의하라고 엄중하게 말해 두었다고 하더군요. 가정부의 생각에는 살인귀라도 온 것 같았겠지요."

"저를 보고 사람이 비명을 지른 것은 처음입니다."

"보통은 별로 없는 일이겠지요. 여기 있는 세키구치 군은 자주 비명을 지르긴 합니다만. 그건 그렇고 ——— 경찰은 당신의 증언이 애매하다고 하더군요. 듣자 하니 몹시 야무진 발언을 하신 것 같은데요."

"사사하라 씨와의 관계를 물으시기에 복잡한 사정을 말씀드렸을 뿐인데요."

잘 궁리된 대답이다———하고 나도 생각했다. 그러나 그렇다 해도 실제로 예비지식이 없는 사람은 뭐가 뭔지 알 수 없을지도 모른다. 아무리 잘 생각해서 이야기하려고 해도, 어디서부터 이야기하든 이해하기 어려운 것은 틀림 없을 것이다. 순경의 허용량 정도는 가볍게 뛰어넘었을 것이다.

교고쿠도는 더욱 곤란한 것 같았다.

"하지만 이거 일이 곤란해졌군요. 운 좋게 당신을 만난 것은 좋은데———이런 경우에는 어떻게 되나. 최근에는 법률이 바뀌거나 새로 생기거나 해서 잘 모르겠군요. 마스오카 씨한테라도 물어볼까."

"변호사에게? 이해가 안 가는군. 도대체 자네는 왜 그렇게 곤란해 하나? 이제 슬슬 말하는 게 어때!"

"그건 여기서 할 말이 아니잖나. 여기는 파출소일세, 세키구치 군. 사람 좋은 순경이었고, 이시이 경부에게 사전 공작을 했기 때문에 이렇게 따뜻한 방에서 느긋하게 이야기를 할 수 있는 거지 보통은 이럴 수 없는 거야. 아아———진뇨 스님. 당신은 이제부터 어떻게 할———아니, 어떻게 되실 거라고 하던가요?"

"글쎄요———일이 이렇게 되지 않았다면 일단 가마

157

쿠라로 돌아가서 인사를 드린 후에 소코쿠라라도 가 볼까 생각하고 있었습니다만 그것도."

"불가능하겠군요. 최소 이삼 일, 최악의 경우에는 사건이 해결될 때까지 구류될 테지요 ——— 이쿠보 씨."

"아, 네."

이쿠보는 텅 빈 얼굴을 하고 있었다.

"당신은 아마 이 사람과 단둘이서 이야기를 하고 싶은 게 아닐까 했는데 ——— 잘못 생각했나요?"

"그래도 ——— 되나요?"

"뭐. 우리가 사라지기만 하면 됩니다. 오늘은 제 볼일은 끝났습니다. 당신이 그렇게 하고 싶다면 시간을 벌어 드리지요. 다만 그 경우, 이 진뇨 스님이 살인범이든 아니든 도주방조 같은 짓을 했다간 괜한 의심을 살 테니 모쪼록 그런 일이 없도록 ——— 아아, 정말로 범인이었을 경우에는 당신이 위험하겠지만, 그건 괜찮겠지요, 진뇨 스님?"

진뇨는 웃으며,

"걱정하실 필요 없습니다."

하고 말했다.

아무래도 너무 잘 만들어진 웃음이었다.

교고쿠도는 은근히 무례하게 인사를 하고는 슥 일어서서 장지문을 열었다.

나는 늘 그렇듯이 다리가 저려서, 기다시피 허둥지둥 뒤를 따랐다.

"이야기가 끝나면 말씀해 주십시오."

교고쿠도가 갑자기 돌아보며 그렇게 말했기 때문에 나는 넘어질 뻔하며 장지문에 손을 짚었다.

자명종시계 같은 얼굴을 한 순경은 봉당에서 차를 마시고 있었다.

봉당에는 '달마 스토브†'가 놓여 있고, 그 맞은편에는 목도리를 둘둘 감은 런던당 주인이 의자에 앉아 있었다. 우리가 진뇨와 이야기를 하고 있는 도중에 찾아온 모양이다. 아무래도 이 영국풍 고서상은 그 수상한 옷차림과는 달리 상대방에게서 경계심을 빼앗는 기술을 익힌 사람인가 보다. 왜냐하면 우리가 들어갈 때까지 그는 아마 처음 만나는 사이일 순경과 친근하게 이야기를 나누고 있었던 것 같았기 때문이다. 순경은 우리를 알아차리자 차를 책상 위에 내려놓고,

"끄, 끝났습니까?"

하고 물었다.

교고쿠도는 검지를 슥 세웠다.

"잠시만 더 부탁드립니다. 아아, 야마우치 씨, 안녕하십니까."

"안녕하십니까. 아아, 세키구치 씨도 안녕하십니까. 그런데 교고쿠 군. 어땠나?"

달마 스토브 위에는 주전자가 놓여 있고 거기에서 나오

---

† 메이지 시대부터 쇼와 중후기에 걸쳐 일본에서 사용된 철제 난방기구이다. 가운데가 불룩하게 나온 석탄난로로 그 형태가 오뚝이를 연상시켜 달마 스토브라 부른다.

는 김으로 런던당 주인이 쓴 검은 안경은 하얗게 흐려져 있다.

"어떻게고 저떻게고 안 되겠던데요."

"아아, 안 돼? 아니, 오래 끄는 것 같아서 그렇지 않을까 하는 생각은 하고 있었네만. 그럼 역시 그대로 갈 텐가?"

"아니, 그럴 수는 없겠지요. 그것은 ——— 출처가 명확해지지 않고서는 감정을 할 수도 없고 가격도 매길 수 없어요. 사사하라 씨는 매매를 전제로 하고 있으니 이대로는 역시 안 됩니다. 제가 사들일 수는 없고요."

"그렇군. 선적(禪籍) 마니아라면 침을 흘릴 만한 책! 이라고 하면서 몰래 호사가에게 팔아 버리면 어떠냐는 무책임한 말도 할 수 없나. 감정이 불가능하면 살 사람도 없겠지. 거짓말을 하고 교고쿠 군이 싸게 사는 방법도 있지만 그것은 사기고. 여기에 순경도 있고 ——— 하지만 다행히 아직 물건도 나오지 않았고, 시간은 조금 더 있네."

"글쎄요. 하지만 이대로 간다면 나온다 해도 위서(僞書)라는 평가를 받을 겁니다. 게다가 만일 특이한 것을 좋아하는 사람이 있다 해도 선적을 좋아하는 사람이라기보다는."

"아아. 밀교 페티시즘 쪽? 모르겠는데. 그런 사람이 있단 말인가?"

"있습니다. 다만 어쨌거나 개인이 사장하는 것은 문제지요. 뭐, 박물관에 보내면 괜찮은가 하면 그런 문제도 아닙니다만, 수집 마니아들의 손에 떨어지는 것도 좀."

"그럼 역시 소유권을 명확히 한 후에 올바른 수속을 밟아서 공개해야겠지. 사사하라 씨는 욕심이 많으니 그 분이 시키는 대로 했다간 곤란하겠어."

무슨 얘기를 하는 건지 전혀 모르겠다.

순경이 끼어들었다.

"저어, 말씀 중에 죄송합니다만. 지금 그, 스님과 부인은 단둘이 있습니까?"

"단둘인데요."

"괜찮을까요, 그, 그게 뭐더라."

"아아, 살인귀는 아닐 겁니다. 만일 그렇다 해도 도망칠 곳 없는 파출소에서 흉악한 짓을 저지르지는 않겠지요."

"예에."

순경은 입을 오므렸다.

런던당 주인은 흐려진 안경을 벗어 닦으면서,

"그런데 순경 아저씨. 아까 그 답은 어떻습니까?"

하고 물었다. 순경은,

"아니, 포기했습니다."

하고 말하며 차를 마셨다.

런던당 주인은 싱글벙글 웃으면서 안경을 다시 쓰고 이쪽을 돌아보더니,

"여기 계시는 순경은 이래봬도, 아아, 실례. 탐정소설 애독자라고 합니다. 그래서 그 곳간 이야기를 했더니 재미있게도 세키구치 씨와 똑같은 말을 하시는군요."

하고 말했다.

"저와?"

"그래요. 스님과 함께 통째로 생매장되었다는 설이지요. 그래서 그건 오답이니 정답을 생각해 보라고 말하는 참이었어요."

"오답? 그럼 정답을 알았단 말입니까?"

"어라? 교고쿠 군, 세키구치 씨에게는 말하지 않았나?"

"세키구치 군은 그럴 경황이 없었습니다. 쥐니 스님이니 미아니 하는 짐이 많아서 곳간까지는 도저히."

"뭐야, 그럼 어째서 교고쿠 군이 절에 가려고 했는지 모르는 건가?"

"조금도 가르쳐 주질 않습니다, 야마우치 씨. 이 녀석은 정말 심술궂어요."

내가 그렇게까지 말했지만 교고쿠도는 근처에 걸터앉아 모르는 척을 하고 있었다.

"아아. 그럼 힌트를 드리지요. 세키구치 씨는 모를지도 모르지만 순경께서는 아시지요? 아시노코 호수의 '거꾸로 삼나무' ———."

"압니다만 그게 무슨?"

나는 몰랐기 때문에 모른다고 솔직히 말했다.

"거꾸로 삼나무는 아시노코 호수 안에, 안에 말입니다, 서 있습니다. 배를 타고 들여다보면 알 수 있는데 물속에 이렇게, 그냥 자라고 있지요."

순경은 손짓을 해 가며 설명해 주었다.

"자라고 있다니, 나무가 물속에서 자랄 리가 없지 않습니까? 해초도 아닌데."

"하지만 자라고 있습니다. 뭐, 잎은 달려 있지 않은 걸 보면 시든 거겠지만요. 그게 호수 수면에서 얼굴을 불쑥 내밀고 있는 것이 수면에 비쳐서, 그 왜, 거꾸로 후지라는 게 있지요? 그 우타마로[†]의 그림에도 있는."

"호쿠사이[††]입니다. 〈후지산삼십육경〉."

교고쿠도는 순경에게도 엄하다.

"그런가요, 호쿠사이인가요. 그것처럼 거꾸로 보이기 때문에 거꾸로 삼나무라고 하는 걸 겁니다, 아마. 그런데 그게 왜요?"

순경은 진지하다. 정말 성실한 사람일 것이다.

한편 런던당은 즐거운 듯이 물었다.

"그렇군요. 모르겠습니까?"

"모르겠습니다. 그것은 그 왜, 아마 옛날에는 그 부근이 육지였겠지요? 그러다가 이렇게 점점 가라앉아서 움푹 팬 땅에 물이 고여 호수가 되었고, 그래서."

"아아, 그렇군."

"뭐가 그렇군인가, 세키구치 군? 자네는 그러고도 이과계 최고 학부를 수료한 사람인가? 하코네는 활화산일세.

[†] 기타가와 우타마로[喜多川歌麿]. 에도 중·후기의 풍속화가(1753~1806). 도리야마 세키엔을 사사했으며 풍속화의 황금기를 만들었다.

[††] 가츠시카 호쿠사이[葛飾北齋]. 에도 후기의 풍속화가(1760~1849). 서양화를 포함한 여러 화법을 배웠으며 뛰어난 묘사력과 대담한 구성을 특색으로 하는 독특한 양식을 확립했다.

이중 칼데라지. 아무리 칼데라라도 그렇게 느긋하게 물이 고이지는 않네. 분화하면 날아갈 테고, 나무는 불타겠지."

"그렇게 말하지 말게, 순경의 의견 아닌가."

"저는 자랑은 아니지만 가방끈이 짧습니다."

"와하하하, 아니. 왠지 순경 아저씨가 불쌍하니 그만 가르쳐 드리지요. 이것 보십시오, 세키구치 씨, 순경 아저씨도. 교고쿠 군은 저렇게 말하지만 그 아시노코 호수는 옛날에는 함몰되어서 생긴 것으로 여겨졌고 삼나무도 그래서 수몰된 것으로 생각되었답니다. 뭐였더라, 캠퍼†의 그 책? 일본 제목은 모르겠군."

"일본 제목은 《에도[江戸]참부기행일기(參府紀行日記)》입니다."

"그렇군. 그게 가장 오래된 기록이지요. 하지만 메이지시대의 지질학 잡지나 지진 예방을 위한 〈하코네[箱根]열해양화산지질조사보문(熱海兩火山地質調査報文)〉같은 걸 읽어 보면 그 생각은 사라지고 화구호 내 화산이 분화하거나 파쇄하면서 몇 번 크게 지형이 바뀌고 계곡 같은 것이 가로막혀 그때까지 육지였던 곳이 수몰되었다는——이것은 양쪽 다 비교적 순경 아저씨의 의견에 가깝군요."

런던당 주인은 그렇게 말하고 나서 씩 웃으며,

---

† 엥겔베르트 캠퍼(Engelbert Kaempfer). 독일의 외과의사 · 박물학자(1651~1716). 1690년 네덜란드 선박의 선의(船醫)로 나가사키에 건너와 2년간 체재하면서 일본의 역사 · 정치 · 종교 · 지리를 쓴 《일본지(日本誌)》, 《회국기관(廻國奇觀)》을 저술했다. 《에도참부기행일기》는 《회국기관》의 5권에 해당.

"가깝지도 않나?"

하고 말했다.

"뭐, 상관은 없지만. 어차피 당시에는 화구호와 칼데라의 구별도 없었거든요. 호수가 생성된 방식은 접어두고, 지금은 아시노코 호수가 삼천 년쯤 전에 생겼다는 것은 대략 알고 있어요. 하지만 그 삼나무는 아무래도 그렇게 오래되지는 않았———을 거라고 나는 생각해요. 그러니 그 거꾸로 삼나무는 아무래도, 그 아시노코 호수 위의 구릉에서 자라던 것이 아시노코 호수가 생긴 후에 선 채로 미끄러지듯이 이동한 게 아닐까 하고 생각해 보았습니다."

"선 채로? 나무에는 다리가 없어요. 뿌리로 걸을 수 있단 말입니까?"

"걷는 게 아니라 미끄러져서 떨어진 것. 미끄러진 거지요."

"미끄러지다니, 나무가 선 채로 미끄러지지는 않을 텐데요. 쓰러져서 미끄러진다면 알겠지만."

"아니, 산사태로 지면과 함께 미끄러진 걸 거예요. 지표에서 미끄러져 떨어진 게 아니라."

"그런 일이 있을 수 있을까요?"

"쓰러지지 않고 나무가 이동한 예는 있습니다."

교고쿠도가 보충했다.

"야마우치 씨는 자세히 들어 보니 지질학———특히 층위학적 관점에서 살펴보니 그 결론에 다다른 모양이지

만, 나는 단순히 실례를 몇 가지 들어 알고 있었을 뿐이에
요. 신경이 쓰여서 문헌을 살펴봤더니 이게 없는 것은 아
니더란 말이지요. 흔히 있는 일은 아니지만 있을 수 있는
일이라는 겁니다. 특히 이 근처에서는 일어나기 쉬운 것
같았어요. 23년 전의 즈소[豆相] 지진 때도 하코네 마을의
본환사(本還寺)에 전나무가 선 채로 떠밀려 와서 큰 피해가
났지요."

"맞아, 맞아. 이건 지질학자나 지진학자 중에서도 틀림
없이 생각하고 있는 사람이 있을 걸세. 조만간 거꾸로 삼
나무를 조사하러 오지 않을까 하네만. 뭐, 그건 그렇다 치
고 그러니까―――그 곳간도 말이지."

"아아."

나는 저도 모르게 이상한 목소리를 냈다.

"그래요. 그 곳간은 서 있는 나무와 함께 미끄러져 떨어
진 거라고, 이렇게 생각한 겁니다, 우리는. 그러니까 수령
150년의 큰 나무가 자라고 있지만 그 곳간이 미끄러져 떨
어진 때는 아마 다이쇼 12년(1923)."

"관동―――대지진 때 말입니까?"

"그렇지요, 세키구치 씨. 그러니 그게 떨어진 것은 고작
해야 30년쯤 전이 아닐까 하고 생각했는데, 아마 맞을 겁
니다."

서 있는 나무와 함께 미끄러져 떨어진다는 것이 실제로
있는 일이라면, 그것은 언제든 상관없다는 뜻이 된다.

교고쿠도가 다시 보충했다.

"어쩌면 즈소 지진 때 미끄러져 떨어졌을 가능성도 있을 것 같네만. 2단계로 미끄러져서 그곳에 자리를 잡은 건지도 모르네. 하지만 처음 미끄러진 것은 관동 대지진 때가 틀림없어."

"어째서지?"

"그러니까 그 곳간이 원래 어디에 있었느냐 하는 것 말일세. 떨어진 거라면 위에서 떨어졌겠지. 그 곳간 바로 위는."

"며, 명혜사인가?"

"그래. 그래서 자네들한테 듣고 여러 가지를 알게 되었는데 지금 거기에 있는 스님들은 전원이 관동 대지진 이후에 그 절에 들어왔다지? 그러니———."

"그렇군. 그 즈소 지진은——— 쇼와 5년(1930)인가? 만일 그때 떨어졌다면 적어도 다이젠, 료넨, 그리고 가쿠탄 관수는 그 곳간에 대해서 알고 있었던 것이 되는 건가?"

그중 두 사람은 죽었다.

"하지만 몰랐겠지. 아마. 알았다면 일이 이렇게 되지는 않았을 걸세. 나도 출장을 올 일이 없었겠지. 절의 조사도 비약적으로 진행되었을 거야. 오히려 그들에게는 시간이 있었으니까. 나는 벌써 닷새나 조사했지만 이제야 입구 부근이 정리되었을 뿐일세. 하지만 안타깝게도 그들이 입산했을 때 이미 곳간은 절에 없었네. 그런 절벽 아래의 토사 속에 장서가 있을 거라고는 생각하지 않았을 테고, 한편 절 안에는———."

"찾아도 아무것도 ——— 없었단 말인가?"

"그렇지. 아무것도 없었네. 절 안에는 아무것도 없었어. 하지만 반대로 그 곳간에는 터무니없는 것이 많이 들어 있을 가능성이 있지. 그 승려들은 발밑에 있는 보물을 보면서도 그곳을 비추지 못한 거야."

——— 있어서는 안 될 것이 있을지도 몰라.

그러고 보니 교고쿠도는 그렇게 말했다.

"그렇게 엄청난 것이 있었단 말인가?"

"아니, 지금으로서는 《위산경책》이 제일이려나. 그게 어느 시대 누구의 손에 의해 쓰인 사본인지, 솔직히 말해서 나도 모르네만——— 그 외에 진품도 몇 점은 나왔지만 문제는 말일세, 목록 같은 것이 나온다 해도 ——— 이게 도저히 믿을 수 있는 내용이 아니거든. 목록이 사실이라면 이것은 대발견이겠다 싶은 것이 안쪽에 오만 점이나 있는 셈이 되네."

왠지 마음에 걸렸다.

——— 그런가.

"자, 잠깐만, 교고쿠도. 그때 자네는 아마 그 《위산경책》인가 하는 책을 그 굴속에서 두 권 가지고 나왔지."

"한 권은 《위산경책강의》일세."

"뭐든 상관없어. 그건 메이지 시대의 책이라고 했지?"

"메이지 39년(1906)."

"그렇다면 그 시기에 명혜사에는 아무도———."

"있었지 않나. 다이젠 노사의 스승이."

"아아━━━━."

메이지 28년(1895) 명혜사를 발견한 후로 거기에 씌어서 명혜사를 보존하고 조사하느라 분주하다가 객사한, 정원 만드는 것이 특기였던 노승━━━━.

"━━━━그럼 그 사람만은 그 곳간의 존재를 알고 있었다, 자네는 그렇게 말하는 것이로군?"

"알고 있었을 뿐 아니라 이용하고 있었을 걸세."

"이용하고 있었다고?"

"그러니까 그 ≪위산경책강의≫는 그 사람의 장서일 거라고 생각하거든. 비교적 입구 부근에서 메이지 시대의 활자본이 꽤 나왔는데, 그것도 그 사람이 가지고 들어간 거겠지. 몇 번이나 다녔을 테고, 꾸준히 조사했을 걸세. ≪위산경책강의≫도 그곳에 있던 ≪위산경책≫이 어떤 위치에 있었는지 확인하고자 가지고 들어간 거라고밖에 생각할 수 없어. 관련서적이나 자료도 몽땅 다 들어 있었으니까."

"그래━━━━? 그럼 돌아가신 다이젠 노사는 본래 곳간에 대해서 알고 있어도 이상하지는 않았던 거로군? 두 번쯤 모시고 온 적이 있다고 했네. 하지만 당시 다이젠 노사는 20대였네. 단순한 짐꾼이라 곳간은 아직 보지 못했으려나?"

"나이는 상관없네. 지안인가 하는 감원도 아직 20대라면서. 다이젠 노사가 곳간에 대해서 몰랐던 것인지, 모르는 척하면서 28년이나 지낸 것인지━━━━죽고 말았으니 알 길도 없네만."

다이젠이 모르는 척을 할 이유는 없다.

노사는 스승의 유지를 물려받아 명혜사에 제일 처음 조사하러 들어온 승려다.

그리고 끝까지 조사를 잊지 않은 사람이기도 했을 것이다. 지금까지 명혜사의 유래를 조사하는 데 집착한 승려는 아마 다이젠뿐이었던 것 같다. 뇌파측정에 찬성한 것도, 그의 경우에는 조사를 재개하는 데에 도움이 되리라는 동기가 있었다고 이야기했다.

그러나. 그래도 여전히 그가 알면서도 모르는 척했을 가능성을 나는 버릴 수가 없다. 과학조사단은 외부에서 온다. 그리고 비밀은 폭로되고, 다이젠의 사명은 소멸한다. 다시 말해서 그는 외부 사람의 손에 의해, 비록 강제적이지만 그렇게 해서라도 밖으로 나가기를 원했던 것은 아닐까. 자력으로 밖으로 나가는 것은———.

역시 싫었던 것일까.

"그런데 세키구치 군. 그 다이젠 노사의 스승이라는 사람은 이름이 뭔가?"

몰랐다.

"뭐야, 모른단 말인가? 정말이지, 스스로 사건에 머리를 들이밀었으면 그 정도는 물어봐 둬야 할 게 아닌가."

"중요한가?"

"조신 스님이 말했지 않은가. 지안 스님의 스승뻘에 해당하는 게이안 스님인가 하는 사람은 다이젠 노사의 사형

이라고. 말하자면 지안 스님도 그 사람의 사손(師孫)이 되는
셈이잖나?"

"아아, 그런가?"

"그런가가 아닐세. 진뇨 스님도 거기까지는 모르는 것
같던데 ─── 센고쿠로의 주인에게라도 물어볼까. 아니
─── 소용없으려나. 하지만 그 발견자라는 사람도 대체
어쩔 생각이었던 걸까. 혼자서 그런 곳간의 사적을 한 권
씩 조사하다간 수십 년을 들여도 안 끝날 텐데. 사실 인생
이 먼저 끝나고 말았지. 그 단계에서 공표했으면 좋았을
텐데."

교고쿠도는 분한 듯한 얼굴을 했다.

"사사하라 씨는 팔고 싶어 죽겠는 모양이에요, 세키구
치 씨."

교고쿠도가 입을 다물었기 때문에 야마우치 씨가 뒤를
이었다.

"팔고 싶다니, 그 곳간 안에 있는 책 말입니까?"

"그래요, 그래. 교고쿠 군은 사람이 이렇다 보니 평가액
도 정당하게 붙이고 싶은 게지. 하지만 그러면 우리 같은
작은 규모의 고서점들은 살 수가 없거든요. 값이 비싸서.
게다가 가격을 매기는 게 불가능한 게 몇 권 있어요. 이건
이미 문화재급이지. 하지만 우리가 사지 않으면 사사하라
씨는 누군가 마음보가 못된 놈에게 팔겠지요. 그러면 그
문화재는 ───."

"진짜라 해도 위서(僞書)가 되네."

교고쿠도는 험악한 목소리로 말했다.

"하지만 진짜는 진짜잖나. 누가 갖고 있어도 옥은 옥, 돌은 돌이 아닌가."

그렇지 않다고, 기모노를 입은 고서점 주인은 한층 더 싫은 듯한 얼굴을 했다.

"금도 돌도 아닌 책일세, 책. 책만은 달라. 책은 미술품이 아니라서 골동품적 가치나 고고학적 가치만이 전부가 아닐세. 책에는 정보가 기록되어 있네. 사본이든 위조든, 같은 사실이 기록되어 있다면 정보로서의 가치는 마찬가지일 테지. 하지만 그릇이 위조라면 내용물도 위조라고, 그렇게 판단되는 게 보통일세. 애초에 그런 것이 매매될 리는 없을 테니, 설령 진짜라 해도 뒤에서 몰래 유통되면 공공장소―――학회 등에서 취급되기는 어렵고 설사 도마에 오른다 하더라도 출처를 확인할 수 없는 것은 약점이거든."

교고쿠도는 미간에 주름을 지으며 팔을 품에 집어넣고, 런던당 주인은 양손을 스토브에 쬐었다.

"게다가 세키구치 씨. 책의 소유자가 정말로 사사하라 소고로 씨인가 하는 문제도 있어요. 그래서 교고쿠 군은 성미에 맞지 않게 활발하게 움직이고 있는 거지요."

교고쿠도는 맞습니다, 맞습니다, 하며 정말로 성미에 맞지 않는 태도를 취했다.

"본래 명혜사의 것이라면 소유권은 누구에게 귀속되는지 알 수 없어. 명혜사가 있는 땅은 아까 들었던 사정대로 마츠미야 히토시 씨의 것일세. 하지만 명혜사 자체는 누구의 것인지 명확하지 않아. 그 절을 보존한 것은 교단인지, 아니면 교단과 연락을 끊고 그 절에 남아 있는 승려들인지도 확실하지 않네. 거주권 같은 권리가 있다면 진슈라는 노인이 가장 오래 살았을 테고———뭐, 그런 것은 상관없을지도 모르지만 어쨌거나 사사하라 씨의 말대로 처분할 수는 없단 말일세."

교고쿠도는 무서운 얼굴로 그렇게 말했다.

"그만큼 굉장한 것인가 보군. 있다면 말이지만."

야마우치 씨는 태연하게 말을 맺었다.

전혀 알아듣지 못하겠는지, 순경은 얌전한 얼굴로 빈 찻잔을 한 번 바라보고 나서 바닥에 남아 있는 찌꺼기 섞인 차를 들이켰다.

나는 싸구려처럼 보이는 금색의 주전자를 보면서 생각했다.

———결국.

될 대로 되는 것이다.

수수께끼의 매몰 곳간도 료넨 스님의 시체와 마찬가지로 뚜껑을 열어 보니 별 것도 아닌 단순한 사태에 불과했고, 그 소유자는 또한 별 특별할 것도 없이 그 명혜사였던 셈이다.

수수께끼의 절 명혜사를 덮고 있는 환상도 점점 벗겨져 간다.

이제는 납득할 수 있다고 생각하면 더욱 해체되고, 그때

마다 무미건조한 현실이 모습을 나타낸다.

이제 그곳은 수수께끼의 절은 고사하고 불교계의 짐이 되고 말았다.

명혜사의 승려들도, 그 배후에 각 종파를 짊어지고 있기는커녕 자신이 있던 절에서도 버려진———아니, 돌아가기를 거부한———단순한 개인들의 집단에 지나지 않았다. 냉정하게 생각하면 천하의 대교단이 이렇게 수상한 것에 관여하고 있을 여유는 없을 것이다. 더 고결한 목표가 있었으리라.

그저 당연한 사실이 당연한 곳에 자리를 잡았을 뿐이다. 이제 괴기도 환상도 현실의 그릇 속의 채색에 지나지 않고, 의외성조차도 개연의 충실한 종이다.

이 세상에 이상한 일 따윈 무엇 하나 없는 것이다.

그러나.

사건은 아무것도 해결되지 않았다.

무엇일까———이 정체를 알 수 없는 폐쇄감은.

살인범이 붙잡히지 않아서, 또는 그 동기가 분명하지 않아서, 그래서 이런 숨 막히는 느낌이 드는 것일까. 왠지 몹시 불편한, 마치 밀실에 있는 듯한,

압박감———피폐감———탈진감.

그렇다, 어차피 나갈 수는 없다고 말하는,

———왜 승려들은 남아 있는 것일까?

그게 문제인 걸까.

가령 그 스즈———.

그러고 보니 ———.

마츠미야 히토시는 명혜사에서 스즈를 만나지 못했던 걸까? 만일 13년 전에 죽은 모양인 동생과 완전히 같은 옷차림을 한 소녀를 만났다면 저렇게 모범적인 웃음이 형성될 수는 없을 것이다.

만일 만났는데도 아까 같은 태도를 취할 수 있는 것이라면 나는 그를 이해할 수 없다고밖에 말할 수 없다.

쉭, 쉭, 하고 주전자가 거품과 함께 증기를 뿜어냈다.

시계를 보니 다섯 시 십오 분이었다.

"이보게, 교고쿠도."

나는 친구를 불렀다.

"자네가 나설 일은 이번에는 이제 없는 건가?"

"무슨 뜻인가?"

"아니 ———그."

"썬 것은 떨어졌네. 나는 상관없어."

"스님들을 전부 만난 것은 아니잖나."

"선승에게 붙는 요괴는 별 것 아닐세. 덴구나 뭐 그런 거지. 예부터 선마(禪魔)를 제압하려는 자는 모조리 선(禪)에 농락당하는 게 고작일세. 말이 없는 사람에게 백 마디 말을 하는 것은 조개껍질로 바다를 재는 것과 같아. 법(法)을 설법해도 갓파에게 수영을 가르치는 격이지."

"철서는 어떻게 됐나?"

"그건 떼어 냈네."

"하지만."

175

거기서 교고쿠도가 얼굴을 들었다.

"음? 저쪽은 뭔가 씌었나?"

어느새 유리문이 열려 있고 거기에는 창백해진 이쿠보가 있었다.

등 뒤에 단정한 진뇨의 얼굴이 보였다. 이쿠보의 몸집이 작아서 그의 얼굴은 머리 두 개 만큼이나 불쑥 튀어나와 있다.

청년 승려는 왠지 형용하기 어려운, 불가해한 표정을 짓고 있었다. 안면 근육이 굳어 있었다.

―― 무슨 이야기를 한 거지?

그 천연덕스러울 정도의 건전함이 사라지고 없었다.

진뇨에게 무엇인가 씌었다고 ―― 교고쿠도는 말한 걸까.

"아아, 끝났나?"

순경이 그렇게 말하며 일어선 순간, 전화벨이 시끄럽게 난리를 쳤다. 시계 같은 얼굴을 한 순사는 허둥지둥 그것을 붙들어 귓가로 가져갔다.

"예에. 예에. 네. 예?"

순사는 교고쿠도를 보았다.

그리고 그는 수화기의 아래쪽 절반을 오른손으로 덮고 말했다.

"저어, 추젠지 씨라는 분은 당신이지요?"

"그렇습니다만."

"아아, 그 센고쿠로에서 온 전화인데요."

"저한테요?"

"뭐라더라, 이마가와인가 하는 사람을 아십니까?"

"아아. 뭐, 압니다. 이 지인이 더 잘 알 것 같지만."

지인이란 나를 말하는 것이다.

"아아, 그 이마가와 씨인가 하는 사람이 참고인으로 체포되었다고, 전화한 사람이 그러는데요?"

"이마가와 군이? 참고인으로 체포라니 무슨 뜻입니까?"

"으음, 바꿔 드릴까요? 본부의 마스다 형사인데요."

"바꿔 주십시오."

교고쿠도는 수화기를 받아들었다.

"네, 추젠지입니다. 무슨 일인가? 이마가와 군이 어떻게 되었다고? 그건 임의 취조인가? 음, 체포장이 집행된 것은 아니군. 뭐? 누구? 오시마 유헤이 씨를 어떻게 한다고? 아아, 진뇨 스님과 함께? 마스다 군, 그런 말은 순사님께 해 주게. 나는 바쁘고, 뭐? 구온지 씨가 나를 불러 달라고 했다고? 구온지 씨는 돌아오셨나? 에노키즈? 잘 모르겠군. 마스다 군, 진정하게. 자네가 혼란스러워하면 어떡하나. 정리해서 얘기해 주게———."

런던당 주인을 제외한 전원이 긴장했다.

뭔가——— 있었다.

"아아. 알았네. 전해 드리지. 구리바야시 씨라는 분이 당신입니까?"

시계 같은 얼굴을 한 순사는 "네, 그렇습니다" 하며 등을 곧게 폈다.

교고쿠도는 사무적인 빠른 말투로 말했다.

"저어, 우선 이제 곧 이곳에 가나가와 본부에서 파견된 경관과 이쪽 관할서의 츠기타라는 형사가 올 겁니다. 그 형사에게 여기 있는 마츠미야 씨의 신병을 넘겨주십시오. 자세한 사정은 모르겠지만 센고쿠로로 옮길 거라고 합니다. 그리고 가능하면 안마사 오시마라는 사람에게 임의출두라는 형태로 오라는 내용을 전하라고 본부에서 말하고 있어요. 이쪽 관할인 것 같으니 연락을 해 주었으면 좋겠다는군요. 명혜사로 보내서, 인상착의 확인이 아니라 목소리 확인을 부탁하고 싶다———는 얘기예요. 이건 그 분에게도 사정이 있을 테니 내일이라도 괜찮답니다. 그리고———세키구치 군!"

"왜 그러나?"

"명혜사에 스가노 씨가 있었네."

"스가노———?"

"그리고 이마가와 군이 중요참고인으로 격상되었네. 구온지 선생과 에노키즈는 센고쿠로로 강제송환되었어. 자네는———어쩔 텐가?"

교고쿠도의 미간 주름이 한층 더 깊어졌다.

*

마침 그 무렵의 일이라고 들었다.

야마시타는 슬슬 애가 탄 이시이가 쳐들어올 것 같은 분위기를 느끼고 있었다.

해결되지 않는다.

야마시타는 사건을 해결하기 위해 수사하고 있는 건지, 범인을 체포하기 위해 수사하고 있는 건지, 출세나 공명심 때문에 수사하고 있는 건지, 수사를 위해 수사하고 있는 건지 ——— 알 수 없어지기 시작했다.

지금까지는 그냥 수사 매뉴얼에 따라 점수를 벌듯이 사건을 해결해 왔다. 그것은 그것대로 나쁜 일은 아니었을 것이다. 사건 해결과 범인 체포와 출세와 공명심과 수사는 과거에는 완전히 동일했다.

그것이 흩어지는 듯한 불안은 있었다.

스가와라는 이마가와를 몰아세우고 있다.

어젯밤까지 이 시골 형사는 구와타 조신 범인설을 내세우고 있었다. 그러나 어젯밤에 스가노 히로유키의 존재가 발각되자마자 스가노 범인설로 전향하더니, 아까 검시 보고가 있은 후로는 이마가와 범인설에 집착하고 있다.

야마시타는 흥이 깨졌다.

스가노를 의심하는 것은 이 경우 당연하다고 야마시타도 생각한다.

게다가 이마가와가 수상하다는 것도 사실일 것이다.

이마가와의 증언이 허위이거나 착각이라는 것은 우선 틀림없다. 그렇지 않다면 검안조서(檢案調書)가 틀렸다는 뜻이 된다.

그러나 그래서 어쨌다는 거냐 ─── 고 야마시타는 생각했다.

한편에서 몹시 수상한 놈이 나온 탓에 그때까지 수상했던 놈이 수상하지 않게 되느냐 하면 그건 아니라고 생각했다. 수상함은 상대적인 것이 아니다.

자신의 무기가 무엇 하나 통하지 않는 상황 속에서 매달릴 것이 없었던 야마시타는, 비교적 강건하게 땅에 발을 딛고 있는 것처럼 보이는 스가와라에게 어딘가 의존하게 되었다. 야마시타가 스가와라의 구와타 범인설을 지지한 것도 그 이유뿐이었던 것 같다.

그러나 그런 스가와라가 구와타 설을 택한 이유는 단지 상사인 야마시타가 지지했기 때문인 모양이다. 그것을 상회하는 근거 ─── 가령 유폐된 이상한 인물이나 분명한 위증이나 ─── 그런 것이 나타나기만 하면 당장 버릴 수 있을 정도의 것이었나 보다.

야마시타는 그런 남자를 의지하고 있었다는 얘기다.

구와타 범인설에 이르러서는 자신의 그림자에 기대는 거나 마찬가지였던 셈이다.

좀 물린 것 같기도 하다. 그렇다고 해서 '그럼 이마가와다'라는 기분은 들지 않는다.

분명히 이마가와는 수상하다. 이마가와의 가게와 고사카 료넨 사이에 전쟁 전부터 거래가 있던 사실도 도쿄 경시청에서 확인했다. 게다가 이마가와는 고사카가 보낸 편지를 소지하고 있고, 료넨이 불러낸 것도 사실인 것 같다.

그리고 만나기로 한 날에 그 고사카는 살해되었다.

하지만 이것은 이마가와와 고사카의 관계를 보여주는 증거이긴 하지만 범죄의 증거는 될 수 없다. 죽인 후 곧장 도망치지도 않고 자신이 묵고 있는 숙소의 정원수 위에 숨기는 바보는 없고, 그 사실을 낱낱이 정직하게 경찰에게 신고하는 바보도 없다. 범인이 그런 행동을 취하겠느냐고 누가 묻는다면, 그것은 절대로 있을 수 없는 일일 거라고 대답할 것이다.

그러나 오니시 다이젠의 살해가 맞물리면 얘기는 달라진다.

가령 이마가와가 오니시를 죽이기 위해 현장에 남았다면 어떨까. 그리고 가능한 자연스러운 형태로 명혜사에 잠입해 보기 좋게 오니시를 살해한━━━그런 줄거리는 쓰지 못할 것도 없다. 실제로 이 역시 마지막으로 오니시와 만난 자는 이마가와다. 하지만 알리바이는 없다. 그 사실에서 위증 같은 오류가 발각되면 의심을 받아도 어쩔 수 없다.

따라서 스가와라가 촌스러운 광대뼈가 튀어나온 얼굴을 붉히며 이마가와를 몰아세우는 것도 이해가 가지 않는 것은 아니다.

그러나 이 사건만은 아무래도 아닌 것 같은 기분이 든다. 아니, 기분이 든다거나 느낌이 든다거나, 직감이나 인상으로 사물을 판단하지 않는다는 것이 지금까지 야마시타의 기본자세였다. 증거와 논리야말로 경부보 야마시타

의 지주였던 것이다. 따라서 설령 입이 찢어지더라도 남들 앞에서 그런 말을 할 수는 없지만,

───── 역시 이건 아니야.

그렇게 생각했다.

"이봐요, 이봐, 이제 그만 좀 해 주면 안 되겠소. 이마가 와 씨. 아까부터 듣자 하니 개가 어쨌다느니 깨달음이 어쨌다느니, 그런 헛소리를 듣고 싶은 게 아니란 말이오. 오니시와 무슨 얘기를 했는지 묻는 거요!"

"저는 진실을 말하고 있습니다. 구자불성의 깨달음에 대해서 의견을 여쭈러 갔던 겁니다."

"꼬치 뭐라고요?"

"구자불성."

"그건 어떤 돈 되는 얘기요?"

"돈은 안 됩니다."

"골동품상이 돈도 안 되는 얘기로 왜 이런 곳에 오래 머문단 말이오! 이봐요, 이마가와 씨. 여러 가지로 잘도 날 속였군요. 나는 당신과 달리 순박한 시골 사람이라 철석같이 믿었는데."

"거짓말은 하나도 하지 않았습니다."

"호오. 그럼 당신은 뒤통수가 깨져서 뇌척수액이 흘러나온 할아버지와 장지 너머로 이야기를 했단 말이오? 즉사란 말이오, 즉사. 숨이 붙어 있었던 것은 겨우 몇 초였어요."

"그렇게 말씀하시지 말아 주셨으면 합니다. 그 사람은."

"내가 죽였습니다, 인가요?"

"죽이지 않았습니다."

"그러니까 어떻게 된 거냔 말이오!"

"모르겠습니다. 다만."

"다만 뭐요!"

"그러니까."

"그러니까 뭐요!"

"스가와라 군. 이야기를 좀 듣게. 뭔가 말하려고 하잖나."

"일일이 변명을 들어줄 수는 없지요."

"무슨 말을 하는 건가, 자네는. 설령 범인이라 하더라도 변명의 여지는 있네. 이런 자리에 변호사를 부르는 경우도 있어. 특공대도 아닌데 말을 삼가게."

"그렇게 해서는 자백을 받을 수 없습니다."

"자백은 강요하는 게 아닐세!"

스가와라는 부루퉁해졌다.

이마가와는 잉어 깃발[†]의 눈 같은 부리부리한 눈으로 야마시타를 보았다. 입매가 칠칠치 못하고 못생겼지만 애교는 있다. 게다가 이 남자는 보기보다 지성이 있다.

"이마가와 군. 다시 말하겠는데 사법해부 결과 오니시 다이젠은 오전 2시 40분에서 3시 10분 정도 사이에 살해되

---

† 종이나 천 등으로 잉어 모양을 만든 것인데, 단오 때 장대에 매달아 높이 다는 풍습이 있다.

었소. 다시 말해서 당신들 취재반이 물러가고 나서 겨우 한 시간 남짓, 기상시간 겨우 20분쯤 전에 살해된 셈이지요. 여기에 대해서 이의는 없겠지요?"

"이의가 없습니다" 하고 이마가와는 말했다.

"그렇겠지요. 하지만 당신은 6시 30분에서 7시 가까이까지 오시와 대화를 했다고 했소. 이것은 몇 가지 해석이 가능하겠지요. 우선 당신이 거짓말을 하고 있는 경우. 현재 우리는 그렇게 해석하고 있소. 다음으로 당신이 시간을 착각했을 경우. 하지만 이것은 몹시 특수한 경우를 제외하면 아니겠지. 3시와 6시 30분. 세 시간 이상 시간을 잘못 읽을 수는 없소. 아무리 이 절에 시계가 없다 해도 ─────."

"저는 회중시계를 갖고 있습니다."

"아아. 그렇다면 더 그렇지. 당신 시계가 빨리 간 거라고 해도 그렇게까지 틀리지는 않았겠지요?"

"멈췄다 해도 그렇게 틀리지는 않을 겁니다."

"그렇군요. 그러니 그럴 리는 없소. 그럼 이제 길은 없지 않소? 그러니 이 스가와라 군이 당신에게 화를 내는 거요. 자, 반론이 있소?"

"저는 진실을 말하고 있습니다. 노사와는 이야기를 했습니다. 한 글자 한 구절 정확하게까지는 아니더라도 재현하라고 하시면 재현할 수 있을 정도입니다."

"그게 재현인지 창작인지 판단할 기준은 우리에게는 없는데. 게다가 검시 결과와 목격 증언이 다른 경우에 목

격자의 주장을 믿고 사법해부 결과를 물리라는 것은 좀
———."

——— 그러나 만일 감찰의(監察醫)가 공범이라면?

그런 비상식적인 일은 있을 수 없다. 철학자도 아니고,
뭐든지 의심하면 다 되는 것도———.

——— 그것은 구온지가 한 말이다.

"——— 좀 그렇군요. 역시 이 경우는."

"아니오. 그, 검시 결과를 의심하는 것은 비상식적이고
그런 것을 의심한다면 말이 되지 않는다고 생각합니다.
최소한의 약속으로, 이것만은 신용할 수 있다는 근간 부분
은 남겨두어야 합니다."

"이봐요, 이마가와 군. 당신, 그건 자신의 증언을 뒤집겠
다는 뜻이오?"

"아니오. 저도 제가 체험한 것을 꿈이나 환상이라고 생
각하지는 않습니다. 그것은 저에게, 역시 이것만은 신용할
수 있다는 근간 부분입니다."

"그럼."

"다만 제가 아까부터 여러 가지 생각을 해 봤는데———
그, 제가 체험한 사실에 대해서는."

"죽은 사람이 말을 했다는 둥 하는 거겠지!"

"그러니까 조용히 하라니까, 스가와라 군. 그래서요?"

"예. 그러니까 제가 이치전 마당에서 6시 반부터 약 30
분 동안 장지 너머로 선에 조예가 깊은 노인이나 노인처럼
들리는 목소리를 내는 사람과 문답을 했다———는 것은

사실입니다. 그러니까 정확히 말하면 다이젠 노사님과 이야기했다는 사실은 없습니다."

"예?"

정리하는 데 시간이 걸렸지만, 다 정리하기도 전에 스가와라가 말했다.

"보세요. 결국 그런 변명을 한다니까. 빙 둘러서 말하고 있지만 결국 자신이 이야기한 것은 오니시 이외에 누군가 다른 사람이었습니다, 라는 것뿐이로군."

"그건――― 스가와라 군, 무시할 수 없네."

"어째서요?"

"그렇다면 그게 범인 아니겠나."

"그렇지만――― 야마시타 씨, 당신 배라도 아픕니까? 패기가 없군요. 아니면―――."

그 원인은 너라고, 야마시타는 먼저 말하고 싶었다.

"――― 아니면 뭔가 알아낸 겁니까?"

"그렇지는 않네만―――."

지붕에 올라간 스님. 지붕에서 떨어진 스님.

이것을 동일하다고 보는 바람에, 당초에 사건은 기괴한 양상을 띠게 되었다. 올라간 스님은 범인이고 떨어진 것이 피해자였다. 이것은 이제 거의 틀림없다.

장지 너머로 이야기하는 스님. 변소에서 죽은 스님.

이것을 동일하게 보면 역시 죽은 사람이 말을 하는 괴이한 일이 생겨난다. 그러니 이번에도 이야기한 스님이 범인이라고 생각해 보면 어떨까. 그 편이 모양새가 맞는다.

그래서 이마가와를 의심하는 것보다 믿는 편이 전망이
밝을 것 같은 기분이 들었다.

"――― 있을 수 있는 일 아닌가."

잘 설명할 수가 없었다. 아니, 설명할 기력이 없었다.

스가와라는 경멸의 표정을 띠었다.

"있을 수 없는 일이지요. 목소리는요? 당신은 몇 시간
전까지 그 오니시와 이야기를 했잖소? 그런데 잘못 들을
수가 있단 말이오? 야마시타 씨, 당신은 장지문 맞은편에
서 제가 이야기하는 것과 이 남자가 이야기하는 것을 구분
할 수 있습니까?"

"구분할 수 있네. 그야―――."

자신은 없었다. 비슷한 목소리를 가진 사람은 얼마든지
있다.

타고난 목소리가 비슷하지 않더라도 음색은 바꿀 수 있
다. 1과에도 성대모사를 하는 사람 정도는 있다. 게다가
장지 너머라면 한층 더 알기 어려울 것이다. 안에 다른
사람이 있을 거라고는 예상도 하지 않은 상황이라면, 생각
만으로도 같은 목소리로 들리지 않을까. 게다가―――.

스님의 설교하는 것 같은 말투는 독특하다. 그 알기 어
려운 말을 섞어 가며 이야기한다면, 누구나 상대는 스님이
라고 생각하지 않을까. 게다가―――.

그걸로 이야기가 통한다면―――.

"――― 상황에 따라 다르지 않겠나?"

또 말로 잘 표현할 수가 없었다.

"그야 상황에 따라 다르다고 치자면 무슨 일이든 있을 수 있지요."

"그 이치전이라고 했나? 지문이나 유류품은 어떤가."

"지문은 나오지 않았습니다. 아니, 나왔다면 나왔지만 새것과 오래된 지문이 섞여서 뭐가 뭔지 알 수가 없어요. 게다가 이곳 스님의 지문을 전부 채취해서 조사하라는 지시는 아직 내리지 않으셨잖습니까."

"그랬지."

"뭐, 이치전이 살해현장이 아닌 것만은 분명하겠지만요. 그래서 어째서 이 사람이 이런 위증을 했는지 의미를 모르겠어요. 누군가의 부재증명이 될 것 같지도 않고."

"위증인지 아닌지 모르잖나."

"글쎄요, 야마시타 씨. 아무래도 이제 와서 태도가 약해지신 것 같군요. 하긴 이 사람이 범인이었을 경우, 당신의 직속 부하———마스다 군은 엄청난 실수를 한 것이지요. 감시 중인 용의자가 눈을 뗀 틈에 눈앞에서 당당히 범행을 저지른 거니까요. 이건 책임문제입니다. 자칫하면 당신이 그의 거취에 대해 처분을 내려야 하는 일도."

"그런 문제가 아닐세."

그 말을 듣고 야마시타는 처음으로 깨달았다. 분명히 스가와라의 말이 옳다.

그러나 스가와라도 마스다를 남겨두고 산을 내려간 책임이 있지 않은가———아니, 이것은 누가 봐도 야마시타의 책임이다. 수사주임은 야마시타이기 때문이다.

직함은 무기가 아니라 족쇄가 되었다.

이것이 본래 직함이 갖는 기능이다.

"자, 스가와라 군. 그렇게 시야를 좁게 하지 말고 총괄적인 판단력으로 수사에 임해 주게. 그 외에도 수상한 사람은 많이 있잖나."

"왠지 갑자기 온후해졌군요. 하지만 그 총괄인지 뭔지를 하는 건 당신이 할 일이지요. 제 일은 또 다릅니다. 여기는 제게 맡겨 주시지요."

야마시타는 대답을 하지 않고 일어섰다.

그리고 스가와라를 가능한 내려다보다시피 하며,

"폭력행위만은 삼가 주게. 그런 것은 내 책임이야."

하고 말했다.

야마시타는 방을 나갔다.

옆방에서는 교대할 경비요원이 자고 있었다.

어두컴컴한 구석에 앉았다.

그리고 생각한다.

보고에 따르면 수수께끼의 승려를 확보했다고 한다. 일단 센고쿠로로 소환해 두었는데 어떨까. 상관없을 듯한 기분도 들었다. 오히려 상관이 없기를 바라는 기분이 강했다.

오시마 유헤이의 증언은 얼마나 도움이 될까. 처음에 목소리 판정을 생각했을 때, 야마시타는 구와타 조신이 진범이라고 반쯤 확신하고 있었기 때문에 이것은 효과적일 것 같은 기분도 들었다. 구와타가 범인이라면 정신적으로 뒤흔들 수 있는 유효한 무기가 된다.

그리고 만일 구와타가 아니라 해도, 그렇다면 아마 스가노일 게 뻔하다고 생각했다.

그래서 수배한 것인데, 아까 이마가와의 이야기를 듣다 보니 야마시타는 그것도 모를 일이라는 생각이 들게 되었다. 목소리만으로는 아무것도 알 수 없다. 알 수 있다 해도 결정적인 근거는 되지 못한다. 증거능력은 없는 것이다. 범인이 따로 있다면 거의 무효하다.

그리고 야마시타가 지금 가장 신경 쓰이는 것은 이 절 전체에 대해서였다.

선종의 각 종파, 각 교단 ——— 종파와 교단이 어떻게 다른지 야마시타는 잘 모르지만 ——— 그 모든 것을 조사한 것은 아닌 듯했지만, 오늘 중간보고를 들어 보니 접촉한 교단은 전부 이 명혜사를 모른다고 대답한 모양이다. 적어도 그런 절에 원조금을 낸 적은 없다는 말을 했다고 한다. 마스다의 이야기와는 크게 어긋난다. 마스다가 오니시에게 들은 내용을 반쯤 그대로 믿고 있던 야마시타는, 설마 그런 결과가 나올 거라고는 생각도 하지 않았다. 그러나 형사들의 대부분은 그런 사소한 사실에 대해서 거의 흥미를 보이지 않았다. 수사회의 때도 참석자들은 그렇게 중요하게 생각하지 않았다.

야마시타는 적어도 스가와라만은 신경 쓸 거라고 생각했다. 처음에 스가와라는 수입원이 없는 명혜사에 큰 의혹을 갖고 있었기 때문이다. 명혜사 공모설은 구와타 조신 범인설보다 앞선 스가와라의 설이었다. 하지만 그 스가와라의 의혹은 완전히 이마가와를 향한 것만 같았다.

이마가와가 범인이거나 또는 공범자라면 그런 절의 수입원을 조사하며 멀리 돌아가는 것보다 사건은 훨씬 간단하게 끝나고, 스님 전체를 의심하는 것보다 훨씬 마음은 편하다.

하지만 이상하다는 사실에는 변함이 없다.

그래도 이 절은 실제로 존재하고 스님들은 여기서 살고 있다. 밭이니 뭐니 하는 것을 보고 왔지만 도저히 자급자족이 가능할 만한 수확을 기대할 수 있는 것은 아니었다. 따라서 돈은 필요하다.

고사카의 속세 생활도 드러났다.

별 것 아니었다. 이 지역의 호사가나 교직원, 자칭 문화인 등으로 구성된 환경보호단체의 발기인이 되었을 뿐이었다. 그 외에는 아무것도 없다. 빌려 살던 집이라는 것도 그 사무국을 겸한 것이고, 집세는 그 단체에서 냈다. 단체의 활동 내용은 현재 조사 중이지만 대체로 살인사건과는 거리가 멀었다.

구온지 요시치카에 대한 자료도 도착했다. 본인이 말했던 대로, 간추린 것이라고 해도 방대한 양의 보고서였기 때문에 아직 전체를 다 읽지는 못했지만 스가노 히로유키가 나오는 부분은 찾아서 읽었다.

스가노는 성적 도착자일 의혹이 매우 짙다고 기록되었다. 게다가 어린 소녀를 대상으로 삼는 도착자였다. 이런

191

종류의 범죄는 가장 드러나지 않는다. 피해자가 나서는 일도, 고소하는 일도 극히 드물기 때문이다. 특히 피해자가 어린 소녀라면 더욱 그럴 것이다. 아니나 다를까 피해 신고는 전혀 없었던 데다 본인이 실종되어 미확인으로 되어 있다.

그러나 아무래도 그 구온지라는 의사는 이 스가노의 피해자의 가족인 것 같았다. 그제야 그 격앙한 듯한 이상한 태도도 이해가 갔다. 구온지를 의심한 점을 야마시타는 아주 조금 반성했다.

야마시타는 살인보다 성범죄를 더 싫어한다.

그러나 그것도 수사회의의 의제로 오르지는 않았다. 그 자리는 스가와라가 주관했고, 그리고 이마가와는 체포되었다.

야마시타는 크게 한숨을 쉬었다.

이래서는 자신의 존재가치라곤 전혀 없다. 어쩌면 이시이가 수사에 참가할지도 모른다는 것은 분위기라기보다 희망이었을지도 모른다. 범인 체포보다 출세보다 명성보다, 야마시타는 지금 무엇보다도 해결을 바라고 있다. 아니, 해결도 아니다. 빨리 이 산에서 내려가 푹 자고 싶었다.

그리고 야마시타는 결국 지객료를 나섰다.

이런 상태에서도 자신은 틀리지 않았다고 굳게 믿고 있는 스스로를 믿을 수가 없었다.

이 경우 주체는 어느 쪽에 있을까. 분열된 것 같다. 그러나 자신은 자신이다. 이것들은 전부 말이 그렇다는 문제일 뿐, 믿고 있는 자신도 믿지 않는 자신도 본래 분열 같은 것은 하지 않았다.

바깥은 이미 밤이었다.

갑자기 불안해진다. 당연한 일이지만 자신에 비해서 이 산은 무섭고 크다. 이 수사는 범인 대 형사의 공방이 아니라 개인 대 '산'의 싸움이다.

그런 기분이 들기 시작했다.

숲이 버석거리며 소란을 피웠다.

지객료에는 환하게 불이 켜져 있다.

선당 옆의 건물에서도 기척이 난다. 사정청취가 아직 계속되고 있는 것이다. 삼문에는 경관 두 명이 추운 듯이 서 있다. 분명히 이 산에는 많은 사람들이 있다.

아마 선당에도 몇 명이나 되는 승려가 앉아 있으리라.

으스스하다. 자신 이외의 사람들은 모두 산에 끌려들어간 것 같은 기분이 든다.

스가와라가 고함치는 것도, 지안이 소리지르는 것도, 나무들이 술렁거리는 것이나 마찬가지다.

등 뒤에 그 후리소데 차림의 소녀라도 서 있으면, 이곳은 어엿한 산중이계[山中異界]†다.

———아아. 생각하지 말 걸 그랬지.

정말로 그럴 것 같아서 돌아볼 수가 없게 되었다. 돌아보았다가 만일 거기에 소녀가 있다면 죽을 만큼 싫을 것이

---

† 여기서는 이매망량들이 살고 있는 세계를 의미.

다. 과연 이 세상의 존재가 이렇게 무서울까.

야마시타는 어쩔 수 없이 크게 우회하듯이 경내를 걸어가 선당 쪽으로 다가갔다. 스님은 좋아하지 않지만 그나마 사람들이 많은 곳 근처에 있는 게 안심이 된다. 선당 옆의 오두막이라도 들여다볼까——아니.

——구온지가 뭔가 말했지.

이마가와를 체포하고, 그 탐정과 구온지를 센고쿠로로 보냈을 때의 일이다.

그 노의사는 분명히,

——대마를 찾으시오.

하고 말했다. 구온지 일행이 그때까지 만난 사람은 그 진슈와, 그리고 스가노다.

스가노와——대마?

대마단속법은 쇼와 23년(1948)에 시행되었다. 그 후로 허가를 받지 않은 재배도, 양도도 처벌을 받게 되었다. 그것은 다시 말해서 비밀리에 재배하면 돈이 된다는 뜻이다.

——자금원은 그건가?

더 자세히 물어봤어야 했나.

이제는 늦었다. 그때는 스가와라의 기백에 완전히 눌려서, 야마시타는 지객료에서 나가지도 않았던 것이다.

——스가노라.

야마시타는 어느새 오두막을 지나쳐 스가노가 갇혀 있는 토굴 앞에 서 있었다.

외투를 입고 와야 했다. 엄청나게 춥다. 발끝이 뼛속까지 얼어붙었다.

눈으로 된 작은 산을 돌아 들어가자 달빛 속에 경관 한
명이 우두커니 서 있었다.

"수고 많네. 별일은 없나?"

"어, 없습니다!"

경관은 경례하며 몸을 굽혔다.

"교대는 제대로 하고 있는 건가?"

"넷. 제, 제가 아까 실수를 했습니다. 그 죄, 죄송합니
다."

"탓하는 게 아니야. 교대는 하고 있느냐고 위로하는 걸
세. 게다가———실수라니 그게 뭔가?"

"넷. 아까 삼문 부근에서 소동이 있었을 때 저는 이 자리
를 떠났는데, 그 후에 교대 시간이 되어서 그대로 휴식을
취하고 말았습니다. 교대하는 자는 대기실에서 제가 돌아
오기를 기다리고 있었던 모양인지, 결과적으로 이 감옥
입구에는 약 50분간 아무도 없었습니다."

"아아."

그 틈에 구온지와 이마가와는 이 감옥에 침입해 스가노
를 만난 것이다. 스가와라는 의사의 신병도 구속해야 한다
고 주장했지만 보고서를 읽고 있던 야마시타는 구온지를
돌려보내기로 했다. 스가노를 책망하고 싶은 마음은 이해
가 간다. 구온지가 스가노 옆에 있는 것은, 그러므로 좋은
일이 아니다. 게다가 어차피 센고쿠로에 머문다면 구류한
것이나 다를 게 없다.

"그건 연락이 소홀했던 걸세. 괜찮아. 그래서?"

"아까 스가와라 형사님께서 그 책임을 물으셔서, 이렇게 교대 없이 감시하고 있습니다."

"스가와라가? 제멋대로 구는군. 책임자는 나란 말일세. 됐어. 교대해. 내가 보고 있을 테니 대신 불러오게."

"경부보님이 그런 감시를."

"괜찮네. 잠깐 안에 볼일이 있거든. 토굴 속에 있을 테니 지객료로 돌아가서 교대할 순경을 불러오게. 셋이나 자고 있었으니까."

"본래 제 교대 요원은 이쪽 건물의 대기실에 있습니다."

"아아, 어느 쪽이든 상관없네. 가까운 편이 좋으려나. 혹시 손전등 있으면 두고 가게."

경관은 손전등을 공손하게 내밀고 다시 차려 자세가 되어, "배려해 주셔서 감사합니다" 하고 큰 소리로 말한 뒤 사라졌다.

야마시타는 안으로 들어갔다. 이 굴에는 아침부터, 라기보다 어젯밤부터 몇 번이나 들어갔다. 그런데도 익숙해지지 않는 이유는 야마시타가 약간 폐소공포증이 있기 때문이다. 굴에 들어가면 심박수가 늘고 약간 땀이 난다. 학생때 후지산의 동굴에 들어갔다가 빈혈을 일으킨 적도 있다. 보통 이런 굴에 들어가는 것은 설령 폐소공포증이 아니더라도 무서운 법이다. 좋아하는 사람은 별로 없다. 그러나 지금 같은 상황에서는 바깥보다 나을지도 몰랐다.

안은 약간 따뜻하다. 바람이 없기 때문이다.

——— 어차피 대단한 얘기는 못할 테지.

그것은 알고 있다. 구온지가 얼마나 스가노와 대화를 나눌 수 있었는지는 모르지만 적어도 야마시타는 동굴 속에 갇힌 승려가 무슨 말을 하는 건지 전혀 알 수 없었다. 대우주의 목소리가 귓가에서 속삭인다는 둥, 벽에서 포대존 차림을 한 미륵보살이 차례차례 나온다는 둥.

아기를 안은 여자가 웃고 있다는 둥.

천장이 돈다는 둥, 바닥이 파도친다는 둥. 마치 주정뱅이 같았다.

——— 그것이 대마의 환각이라면.

대마는 다른 마약에 비하면 금단 증상도 잘 나타나지 않으니 날뛰거나 하는 일은 없을 것이다. 그러나 환각을 보거나 감각이 날카로워지거나, 그런 일은 있는 모양이다. 특히 대마를 흡입한 사람을 둘러싼 환경의 설정이 중요하다고 야마시타는 마약반에서 들은 적이 있다. 요컨대 환경만 적절하면 즉각 대마 흡입의 효력을 발휘하는 것이다. 이 암실은 안성맞춤의 환경이다.

미량의 달빛이 희미하게 벽면을 비춘다. 석굴 안에 조각된, 의미를 알 수 없는 돌부처. 주위에 작은 부처가 우글우글 조각되어 있다. 만다라라고 하는 건가? 이런 게 있는 줄은 몰랐다. 이래서는 대마 같은 게 없어도 취할 것 같다.

야마시타는 감옥이 있는 방으로 들어갔다.

낮에는 각등(角燈)을 들고 있었지만 지금은 없다. 손전등은 켜지 않았다. 불빛이 없으니 묘하게 침착해진다. 천장

197

도 바닥도 벽도 없는 거나 마찬가지라 오히려 폐소라는
감각이 들지 않는 것이리라. 유일한 불빛인 감옥 안 벽면
의 촛불도 꺼져 있었다. 완전한 어둠이다. 기척도 나지 않
는다. 그러나 기척이 없는 것은 오늘 아침에 들어왔을 때
도 마찬가지였다.

　　스가노가 대마를 흡입하고 있었다면.

　　———그 촛불인가.

　　당연히 그것은 건조시킨 후 부숴서 담뱃대나 뭐 그런
것으로 담배처럼 빨았을 게 틀림없다. 그렇다면 불만 있으
면 충분하다. 야마시타 일행은 계속 이 안에 있지는 않았
으니 오늘도 틈을 보아 빨았을지도 모른다.

　　그렇다면 아마———코가 좋은 마약단속반 놈들이라
면 안에 들어가기만 해도 알았을지 모른다. 야마시타의
옷이나 머리카락에는 향냄새가 배어서 무슨 냄새를 맡아
도 향냄새가 난다. 그렇게 후각이 망가졌으니 진저리가
날 뿐 이상하게 생각하지는 않았다.

　　게다가 빛의 양이 부족해서 시각이 떨어지니 동시에
후각도 떨어지는 것 같은, 그런 기분도 들었다. 그리고
무엇보다도 우선 이 토굴이라는, 상식에서 크게 벗어난
전시대적인 설정이 성가시다. 이 안에 있으면 설령 아무
리 이상한 냄새가 나더라도 별로 이상하지 않은 것처럼
여겨진다.

　　어쨌거나 야마시타는 아무것도 알아차리지 못했다.

　　그건 그렇고 기척이 없다. 숨소리도 없다. 야마시타는

천천히 쪼그려 앉았다.

"스가노―― 스가노 씨. 당신 내 말 들리시오?"

목소리가 불쾌할 정도로 울려서, 무슨 말을 하는 건지 스스로도 알 수 없었다. 낮보다 더 울리는 것처럼 느껴지는 것은 바깥이 조용하기 때문일까. 그렇지는 않다. 조용하다면 낮에도 조용했으니 역시 착각일까.

"나는 국가경찰――."

그리고 멈추었다. 와앙 하고 남은 소리가 울렸다.

"야마시타요. 얘기를 하고 싶은데."

이런 굴속에서 저런 남자를 상대로 조직이나 직함이 의미를 가질 리는 없다.

대답은 없었다.

야마시타는 그때 몹시도 덧없는 예감을 느꼈다.

혹시.

천장도 바닥도 벽도 없는 무한한 어둠은 나갈 수 없는 우리 안에 있는 것보다 더욱――.

야마시타는 허둥지둥 손전등을 켰다. 스위치를 켜는 소리가 울리고 빛줄기가 생겨나 엉뚱한 방향을 비추었다. 손전등을 추슬러 우리 안을 똑바로 비추었다. 낮에는 자세히 보지 않았지만 우리 안쪽은 생각한 것보다 공간이 넓은 것 같았다. 바로 정면의 바위 표면에 있는 것은 벽화일까. 장소를 생각해 볼 때 불화나 뭐 그런 것이리라.

군데군데 벗겨졌지만 원래는 화려하게 채색되어 있었던 것 같다.

물론 그게 뭔지 야마시타는 모른다.

――― 왠지 이상하다.

이상할 것이다. 어딘가 다르다.

묘한 것이 있다. 섶나무일까, 아니, 저것은,

――― 쓰레기? 식물인가? 마(麻)인가?

저것은 건조 대마 묶음이다.

건조 대마 ――― 같은 바싹 마른 식물을 나누어 묶은 것이 다다미 옆에 세 개 놓여 있다.

――― 저런 건 낮에는 없었다.

절대로 없었다. 각등을 가까이 대고 몇 번이나 보았다.

흐릿한 각등의 불빛은 벽면까지 비추지는 못했지만 적어도 바닥 위는 비추었을 것이다. 경탁(經卓) 같은 작은 대 위에 밥그릇이 놓여 있고 그보다 더 안쪽에는 요강이 있다. 그 외에는 다다미가 한 장 깔려 있고 그 위에 ―――.

――― 죽어 있다.

한눈에 알았다.

다다미는 거무스름했다. 그 검은색은 혈흔이다.

빛이 모자라는 곳에서는 붉은색은 검은색의 일종에 지나지 않는다.

다다미 위에 엎어져 있는 스가노의 숨은 끊어져 있었다.

"우, 우와아아아아아아아아앗."

그때, 직함을 전부 벗어 놓고 있던 야마시타는 정말 무

서워져서,

　목구멍이 찢어질 정도의 큰 소리로 외쳤다.

　　　　　　　　　　　*

　나는 결국 센고쿠로로 돌아왔다.

　교고쿠도도 구온지 노인이 부른다고 하니 거절할 수도
없었는지, 뒷일은 야마우치 씨에게 맡기고 동행했다. 이쿠
보는 처음부터 센고쿠로로 돌아갈 생각이었으니 경찰에
게 에워싸인 진뇨까지 포함하면 결국 아주 많은 사람들이
센고쿠로로 향한 셈이 된다.

　츠기타라는 노형사는 많은 말을 하지 않았다. 나는 그의
과묵함에서, 이번 사건을 담당하는 것을 정말 마음에 안
들어 하는 게 아닐까 하는 느낌이 들었다.

　바로 얼마 전까지 나는 형사라는 존재는 거푸집에 부어
넣은 것처럼 모두 똑같은 줄 알았다. 말하자면 체제 쪽의
인간으로서 한데 뭉뚱그려 생각하고 있었던 셈이다. 친구
중에 몹시 경박한 형사가 한 명 있지만, 나는 단순히 그
남자만 특수한 예일 거라고———멋대로 판단하고 있었
다. 그러나 아무래도 그렇지 않은 것 같다.

　당연한 일이다.

　그러나 츠기타보다 더 과묵했던 것이 진뇨 스님이었다.
이것은 표변이라고 해도 좋을 것이다. 나는 처음에 건전한

그에게 호감을 가졌다. 그러다가 그 건전함이 점점 지겨워지기 시작하고, 그 기탄없는 태도에 대한 평가는 미묘하게 변질되었다. 그리고 이쿠보와 이야기를 나눈 후의 그는 완전히 변하고 말았다.

내 상상으로는 그가 표변한 원인은 그 스즈다.

그는 이쿠보에게, 명혜사에 죽은 동생이 다시 태어난 것 같은 소녀가 있다고———들은 것이 아닐까.

그때까지 스즈에 대해서는 몰랐을 것이다.

그것을 알고 동요하는 것이리라.

동요라기보다 두려움일까.

무엇을 두려워하는 것일까?

센고쿠로에 도착한 것은 일곱 시가 지났을 때쯤이었다.

그 방에는 마스다와 구온지 노인이 심각한 얼굴로 앉아 있었다.

츠기타는 마스다를 보자 안도한 듯한 얼굴을 했다.

"마스다 군. 어떻게 되었습니까?"

"혼미합니다. 츠기타 씨. 혼미."

"스가 씨는 나쁜 사람은 아니지만 멧돼지 같은 형사라서 그 신경질적인 경부님은 제대로 부리지 못하겠지요. 아아, 모셔왔습니다. 마츠미야 진뇨 씨예요."

진뇨는 예의바르게 인사를 했다.

패기나 기운은 잃었어도 예절만은 사라지지 않는 모양이다.

이런 예의바른 모습은 형식적이어서, 오히려 건전함을 감소시키는 듯한 기분이 든다.

동행한 경관만 다른 방으로 갔고 노형사 츠기타 씨를 포함한 나머지 전원은 방에 남았다. 교고쿠도는 센고쿠로에 떠도는 권태의 공기를 민감하게 알아차렸는지, 재빨리 방 안을 둘러보며 전체를 살핀 뒤,

"마스다 군. 조신 스님은 어떻게 되었나?"

하고 물었다.

"아까 명혜사로 돌아가셨습니다."

"돌아갔다고? 출발은 내일 아침이 아니었나?"

"그게, 이런 힘든 시기에 혼자서만 사소한 사심(邪心)을 일으켜 도망치는 것은 좋지 않다고 하시면서."

"경관은? 혼자서 올라간 것은 아닐 테지."

"아무리 저라도 그런 짓은 안 합니다. 구온지 선생님과 에노키즈 씨를 산에서 호송해 온 경관을 동행시켰습니다. 게다가 아츠코 씨와 도리구치 군이 따라갔으니까 수는 많아요. 저도 가고 싶었을 정도입니다."

"역시 간 건가, 그 바보. 하지만 마스다 군, 내가 말하는 것도 이상하지만 민간인이 움직이는 것은 명분이 서지 않을 텐데. 괜찮나?"

"구속력은 없습니다. 갔다가 쫓겨나는 거라면 어쩔 수 없지만 여기서 못 가게 할 수는 없어요."

"정말 체포라도 해 달라고 하는 편이 좋을지도 모르겠군. 에노키즈는 어떻게 됐나?"

구온지 노인이 대답했다.

"그게 말이오. 사례금도 받지 않고 돌아가 버렸소. 명혜사에 범인은 없다더군요. 추젠지 군."

"그렇게 말했습니까?"

"그러던데."

교고쿠도는 무서운 얼굴로 방바닥을 바라보았다.

"어떻소? 자네는 바빠 보이는데, 사건에 적극적으로 나설 생각은 역시 없는 거요?"

"―― 없습니다."

"이마가와 군이 범인이 될지도 모른단 말이오."

"그가 진범이 아니라면 괜찮을 겁니다."

"그럴까요? 누명을 쓰게 되는 일은 없을까?"

"그렇게는 ―― 제가 놔두지 않을 겁니다."

마스다는 그렇게 말했지만 그 정도의 발언권을 갖고 있으리라고는 도저히 생각되지 않는 맥 빠진 말투였다.

"어쨌든 저는 명혜사에 들어가고 싶지도 않고 사건에 관여하고 싶지도 않습니다."

교고쿠도는 선언하듯이 말했다.

그는 대개 이런 종류의 사건과 관련을 맺고 싶어 하지 않는다.

교고쿠도의 성격을 생각해 보면 그런 태도는 이해할 수 있다. 하지만 과거에 몇 번에 걸쳐 어떤 때는 휘말리고, 또 어떤 때는 끌려 나와서 결국 그는 관여하곤 했다. 그러니 이제 와서 좀 관여하면 어떠냐는 기분도 들지만, 이번만은 이 비뚤어진 친구의 결의가 이상하게 굳은 것 같다.

"그렇소? 뭐, 어쩔 수 없지."

구온지 노인은 낙담한 듯이 어깨를 늘어뜨렸다.

"외람되지만 노인장께서도 더는 관여하시는 것은 피하시는 게 좋을 듯합니다. 이것은 당신이 알고 있는 것 같은 종류의 사건이 아닌 것 같습니다."

"그건 무슨 뜻이오?"

"그냥 그대로의 뜻입니다. 아시겠습니까, 이 사건에는 제가 아는 한 수수께끼다운 수수께끼는 어디에도 없어요. 아무도 무엇에도 씌지 않았지요."

"그렇습니까?"

마스다는 어리둥절해했다.

"그렇다네. 환상적인 수수께끼는 어디에도 없잖나? 예를 들어 인간이 사라진 것도 아니고 죽은 사람이 살아서 돌아온 것도 아닐세. 사람의 마음을 가지고 노는 술사가 있는 것도 아니지. 유령이나 요괴나 이매망량이 날뛰는 것도 물론 아니고. 미망(迷妄)에 현혹된 사람은 어디에도 없네. 등장하는 인물들은 전부 고매한 교의를 내건 수행승. 그들은 그런 것을 믿지 않는다네."

"하지만 추젠지 군, 그———."

"그래, 교고쿠도. 자네는 조신 씨에게서 철서를 떼어 낸 것처럼 말하지 않았나."

"그래. 세키구치 군의 말대로 나는 조신 씨에게 씐 것을 떼어 냈네. 그리고 그것은 떨어졌지. 분명히 수행승도 길을 헤맬 때는 있어———."

교고쿠도는 거기에서 진뇨를 날카롭게 쏘아보았다.

"———하지만 수행승이란 본래 그런 것과 싸우고 있는 걸세. 일반인과는 다르지. 그러니 설령 시간이 걸리거나 괴롭더라도 스스로 떼어 내는 것이 본분일세. 수사를 잘못 이끌 가능성이 있었기 때문에 어쩔 수 없이 참견하긴 했네만, 본래는 나 같은 게 나설 자리가 아니야. 말하자면 수행을 방해한 거나 마찬가지일세. 그러니 나는 경찰에게 돈을 받아도 좋을 정도야."

"으음, 그런 경비는."

"농담일세, 마스다 군. 아시겠습니까, 구온지 선생님, 그러니 이번 사건에 제가 끼어들 틈은 없습니다. 이번에 알 수 없는 것은 '누가 범인인가' 하는, 오직 그것뿐. 그것은 경찰의 영역입니다. 물적 증거든 증언이든 뭐든 좋아요. 그런 것부터 범위를 좁혀서 범인을 검거하는 것이 순리입니다. 도리구치 군이나 아츠코는 사건기자이니 머리를 들이밀고 싶은 마음도 이해가 가지만, 노인장께서는 그만두시는 게 좋아요. 세키구치 군, 자네도 마찬가지일세. 이대로 해결이 늦어지면 이마가와 군 다음으로 의심을 받게 될 것은 구온지 선생님. 당신이나 세키구치 군이겠지요. 아니, 구온지 선생님은 이미 한 번 의심받았나요?"

"어, 어떻게 ——— 알았소?"

"스가노 씨입니다. 계셨지요?"

"아아 ——— 그래. 의심받았네. 스가노는 ———."

스가노. 그것은 내게 별로 듣고 싶은 이름은 아니었다. 나는 그 사람의 얼굴도 모른다. 그러나 그 불길한 이름은 내 가슴에 깊이 새겨져 있다.

그리고———그 이름은 나 이상으로 구온지 노인에게 괴로운 이름일 것이다. 그 심중을 생각하니 아무래도 견딜 수가 없었다. 왜냐하면———.

"뭐, 됐습니다———."

교고쿠도는 내 생각을 일부러 방해하듯이 큰 소리로 마무리를 지었다.

"———이 자리에서는 꺼려지는 것도 있어요. 돌아간 후에 에노키즈에게라도 물어보겠습니다. 그럼 저는 이만."

"이만이라니, 설마 돌아갈 셈인가?"

"시간이 이렇게 되었으니 묵긴 하겠지만 여기에 있어 봐야 별 수 없을 테지."

"이보게, 기다려 보게. 그, 그 명혜사의 스즈는———."

그 스즈는———교고쿠도의 영역이 아닌 걸까.

교고쿠도는 몸을 돌려 나를 날카롭게 노려보았다.

"오오, 그거요———."

구온지 노인이 무릎을 쳤다.

"———그 일로 마츠미야 군에게 할 이야기가 있소."

이쿠보가 흠칫하며 진뇨에게 얼굴을 향했다. 진뇨는 움직이지 않고 그저 구온지 노인을 보았다. 교고쿠도는 그 모습을 곁눈질하며 그대로 조용히 나갔다.

"마스다 군. 그리고 그, 그쪽."

"츠기타입니다."

"아아, 츠기타 씨도, 이 사람은 특별히 용의자라거나 그런 것은 아니지요? 이야기해도 상관없겠지요?"

"저는 상관없는데 츠기타 씨는요?"

"저도 이 사람에게는 묻고 싶은 것이 ——— 뭐, 없는 것은 아니지만 제가 묻고 싶은 것은 그, 13년 전의 사건이라서요 ———."

진뇨는 그저 잠자코 있었다.

겨우 두세 시간 전까지는 시원시원하게 말을 잘했는데 그런 모습은 흔적도 없이 사라졌다.

"———그, 스즈라면 그 명혜사에 있는 진슈 노인의 양녀 말이지요? 으음."

"아아, 구온지라고 하오. 그렇소, 그 후리소데 차림의 소녀 말이오. 나는 그, 직접 이쿠보 군에게 들은 것은 아니지만 대강의 사정은 알고 있다고 생각하오. 그래서 말인데, 그것을 감안하고 오늘 경찰의 눈을 피해 ——— 오오, 경찰 앞이었군! 뭐 상관없겠지요. 나는 진슈 씨와 이야기를 하고 왔소."

"진슈 ——— 씨와 이야기하셨어요?"

이쿠보는 머리카락을 만졌다. 불안해 보인다.

"이야기했소. 그래서 대충 알았다오."

"알았다고요? 무엇을 아셨습니까?"

"세키구치 군은 그 소녀에게 꽤 신경이 쓰이나 보구려.

뭐, 그 소녀의 정체 말이오."

"정체?"

"정체라니 무슨 뜻입니까?"

"오오. 마츠미야 군. 주제넘은 참견 같지만 어쩌다 보니 말이오. 당신의 사라진 누이. 스즈코 씨였나?"

"——네."

"스즈는 스즈코 씨의 딸이오."

"예? 지금 뭐라고."

"그러니까 스즈코 씨는 행방불명된 후에 아이를 낳고 세상을 뜬 모양이란 말이오. 그 아이를 그 할아버지가 주워서 고생해 가며 키운 거요."

"그——그런 바보 같은, 스, 스즈코는——."

진뇨는 이쿠보를, 그리고 나를 바삐 쳐다보고 마지막으로 구온지 노인을 향해,

"스즈코는——아직 열세 살이었, 어요."

하고 말했다. 어미가 사라질 것처럼 약하다.

진뇨는 분명히 당황하고 있었다. 무리도 아닐 것이다.

솔직히 말해서 나도 당황했다.

스즈코와 스즈의 분리는 요괴 '성장하지 않는 미아'를 해체했다. 그래도 여전히, 시간을 사이에 둔 두 소녀는 이 세상의 존재로 순순히 환원해 주지 않았다. 그 과잉된 유사성과 특수성이 그녀들을 아직도 피안의 주민으로 만들고 있었던 것이다. 그러나 그 특수성과 유사성도 두 사람이 모녀라면——.

―――― 환상적인 수수께끼는 어디에도 없잖나?

"열세 살이라도 아이는 낳을 수 있소."

"하지만 뭔가 ―――― 증거가."

"그게 그 후리소데요. 스즈가 입고 있는 나들이옷은 어머니의 유품인데, 스즈는 그 옷에 싸여 버려져 있었다더군요. 그리고 이름 말이오. 스즈라는 글씨가 부적 주머니에 ――――."

"부적 주머니?"

"기억나는 게 있소?"

진뇨는 혼란을 기력으로 억누르고 있다.

"소, 소승의 부적 주머니에는 진, 스즈코의 부적 주머니에는 스즈라고 분명히 ――――."

"그것 보시오. 틀림없소."

진뇨는 경직한 채 뭔가 할 말을 찾고 있다.

당장은 믿을 수 없을 것이다.

"―――― 그런 ―――― 바보 같은 일이."

"깜짝 놀라는 것도 무리는 아니오만, 사물이란 입구를 틀리면 좀처럼 모습이 제대로 보이지 않는 법이오. 어떻소, 마츠미야 군. 그, 예를 들면 그런 짐작 가는 일은 ――――."

"사, 상스러운 소리를!"

진뇨는 소리를 질렀다. 그러나 그것은 순간적인, 경련 같은 것이었다.

"아, 실례했습니다, 그 ―――― 그럴 생각은 아니었는데, 스즈코는 그 ――――."

"아아, 죽은 사람을 모독할 생각은 없소. 그렇게 들렸다면 사과하겠소이다. 미안하오."

"아니오. 하지만 스즈코는 ———."

"스즈코는 그런 아이가 아니었어요."

이쿠보가 말했다.

구온지 노인은 손을 들어 데친 문어처럼 붉어진 얼굴을 가리며 변명했다.

"알고 있소. 그러니까 그런 생각으로 한 말이 아니오. 스즈코 씨가 뭐랄까, 품행이 난잡한 여자라거나, 그렇게 받아들이지는 말아 주시오. 하지만 이런 이야기는 하기 어렵거든. 여기에 비하면 의사의 말은 간단하지요. 그, 아아, 츠기타 씨, 당신은 잘 아시오? 스즈코 씨는 화재 후에 필사적인 수색에도 불구하고 발견되지 않았다면서요?"

츠기타 형사는 담담하게 대답했다.

"그런 것 같습니다. 소코쿠라와 오히라다이, 게다가 유모토 부근의 소방단이나 청년단과 경찰이 함께 산을 샅샅이 뒤졌지만 찾을 수 없었던 모양이에요. 어린아이의 다리로 그렇게 멀리 갔을 거라고도 생각하지 않았는지, 명혜사까지는 찾지 않았던 모양이지만요. 구온지 씨라고 하셨습니까? 당신은 마츠미야 스즈코 씨가 명혜사의 보호를 받으며 거기에서 아이를 낳았다, 그렇게 말씀하시는 겁니까?"

"나도 처음에는 그렇게 생각했소. 하지만 아무래도 아닌 모양이더군요. 마츠미야 군, 당신에게는 괴로운 이야기이겠지만 생각할 수 있는 가능성은 이렇소. 산속에서 길을 잃은 스즈코 씨는 누군가에게 유괴되어 능욕을 당하고 임신하게 되어 어디선가 출산을 했고, 그 아기를 명혜사 뒤쪽의 절벽에 버렸소. 버린 것이 스즈코 씨인지 다른 사람인지는 알 수 없지만―――이것은 추측에 지나지 않지만 스즈코 씨가 살아 있었다면 아이를 버리지는 않았을 거요. 그러니 그―――."

"스즈코 씨는 아이를 낳고 죽었다고요? 아니면 살해된 걸까요? 그래서 그 유괴한 자가 아이를 버렸다?"

"마스다 군. 살해되었다니, 너무 무신경하게 위험한 말 하지 말아 주시오. 나도 나답지 않게 신경 쓰며 이야기하는 거요."

진뇨는 정좌를 하고 무릎 위에 손을 올려놓은 채 주먹을 굳게 움켜쥐고 있었다. 이쿠보는 걱정스러운 듯이 지켜보고 있다. 13년 만의 해후의 속내를 나는 알 수가 없었다.

"뭐, 이, 살해되었다는 건 아마 아닐 거요. 스즈코 씨를 죽일 놈이었다면 아이도 버리거나 하지 않고 죽였을 테고, 그 이전에 낳게 하지도 않았을 테지요."

"잠깐만요, 구온지 씨."

츠기타가 가로막았다.

"그 설은 꽤 그럴 듯하지만 납득이 가지 않는 데가 있군요. 우선―――열세 살이라고 하면 어린아이가 아닙니까. 그런 아이를 유괴한다는 것은 이해가 가지만 능욕까지 할까요?"

"한다오. 그런 사람도 있거든———."

구온지 노인은 분명히 스가노를 떠올리고 있을 것이다.

스가노는 그런 사람이었던——— 모양이다.

"———불행인지 다행인지, 그런 버릇이 없는 나는 뭐라 할 말도 없고 뭐, 평범하게 살아가는 사람에게는 믿을 수 없는 일이지만 있단 말이오. 그런 성벽을 가진 사람이. 그렇지요, 세키구치 군?"

나는 대답을 할 수 없었다. 나는 그들을 이상자 취급할 수 없다.

나는———.

나는 얼굴을 붉히며 할 말을 잃었다.

그때까지 가까스로 균형을 유지해 온 내 신경은 단숨에 지지대를 잃었다.

구온지 노인은 나를 보고 있다. 나는 시선을 피하며 몸을 움츠렸다. 어깨를 움츠리며 껍질을 닫았다. 피가 역류한다. 귓속 혈관이 두근두근 맥박치고 세상이 멀어졌다.

"——— 시오? ——— 소?"

부르지 말아 줘. 나는 내 우리 속에———.

"왜 그——— 오? 괜——— 소?"

거기에서는 절대로———.

"왜 그러시오? 괜찮소? 세키구치 군."

"아아."

나는 정신을 잃고 있었던 것처럼 시간이 단절된 느낌을 받았지만 아무래도 그것은 연속되고 있었던 모양이다.

시간과 시간의 틈에서 나는 영원히 정신을 잃는다. 그러나 그 틈은 통상 의식되지 않기 때문에 ——— 시간은 연속되는 것처럼 느껴지기 때문에 ——— 나는 이렇게 살아 있는 것처럼 착각하는 것이다.

츠기타가 말했다.

"뭐, 알겠습니다. 그런 자가 있다는 이야기는, 아무리 제가 시골뜨기 노인이라도 시대가 시대니까요. 그런 이야기도 듣지 못한 것은 아니에요. 그런 목적으로 납치했다면 죽이지도 않았을 테고 아이를 갖게 할 수도 있겠지만, 그런 성벽을 가진 산적 같은 놈이 이 하코네 산에 있을 리 없다고, 하코네의 치안을 맡고 있는 사람으로서 말하고 싶군요. 없습니다. 그런 놈은. 여기는 도쿄나 요코하마 같은 도시가 아니거든요."

"그럼 묻겠는데, 당신은 명혜사를 알고 있었소?"

"아니 ——— 알지는 못했습니다만."

"그런 큰 절을 지금까지 아무도 몰랐잖소? 진슈 씨에 대해서도 몰랐을 거요. 그 사람은 나보다 아마 나이가 많을 거요. 그렇다면 70년 정도는 거기서 살았을 테지. 그 양부모 대부터 생각하면 백 년 전부터란 말이오. 누군가 그 사람을 알고 있었소?"

"그, 그렇게 오래 살았단 말입니까!"

츠기타는 몹시 놀란 듯, 확인하듯이 마스다를 보았다. 마스다는 크게 고개를 끄덕였다.

"저도 아까 듣고 놀랐습니다. 아무래도 그 진슈인가 하는 사람은 버려졌다가 거두어져 그곳에서 자란 모양이에요. 그래서 호적도 주민등록도 없지요. 오늘 보고가 도착했습니다."

"그렇겠지요. 근대국가인 척하고 있지만 일본이라는 나라는 바로 얼마 전까지 그런 나라였소. 문명국가인 척해봐야 호적이 없는 사람도 아직 있지요. 산적이나 노상강도도 없다고 단언할 수는 없소."

산적도 노상강도도 아니다. 그것은,

그를 말하는 것이 아닌가.

"구───구온지 선생님. 스즈코 씨를───그."

끝까지 말할 필요도 없었다.

"아아. 세키구치 군. 그것은 스가노가 아니오. 스가노가 실종된 것은 스즈코 씨가 실종된 후 1년 이상 지났을 때였소. 그러니 그것은───아니오."

"그렇습니까."

나는 구온지 노인이 열심히 스즈를 보살피는 마음을 겨우 알았다. 구온지 노인은 스즈코에게 자신의 죽은 딸들을 겹쳐 보고 있는 것이다.

진뇨는 말이 없었다.

"그러니까 보통은 생각하기 힘들고 발생하기 어려운 사건일지도 모르지만, 결과에서 유추해 보건대 그 비슷한 일은 있었을 거요. 스즈코 씨에게는 참으로 불행한 일이지만 이것은 한탄해도 소용없지요. 뭐, 과학적으로 증명된 것은 아니지만 그런 상황증거로 추측해 보자면 지금 거기에 있는 스즈는 스즈코 씨의 아이가 틀림없다고 나는 생각하오. 그래서 말인데 마츠미야 군."

"———네."

"당신이 힘을 좀 빌려주시오."

"그건 무슨."

"그 진슈라는 할아버지는 이렇게 말하면 미안하지만 최저생활을 하고 있소. 가난한 스님에게 시주를 받는 것 같은 생활이지요. 스즈는 태어난 후로 줄곧 거기서 살았소. 제대로 된 교육도 받지 못하고, 입을 것도 없고, 이야기 상대도 없으니 이제 한계요. 그 열악한 환경에 더는 놔둘 수는 없어요. 게다가———."

구온지 노인은 한순간 당혹스러운 표정을 보였다.

"———뭐, 그 일은 이제 됐으려나요. 그러니———."

"——— 알겠습니다. 그것은———."

"빠를수록 좋소. 나도 할 수 있는 일은 하겠소. 아무래도 남의 일 같지가 않거든."

"고, 고맙습니다. 하지만 스즈코에게 아이가 있었다니———아직 믿을 수가 없습니다."

진뇨는 조금 떨고 있었다.

그것을 지켜보는 이쿠보는———.

——— 뭐지, 이 시선은?

이쿠보는 진뇨를 지켜보는 것이 아니다.

이 싸늘하게 식은, 그러면서도 열이 담긴, 그렇다, 인(燐)이 희푸르게 타오르는 것 같은 시선은——— 증오. 아니,

원한일까. 아니다. 매달리는 건가? 나는 이해할 수 없었다. 아마 내가 모르는 감정이, 이 여성의 눈동자에 넘치고 있는 것 같다.

───무슨 이야기를 한 걸까.

이 두 사람 사이에는 무엇이 있는 걸까?

구온지 노인은 진뇨가 납득했다고 판단한 모양이다.

"뭐, 만나보면 알 거요. 똑같은 옷차림을 하고 있으니까. 모르는 사람은 그 아이를 무서워하지만, 그것도 전부 환경 탓이오. 제대로 교육을 받게 하면 괜찮을 거요. 착한 아이가 될 거요. 노래 같은 것도 부르는 모양이고, 지능도 떨어지지 않소."

노래라.

잠깐───노래는───.

"그런데 마츠미야 씨. 그리고 이쿠보 씨."

나보다 한발 앞서 츠기타 형사가 말했다.

"저는 13년 전의 사건을───뭐, 자료 같은 것은 열람해서 조사했습니다만 아무래도 납득이 가지 않는 데가 있어요. 이참에 여쭙고 싶은데 괜찮겠습니까? 구온지 씨도, 이제 이야기는 끝나셨는지요?"

"나는 이제 끝났소."

"그럼 물어봐도 되겠지, 마스다 군."

"되겠지요. 어차피 절은 야단법석입니다. 제대로 된 사정청취는 못할 거예요. 오히려 여기서 물어볼 수 있는 것은 물어보는 게 나을 테지요. 이 센고쿠로에서의 책임자는 저라고 했으니까 대선배이신 츠기타 씨에게 맡기겠습니다."

"아아. 뭐, 그럼 그렇게 하겠습니다."

츠기타는 앉은 자세를 바로 했다. 자그마한 형사다.

"당신이 왜 명혜사에 나타났는지는 아마 나중에 몇 번이고 묻게 될 테니 지금은 묻지 않겠습니다. 당신은 스님이고 저는 당신을 의심하지는 않지만, 시기가 시기이다 보니 의심을 받고 있어요. 그것은 어쩔 수 없습니다. 그 때문에라도 확실히 해 두어야 할 거예요. 떠올리고 싶지 않을지도 모르지만 일단은 말입니다. 그 화재가 있던 날 밤 ——— 사실은 어디에 있었습니까?"

"그것은 무슨 ——— 뜻입니까?"

"당신은 석방되었고, 이제 와서 다시 들추고 싶지 않은 일이겠지만요. 하지만 방화살인사건이라는 특별한 경우니까요. 이번 사건과 관련지어서 생각하는 사람도 있어요. 그리고 당신은 그 조서에 따르면, 으음, 돌아가신 아버님과 말다툼을 한 끝에, 그 전해인 쇼와 14년 12월 28일에 집을 나가 소코쿠라 마을에 있는 절에서 신세를 지고 있었다고 되어 있는데요."

"틀림없습니다. 그렇습니다."

"그래요? 으음, 거기서 해를 넘기고, 사건 당일인 1월 3일 오후에 절을 나서서 다음날인 4일까지 마을이나 산야를 방랑했다고 되어 있어요."

"그것도 틀림없습니다."

진뇨는 등을 곧게 폈다.

나는 등을 웅크리고, 마스다는 책상다리를 하고 앉은 다리를 바꿔 꼬았다.

"그 부분 말인데요. 당시의 담당형사를 기억합니까? 그 고마이누† 같은 얼굴을 한 남자."

"네. 하지만 이름까지는 ——— 좀."

"그 사람은 이미 은퇴했어요. 전쟁으로 다리를 다쳐서 지금은 나막신 가게 주인이지요. 오늘 만나고 왔습니다. 그랬더니 이렇게 말하더군요. 아무래도 거짓말을 할 사람 같지는 않았지만 뭔가 숨기고 있었다, 한겨울 밤중에 그냥 바깥을 헤맸다고 했지만 도저히 믿기지 않았다 ——— 고요. 그건 나도 그렇게 생각합니다. 1월 3일이라면 엄청나게 기온이 떨어질 때인데요. 추웠을 겁니다."

진뇨는 표정을 바꾸지 않는다.

"하지만 ——— 사실입니다."

나는 곧 깨달았다.

이 청년 승려는 심정이 그리 얼굴에 드러나지 않는 사람이다. 꼭 다문 입매나 맑은 눈동자, 억센 눈썹은 내면의 갈등과 상관없는 것이다. 그것은 자신감에 넘칠 때는 나무랄 데 없을 정도로 건전해 보이지만 자신감을 잃으면 외면만을 장식하는 소도구가 된다. 따라서 붙임성 좋게 굴면 어딘지 모르게 천연덕스러워 보이고, 그렇지 않을 때는

---

† 신사 앞에 마주보게 놓은, 개 같기도 하고 여우 같기도 한 짐승의 상. 마를 쫓기 위한 것이라고 한다.

뻣뻣해 보일 것이다.

"뭐, 스님은 거짓말을 하지 않는다고 나는 생각하고 싶어요. 게다가 보통은 안 그러겠지만 있을 수 없는 일은 아니지요. 추위도 참았을지도 모르니까요. 그, 이쿠보 씨, 당신은 이 마스다 군에게 편지에 대해서 이야기했다고 하더군요."

"편지?———기요 씨, 당신은 무슨 말을."

진뇨는 뭔가 말하려고 했지만 이쿠보가 가로막았다.

"네. 했어요. 저는 편지를 맡아 들고 절로 갔습니다. 하지만 히토시———진뇨 씨는 절에 없었어요."

"내용은———읽지 않았지요?"

"무———물론이에요."

"그래요? 마츠미야 씨. 아버님과 말다툼을 한 이유는 무엇입니까? 집을 나갈 정도의 싸움이라는 것은."

"그건 한마디로는 말씀드릴 수 없습니다. 아버지의 삶의 방식, 사고방식, 모든 것이 참을 수 없었어요. 출가하고 나서 10년 이상 속세를 떠나 수행했지만 아직도 그런 사고방식에는 분노를 참을 수가 없습니다———."

그것은———거짓말 같지는 않았다.

"———다만, 돌아가신 것은 애통하게 생각합니다. 그런 사람을 훈계하고 구하고 이끄는 것이 승려의 의무니까요."

그 부분이———내게는 천연덕스럽게 들린다.

"그렇군요. 그래서 크게 싸웠다. 당신은 정의감이 강한 분이었군요."

"아니오. 그래서 집을 뛰쳐나왔으니 그냥 돼먹지 못한 놈이지요. 소승이 그 자리에 있었다면 어머니도 돌아가시지 않았을 겁니다. 또 동생도———."

또 말꼬리가 사라졌다.

"그럼 전면적으로 신용할 수밖에 없군."

츠기타는 한층 더 작아졌다.

"저어———."

나는 어떤 착상을 갖고 있다. 하지만 확증은 없다.

살인방화범은 고사카 료넨이 아닐까.

이것은 본래 마스다가 했던 말이다. 아마 그때는 아츠코에게 일축당했을 것이다. 명혜사와 마츠미야 진이치로 씨의 밀접한 관계는, 그때는 알려지지 않은 사실이었기 때문이다. 오늘 진뇨의 이야기를 듣고 둘 사이에 이해관계가 발생한다는 것을 안 지금에 와서는 꼭 빗나간 얘기도 아니라고 생각했다.

당시 료넨은 교단에서 여러 번에 걸쳐 소환을 받고 있었다. 그러나 이유가 무엇인지는 알 수 없지만——— 료넨은 산을 내려가고 싶어 하지 않았다. 그뿐 아니라 이것도 이유를 알 수 없지만——— 다른 승려들도 산에서 내려보내고 싶어 하지 않았다. 다행히 외부와의 연락은 료넨으로 일원화되어 있었던 거나 마찬가지여서 다른 승려에 대한 소환명령도 료넨이 묵살한 것은 아닐까. 그러는 사이에 원조를 끊겠다는 최후통고가 온 것이다. 그래서———.

료넨은 마츠미야 진이치로가 교단에게 받고 있던 명혜사 보관료를 영원히 가로챌 수단을 생각한 것이다. 그것을 위해서———.

마츠미야를 죽이고 불을 질렀다.

나는 진뇨와 명혜사의 관계를 포함해서, 두 명의 형사에게——— 더듬거리기는 했지만——— 그 추리 같은 줄거리를 설명했다.

"그렇군요. 하지만 세키구치 씨. 그것은———."

마스다도 츠기타도 묘하게 감탄했다.

"——— 땅 주인이란 말이지요. 이 분이."

"아니오, 마스다 군. 나는 료넨 씨가 그 보복 때문에 살해되었다고는 생각하지 않고, 게다가 다이젠 노사는 적어도 방화살인에 관여하지는 않았을 것 같습니다. 그러니 물론 여기 계시는 진뇨 씨를 의심하는 것은 아니지만——— 어떻습니까?"

진뇨는 이상한 얼굴을 했다.

"그것은 소승으로서는 뭐라고——— 말씀드릴 수가 없습니다."

"뭐, 그렇겠지요."

예측할 수 있는 대답이었다.

마스다가 말했다.

"하지만 그 산을 내려가고 싶지 않다거나 내려보내고 싶지 않다거나 하는 것은 잘 이해가 안 가는군요. 그 절에 있는 게 그렇게 좋은 일일까요? 아니, 살인방화라는 범죄를 저지르면서까지 거기에 있고 싶었던 그 이유란 뭡니까?"

그것은 나도 알 수 없었다.

승려들은 모두, 나갈 수 없는 거라고 하나같이 말한다.

그러나 그것은 나가지 않는 것뿐일지도 모른다.

승려들은 모두 그 절에서 나가려고 한다.

그러나 역시 나가고 싶지 않은 것 같기도 하다.

뭐―― 하고 마스다는 탄식하며 말했다.

"구와타 씨도 나갈 수 없다는 말은 했었지요, 분명히. 하지만 소환을 받았다는 말은 한마디도 하지 않았는데, 그럼 고사카가 정보를 막고 있었던 걸까요? 이해하기 어렵군요. 구온지 씨는 아시겠습니까?"

"그러고 보니 스가노도 그랬소. 그런 것은 현실도피가 아닐까요? 아니려나. 좀더 뭔가 저주 같은 것일까?"

저주―― 저주라면 지금 이층에 있는 그 남자가 풀어야 한다. 그러나 그것은 아마 그런 게 아닐 것이다. 그래서 그 친구는 들어앉은 것이다.

츠기타가 말했다.

"하지만 그게 사실이라면 역시 마츠미야 씨, 당신은 수상해요. 그 세금인지 상속인지를 위해서 왔다는 말은 사실이겠지만 시기를 같이 해서 살인이 일어났으니 말입니다. 하지만 스님이 살인방화라니 ――."

"그런 짓을 하는 승려는 없습니다!"

진뇨는 당연히 해야 할 말을 했다.

"알고 있습니다, 마츠미야 씨. 저는 열렬한 불교 신도라서 스님이 얼마나 힘든지 알고 있습니다. 그런 삿된 마음을 가져서야 책무를 다하실 수 없지요."

"다하지 않는 스님도 있소."

구온지 노인은 심드렁하게 말했다.

그 후, 왠지 갑자기 공백이 생겼다.

전원이 침묵한 것은 각자가 뭔가가 다가오는 예감을 느꼈기 때문이었다.

예감은 적중했다.

난폭하게 장지문을 연 것은 스가와라 형사였다.

"스, 스가 씨, 왜 그래?"

"뎃짱, 당신 뭘 그렇게 느긋하게 있어요. 이봐!"

"무무무슨, 왜 그러십니까, 스가와라 씨."

"오오, 마스다 군. 당신 상사는 겁쟁이더군. 더는 안 되겠네. 어찌나 덜덜 떨던지."

"야마시타가 왜요?"

"그는 수사주임에서 첫 번째 발견자로 격하되었네."

"첫 번째 발견자라니 무슨 뜻입니까?"

스가와라는 일부러 발소리를 내며 품위 없게 들어왔다.

경관 네 명이 뒤따랐다.

스가와라는 진뇨를 모멸하듯이 곁눈질하고는 나를 타넘다시피 지나쳐 구온지 노인 앞에서 멈추었다.

"구온지 요시치카. 당신을 체포한다."

"체, 체포라니 무슨 소리요. 무슨 속셈으로!"

"얼버무리지 마. 당신이 한 짓이잖아. 스가노 히로유키 살해 혐의다. 영장은 없지만 이건 체포야."

"무, 무슨 소리요, 당신. 어째서 내가 ─── 영장 없는 체포라는 건 뭐고!"

"쫑알거리지 마. 영장은 지금 여기서 전화로 받아내 주지. 일단 따라와!"

경관이 구온지 노인의 양팔을 잡고 끌어올렸다.

"잠깐. 이봐요, 스가와라 군! 스가노, 지금 스가노라고 했소? 스가노가 어떻게 됐소!"

"시끄러워, 닥쳐. 살인자한테 군으로 불릴 이유는 없어. 스가노 히로유키는 죽었다. 네가 때려죽였어. 딸의 복수겠지. 다른 두 건은 몰라도 그건 틀림없어! 시치미 떼지 마."

"바보 같은 소리 마시오! 이봐요, 놔요! 나는 혼자서 설 수 있소. 다리는 튼튼해요."

"마스다 군. 그 탐정은 어딨나?"

"에노키즈 씨 말입니까? 돌아갔는데요."

"도 ─── 돌려보냈다고! 이러면 곤란한데! 그 자도 참고인이야. 어쩌면 공범일지도 모르지. 당장 수배해야 하네. 이건 책임 문제라고!"

"가, 갑자기 그런 ───."

나는 그제야 상황을 파악했다.

교고쿠도, 교고쿠도를 ───.

*

그보다 조금 전의 이야기라고 한다.

도리구치는 흥분해 있었다. 깊은 이유도, 큰 계기도 없는데 주위의 공기가, 공기라기보다 분위기가 부글부글 끓어오르는 것 같은, 그런 느낌이 드는 순간이 있다.

명혜사의 문을 보았을 때가 바로 그랬다.

소용돌이치고 있다. 아지랑이처럼 형용하기 어려운 기척이 피어오르고 있다. 이유는 간단했다. 밝았기 때문이다. 이제 산들은 저녁 어스름에 감싸여 있는데 경내에는 빛이 있었던 것이다. 낮에도 설경 때문에 시커멓게 보이는 삼문이, 이보다 더 검을 수는 없을 정도로 새까만 실루엣이 되어 존재를 과시하고 있었다.

"무슨 일이 생겼나 봐요!"

아츠코가 말했다.

조신 스님의 표정이 흐려졌다.

"여기에 또 뭐가———."

"하지만 스님. 보통 이런 조명을 켜는 일은 없잖아요."

아츠코는 조금 빠른 걸음으로 뛰어올라 가다가 멈춰 서서 발뒤꿈치를 들고 삼문을 보았다. 그 작은 뒷모습을 보고 도리구치는 자신의 흥분과는 반대되는, 후회 비슷한 감정이 치솟았다.

———이런 곳에 데려오는 게 아니었다.

아츠코라는 아가씨는 아기고양이처럼 사물에 집중하

고, 빠져 들어간다. 호기심이 고양이를 죽인다는 속담대로, 그것은 항상 좋은 일인 것만은 아니다. 이곳은 이 아가씨에게는 좋지 못한 장소다. 도리구치처럼 표면을 미끄러지듯이 살아가는 남자가 아니면———.

———빨려 들어가고 만다.

그렇게 생각했다.

조신이 소매를 펄럭이며 아츠코 옆으로 달려갔다.

영화에서 볼 수 있는, 여행하는 승려 같은 모습이다.

가사는 입지 않았다.

"분명히 이런 정경은 명혜사가 시작된 이래———아니, 소승이 명혜사에 온 이후로 처음입니다. 대체 무슨 일이 있었던 것인지."

"저건 횃불이나 뭐 그런 걸 태우는 거지요. 그렇지요?"

두 경관은 도리구치의 물음에 대답하지 않고, 역시 달려 올라가 조신과 아츠코 옆으로 가서 상황을 확인하더니 동시에 몸을 돌려 도리구치가 있는 것을 확인하고 나서 왠지 아츠코에게 말했다.

"긴급사태일 경우에는 문 앞에서 인수인계를 해야 합니다. 그렇게 하라는 명령을 받았거든요."

"알아요. 하지만———빨리 가 보죠."

아츠코는 삼문으로 달려갔다. 도리구치는 어째서인지 아츠코가 제일 먼저 가게 해서는 안 될 것 같은 기분이 들어서, 잔걸음으로 조신과 경관을 추월해 선두로 나섰다.

삼문 앞 나무숲에 접어들었을 때, 안에서 움직이는 기

척이 났다. 도리구치는 허둥지둥 아츠코를 끌어당기며 나무들 중 한 그루에 몸을 숨겼다. 내 예상은 적중해서, 안에서 경관인 듯한 한 무리가 뛰어나왔다. 심상치 않은 안색의 스가와라가 선두다. 그들은 도리구치 일행보다 먼저 조신과 두 경관을 알아차린 모양이었다. 스가와라는 큰소리로,

"뭐요, 당신. 설마 자수인가!"

하고 외쳤다. 조신에게 한 말일 것이다.

"돌아왔을 뿐입니다. 무슨———."

"뭐, 됐어요. 자네들, 그 의사는 아직 센고쿠로에 있겠지? 자네들이 데려다 준 의사 말이야!"

"네, 있는데요."

"좋아. 아아, 안에 있는 사람들에게 사정을 물어보게. 도망치면 큰일이야. 그래서 돌려보내지 말라고 했는데 정말이지! 알겠나, 정신 똑바로 차려."

스가와라는 두세 번 경관의 엉덩이를 기세 좋게 내리치고는 달아나는 토끼처럼———그렇다, 덫에서 도망친 작은 동물처럼———산길을 내려갔다.

"의사라니———구온지 선생님을 말하는 거겠지요? 그러고 보니 분위기가 좀 이상했는데."

"그런가요? 저는 그냥 지쳐 있었던 거라고 생각했는데요. 그런데 아츠코 씨. 이 경우 경찰은 잘못된 판단으로 움직이고 있다는 게 우리 삼류잡지 기자들의 상식입니다. 에노키즈 씨도 같이 있으니 걱정 없어요. 그보다———."

침입하기에는 안성맞춤인 상황이었다.

삼문을 감시하는 경관은 없었다.

어이없을 정도로 간단한 침입이었다.

여기저기에 화톳불이 피워져 있다.

―――전투 전날 밤의 진영 같은 분위기다.

물론 도리구치는 무장도 병졸도 아니니 전투에 참가한 적은 없지만, 왠지 그런 생각이 들었다.

조용하다는 사실은 변함이 없다.

나무가 타닥타닥 타며 튀는 소리까지 들릴 정도다.

경관과 조신이 뒤를 쫓듯이 따라왔다.

"긴급사태이긴 한 것 같지만, 여기서 돌려보내겠다는 말은 하지 않겠지요?"

경관은 두 사람 다 아무 대답도 하지 않았다. 그 대신 차분하지 못하게 여기저기를 둘러보았다.

아군을―――아니, 지시를 내려 줄 사람을 찾고 있는 것이다. 아마 불안할 것이다. 그들 같은 말단은 판단하는 일에 익숙하지 않다.

자연히 걷는 속도는 느려진다. 똑바로 앞을 보고 싶지는 않다. 절의 뒤에 있는 숲이 몹시 위협적으로 밤하늘을 덮고 있기 때문이다. 법당인지 본당인지 모르겠지만, 그 부근은 왠지 모르게 무섭다. 도리구치의 발길은 지객료로 향했다. 의지는 말없이 전파되어 경관과 아츠코도, 조신까지도 그쪽으로 향했다.

도리구치는 지객료 문 앞에 서서 경관들에게 손짓을 하

고는, 사람을 소개할 때처럼 문을 소개해 주었다.

경관은 허둥지둥 문을 열고 신분과 이름을 말했다.

"센고쿠로 특설본부 마스다 형사님의 지시에 따라 구와타 조신 스님을 호송해서, 지, 지금 돌아왔습니다. 그, 지, 지시를."

"구와타? 못 들었는데."

젊은 형사가 나왔다. 피곤한지, 혐오감이 가득한 태도다.

"스, 스가와라 순사부장님께서 여기서 지시를 받으라고, 그, 그 문 앞에서."

"스가 씨? 자네들은 스가 씨를 만났나? 뭐, 들어오시오. 자네들 말고 스님 말일세. 안으로 안내해. 어라? 당신들은 취재 온 사람들 아닙니까? 뭐요, 당신들은 새로운 용의자요?"

"그렇다기보다 최초의 용의자지요. 그보다 형사님, 무슨 일이 있었습니까? 물론 민간인에게 이야기해서는 안 되는 일도 많겠지만 우리는 이래봬도 보도자거든요. 나름대로 그에 걸맞게 취급해 주시지 않으면 기사로 써 버릴 겁니다."

"아아, 얘기할 테니까 쓰지 말아 줘요. 이곳의 일은 아무것도 쓰지 말라고요. 잡지 기사에 쓸 수 있을 만한 일이 아니오. 추우니까 문을 닫고 들어와요. 지금은 완전한 교착 상태거든요."

헛물을 켠다는 것은 이런 것이다. 기습을 가한 상대가 갑자기 사라지는 바람에 그대로 앞으로 고꾸라진 거나 마찬가지다.

야마시타가 있었다.

방석 위에 털썩 앉아 축 늘어져 있다. 흐트러진 앞머리
가 이마로 흘러내려 의외로 젊다는 사실이 탄로 나고 말았
다. 야마시타는 천천히 우리를 올려다보며 무표정하게 말
했다.

"아아. 당신들. 구와타 씨도. 무슨 일입니까?"

"왜 그러십니까, 경부보님———."

여기서도 고립된 걸까. 도리구치는 처음에는 그렇게 생
각했다. 그러나 그렇지 않았다.

또 살해된 것이다. 그것도 첫 번째 발견자는 야마시타
자신이라고 한다.

"구와타 씨. 나는 솔직히 말해서 당신을 의심하고 있었
어요. 대단한 근거는 없습니다. 지금 생각하면 바보 같았
지요."

"소승을——— 그랬습니까."

"뭐. 그때는 이 절이 어떤 곳인지 몰랐으니까요. 나는
공명심이라고 할까——— 공명심과는 좀 다른데, 1분 1초
라도 빨리 해결하고 싶었어요. 그래서 고사카와 사이가
나쁜 당신을 우선 의심했지요. 사이가 나쁜 걸로 치자면
와다 씨도 똑같이 사이가 나빴지만 왠지 당신을 의심했어
요. 예측이나 선입관이 아닙니다. 희망이었지요. 정보를
내 마음대로 취사선택했을 뿐입니다. 사실 마지막의 스가

231

노 살해는 당신에게는 불가능하고, 이게 다른 사건이라고
는 생각되지 않아요. 당신은 ――― 결백하지요?"

"소승은 살인 같은 짓은 하지 않았습니다."

"아아. 믿습니다."

야마시타는 선선히 그렇게 말했다. 아츠코가 의외라는
듯이 물었다.

"야마시타 씨는 항상 직감이나 감성으로 사실을 추측해
서는 안 된다고 말씀하셨다고, 마스다 형사님이 ―――."

"아가씨. 이건 직감이 아니에요. 직감으로 말하자면 나
는 당신들 전부 수상하다고 직감했으니까."

"그럼 좀더 본질적인 ――― 직관?"

"그런 말은 모릅니다. 나는 철학자가 아니니까요. 다만,
그렇지 ――― 말로는 잘 설명할 수 없지만, 글쎄요, 나에
게 닥쳐서야 비로소 알았어요. 예를 들어 이 스가노 살인
의 경우 ―――."

야마시타는 그제야 앞머리를 쓸어올렸다.

"――― 피해자는 감옥 안에 있었고 그 앞에 파수병이
서 있었어요. 연락 착오로 50분 동안 경관이 자리를 떠나,
그곳에는 아무도 없었지요. 우리는 그가 가해자는 될 수
있어도 피해자는 될 수 없다고 생각했으니까요. 탈주한
흔적도 없어서 안심하고 있었는데, 그 50분 사이에 그는
살해되었습니다. 그리고 그 사이에 감옥에 들어간 게 그
의사와 이마가와 군과 탐정이었어요. 그래서."

"구온지 선생님이 범인? 하지만 달리 침입할 수 있었던

사람은?"

"그건 누구나 들어갈 수 있었어요. 스님들의 움직임을 완전히 장악했던 건 아니니까요. 다만 이마가와 군의 진술에 따르면 의사와 그는 30분 이상은 안에 있었던 모양이에요. 탐정은 그 사이에 센고쿠로에서 도착한 식료품을 둘러싸고 경관과 말다툼을 일으켰습니다. 하지만 마지막 10분 정도는 알 수 없어요. 이것도 이마가와 군의 진술에 따른 것인데, 마지막에 탐정이 감옥에 와서 두 사람을 밖으로 데리고 나갔다고 하는군요. 이마가와 군은 그때 스가노는 살아 있었다고 했어요. 다만 마지막으로 굴에서 나온 건 의사였습니다."

"하지만———."

"알아요. 나는 그 후에 신경 쓰이는 일이 있어서 그 감옥으로 가서, 보초를 다른 데로 보내고 혼자서 안으로 들어갔습니다. 그랬더니 스가노는 죽어 있었어요. 즉, 나도 수상하지요. 이마가와 군의 증언이 사실이라면 내가 제일 수상해요."

야마시타는 그렇게 말하며 넥타이를 느슨하게 했다.

더욱 피곤해 보였다. 도산한 중소기업의 사장 같다고 도리구치는 생각했다.

아츠코가 그 모습을 보며 걱정스러운 듯이 말했다.

"하지만 야마시타 씨는———물론 범인이 아니잖아요. 그냥 발견자이시잖아요?"

아츠코는 걱정된다기보다 불안할 것이다.

분명히 일련의 술회는 지금까지 권위주의의 화신처럼 생각되던 남자의 발언 같지 않았다. 야마시타는 얇은 입술을 억지로 휘며 웃었다.

　"당신들도 발견자였잖습니까. 나는 자신이 한 짓이 아니라는 걸 알고 있지만 그건 내가 알고 있을 뿐이에요. 나 이외의 모든 사람들은 그 사실을 모르지요. 과연 그건 사실이라고 말할 수 있을까요? 내가 '실은 제가 죽였습니다'라고 한마디만 하면 그게 사실이 되는데."

　"야마시타 씨가 의심받고 있나요?"

　"의심받고 있지는 않아요. 다만 내가 현재 용의자로 꼽히지 않는 것은 사실이 확인되어서가 아닙니다. 내게 국가경찰 가나가와 현 본부 수사1과의 경부라는 직함이 붙어 있었기 때문이지요. 직함이 있었기 때문에 의심받지 않았을 뿐이에요. 내가 일개 민간인이었다면 나는 지금쯤 그 스가와라 군의 고함을 들으며 추궁을 당하고 있을 게 틀림없어요. 그러니까, 우연히 내게 직함이 있었기 때문에 다음으로 그 의사가 의심을 받은 겁니다———."

　"야마시타 씨 다음으로 확률이 높다고 말인가요?"

　"그래요. 하지만 진범은 확률로 결정되는 게 아니잖습니까. 다만 스가와라 군은 그렇게 생각하지 않아요. 확률이 높은 사람을 추궁해서 자백만 받으면 진실을 알 수 있다고, 그는 그렇게 생각하고 있지요. 나는 그렇게 생각하지는 않아요. 이런 수사는 거짓입니다. 범인은 있어요. 반드시 있잖습니까. 그건 확률로 말하자면 100퍼센트입니다.

10퍼센트라도 그렇지 않을 확률이 있을 때는 무죄예요. 그러니까 이마가와 군도 그 의사도, 그리고 구와타 씨, 당신도 내가 하지 않은 것과 같은 확률로 무죄란 말입니다. 나는 그런 생각이 들어서 견딜 수가 없어요. 이건 직감이라는 게 아니잖습니까?"

아츠코는 "네" 하고 말했다.

도리구치는 야마시타의 변화에 약간 망설였다.

"수사는 말이지요, 아니, 경찰의 수사는, 그러니까 물증이든 뭐든 증거를 찾아서 차근차근 사실을 쌓아야 하는 겁니다. 특히 이번 사건은 그런 사건이었다고 —— 지금은 생각해요."

"과학적인 사고의 범주에서 해결하는 것 말고는 방법이 없다는 말씀인가요?"

"그래요. 그 이외에는 없어요. 동기라든가 자백이라든가 하는 것은, 가볍게 논해서도 안 되고 믿어서도 안 됩니다. 특히 이 사건은 마음의 영역에 들어가서 해결할 수 있는 게 아니었어요. 우리는 마음이라는 것을 지나치게 단순화하고 있었어요. 만만하게 보고 있었던 거지요."

아무래도 야마시타는 진심으로 그렇게 생각하나 보다.

그의 히스테릭한 지휘밖에 보지 못한 도리구치로서는 지난 사흘 동안 그의 마음속에서 어떤 갈등이 있었는지 알지 못한다. 도리구치는 그 진의를 묻고 싶었지만 그러지도 못하고,

"이마가와 씨는 어떻게 하고 있습니까?"

하고 물었다.

야마시타는 솔직하게 대답했다.

"그는 선당 옆 건물에 있어요. 도망칠 기색은 없지만 일단 밧줄에 묶여 있지요. 수사방해라는 명목이지만, 그건 어디까지나 명목입니다. 다만 그는 얼마 전까지만 해도 진범이었는데 지금은 공범으로 격하되었어요. 스가와라 군은 의사가 진범이라고 생각을 고친 모양이니까."

"혹시 ——— 스가와라 형사님은 구온지 선생님이 스가노 씨에게 원한을 품고 있었다고 생각하시는 겁니까?"

"아아. 자료를 읽어보니 구온지 선생은 그 '영아실종사건'의 관계자라고 하더군요. 실은 내가 보고서를 읽고 말해 버렸어요. 스가와라 군은 의사도 이마가와 군과 함께 묶어두라고 했지만, 그 의사와 스가노가 보고서대로의 관계라면 ——— 옆에 있는 것은 견딜 수 없을 거라고 생각했어요. 그래서 센고쿠로로 돌려보내라고, 그런 생각으로 말한 건데 스가노가 죽고 만 지금에 와서는 의심받을 가장 큰 근거가 되고 말았지요."

그때 조신이 조용히 물었다.

"하쿠교 스님은 ——— 어떻게?"

"아아. 그건 ———."

야마시타는 다시 머리카락을 쓸어 올렸다.

현관에 나왔던 그 젊은 형사가 수상하다는 듯이 보고 있다. 이런 상황을 표현하는 좋은 사자성어가 있었던 것 같지만, 당연히 도리구치는 생각나지 않았다.

야마시타는 말했다.

"구와타 씨. 당신은 대마를 압니까?"

"대마————라면 식물인 마 말씀입니까? 섬유를 만드는."

"그렇습니다. 그 대마요. 그는 그것을 상용하고 있었던 것 같습니다."

"상용? 마를 상용하다니."

"마약 말입니다. 담배처럼 만들어서 피우는. 물론 위법 행위입니다. 그런 것은 수행이 아니겠지요?"

"당연합니다. 수행과 가장 먼 곳에 있지요. 야마시타 님, 그것은————."

"아직 감식반이 오지 않았고 현장검증이 되지 않았으니 진실인지 아닌지는 알 수 없지만요. 그 탐정이 꿰뚫어 본 거라고 이마가와 군은 말했지만————."

"대장님이? 그렇다면————."

아마 사실일 것이다. 도리구치는 에노키즈의 언동을 신용하는 방법을 조금은 알고 있다고 생각한다. 전부 지리멸렬한 것 같지만 거짓말만은 하지 않는다. 다만 일반인과 다른 것을 보기 때문에 일반인에게 전해지지 않는 것이다. 그것이 에노키즈의 초능력의 실체인지, 그의 이상한 능력이 그를 그렇게 만들어 버린 것인지, 그것은 알 수 없다.

"————사실이겠지요."

"믿을 수 없는 일이군요. 하쿠교 스님은, 지금은 저렇게 되셨지만 한때는 참으로 훌륭한————."

조신은 거기에서 말을 멈추었다.

"───어떤 사람이든 잘못을 저지르지 않는다고는 할 수 없는 것인가."

야마시타는 고개를 떨어뜨리다시피 끄덕였다.

"네. 상용하고 있었는지까지는 알 수 없지만 시체 옆에 건조 대마 다발이 놓여 있었어요. 내가 발견했지요."

"놓여 있었다고요? 감옥 안에 말인가요? 그걸 피우고 있었나요?"

아츠코가 의아하다는 듯이 물었다.

"아니, 그건 범인이 놓아둔 걸 겁니다. 그 외에는 생각할 수 없어요. 그건 마치 단죄 같지요. 죽이고 그 옆에 죄의 증거───살해된 이유를 진열한 것처럼 보였어요. 하지만 그런 걸 어디에서 손에 넣었는지───."

"이 폐쇄적인 상황을 생각하면 가지고 들어온 거라고는 도저히 생각할 수 없는데요. 그야말로 절 전체가 한패가 되어서───아, 가능성뿐인 그런 발언은───피하도록 할까요."

아츠코는 조신과 야마시타를 보고 말을 멈추었다.

야마시타도 조신을 신경 쓰면서 말을 이었다.

"나도, 가령 탁발이라고 하나요? 그때 어디선가 입수해서 가지고 들어왔다───는 생각을 하지 않은 건 아니었지만 아닐 겁니다. 어딘가에 자라고 있는 게 아닐까 하는 생각도 들어요."

하코네에 대마가 자생할까?

"야생이라는 건 생각하기 어렵지 않을까요. 하코네는 물론 온난한 편이지만 이 산을 보면 마가 자랄 것 같지는 않습니다. 기후도———."

"도리구치 군이라고 했지요. 당신은 잘 압니까?"

"저는 삼류 사건기자입니다. 그런 것은 잘 알지요. 재배하다가 실형을 선고 받은 놈도 압니다. 흙의 좋고 나쁨과 물빠짐이나 온도에 신경을 쓰면 싹은 곧 나고 몇 달 만에 수확할 수 있는 모양이니 재배하기는 비교적 간단한 것 같지만, 종자를 손에 넣을 수가 없어요. 일본의 종자는 별로 효과가 없다고 하고요."

"전혀 안 됩니까?"

"안 되는 건 아닙니다. 그렇기 때문에 단속하는 법률이 있는 거지요. 다만 효과가 약하다——— 하아, 약하다는 건 조금은 효과가 있다는 뜻이군요. 뭐, 야생은 아닐지 몰라도 재배한 거라면 자랄지도 모르고, 자라고 있다면 피워서 효과가 없지도 않으려나요."

"대마단속법에 따르면 대마는 재배만 해도 실형이에요. 만일 그렇다면———우리는 단속을 해야 합니다. 어쨌거나 시체 옆에 대마가 있었던 건 사실이니까."

"야마시타 님."

조신이 말했다.

"하쿠교 스님은 전좌를 지내셨을 때 약초밭을 만드셨습니다."

"뭐라고요?"

"우리는 하쿠교 스님의 신원을 몰랐지만, 하쿠교 스님은 초목에 대해서 잘 아셨고 생약(生藥)에 뛰어나셨습니다. 그래서———."

"그거다! 아가씨, 분명히 그 스가노는———."

"스가노 씨는 원래 의사 선생님이셨고 게다가, 그렇지, 그런 것에 대해서는 분명히 잘 아실 거예요."

조신은 조용히 제지했다.

"착각하시면 곤란합니다. 하쿠교 스님은 결코 마약 같은 것을 만드셨던 것이 아닙니다. 전쟁 중에 결국 먹고살기가 힘들어져서 고령이신 다이젠 노사님의 건강이 상한 적이 있었습니다. 그때 약초 같은 것을 이용해서 하쿠교 스님이 고치셨지요. 그래서 그 분은 전좌 자리를 다이젠 님에게 물려받으신 겁니다. 본래 의사 선생님이었다면 그것도 이해가 가는군요. 그 분은 종자나 그루를 가지고 계셨을지도 모릅니다. 의식동원(醫食同源)이라는 말대로, 선에서는 식(食)이라는 것을 매우 소중하게 여깁니다. 밭을 일구고 수확하고 요리해서 그릇에 담아 먹기까지, 모든 것에 잡념을 없애고 정진합니다. 이것이 모든 일의 기본. 그 일을 맡으시는 것이 전좌입니다. 그러니 하쿠교 스님은 대중의 건강을 생각하며 그것을 만드셨습니다. 다만 그 수많은 종류의 약초 중에 그 마가 없었다고는 할 수 없을지도 모르겠습니다만———."

"마는 새의 모이는 되지만 건강식이나 약은 아니지 않습니까? 잘은 모르겠습니다만. 하지만 단속법이 생긴 것은 최근의 일이니 그 스가노 씨는 위법행위인 줄 몰랐던 게 아닐까요?"

라기ㅡㅡㅡ 보다 이런 곳에 살면 보통은 알 수 없을 것이다. 이번에 이런 법률이 생겼습니다, 하고 일일이 알리러 와 주는 것도 아니다.

"그 밭은 어디에?"

"대웅보전 옆을 조금 올라가서 있는 산자락입니다. 하쿠교 스님이 유폐되신 후에는 소승이 전좌를 맡았지만, 유감스럽게도 소승은 지식이 부족하여 풀의 종류도 약효도 몰랐기 때문에 그 밭에는 손을 대지 않았습니다."

"누군가 아는 사람은?"

"모두 알고는 있었겠지만ㅡㅡㅡ아아, 다쿠유가 가장 잘 알 겁니다. 다쿠유는 하쿠교 스님의 행자였지요."

"다쿠유ㅡㅡㅡ 씨."

아츠코는 복잡한 표정이 되었다.

도리구치는 다쿠유와 에이쇼를 구별할 수가 없다.

"그럼 한번 살펴보아야ㅡㅡㅡ 하려나요."

도리구치는 그 말투에서 소극적인 인상을 받았다.

"야마시타 씨, 괜찮으십니까? 왠지 그."

"아아, 나는 아마 내일 아침에 수사주임에서 해임될 겁니다. 본부에서 누군가ㅡㅡㅡ아마 이시이 씨일까요. 대신할 사람이 오겠지요. 그러니 저는 감식반이 도착할 때까지ㅡㅡㅡ아마 그것도 내일 아침이겠지만, 그때까지 이 현장을 보존하는 게 제 일이에요. 그래서 경호를 현장 부근에 한정하고, 내일에 대비해서 가능한 수사원들을 쉬게 하고 있지요."

"하지만———그 사이에 증거가 인멸될 위험이나 범인이 도망칠 위험도 있지 않습니까?"

"뭐, 하지만 범인은 이 산에서 아마 나갈 수 없을 것 같은 기분이 들어요. 이건 아무 근거도 없는 감상이지만."

"흐음———."

사람이란 변하면 변하는 법이다.

도리구치는 본래 신경질적인 엘리트 경부보가 수염도 깎지 않고 넥타이를 느슨하게 푼 채 힘없이 앉아 있는 모습을 보고 왠지 조금 화가 났다.

"그런 걸로는 안 됩니다."

"안 돼?"

"대신할 사람이 오면 또 야마시타 씨와 똑같은 일을 반복하지 않겠습니까? 이곳은 그런 곳인 것 같으니까요. 야마시타 씨도 처음에는 그렇게 콧김이 거칠었잖아요. 뭐야, 네놈들! 하면서. 왜 그렇게 변하신 겁니까?"

"아아———뭐."

야마시타는 큰 한숨을 쉬었다. 그리고 눈치를 살피듯이 조신을 보았다.

"구와타 씨. 변한 것으로 말하자면 당신은 어째서 돌아왔지요? 그렇게 겁을 먹고 있었는데. 당신, 와다 씨를 의심하고 있었지요?"

"소승이? 지안 스님을? 아니, 그건 오해입니다. 소승은 뱃속의 쥐에게 갉아 먹히고 있었던 ——— 거라는군요."

"쥐?"

"소승은 자신의 그림자에 겁을 먹고 절에 큰일이 생겼음에도 겁 많은 토끼처럼 도망치고 말았소. 지금은 그럴 때가 아닙니다. 정신이 들어서 돌아왔습니다."

"아아 ——— 그래요? 와다는 상관없는 겁니까?"

"어떤 분이 그런 말씀을 하셨습니까?"

"아아. 나카지마 씨요. 그 사람은 그, 뇌파측정을 반대한 측의 선봉인 와다가, 찬성한 고사카와 오니시를 죽이고 다음으로 당신을 노리고 있다고 ——— 당신, 구와타 씨는 그런 의심을 품고 있을지도 모른다고 했어요. 다만 그것은 사실이 아니니 당신은 곧 깨달을 거라고도 했지요. 뭐, 와다를 의심하지 않았다 해도 당신은 곧 깨달은 셈이로군요."

"그렇습니까. 유켄 스님은 뭔가 다른 ——— 그 뇌파측정에 대해서 다른 말씀은 없으셨습니까?"

"아아. 흥미 없다고 하더군요."

"그래요?"

조신은 납득한 듯이 웃었다.

"그렇군요. 와다를 의심하고 있었다는 것은 그럼 가짜인가? 정말이지 무슨 말을 들어도 그럴듯하단 말이지요. 나라는 게 없어요. 저는 이제 자신감을 잃었습니다."

자신감을 잃은 자신가(自信家)만큼 한심한 것은 없다고 도리구치는 새삼 생각했다. 처음부터 자신감이라고는 조금도 없는 모 소설가처럼 자신 없는 상태에 익숙하지 못한 것이다.

"야마시타 님 ———."

조신이 말했다.

"——— 소승은 오늘 어떤 분과 이야기를 나누었습니다. 그리고 문득 몇 가지 말이 떠올랐지요."

"말? 말은 안 된다는 둥, 그냥 앉으라는 둥 하더니. 그런데요?"

"말씀하셨다시피 선은 이심전심, 교외별전(敎外別傳)이라고 합니다. 마음으로 마음에 전하고, 가르침은 문헌이나 교전(敎典)에 있지 않다. 말로는 아무것도 전해지지 않는다. 그러면서도 선에는 많은 교전이 있지요. 이것은 왜일까요. 그만큼 많은 말을 사용하지 않고서는, 말이 아닌 것을 표현할 수 없기 때문입니다. 소승은 당연한 것처럼 선적(禪籍)을 읽고 많은 말을 알고 있었습니다. 하지만 그것은 그냥 글씨를 읽은 것에 불과했어요. 아무것도 전해지지 않았던 겁니다. 지금 생각하면 소승의 미혹의 답은 어느 선적에나 명확하게 씌어 있었습니다. 거기에 생각이 미쳤어요."

"흐음, 그렇군요. 그래서요?"

"도겐 선사가 일본에 돌아와 제일 처음 쓰신 ≪보권좌선의(普勸坐禪儀)≫에 이런 말이 씌어 있어요. 아주 약간이라도 차이가 있으면 하늘과 땅만큼이나 차이가 벌어지고, 위순(違順)†이 조금이라도 일어나면 어지러이 본심을 잃게 된

† 위경(違境)과 순경(順境). 마음에 괴로움이나 불쾌함을 주는 대상과, 즐거움

다━━━불성은 모든 사람이 갖고 있습니다. 새삼 수행 같은 것을 하지 않아도, 삶의 방식을 바꾸지 않더라도 모두 불성을 갖고 있고, 불법을 쓰고 익히고 있습니다. 하지만 아주 조금이라도 잘못하면 부처의 길과 자신의 길은 하늘과 땅만큼이나 벌어지고 말지요. 그러면 계속해서 망설임이 생겨나 자신의 본래의 마음을 잃고 맙니다."

"계속해서 망설임이━━━생긴다고요. 음."

야마시타는 뭔가를 곱씹었다.

"그러니 아무리 옳은 길을 안다 해도, 진리에 도달한다 해도 그것은 겨우 입구에 불과합니다. 석가조차 단좌(端坐) 6년, 달마도 면벽 9년. 범부가 수행을 하지 않아도 될 리가 없다━━━는 말이 적혀 있지요. 자, 야마시타 님."

"예?"

"귀하가 믿는 것도 마찬가지가 아닐까 합니다."

"내가 믿는 것? 나는 특별히 신앙이 없는데요."

그렇지 않습니다, 하고 조신은 말했다.

"야마시타 님은 경찰이라는, 사회를 위해서 없어서는 안 될 조직의 일원이시지요. 게다가 경부보라는 높은 지위에 계시고요."

"경부보는 그렇게 높지는 않지만━━━뭐, 하급 관리직인데요. 아니, 나는 지금이니까 하는 말이지만, 솔직히 말하면 출세하고 싶었어요. 그래서 열심히 일해 온 겁니다. 그게 나쁜 일이라고도 생각하지 않았어요. 경찰에서

과 기쁨을 주는 대상.

성과를 낸다는 것은 곧 사건을 해결하거나 미연에 방지하거나, 세상을 위해 사람들을 위해 도움이 되는 거잖습니까. 하지만 그것도 말하기 나름이라서, 이건———욕심이겠지요. 출세욕."

"계기가 무엇이든 하시는 일은 같습니다. 그렇다면 믿는 것도 있었을 겁니다."

"그야———그렇지요. 사회정의 같은 것을 믿지 않고서 경찰관 노릇을 할 수는 없어요."

"그렇다면———그것 자체가 잘못된 것은 아니겠지요. 귀하는 처음부터 범죄수사가 무엇인지를 알고 있었을 겁니다. 진실을 알아내고 법에 따라 대중의 재앙을 제거하는———귀하가 믿는 것 자체가 잘못되었을 리가 없어요. 하지만 귀하는 어디에선가 아주 조금 잘못하고 만 것이겠지요. 수사나 좌선이나 마찬가지입니다. 잘못되었다고 해서 멈춰 버린다면 그뿐. 돌이킬 수 없는 짓을 한 것도 아니지 않습니까. 마경은 넘겨 버리고, 그냥 하시는 것이 좋을 것 같습니다. 뭐, 쓸데없는 노파심입니다만."

"아니. 아아, 음. 분명히 나는———어디선가 조금 잘못되긴 했어요. 아니, 여기에 와서 지금 처음으로 스님이 하는 말을 이해할 수 있을 것 같은 기분이 드는군요."

야마시타가 그렇게 말하자 조신은 웃었다. 그때 젊은 형사의 목소리가 났다.

"야마시타 씨! 야마시타 씨, 그———."

뭔가———있었다. 도리구치는 튕기듯이 일어났다. 그

리고 야마시타를 재촉했다.

"보세요! 사건은 경부보님을 봐 주지 않은 셈이군요. 야마시타 씨, 신규 반격———이 맞지요? 아아, 맞아요. 그럼 반격합시다."

야마시타는 조신을 곁눈질로 보면서 벌떡 일어나 조금 뒤집어진 목소리로,

"뭐야, 무슨 일인가, 가메이 군?"

하고 말했다.

선당은 야단법석이었다.

지안과 유켄이 대치하고 있었다. 지안의 등 뒤에는 많은 승려들이 대기하고 있다. 약간 간격을 두고 에이쇼인지 다쿠유인지 둘 중 하나가 새파랗게 질려서 앉아 있었다. 경관이 멀찍이 둘러서서 보고 있다. 야마시타와, 어찌된 셈인지 우연히 그를 따라가는 데 성공한 도리구치가 침입한 것을 확인하고 유켄이 큰 소리로 말했다.

"오오! 빠, 빨리 이 과, 광인을 체포하시오, 이, 이 녀석이 범인이오!"

유켄은 힘차게 지안을 가리켰다.

지안은 수라 같은 분노의 표정이 되어 선당 안에 울려 퍼지는 탄력 있는 목소리로 말했다.

"참으로 보기 흉하십니다, 유켄 스님! 그렇게 온갖 처지에 내몰리고도 자유를 얻지 못하고, 거친 물결처럼 번뇌에 휩쓸려 내려가 축생도에 떨어지고도 아직도 그리 심한 욕

설을 하신단 말입니까! 떳떳하게 구십시오."

"인정(人情)을 깨부수고서 불법을 향상시키는 것은 지옥에 들어가 활을 쏘는 것과도 같은 일. 하물며 계율을 깨고서 향상할 불법은 있을 수 없네. 지안, 화살을 쏘는 것보다 더 빠르게 마도에 떨어진 것은 자네일세!"

"계율을 깬 것은 귀하이시겠지요! 게다가 계율을 깨고 내건 것이 정욕사음(情欲邪淫)의 번뇌라니! 삼취정계(三聚淨戒)를 받아들인 영평 도겐의 법을 이어받은 자라고는 도저히 생각할 수 없군요. 정(情)을 마음대로 휘두르고 금계(禁戒)를 범해서는 안 됩니다. 이를 어기는 자가 있으면 중론을 모아 사원을 나가야 합니다. 나가야 합니다!"

"아니, 지안. 자네에게 그런 말을 할 자격이 있나! 나가 주지. 바라는 대로 나가 주겠네. 죽임을 당할 바에는 절을 나가겠어!"

유켄은 바위 같은 얼굴을 이쪽으로 휙 돌렸다.

도리구치는 두 승려가 무슨 말을 하는 건지 전혀 알 수가 없었다. 진주군끼리의 싸움이 훨씬 더 이해하기 쉽다.

경관이나 형사들 앞이기도 해서인지, 야마시타는 휘청휘청 비틀거리면서도 그 안에 발을 내딛고 유켄 쪽으로 갔다.

"나, 나카지마 씨. 사정을 듣고 싶군요."

지안이 큰 소리로 말했다.

"사건과는 관계가 없소. 물러서시오!"

"다, 당신에게 묻지 않았어요! 아, 아니면 나카지마 씨의 발언은 당신에게 불리한 겁니까! 관계가 없다, 관계가 없다 하면서 숨겨두더니, 그러다 스가노 씨는 죽었어요. 아시겠습니까, 스가노 씨는 돌아가셨단 말입니다. 고사카 씨 때처럼 그게 어쨌다는 거냐는 말은 하지 말아요! 사람이 한 명 죽었다고요. 무 ——— 무례하든 품행이 난잡하든 사람은 사람이에요. 법률 앞에서는 고승이나 파계승이나 마찬가지입니다."

목소리가 떨리고 있었다.

지안은 침묵했다.

"나, 나카지마 씨. 어, 어떤 이유에서든 이런 싸움은 안 돼요. 경찰로서는 묵인할 수 없습니다. 지, 지객료로 들어가세요."

유켄은 아무 말도 하지 않고 야마시타를 따랐다.

야마시타는 왠지 부들부들 떨면서 유켄을 데리고 입구까지 오더니, 몸을 돌려 우두커니 망연자실해 있는 경관들에게 말했다.

"내일 지원이 도착할 때까지 교대로 감시하게. 그리고 와다 씨. 소동은 고, 곤란합니다."

지안은 그저 노려보았다. 선당에 정적이 부활했다.

도리구치는 야마시타를 약간 다시 보게 되어,

"멋있던데요."

하고 농담을 했지만 야마시타는 대답하지 않았다.

유켄은 시종 말없이 지객료로 들어가더니, 거기에서 조

신의 모습을 보고 몹시 놀랐다.

"조, 조신 스님, 당신 언제."

조신은 깊이 머리를 숙였다.

"어제는 승려가 해서는 안 될 경거망동을 저질렀습니다. 정말 죄송합니다. 깊이 부끄러워하며 돌아왔습니다."

"아, 아니, 머리를 드십시오."

유켄은 여전히 딱딱한 표정이었지만 그 목덜미에 식은 땀이 배어 있는 것을 도리구치는 놓치지 않았다. 승려가 해서는 안 되는 일이라면, 바로 지금 유켄의 태도가 승려가 취해서는 안 될 태도였던 것이 아닐까.

"조신 스님. 하쿠교 스님이."

"들었습니다. 잔인한 일입니다."

"당신이 생각한 대로 범인은 지안이오."

"하, 지금 뭐라고 하셨습니까?"

조신은 얼굴을 흐렸다. 유켄은 조신을 보지 않고 조금 난폭하게 말했다.

"그러니까 범인은 지안이라고 했소. 당신은 그것을 알아채고 도망친 거겠지요. 그렇다면 그렇게 부끄러워할 필요는 없소. 그것은 옳은 견해요."

"그런———."

조신이 뭔가 말하려고 했지만 그것을 야마시타가 가로막았다.

"자, 이야기를 들어 봅시다, 나카지마 씨. 아아, 스가와라 녀석이 돌아왔군요. 장소를 옮길까요? 아니, 스가와라 군에게 저쪽에 가 있으라고 해야겠군요. 이보게, 가메이."

"예?"

"지금 형사는 몇 명 남아 있나?"

"세 명인데요."

"이마가와 군에게 두 명이 가 있나? 자네, 와다를 감시하게. 아아, 명심하게, 용의자는 아니야. 그자가 움직이면 스님들이 모두 움직이니 동향을 파악하기 쉬워서 그러는 것뿐일세."

젊은 형사는 고개를 두세 번 갸웃거리고 나서 나갔다.

갑자기 활동하기 시작한 경부보를 의아하게 생각하고 있는 것이다.

도리구치는 약간 분위기를 타고 물어보았다.

"저는 여기 있어도 됩니까?"

"아아, 동석해 주세요. 아가씨, 추젠지 씨라고 했나요? 당신도, 그리고 구와타 씨도 있어 주십시오."

야마시타는 넥타이를 고쳐 메고 유켄 앞에 앉았다. 아무래도 상태가 회복되고 있는 듯했다.

"자, 나카지마 씨. 당신은 아까 흘려들을 수 없는 말을 했지요. 와다 지안이 범인이라고."

"그, 그렇습니다."

"이것 보세요, 당신은 정확히 하루 전에 이곳에서 와다 범인설을 '밑도 끝도 없는 망상'이라고 했어요. 기억나지요?"

"기억납니다. 나는 분명히 그렇게 말했소. 하지만 어제와 지금은 상황이 다르오. 어제 나는 이렇게 말씀드렸을 거요. 료넨, 다이젠, 그리고 여기 계시는 조신 스님을 잇는다면 뇌파측정 추진파였다는 것 정도밖에 공통점은 없소. 그리고 반대했던 것은 지안뿐. 하지만 그런 이유로 살인에 이를 거라고는 도저히 생각할 수 없소. 그래서 망상이라고 말씀드린 거요. 그러나 다음에 살해된 것은 조신 스님이 아니라 하쿠교 스님이었소. 그렇다면 뇌파측정과는 무관하지요."

"그렇지요. 그는 감옥에 갇혀 있었으니까."

"그렇소. 게다가 하쿠교 스님은 그런 조사에는 반대했을 거라고 추측되오. 그래서———."

"아아, 고사카, 오니시, 스가노를 잇는 선을 생각한 거로군요?"

"그렇소. 그것은 계율을 깬 것———파계요."

"파계?"

"그렇소, 지안은 계율지상주의자요. 계율의 지옥에 빠져 있소. 계율은 수행을 위해 있어요. 수행하는 것이 계율을 만들고, 그것이 행지(行持)가 되지요. 하지만 그 남자는 반대요. 본말전도란 이런 것을 말하는 거요."

조신은 뭔가 말하고 싶은 것 같았지만 야마시타가 가로막았다.

"고사카가 그, 마을에서 돈을 쓰며 먹고 마셨다는 것은 확인했어요. 하지만 특수관계인의 존재는 확인되지 않았습니다. 여자를 두지는 않았던 모양입니다. 이런 산속이라 아래 세상으로 내려간다 해도 시골이니까요. 여자랑 놀아난다 해도 뻔하지요. 놀아나지 않았다는 말은 아니지만. 사업 내용이나 횡령 사실에 대해서는 확인할 수 없었어요. 하지만 당신들의 척도로 재자면 이것들이 계율이 되겠지요. 그리고 스가노. 이 자는 이상한 성벽을 갖고 있었다더군요. 하지만 이것은 출가하기 전의 일입니다. 그것도 파계가 됩니까?"

"그것은 아니오. 하지만 하쿠교 스님은———뭐, 말하기 어려운 일이지만———."

"유켄 스님. 말을 삼가십시오."

"아니. 조신 스님. 말하는 게 좋아요. 이제 하쿠교 스님은 죽었소. 아니, 살해되었으니까. 야마시타 님, 하쿠교 스님은 그———진슈의 딸을."

"스즈 말인가요? 아아, 그렇군, 그래서 그 의사———과연. 그것은 말하기 어려웠겠어요. 그래서 다들 입을 다물고 있었나요? 그것은 그, 여기서? 절 안에서?"

"그렇소. 대중의 눈앞에서 이성을 잃었소."

"그래서 유폐된 거군요. 알겠습니다. 이해했어요. 더는 말씀하시지 않아도 됩니다. 확실히 그것은 파계로군요. 그거라면 일반 사회에서도 파계니까요. 하지만 오니시 씨는 어떻습니까? 우리 마스다의 이야기에 따르면 소행은 그렇게 나쁘지 않은 것 같은, 아니, 당신도 오니시 노사를 나쁘게 말하지는 않았지요."

"다이젠 노사님은 옛날에 ――― 지안을 억지로 시동(侍童)으로 ――― 아니, 강간하려고 한 적이 있소."

"시동이라니 그 ―――."

야마시타가 숨을 삼켰다. 도리구치는 익숙하다.

"남색(男色)이지요, 야마시타 씨. 흔히 말하는. 단수(斷袖)[†]의 관계."

삼류잡지에서는 드문 화제가 아니다.

"도, 동성애자 ――― 정말입니까? 구와타 씨, 당신은 알고 있었나요?"

"본인에게는 듣지 못했습니다. 유언비어, 아니, 선림(禪林)에 기어(綺語)[††]나 망어(妄語)[†††]는 있을 수 없는 것 ―――."

"조신 스님. 나는 본인 입으로 직접 들었소. 고희를 지난 나이에 비역에 이르다니, 미동(美童)은 죄를 짓게 한다고 하시며 웃으셨지요. 전쟁 전의 일이지만."

"유켄 스님, 그것은 노사님의 농담이겠지요."

"그 지안에게 농담은 통하지 않소. 그 후로 십여 년 동안, 지안은 다이젠 노사님을 용서하지 않았지요. 그 정도로 무서운 집착이오."

"이봐요, 나카지마 씨."

[†] '소매를 자르다'라는 뜻으로, 중국에서 동성애를 가리키는 말이다. 전한의 황제 애제(哀帝)가 낮잠을 자다가 깨어 자신이 사랑하던 미동(美童) 동현이 자신의 소매를 베고 잠들어 있는 것을 보고 소매를 자르고 일어나 동현을 깨우려 하지 않았다는 고사에서 유래한다.

[††] 불교에서 말하는 십악(十惡) 중 하나. 진실이 아닌 교묘하게 꾸민 말.

[†††] 불교의 오계(五戒) 중 하나. 거짓말을 함.

"왜 그러십니까?"

"당신은 어제, 스님을 의심하는 것은 실례천만이라고 했어요. 그런 당신이 단 하룻밤 사이에 왜 그렇게까지 바뀐 거지요? 스님끼리 의심하는 것은 실례가 안 됩니까?"

야마시타는 묘하게 박력이 늘었다. 유켄은 마른침을 삼켰다.

"나카지마 씨. 당신은 그럼 어째서 아까 그렇게 고함을 치면서까지 화를 낸 겁니까? 당신은 화를 잘 내는 미숙한 성격이라고 스가와라에게 말했는데, 그래서 와다에게 화를 냈던 겁니까? 그건 아니지 않습니까? 그렇게 화를 내는 이유는 따로 있는 게 아닙니까?"

"무슨 말씀을 하시고 싶은 건지 모르겠구려."

"나는 어제 스가와라가 당신에게 한 질문의 의미를 몰랐어요. 지금 알았지요. 절 안에서의 치정 싸움———과연 있군요. 그때 당신은 말은 잘했지만 스가와라가 그렇게 말한 순간 화를 냈어요. 역시 실례천만이라는 둥 하면서. 하지만 질문에는 성실하게 대답했어요. 없다고 부정했지요. 혹시 당신, 당신이 그런 거 아닙니까? 그 동성애 ———."

"바, 바보 같은 소리를———."

"바보 같은 질문을 하는 게 일이거든요. 경찰이라는 직업은. 나는 그런 취향은 아니지만, 드문 일은 아닐 테고 법에 저촉되는 것도 아니에요. 그러니 본래는 물을 필요도 없지만 당신은 남의 일은 그렇게 술술 잘도 말하면서 자신의 이야기는 하지 않는군요. 조신 씨, 어떻습니까? 스님은 여자가 아니면 그, 괜찮은 겁니까, 그런 행위는?"

"괜찮을 리가 없지요. 현재는 머리를 기르고 아내를 갖는 것은 허용되고 있지만 그런 것은 오히려———."

"그럼 숨기고 싶어질 만도 하겠군. 당신은 그것 때문에 와다에게 다그침을 받고 있었던 겁니까? 그 분풀이로 와다를 범인 취급한 것이라면, 경찰은 당신 말을 들을 수 없어요."

"아, 아니오. 지, 지안은———."

"그럼 어째서 싸우고 있었지요?"

"그것은 제 탓입니다."

"에이쇼! 자네———."

어느새 가메이 형사와 젊은 승려 ——— 에이쇼 ——— 가 장지문 너머에 서 있었다.

"뭔가, 가메이 군. 감시하고 있으라고 했잖아."

"이 사람이 꼭 좀 데려가 달라고 해서요. 왠지 절박해 보여서. 게다가 다른 사람들은 좌선을 시작했으니 움직이지 않을 겁니다."

에이쇼는 형사들의 대화를 아랑곳하지 않고 스윽 방으로 들어오더니 털썩 앉아 머리를 숙였다.

"유켄 스님. 죄송합니다. 저 때문에 그런 큰 소동이 일어나다니. 용서해 주십시오. 용서해 주시지 않는다면 저는———."

"에, 에이쇼 ——— 자네."

유켄의 이마에 비지땀이 배어 있었다.

에이쇼는 고개를 숙인 채 눈치를 살피듯이 그 얼굴을 보고 있다. 그 눈에———눈물인가? 울고 있나?

도리구치는 그것을 보고 모든 것을 알아차렸다.

"저는———어리석었습니다, 스님."

"그만두게. 조, 조신 스님이 계시네."

"아니오. 조신 스님께서도 들어주셨으면 합니다. 저는———."

"그만두게!"

유켄이 젊은 승려에게 덤벼들었기 때문에 도리구치는 그 옷을 붙들었다.

유켄은 방바닥에 미끄러져 앞으로 고꾸라졌다. 도리구치는 그 오른손을 잡고 버둥거리는 팔을 가볍게 비틀었다.

"폭력은 안 됩니다. 말로 통하지 않는 것은 알겠지만요. 이 사람은 스님을———."

에이쇼가 기다시피 다가와 도리구치에게 매달렸다.

"그, 그만두십시오. 스님은."

"당신은 이렇게 되어서도 이 스님을———."

"닥쳐, 닥쳐라, 놔, 놓지 못해?" 하고 유켄은 고함쳤다.

"유켄 스님. 조용히 하십시오!"

조신이 일갈했다.

도리구치의 팔 밑에서 유켄은 힘이 빠졌다.

도리구치는 힘을 늦추었다. 조신이 말했다.

"에이쇼. 됐네. 말하게."

"저는 어젯밤에 유켄 스님께 심하게 징계를 받았습니다. 거기에 앙심을 품고, 그———."

"징계? 징계라니? 벌책(罰策)이 아니라?"

"석장으로———."

"뭐라고? 유켄 스님, 왜 그런 난폭한 행동을——— 설령 유나라 해도 그것은 폭력."

"그, 그것은."

"제가——— 거부했기 때문입니다."

"거부했다? 거부했다니, 이보시오, 나카지마 씨 당신, 이 에이쇼 군을 으음——— 덮친 겁니까?"

야마시타가 약간 혼란스러워져서 에이쇼와 유켄을 번갈아 바라보았다. 유켄이 다시 팔 안에서 움찔거렸다.

"다, 닥치시오, 닥쳐, 나는 아니오. 나는 그런 음란한, 더, 더러운!"

에이쇼가 울음 섞인 목소리로 외쳤다.

"아닙니다. 불사음계(不邪淫戒)를 범한 것은 접니다. 유켄 스님은——— 아무것도 하시지——— 않았습니다."

그리고——— 에이쇼는 부끄러운 듯이 고개를 떨어뜨렸다.

"이, 이것 보시오, 나는 아무것도——— 에에잇, 놓으시오."

도리구치는 다시 날뛰기 시작한 유켄을 붙들어 눌렀다.

아무도 도리구치의 행동을 제지하지 않았다. 조신이 말했다.

"에이쇼. 계속하게."

"저는 승려가 저질러서는 안 될 파계를 저질렀습니다. 쫓겨난다 해도, 어떤 벌을 받더라도 어쩔 수 없는 사람입니다. 저는, 그———유켄 스님께는 비밀로———계속, 그런 음란한———."

"상대는?"

"그것은———말씀드릴 수 없습니다. 다만, 그것이 유켄 스님에게 알려져서, 아니, 스님은 전부터 알고 계셨을지도 모릅니다. 다만, 그래서———."

"야단맞을 거라고 생각했는데 자네를 요구했다는 건가?"

"우헤에."

도리구치는 유켄을 놓았다. 동성애자를 차별할 생각은 없다. 도리구치는 그런 사람들에 대해서 세상 사람들보다 훨씬 선진적인 이해와 넓은 도덕적 허용량을 갖고 있다. 다만 도리구치는 방금 전까지 유켄이 에이쇼에게 손을 댔고, 에이쇼가 스승의 그런 난잡한 행동을 감싸고 있는 거라고 생각하고 있었다. 그러나 아무래도 그렇지 않은 것 같다. 중년의 승려가 포함된 삼각관계가 되니 조금 받아들이기 힘들었다.

조신은 어이없다는 듯이 유켄을 보았다.

에이쇼는 그 표정을 보고 당황하며 말했다.

"아, 아닙니다, 조신 스님. 유켄 스님은 그럴 생각은 없었습니다. 전부, 전부 제 행동이 나빴던 겁니다. 유켄 스님

259

은 제 행동을 바로잡기 위해서 일부러 그렇게 행동하신 거라고———."

에이쇼가 그때 얼굴을 들었다. 아직 소년이다.

"——— 그렇지요, 스님?"

유켄은 아무 대답도 하지 않았다.

"하지만 어리석은 저는 스님의 고마운 뜻을 전혀 이해하지 못하고 그저 거부했습니다. 거부하니 유켄 스님은 몹시 화를 내시며———."

"그래서 징계를 받았다는 건가?"

"그렇습니다. 그러니 유켄 스님은 말씀하시는 대로 아무 짓도 하지 않으셨습니다. 저는 난잡한 행위에 대한 벌을 받았을 뿐이라고, 그렇게 생각하고 있었습니다. 아니, 지금도 그렇게 생각합니다. 다만——— 오늘 그 탐정님과 ——— 의사 선생님이———."

"탐정? 에노키즈 씨?"

그런데——— 에노키즈라는 남자는 대체 어떤 곳에서, 어떤 형태의 영향력을 발휘하고 있는 것일까.

"탐정님은 다친 것도 전부 꿰뚫어 보셨습니다. 게다가 그 의사 선생님도 몹시 친절하게 대해 주셨습니다. 하지만 유켄 스님은 그 분들에게——— 거짓말을 하셨어요. 제 잘못을 바로잡기 위한 징계였다면 굳이 숨기실 필요는 없는데 말입니다. 그런데——— 거짓말을."

에이쇼의 눈동자의 초점이 흐려졌다.

"그래서, 혹시 그것은 정말로 그런 생각이셨던 건가 하고———."

"시끄럽다, 에이쇼. 입 다물게. 그 야만적인 남자는 나를 갑자기 때렸단 말일세!"

"때렸다고요? 우헤에, 대장님도——— 대단하신데요."

도리구치는 유켄 옆에서 더욱 떨어졌다.

"그렇습니다. 하지만 맞으시고 나서 스님은 아무 말도 하지 않고 나가셨어요. 그것은 왜입니까?"

"그, 그것은———."

"말하자면 탐정님의 눈은 정확했다——— 그런 의미라고, 저는 생각했습니다. 그래서 그것은——— 그래서, 그래서 몹시 슬퍼져서 지안 스님께 제가 맡고 있는 일의 변경을———."

"그래서 와다는 모든 것을 깨닫고 당신을 경질하려고 한 겁니까? 그래서 싸웠군요."

"아니오. 나는 그런 음란한 마음을 품고 있었던 것이 아니오. 다만——— 자네의."

"유켄 스님. 인정하십시오!"

"조, 조신 스님."

"유켄 스님. 주위는 속일 수 있어도 자신의 마음은 속일 수 없습니다. 자신을 계속 속인다면 모처럼의 수행도 무너지게 됩니다."

"하지만 나는———."

"재차 자신의 꺼림칙한 구석을 돌아보지 않고 지안 스님을 폄하다니 당치도 않은 일입니다. 지금 귀하는 어제의

소승과 똑같습니다. 소승은 제 꺼림칙함을 귀하 탓으로
돌리고 귀하를 두려워하며 산을 내려갔습니다. 소승이 두
려워한 것은 지안 스님이 아니라 유켄 스님입니다."

"나를———두려워했다고?"

"그렇습니다. 하지만 소승은 잘못 생각하고 있었습니
다. 지금은 아닙니다. 이제 마경은 빠져나왔습니다. 한 사
람은 수행의 길에 나와 있으나 본래의 자기 집을 떠나지
않았고, 한 사람은 본래의 자기 집을 떠났으나 수행의 길
에 있지 않으니, 어느 쪽이 인간과 천상의 공양을 받을
만한가———소승은 이것을 모르겠습니다."

"그, 그것은 ≪임제록(臨濟錄)≫의———."

"그렇습니다. 소승은 그것을 알 수 없어서 헤매다가, 그
것을 귀하 탓으로 돌렸습니다. 하지만 이제 알았습니다.
그리고 이 해답을 주신 것은 다름 아닌 귀하입니다."

"내, 내가———어째서요?"

"지관타좌. 몸으로 알려준 것은 귀하입니다. 소승은 어
느 분께 그 말을 듣고, 다시 귀하를 스승으로 모실 생각을
했지요."

"조신 스님———."

"설령 귀하가 남색가라 해도, 아니, 어떤 미혹을 품고
있다 해도 귀하의 가치는 변하지 않습니다. 귀하의 수행은
훌륭합니다. 소승은 존경하고 있습니다. 그 마음은 변함이
없어요. 그러니 인정하십시오. 에이쇼는 그것을 인정하는
만큼 수행이 되어 있는 것입니다. 수행은 하루 만에 이루

어지지 않고, 또한 하루 만에 없어지는 것도 아니지요. 그냥 계속하는 것이 수행이고, 수행하는 것이야말로 깨달음입니다. 소승 같은 사람이 이런 말씀을 드리는 것은 실로 석가에게 설법을 하는 것과 마찬가지지만——— 수중일등, 심신탈락(心身脫落)†, 그것은 귀하가 가장 잘 아실 겁니다."

유켄은 오오, 하고 짧은 오열을 흘리더니 엎드린 것 같은 자세 그대로 말하기 시작했다.

"그 탐정도 그렇게 말씀하셨소. 나는 항상 자신을 속이고 있다고——— 그 말이 맞소. 나는 부글부글 끓어오르는 정욕을 억누르고 또 억누르는 것이 수행이라고, 그렇게 생각하고 있었소. 오근(五根)††을 기르고 청정심을 추구해도 말나식(末那識)에는 번뇌의 그림자가 스치지요. 끊어 낼 수가 없었소. 그렇다면 억누르자고, 그렇게 생각하고 있었소. 보고도 못 본 척을 했던 거요. 아니, 늘 그랬던 것은 아니오. 하지만 그것은 진실이오."

"스님, 그런."

손을 대려고 하는 에이쇼를 조신이 제지했다.

유켄은 말하면서 천천히 몸을 일으켰다.

"그러니 에이쇼, 자네는 내가 아무 짓도 하지 않았다고 감싸 주었지만 그것은 아닐세. 나는 마음속에서 몇 번이나

---

† 몸과 마음이 온갖 번뇌 망상에서 벗어나, 자유자재한 무심의 경지에 들어가는 것.

†† 번뇌를 누르고 깨달음의 길에 이르는 다섯 가지 근원.

자네를 희롱했어. 자네가 ─── 다른 젊은 승려와 그런 관계라는 것도 알고 있었네. 알면서도, 보고도 못 본 척하고 있었지. 나는 질투하고 있었네. 그러니 자네가 느낀 대로."

유켄은 잠시 똑바로 에이쇼를 보았다.

"그때 나는 ─── 진심이었네."

"스 ─── 스님."

"그 탐정은 좋은 눈을 갖고 있더군. 전부 꿰뚫어 보는 것 같아서, 나는 진심으로 무서웠네. 너는 사실은 평범한 범부다, 무슨 수행이 되었다는 거냐 ─── 그렇게 말하는 것 같아서 무서웠던 걸세. 그것을 인정한 순간 수행이 무너져 버릴 것 같아서 무서웠네. 그래서 나는 얻어맞고도 아무런 대답도 하지 못했지. 마치 공안을 그대로 옮겨 놓은 것 같은 그 상황에, 나는 어떤 견해도 가질 수 없었네. 나는 그저 자리를 뜰 뿐이었어. 하지만 내가 거만했네. 자신이 범부라는 사실을 아는 데서부터 ─── 수행은 시작되는 것이었지 ───."

유켄은 에이쇼를 향해 돌아앉았다.

"에이쇼."

그리고 깊이 머리를 숙였다.

"미안하네."

에이쇼는 그것을 그저 바라보고 있다.

유켄은 얼굴을 들었다.

"조신 스님. 당신의 말이 맞소. 나는 내 미혹을 지안 씨

탓으로 돌리고 있었소."

유켄은 조신을 돌아보았다.

"탐정에게 얻어맞고, 이것이 공안에 남아 있는 고승이었다면 활연대오라도 이룰 장면이었겠지만 나는 안 되었소. 끊어 내려고 앉아도 앉을 수가 없었소. 그런 상태였으니 당연하지요. 그때──── 하쿠교 스님이 죽었다는 소식이 전해졌소."

도리구치는 상상한다.

캄캄한 감옥 안에서 죽어 있는 승려.

그 옆에 대마 다발.

"나는 너무나도 무서웠소. 그리고 나는 어떤 의심의 응어리에 사로잡혔소. 이것은 지안의 손에 의한 파계승의 숙청이다──── 그런 생각을 하고 만 거요. 지안 스님을 의심한 것은 조신 스님 당신이 아니오. 나였소. 나는 깨끗이 끊어 낸 그 사람을 질투하고 있었나 보오. 훨씬 전부터 말이오. 그 지안 스님은 얼굴 생김새도 그렇잖소. 지금 생각하면 내 안의 그런 성향을, 그 사람은 계속 자극해 왔던 거겠지요."

야마시타가 말했다.

"그럼 어제의 그 의견에는 당신 자신의 견해가 다분히 들어 있었던 거로군요?"

"그렇겠지요. 저는 그──── 분명히 어젯밤의 조신 스님처럼 겁을 먹고 있었소. 왜냐하면 꺼림칙한 데가 있었기 때문이오. 그리고 그것을 인정하고 싶지 않았기 때문이지요. 하지만―――거기에, 하필이면 지안이 찾아왔소. 그리고 내게 이렇게 말했소."

―――유켄 스님, 에이쇼가 모든 것을 말했습니다.

"다음은 너다―――그런 뜻으로 들렸소."
"그거―――무서운데요."
도리구치는 저도 모르게 말했다.

그 얼굴로, 그 목소리로, 지안에게 그런 말을 들으면 누구나 그렇게 느낄 것이다. 도리구치라면 찔리는 데가 없어도 꺼림칙해질 것이다. 그렇지 않더라도 오싹할 게 틀림없다.

에이쇼가 말했다.

"제가 지안 스님께 말해 버렸습니다."

긴장한 듯한 목소리는 한층 더 어리다.

"저는 그래도 유켄 스님을 믿고 있었습니다. 다만 그 모습은 심상치가 않았어요. 이대로 놔두면 저는 그렇다 치더라도―――유켄 스님의 수행에 방해가 되지 않을까 하는 생각에, 그래서 지안 스님께 상의를 드렸습니다. 하지만 지안 스님이 엄하게 추궁하셔서―――저도 모르게."

"괜찮네, 에이쇼. 당연한 일이야."

유켄은 그렇게 말했지만 에이쇼는 말을 멈추지 않았다.

"제 아비도 승려였습니다."

"엄격한 분이었지만 단명하셔서, 제가 일곱 살 때 돌아가셨습니다. 본산(本山)에서 다른 스님을 맞아들여서 절은 존속되었지만, 그 절도 전화에 불타 길거리를 헤매고 있던 차에 료넨 스님께서 구해 주셔서 이 절에 왔습니다. 재작년에 유켄 스님의 행자가 되었고, 그 사람 됨됨이에 감명을 받아 가르침을 청하다 보니 어느새 유켄 스님께 돌아가신 아버지를 겹쳐 보고 있었던 것입니다. 그래서———."

"이제 됐네, 에이쇼. 야마시타 님. 당신의 말이 맞습니다. 나는 내 꺼림칙함 때문에 지안 스님을 폄하였소. 그 외에는 근거는 아무것도 없어요."

야마시타는 입을 다물고 "음" 하고 말했다.

"아니, 당신이 따끔하게 물어봐 준 덕분에 나는 지안 스님에게 쓸데없는 의심을 품지 않아도 되었소. 감사드립니다, 야마시타 님."

"아아. 뭐. 그렇긴 한데요."

"조신 스님."

"왜 그러십니까."

"당신은 아까 내 수행이 훌륭하다고 했소. 이런 천박한 생각에 쫓기고 있는데도 그것은 그럴까요?"

"물론입니다."

"나는 앞으로도 승려를 계속할 수 있을까요."

"수행은 평생 계속됩니다, 유켄 스님. 지금까지 할 수 있었는데 앞으로 할 수 없게 되지는 않지요. 아니, 지금이 중요하고, 그리고 앞으로가 중요한 것입니다."

"그런가."

"어떻습니까, 유켄 스님. 이 산을 내려가시지 않겠습니까."

유켄은 바위 같은 얼굴을 굳히며 잠시 생각했다.

"내려가서 어떻게."

"내려가는 데서부터 시작합시다."

유켄은 뭔가를 털어 낸 듯한 얼굴을 했다.

"알겠소. 그럼 에이쇼."

"예."

"나를 치게. 그 주먹으로 쳐."

"무슨———말씀이십니까, 스님."

"탐정께서 말씀하셨지 않은가. 맞으면 치는 걸세. 자, 치게. 사정 봐 줄 것 없네."

유켄은 자세를 바로 하고 눈을 감았다.

에이쇼는 그 뺨을 때렸다.

"음."

유켄은 뱃속에 고인 것 같은 목소리를 냈다. 그리고 일어섰다.

"어디로 가십니까?"

"관수님을 만나겠소. 한시라도 빨리 이런 사건은 끝내야 하오. 그리고 여기서 나가는 거요."

"관수를 만나서 어쩌려고요, 나카지마 씨. 설마 그 관수가 뭔가 알고 있기라도 합니까?"

"야마시타 님. 이제 이 절에 숨기는 일은 없소. 나는 이 산에서 처음이자 마지막 참선을 하러 가는 것뿐이오."

유켄은 그렇게 말하더니 절을 한 번 하고 당당히 자리에서 물러났다.

에이쇼가 뒤를 쫓으려고 하자 조신이 말렸다.

"그만두게, 에이쇼. 저 분은 돈오하신 걸세."

"돈오 ——— 라고요."

"그렇다네. 관수님은 뭐라고 말씀하실지 ———."

조신도 에이쇼도 유켄의 그림자를 눈으로 쫓고 있다.

"돈오라는 것은 깨달았다는 뜻입니까?"

"그렇습니다."

"처음이자 마지막이라고 하지 않으셨습니까?"

"이 절은 법계가 제각각이니까요. 아무도 관수님께 참선한 자는——— 없지 않을까요. 참선을 한 후, 유켄 스님은 지안 스님께 이 절을 떠나겠다고 할 생각이겠지요."

산을 나갈 생각인 것이다.

도리구치는 에이쇼를 보았다.

어떻게 해야 할지 알 수 없다는 표정이다.

에이쇼는 그의 꽃봉오리 같은 입술을 가볍게 깨물고는 말했다.

"저도 ——— 승려를 계속할 수 있을까요. 조신 스님."

"물론 계속할 수 있네."

조신은 온화한 말투로 그렇게 대답했다.

어젯밤의 겁먹은 모습은 이제 조금도 찾아볼 수가 없다.

"하지만 ——— 저는 아마 이 명혜사에서 쫓겨날 겁니

다. 지안 스님은 모두 꿰뚫어 보고 계십니다. 유켄 스님을 추방하고, 그리고 저도 ——— 조만간."

"이곳 외에도 절은 많이 있네. 에이쇼. 자네도 함께 산을 내려가겠나? 그런 음란한 마음은 끊고 다시 수행을 하는 것은 어떤가. 아니면 환속하겠나?"

"그럴 수는 없습니다. 저는 승려이고 싶습니다."

"그렇다면 길은 얼마든지 있네. 걱정할 필요는 없어."

조신의 말에 에이쇼는 머리를 숙여 절을 했다.

"아 ———."

아츠코의 목소리다. 묘하게 신선했다.

"뭘 ——— 까요?"

아츠코가 귀를 기울이는 듯한 몸짓을 하며 말했다.

"아마 스가와라 씨 일행일 거예요."

"어? 아츠코 씨, 어떻게 아십니까?"

"저 소리 ——— 틀림없이 저건."

챙, 하는 소리가 났다.

자연이 연주하는 소리는 아니다.

"그 스님 ——— 이쿠보 씨가 찾고 있던?"

그때 그 소리다.

"돌아왔나? 좋아."

야마시타가 일어섰다. 도리구치 주제에 그렇게 생각하는 것도 이상하지만, 한심했던 경부보는 겨우 두세 시간 사이에 몹시 늠름해진 기분이 들었다.

바깥의 풍경은 변함이 없었다.

다만 하늘이 몹시 검다. 시간은 이미 밤 열 시가 지났다. 시계도 없는데 규칙적이었던 이 산의 일과는 그날 이후로 계속 어긋나고 있다.

삼문에서 한 무리가 검은 덩어리가 되어 다가온다.

"아―――구온지 선생님."

아츠코가 가려고 하자 야마시타가 막았다.

"당신들이 가 봐야 충돌만 할 겁니다. 저 의사가 범인이 아니라면 부당한 취급은 하지 못하게 할 테니 물러나 있어요."

야마시타는 그렇게 말하고 다시 그 무리를 돌아보았다.

구온지 노인은 손이 뒤로 묶여 있고 밧줄 끝은 두 명의 경관이 쥐고 있었다. 그 뒤에 스가와라, 그리고 또 그 뒤에는―――.

그 스님―――.

도리구치는 저도 모르게 아츠코를 보았다.

아츠코는 커다란 눈으로 그들 전부를 바라보고 있었다.

화톳불이 눈에 어른거리며 번쩍거려서, 아츠코가 무리 중 누구를 보고 있는지 도리구치는 판단할 수가 없었다. 손이 묶인 구온지 노인은 비틀거리고 있었다. 그러나 승려는 맨 처음 스쳐 지났을 때와 똑같은 보폭의 똑같은 걸음걸이로 다가왔다.

대나무로 엮은 삿갓에 가사행장. 낙자(絡子)에 치의(緇衣). 수묵화 속의 행각승은 그 그림에 어울리지 않는 경관들에게 에워싸여 있다.

스가와라의 귀와 같은 얼굴이 야마시타를 알아보았다.

"오오, 야마시타 씨, 어쩐 일이십니까. 당신, 아직도 무서워요?"

"그 말투는 뭔가, 스가와라 군. 그보다 자네 ——— 그 취급은 뭐지? 마치 피의자 같은 취급이잖나. 영장이라도 받았나?"

"연락은 해 두었는데요. 감식반에도, 그리고 가나가와 현 본부에도. 걱정하시지 않아도 내일 아침에는 다른 현장 책임자가 도착할 겁니다."

"그런 걸 묻는 게 아닐세. 구온지 씨의 취급에 대해서 묻고 있는 거야. 이보게, 스가와라 군, 지금 당장 밧줄을 풀게. 혹시 이 사람이 자백이라도 했나? 그렇다 해도 자네가 강요한 거겠지!"

야마시타가 엄청난 기세로 다그쳤기 때문에 스가와라는 한순간 무슨 일이 일어난 건지 모르겠는지, 입을 약간 벌리고 구온지 노인을 보았다.

"오오, 야마시타 군, 말 잘했소. 나, 나는 아무 짓도 안 했소. 이, 이 남자 ———."

위세만은 여전히 좋은 것 같았지만, 얼굴을 든 구온지 노인은 홀쭉하니 야위었다. 노인은 상당히 허세를 부리며 무리하고 있는 것 같았다.

구부정한 자세로 들여다보듯이 스가와라를 노려보고 있다. 살쩍에 남은 백발이 마치 가부키 배우의 흐트러진 머리털처럼 늘어져 있고, 화톳불에 비춰진 그 얼굴은 한층 더 검붉은 데다 가느다란 눈도 충혈해 어찌 보면 처참한 표정이다. 무릎이 떨리는 것은 지쳤다기보다는 추워서일 것이다. 이 설산에 아무리 봐도 무방비한 옷차림이다.

이 나이에 저 길의 왕복은 확실히 무모한 짓이다.

스가와라는 묘한 얼굴로 멈춰 있었다. 잠깐 사이에 야마시타가 회복된, 그 원인을 찾고 있는 것이 틀림없다. 그 야마시타는 차츰 이전과 똑같은 신경질적인 표정을 되찾고 있었다.

"뭘 하는 건가, 빨리 풀게."

"하———하지만 야마시타 씨."

"내일 아침까지는 내가 수사주임이야! 허물없이 부르지 말게. 자, 멍하니 있지 말고 얼른 포승을 풀고 지객료에서 쉬게 하게."

스가와라는 부루퉁한 얼굴로 경관에게 지시를 내렸다.

승려———마츠미야였나———는 묵묵히 그 모습을 보고 있다.

도리구치의 눈에는 경직해 있는 것처럼 보였다. 한마디도 말을 하지 않는다.

키가 작고 나이 많은 형사가 그 앞으로 나와,

"마츠미야 진뇨 씨를 데려왔습니다."

하고 말했다. 승려는 야마시타에게 목례를 했다.

"아아, 수고했네. 마츠미야 씨도 오시느라 수고하셨습니다. 저는 국가경찰 가나가와 현 본부 수사1과의 야마시타입니다. 저쪽으로 가시죠."

마츠미야가 경관과 함께 이동했다. 나이 많은 형사는 야마시타에게 다가가서,

"경부보님, 저쪽에 관해서는 여러 가지로 보고드리고 싶은 것도 있습니다."

하고 말했다. 야마시타는 "알겠습니다"라고 대답하고, 형사에게 쉬라고 말했다.

줄이 풀린 구온지 노인이 비틀거렸다. 아츠코가 즉시 어깨를 빌려주어 부축했다. 도리구치도 옆으로 돌아갔다. 구온지 노인의 오른쪽 옆구리에서 팔을 둘러 짊어지다시피 일으켜 세우고는 문득 얼굴을 들자———.

——— 저것은.

후리소데. 이야기로 들었던,

——— 스즈. 스즈다.

법당 앞에 스즈가 있었다.

——— 이건,

무섭다. 이 소녀는 무섭다.

왠지 간담이 서늘해질 것 같다.

구온지 노인이 얼굴을 들고는 그것을 알아차리고 소리를 질렀다.

"오오, 스즈, 스즈요———?"

지객료로 가고 있던 마츠미야가 그 목소리에 걸음을 멈추고 돌아보았다. 그리고 그대로 딱 멈추었다.

삿갓 아래로 엿보이는 얼굴에는 공포가 붙어 있었다.

화톳불이 얼굴에 비쳐 난잡하게 붉다.

그리고 전원이 스즈에게 주목했다.

시간이 잠시 멈추었다.

스즈는 노려보고 있다.

아니면———.

표정이 없다. 아니다. 이 소녀는 마음이 없는 것이다.

그래서 이렇게 소름이 돋을 정도로 무서운 것이다.

얼마나 그러고 있었을까.

어느새 스즈의 등 뒤에 거대한 그림자가 서 있었다.

손에 기다란 막대 같은 것을 들고 있다.

거대한 그림자는 그 막대를 힘껏 쓰러뜨렸다.

부웅 하고 바람을 가르는 소리가 났다.

막대가 땅바닥에 내동댕이쳐지고 딱 하는 커다란 소리
가 경내에 메아리쳤다.

느릿한 동작이다.

스즈는 움직이지 않는다.

마츠미야도 움직이지 않는다.

구온지 노인도, 아츠코도, 스가와라도 야마시타도 경관
들도 멈춰 있다.

지객료에서 조신과 에이쇼가 얼굴을 내밀었다가 그대
로 굳었다.

선당 입구에는 가메이 형사가 우뚝 서 있었다.

도리구치는 세키구치의 기분을 잘 알 수 있었다.

이곳은———.

이곳은 이계(異界)다.

거대한 그림자는 몇 번인가 고개를 갸웃거리고 두런두
런 낮은 목소리로 중얼거리면서 스즈를 추월해 삼문 쪽으
로 걸어갔다.

─── 천(泉) 왈, 불시심(不是心), 불시불(不是佛), 불시물(不
是物).

─── 조(祖) 왈, 즉심즉불(即心即佛).

─── 조 왈, 비심비불(非心非佛).

"야, 야마시타 씨 저 거한은! 저것은."

"데츠도 ─── 스기야마 데츠도일세. 저것은 스기야마
데츠도야."

"데, 데츠도? 아아! 데츠도 스님 ───."

법당 방향에서 비명 소리가 들렸다.

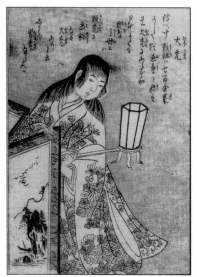

〈대독(大禿, 오카부로)〉†, ≪금석화도속백귀≫(하권, 명(明))

전해 듣기에, 팽조(彭祖)††는 칠백여 세의 나이에도
자동(慈童)이라 하였다. 이는 오카부로가 아니다.

일본에서도 나치 고야에는 단발머리에 이가 드문드문
나 있는 오카부로가 있다고 한다.

그렇다면 남자 카부로†††가 아니겠는가.

---

† 다나카 나오히(田中直日) 소장 및 자료 제공.

†† 중국 고대의 전설상의 인물. 오제(五帝) 중 한 명인 전욱(顓頊)의 현손(玄
孫)이라고 전해진다. 노자와 함께 장수한 인물로 유명하다. 그는 도인(導
引)이라는 호흡법을 하고 항상 선약(仙藥)을 먹어, 은(殷)왕조 말에는 칠백
여 세에 이르렀다고 한다.

††† 급이 높은 기녀가 부리던 열 살 안팎의 소녀를 가리키는 말. 자라서 기
녀가 되었다.

9

방으로 가기는 싫었다.

모든 것을 내팽개치고 사라지고 싶은 기분이다.

후지미야로, 아니, 우리 집으로 돌아가고 싶었다.

이쿠보는 내게서 조금 떨어진 곳에 다리를 옆으로 모으고 앉아 넋을 놓고 있었다. 딱 한 명 남은 경찰관 마스다는 상당히 떨어진 곳에 있는 좌탁에 엎드려 있다. 나는 밤의 정원을 바라보며——— 들릴 리도 없는——— 나무 위의 가지가 소란스럽게 꿈틀거리는 소리를 듣고 있었다.

스가와라 형사는 구온지 노인을 묶어서 데려갔다.

진뇨 스님에게는 츠기타 형사가 붙었고, 이쪽도 반쯤 연행되듯이 명혜사로 향했다.

——— 다들 이제 돌아오지 않겠지.

그렇게 생각했다. 나갈 수 없다. 그러니 여기서,

——— 무엇을 기다리지?

기다려 봐야 아무도 오지 않는다.

스가노 씨가 살해되었다고 한다.

당장 어떤 감상을 말해야 할지 나는 알 수가 없었다.

물론 아무도 내게 감상 같은 것을 요구하지는 않는다. 그러지는 않지만, 결국 나는 나 자신에게 뭐라고 설명해야 좋을지 알 수 없었던 것이다.

나는 스가노라는 사람을 만난 적이 없다. 그러나 그는 확실히 내 안에 있다. 하지만 내 안에 있는 그 스가노는 작년 여름에 이미 죽었다. 그 죽은 스가노가 오늘 살해되었다는 것이다.

죽은 사람을 죽이다니 무의미하다.

죽은 사람이 죽었다는 말을 듣는다 해도 뭐라 대답할 길이 없다.

죽인 것은 ———— 구온지 요시치카라고 한다.

그럴 리는 ———— 없다.

그 사람 안에서도 스가노 씨는 죽었을 것이기 때문이다. 설령 그 사람이 살아 있는 스가노 씨를 만났다 해도 살의를 품을 리가 없다. 유령을 보면 놀라기는 할지언정 죽일 생각은 하지 않는다. 성불해 달라고 빌 뿐이다.

왠지 바보 같아졌다.

그러자 갑자기 쓸쓸해졌다.

"————마스다 군."

나는 작은 목소리로 마스다를 불러 보았다. 대답은 없었다.

아마 자고 있을 것이다.

명혜사의 형사들은 결국 돌아오지 않았다. 상사도 아닌 스가와라 형사에게 대기하라는 명령을 받고, 마스다는 바

보처럼 정직하게 이 방에서 그들을 기다리고 또 기다리다
가 잠든 것이다.

교고쿠도는 움직이지 않았다.

에노키즈는 수배까지 되고 만 모양이다.

그 탐정은 눈에 띄는 사람이니 곧 붙잡힐 것이다.

결국 그 남자는 여기서 무엇을 했던 것일까.

도리구치도 아츠코도 오전 중까지 함께 있었지만, 지금
도 겨우 한 시간 반만 걸으면 갈 수 있는 곳에 있는데도
왠지 두 번 다시 만날 수 없을 듯한 기분마저 든다.

이제 아무도 돌아오지 않을 것이다. 저 산에서는 나올
수가 없다.

저 산은 들어가면 두 번 다시 나올 수 없는———우리다.

그래서 에노키즈는 돌아간 것이다.

그래서 교고쿠도는 올라가지 않는 것이다.

그래서 나는———.

나는 우리 속에 있는 것일까.

아니면 밖에 있는 것일까.

나는.

나는 다음으로 이쿠보를 불렀다.

"이쿠보 씨———."

부르자 이쿠보는 후우, 하며 얼굴을 들었다.

나는 그녀가 웃는 모습을 아직 보지 못했다.

"———아니."

제대로 말할 수가 없었다.

"저는 ———."

그러나 이쿠보는 뭔가 이해한 것 같았다.

"저는 ——— 잊어버렸어요."

"네?"

"뭔가 중요한 것을."

"중요한 것?"

눈이 스르륵 떨어졌다.

나는 제대로 된 대답을 할 수가 없었다.

그래도 이쿠보는 따지지 않고 이야기를 시작했다.

"세키구치 선생님, 이런 이야기 모르세요 ———?"

"네?"

방은 넓다.

전등 불빛이 구석구석까지 닿지 않기 때문에 이쿠보의 그림자는 한층 더 엷어서, 마치 장지문에 비친 실루엣처럼 덧없다. 그 희박한 존재는 맑은 것 같은, 하지만 어딘가 입자가 거친 풍경 속에 잘 녹아들어 있는 것처럼 여겨졌다.

어린아이에게 말을 거는 듯한 말투였다.

"지네가 있었어요."

"지네?"

"네. 지네가요, 지네는 왜, 다리가 많잖아요. 대체 몇 개인지는 모르겠지만 ———."

"아아."

"그래서 어떤 사람이 물었대요. 지네에게. 당신은 그렇게 다리가 많은데 어떻게 그렇게 하나하나를 솜씨 좋게 움직일 수 있습니까——— 하고."

"아아."

"그랬더니 지네는 생각에 잠겼는데, 대체 어떻게 움직였던 걸까 하고 새삼 생각해 보았더니 왠지 알 수 없게 되었지요. 그 순간 다리를 움직일 수 없게 되었고, 생각하면 생각할수록 움직일 수 없게 되어서 죽고 말았대요———."

"하아———."

"일부러 어째서인지 생각하지 않아도 모두들 전부 알고 있고, 그래서 살아 있는 거겠지요. 그것을 생각해서 말로 표현해 버리면, 그 순간 알 수 없게 되고 그래서 더는 어쩔 수 없게 되어서———."

어슴푸레한 하지만 따뜻한 느낌을 주는 불빛 속에서, 지금까지 고집스럽게 무언가를 거부해 온 그녀는 왠지 몹시도 말이 많아졌다. 이쿠보는 내게 이야기하는 게 아니다.

허공에 말을 걸고 있는 것이다.

이렇게 이야기한 걸까?

마츠미야 진뇨와———.

"그 사람과는——— 제대로 이야기를 할 수 있었습니까?"

나는 물었다.

이쿠보가 마츠미야와 그때 무슨 이야기를 했는지, 아무래도 묻기가 어려웠다. 묻기 어렵다기보다, 바로 방금 전까지 나는 그녀와 대화다운 대화를 나눈 적이 없었다. 그런데 왠지 지금은 솔직하게 물을 수 있었다. 이 허구에 물든 풍경 속에서는 왠지 아무렇지도 않았다.

이쿠보는 길게 숨을 내쉬었다.

그리고 이번에는 재잘거리는 것 같은 목소리로 말했다.

"많이 ——— 이야기할 것이 있었지만."

"시간이 부족했습니까?"

"아뇨. 아무것도 ——— 전해지지 않았어요."

"전해지지 않았다 ——— 니요?"

"전해진 것은 한마디뿐. 스즈에 대한 것이었어요."

"아아."

역시 진뇨가 변모한 이유는 스즈에게 있었다.

명혜사에서 ——— 진뇨는 스즈를 만나지 못했을 것이다. 만나지 않았다면 절의 승려들은 스즈에 대해서는 절대 가르쳐 주지 않았을 테니, 그 존재를 알 수는 없다. 설마 찾아온 승려가 스즈의 육친일 거라고 생각했을 리도 없다. 따라서 그는 이쿠보의 이야기에 의해 스즈의 존재를 처음으로 안 것이 틀림없다. 그렇지 않다면 그렇게 갑자기 페이스가 무너지지는 않았을 것이다.

"왠지 ——— 맥이 빠지고 말았어요. 역시 스즈코에게는 이길 수 없구나 ——— 하고, 그렇게 생각했어요."

무슨 뜻인지 잘 알 수가 없었다.

이쿠보는 어딘가 건성으로 대답했다.

"모처럼 만났는데. 정말로 만나게 되었는데."

그 만남 자체가 이미 먼 옛날인 것 같은 말투다.

마츠미야 진뇨. 싫어질 정도로 건전한 행동거지를 보이는 승려.

희로애락을 예의바르고 지나치게 잘 만들어진 거푸집에 부어넣은, 사람 좋은 청년.

"당신은 분명히 ──── 스즈코 씨가 부탁했던 편지를 건네주지 못한 것을 계속 후회하고 있었다고 ──── 그렇게 말했지요."

13년 전의 편지에 얽힌 후회 ────.

"후회? 글쎄요. 후회는 하지 않지만 그게 ──── 잘 모르겠어요. 아무래도, 잊어버린 건지 ──── 생각나지 않는 건지 ──── 처음부터 몰랐던 건지."

"그건 같은 겁니다."

"그럴까요? 하지만 ──── 저는 13년 전의 일을 한시도 잊은 적이 없어요. 그것은 자나 깨나 제 마음의 한 부분을 계속 차지하고 있었지요. 하지만 막상 말로 설명하려고 하면 아무래도 설명할 수가 없어요. 뭔가 ──── 아닌 것 같아요."

그것은 잘 알 것 같다.

"저는 그 사람 ──── 히토시 씨를 좋아했어요."

"좋아했다 ────."

"굉장히. 스즈코와도 사이가 좋았어요. 마을사람들이 그 사람들의 가족을 싫어한다는 것은 알고 있었지만 그런 건 별로 상관없었고 ────."

"그럼 당신이 그를 계속 찾고 있었던 것은."

"아니에요" 하고 이쿠보는 말했다.

"아닙 ——— 니까?"

"어떻게 다른지는 잘 설명할 수 없고, 어쩌면 그럴지도 몰라요. 하지만 제가 13년 동안 쭉 히토시 씨를 찾고 있었던 것은 좋아했기 때문이거나 보고 싶었기 때문이거나 그런 게 아니라, 뭔가 그, 그래요, 허전함을 메우고 싶었기 때문이에요. 허전하다기보다, 말로 표현할 수 없는 답답한, 뭔가 ———."

"그래서 ——— 그것은 메워졌습니까?"

"그게 말이죠, 세키구치 선생님. 메워지지가 않아요. 그 사람은 마치 인형처럼 뻔한 소리만 하는 거예요. 그리고 제가 뭔가 말할 때마다 점점 어딘가 먼 곳으로 가 버려요. 저도 그걸 메우려고 이야기하면 이야기할수록 점점 멀어지고요. 이상하지요."

이쿠보는 처음으로 웃었다.

틀림없이 이것은 혼잣말이다.

지금 나는 공기 같은 존재이니까.

그래서 이렇게 이야기를 할 수 있는 것이리라.

"저는 열심히 이야기했어요. 어쨌거나 13년 동안이나 끌어안고 있었던 일이니까요. 하지만 아무리 해도 도망치는 거예요. 말로 표현하면 도망친다고 흔히들 말하는데, 도망치는 게 아니에요. 그것은 뭔가 이렇게, 우리[檻] 속 같은 어두운 곳에 들어 있고 우리들은 말이라는 우리[檻]의 열쇠를 잔뜩 갖고 있지만 어느 것도 맞지 않는 거예요.
점점 맞지 않게 되는 거지요. 그 연애편지 이야기를 했을
때도 그 사람은———."

"——— 연애편지?"

그렇게 들렸다.

이쿠보의 목소리가 그쳤다.

"연애편지 ——— 라니요?"

"뭐라고요 ——— 세키구치 선생님?"

"지금 당신은 분명히 연애편지라고 했어요."

"네?"

이쿠보의 실루엣은 움직임을 멈추었다.

스르륵 하고 눈이 떨어졌다.

"이쿠보 씨. 당신은 편지를 읽었군요."

"네?"

"그렇지 않다면 어떻게 연애편지라는 것을 아는 겁니
까. 그것은 연애편지였지요? 동생이 오빠에게 보낸."

"어———."

그것이 우리의 열쇠다.

"아———."

아아. 열쇠가 열린다.

그 기분은 ——— 잘 안다.

기억의 문이 열리고 소중한 것이 해방된다.

그것은 해방된 순간 말이라는 촌스러운 것으로 모습을
바꾸고, 철저하게 해체되어 눈 깜짝할 사이에 안개가 되고

먼지가 되어 사라진다.

추억한다는 것은 추억을 죽이는 것이다.

"아아, 저는 ———."

"이쿠보 씨. 말하면 ———."

말하면 끝장이에요.

말하면.

"저는 편지를 읽었어요."

이쿠보의 추억은 죽었다.

"읽었 ——— 습니까."

"네. 읽었어요."

실루엣의 여자는 공기인 내게 얼굴을 돌렸다.

"저는, 그리고 그것을 스즈코의 아버지에게 건네주었어
요."

"아버지 ——— 마츠미야 진이치로 ——— 씨에게?"

"네."

이쿠보는 크게 고개를 끄덕였다.

"스즈 씨는, 스즈 씨는 분명히 ———."

"스즈? 그것은 명혜사의 스즈 말입니까?"

"아아, 제가 제가 죽였어요."

"죽였다고요? 죽였다니."

"그 일가를 그렇게 만든 것은 저예요. 제가 스즈코를
죽였어요. 스즈코는 울면서 산으로 도망쳤어요. 그리고 두

번 다시 돌아오지 않았어요. 빨간 불. 파란 불. 활활 타오르
는 불. 쥐들이 잔뜩 도망쳤어요. 저는 봉투를, 히토시라는
이름이 적혀 있는 봉투를 그 불에 넣어 태워 버렸어요!"

"그건 무슨 말입니까?"

이쿠보는 비틀거리며 쓰러졌다.

나는 당황하며 다가가 이쿠보를 부축해 일으켰다.

"제가———."

"이봐요, 정신 차려요. 마스다 군, 이봐요."

"뭐, 뭐라고요? 왜 그러십니까?"

"제가 죽였어요———."

*

비명을 지른 것은 마키무라 다쿠유였다.

대웅보전 바로 뒤에 있는 관수의 암자——— 대일전(大
日殿) 앞에서, 다쿠유는 다리가 풀려 주저앉아 있었다.

암자 입구에는 머리가 깨진 나카지마 유켄이 바위 같은
얼굴을 옆으로 향하고 엎드린 자세로 쓰러져 있었다. 거무
튀튀한 피 웅덩이가 퍼져 있다.

입구의 문이 열려 있고 거기에는 두 명의 승려, 그 뒤에
는 마도카 가쿠탄이 우두커니 서 있었다.

도리구치는 그때 상당히 놀라고 있었다.

놀람이라는 일종의 자극이 인간적인 감정으로 변환되
기까지는 꽤 많은 시간이 걸리는 모양이다. 그래서 도리구

치는 아무리 시체를 바라보아도 슬프다거나 원통하다거나, 그런 인간다운 마음은 아무리 해도 들지 않았다.

시체란 단순한 물체다.

물건에는 존엄도 위엄도 없다. 그런 것은, 말하자면 직함이다. 시체라는 것 자체에 그것이 있는 게 아니다. 그것은 그 주위에 있다. 아마 다이젠 노사 때는 시체를 보지 않았기 때문에 더더욱 그렇게 허무한 기분이 들었을 것이다. 도리구치는 그렇게 생각했다.

겨우 십 분쯤 전———.

비명을 들은 형사들은 각각 기민하게 달려갔다.

도리구치는 야마시타의 지시를 받아, 우선 구온지 노인을 이마가와가 있는 건물에 맡기고 나서 형사들의 뒤를 쫓아 전속력으로 달렸다. 꽤 거리가 있다. 이 조용한 산중이 아니라면 결코 들리지 않았을 비명이다.

제일 먼저 현장에 도착한 것은 야마시타였던 모양이다. 우와아, 하고 그의 목소리가 났다. 뒤이어 도착한 형사들은 할 말을 잃었다. 도리구치 뒤를 따라온 아츠코는 짧고 작은 비명을 질렀다. 도리구치는 아츠코의 비명을 그때 처음 들었다.

다쿠유는 고함치고 있었다.

"소, 소승이 아닙니다. 나, 나는 안 했어요. 아무 짓도 안 했어요! 가, 가쿠탄 님, 가."

"이, 이것은———무슨 일입니까! 서, 설명을 해 주십시오, 관수님."

쇳소리에 시선을 돌려보니 야마시타가 관수를 노려보고 있었다.

스가와라 형사가 쪼그려 앉아 쓰러져 있는 그것을 들여다보고, 우뚝 버티고 서 있는 상사를 돌아보며 고개를 몇 번 가로저었다. 거기에 있는 그것은 다친 유켄이 아니라 유켄의 시체라는 뜻이다. 딱 보면 알 수 있는데, 참 꼼꼼하기도 하다고 도리구치는 생각했다.

경부보 ――― 야마시타가 고함치듯이 말했다.

"과, 관수님! 이것은 경찰에, 아니, 법치국가에 대한 도전입니까! 이런 일이 이곳에서는, 이 명혜사에서는 허용됩니까? 저, 저는 이제 질렸어요."

관수의 표정은 전혀 알 수 없다.

잠든 것처럼 반쯤 감겨 있는 눈꺼풀 속의 눈은 시체를 보고 있는 건지 발언자인 야마시타를 보고 있는 건지조차 도리구치로서는 알 수 없었다.

관수 ――― 가쿠탄은 느긋하게 대답했다.

"소승은 관계없는 일! 야마시타 님 ――― 지금 귀하가 하신 그 말씀, 그대로 돌려드리겠습니다! 도대체가 이렇게 많은 경관이 있는데, 대체 우리 절의 행각승을 몇 명이나 죽여야 속이 후련하시겠소. 이것은 경찰의 태만이오! 우리나라가 법치국가를 표방하고 있다면, 이러한 범죄를 방치하고 있는 경찰이야말로 국가를 우롱하는 거요!"

관수의 말은 이 상황에서도 여전히 위엄이 있었다.

———이 녀석도 괴물이다.

그렇게 느꼈다. 도리구치는 경을 읽는 가쿠탄의 뒷모습
밖에 보지 못했다. 뒤에서 보아도 당당했지만 정면에서
보니 마치 위엄이 가사를 입고 있는 듯했다. 야마시타 경
부보는 꽤 과감하게 그 괴물과 시선을 맞추며 싸우고 있었
지만 문득 유켄에게 시선을 떨어뜨리며,

"아아. 그렇게 생각합니다. 정말 그렇게 생각해요. 우리
는 아무것도 모르고 아무것도 할 수 없었어요. 흉악한 연
속살인 앞에 너무나도 나는, 아니, 우리 경찰은 무력했습
니다. 하지만 나는 용서하지 않을 겁니다. 이 사람은, 나카
지마 씨는 겨우 삼십 분 전까지 나와 이야기를 하고 있었
어요. 이런 일———."

하고 힘없이 말하더니 거기서 크게 숨을 들이쉬고,

"———이런 일은 용서할 수 없어요."

하고 토해 내듯이 말했다. 그 말을 받아 스가와라 형사
가 일어나서 무뚝뚝하게 말했다.

"야마시타 씨. 아니, 수사주임님. 당신의 기분은 알겠지
만———."

그리고 관수를 힐끗 보고 나서 상사 앞에 서더니,

"———괜찮은 겁니까. 이것은, 나카지마 씨는 이제 막
죽었을 뿐이에요. 그러니 범인을 잡으려면 지금밖에 없다
고요. 아침까지 기다릴 수는 없어요. 이것은, 이마가와의
짓도 구온지나 구와타의 짓도 아닙니다! 내가 잘못 생각하
고 있었어요. 주임님. 야마시타 수사주임님, 자, 지휘해

주십시오. 나는 당신을 따르겠어요."

그렇게 말했다. 주임은 부하에게 따르겠다는 말을 듣고 경련하듯이 고개를 끄덕였다.

"조, 좋네. 관수님. 그리고 거기 두 사람. 그리고 거기 있는 다쿠유 군. 당신들은 지객료로 옮겨 주십시오. 으음, 자네, 가메이가 스님을 감시하고 있을 테니 그쪽으로 가서 우선 인원수를 확인해 주게. 츠기타 씨. 당신은 진슈를 데려와 주십시오. 이 건물 바로 뒤의 밭을 지나면 있을 겁니다. 그 소녀와, 그리고 ——— 데츠도 ——— 데츠도가 아까 나갔지!"

그 덩치 큰 남자 말인가.

데츠도. 몸집이 큰 승려다.

뭔가 긴 막대를 땅에 부딪치더니, 데츠도는 이러면 되는 걸까——— 라는 듯이 고개를 갸웃거리고, 그대로 불경 문구 같은 뜻을 알 수 없는 중얼거림을 남기고 삼문으로 나갔던 것이다.

지리멸렬한 행동이었다. 도리구치는 전혀 의미를 알 수가 없었다.

그 데츠도에게 정신이 팔려 있는 사이에 스즈의 모습은 사라졌다. 먼 비명을 듣고 일동이 달리기 시작했을 때는, 그 무서운 소녀는 이미 없었다.

"데츠도는 어디로 갔지?"

경부보의 그 말에 반응해, 경관에게 질질 끌리다시피 하며 일어선 다쿠유가 외쳤다.

"데───데츠도가 한 겁니다! 데츠도 녀석이, 그래요, 정신이 들어 보니 그 녀석이 있었어요. 거, 거기에 서 있었어요!"

다쿠유가 가리킨 것은 경부보 자신이 있는 곳이었다.

아무리 착란을 일으켰다지만 승려가 할 말 같지는 않았다. 손가락질을 당한 야마시타는 다그쳐 물었다.

"정신이 들어 보니? 그건 무슨 뜻입니까."

"저───저───소승은 여기서 기다리고 있었습니다. 그런데 갑자기 쿵 하고───."

"얻어맞았나요? 그래서 기절을? 정신을 차려 보니 나카지마 씨가 죽어 있었다는 거군요. 그런데 당신은 누구를 기다리고 있었지요? 이런 곳에서?"

"물론 이───."

다쿠유는 붉게 물들였던 얼굴을 갑자기 진지하게 바꾸더니 시선을 내렸다.

그 끝에는 유켄이었던 것이 쓰러져 있다.

"당신은 이 나카지마 씨를 기다리고 있었습니까? 나카지마 씨가 이 관수님의 암자에서 나오기를, 여기서 기다리고 있었다는 건가요?"

"죽이려고?"

"스가와라 군. 함부로 교란시키는 말을 하지 말게. 어쨌거나 얘기는 저쪽에서 듣도록 하지. 아아, 이 사람은 우리가 데려가겠습니다. 자네들은 현장 유지를 부탁하네. 아무도 들이지 마. 무슨 일이 있으면 호루라기라도 불게. 틀림없이 들릴 테니까. 멋대로 판단해서 단독으로 행동하지는 말아 주게."

경관들은 자세를 바르게 하고 경례했다.

제대로 하면 인망도 생기는 법인가 보다. 도리구치는 그렇게 생각했다. 그리고 말했다.

"야마시타 씨. 일손이 부족하면 돕겠습니다. 경찰에 협력하는 것이 민간인의 의무라고, 돌아가신 할머님께 들은 것 같기도 하군요."

"그래요? 그럼 도리구치 군. 센고쿠로에 마스다가 있습니다. 사정을 설명하고, 당장 지원이나 감식반을 부르라고 전해 주지 않겠습니까? 한시라도 빨리 해 달라고요. 그리고 구온지 씨에게 임시 검시를———뭐, 사인도 사망 시간도 확실하기는 하지만———그리고 그 아가씨는 데리고 돌아가 줘요. 여기는 위험하니까. 괜찮겠습니까? 아니면 잠시 쉬겠습니까?"

한동안 도리구치 뒤에서 입을 누르고 시체를 바라보고 있던 아츠코가 말했다.

"괜찮아요. 익숙해졌어요."

아츠코는 한껏 무리를 하고 있다. 눈이 젖어 있었다.

"좋아요. 그럼———."

최악의 새로운 시작이다.

*

갑자기 문이 열리고 거기에서 낯익은 얼굴을 확인했을 때, 이마가와는 솔직히 말해서 안심했다.

도리구치와 추젠지 아츠코의 부축을 받으며 구온지 노인이 쓰러지듯이 들어오고, 이어서 본 적이 없는 키 큰 승려가 들어왔다.

야마시타가 입구에서 얼굴만 들이밀고,

"이봐, 자네. 그 이마가와 군의 밧줄을 풀게. 그리고 이분을 간호해. 그 후에는 여기서 대기하게. 자네는 이리 오고."

하고 외치더니 사라졌다. 두 형사 중 뚱뚱한 쪽이 뒤를 쫓았다. 도리구치는 그럼 잘 부탁한다고 말하고 그 뒤를 쫓았다. 왜 그가 경찰과 행동을 함께 하고 있는지, 그보다 밖에서 무슨 일이 일어났는지, 졸고 있던 이마가와는 전혀 알 수 없었지만 어쨌거나 사태에 진전이 있음은 틀림없다. 추젠지 아츠코는 구온지 노인을 앉히면서 이마가와의 모습을 확인하고,

"이마가와 씨! 괜찮으세요?"

하고 물었다. 이마가와는 조금 부끄러워하며,

"묶인 자리가 아플 뿐입니다. 괜찮습니다."

하고 말했다. 그것을 듣고 형사가 수상쩍은 듯이, 그리고 귀찮다는 듯이 밧줄을 풀기 시작했다. 구온지 노인은 방바닥에 털썩 주저앉아, 자신을 간호하려는 추젠지 아츠코를 손바닥을 뒤집고 손가락을 한껏 펴서 막으며,

"아츠코 양. 나도 이제 괜찮소. 가시오."

하고 말했다. 어깨로 숨을 몰아쉬고 있었다.

추젠지 아츠코는 약간 망설이고 나서,

"그럼 형사님, 뒷일을 잘 부탁드려요."

하고는 건물을 뛰쳐나갔다.

남은 형사는 그 말에 몹시 당혹스러워했다.

승려는 입구 옆에 서서 바깥 분위기를 살피고 있다.

삿갓을 벗으려고도 하지 않는다. 그렇다고 해서 현장에 가고 싶은 것 같지도 않다.

형사는 당연히 캐물었다.

"당신, 수배 중인 스님입니까? 왜 여기로 끌려왔지요? 무슨 일이 있었습니까?"

"이 사람은 수배된 게 아니오. 임의출두 참고인이라오. 마츠미야 진뇨 씨지요."

구온지 노인은 더는 당길 수 없을 정도로 턱을 당기고 아랫입술을 내밀며 말했다.

노인은 본래도 툴툴거리긴 했지만, 한층 더 경찰에게 적의를 갖기 시작했다. 그래도 승려는 꼼짝도 하지 않았다. 형사는 더욱더 곤혹스러워진 것 같았다.

"그러는 당신은 범인이 아니었소? 으음, 구———구마."

"바보 같으니. 방금 야마시타 군이 한 말을 듣지 못한 거요, 당신은! 그리고 내 이름은 구온지요. 잘못 불러도 되는 것은 한 사람뿐이오———."

노인은 숨을 헐떡이면서도 불같이 화를 냈다.

"아아, 힘들군. 빨리 간호를 해 주시오, 간호. 차는 없소? 오오, 이마가와 군, 당신도 고생 많았구려."

그제야 이마가와의 존재를 알아차린 모양이다.

"어르신이야말로 몸은 좋아지셨습니까? 스가노 씨가 살해되어서, 스가와라 형사는 어르신이 진범이라며 으르대고 있었습니다. 저는 그때까지는 진범이었고, 지금은 공범이지요."

형사가 주전자의 차를 찻잔에 따르면서 말했다.

"당신들은 범인이 아니었군요. 뭐 그렇지 않을까 하는 생각도 했지만―――이렇게 진범이 많이 있다니 말이 안되지요. 이런 경우에는 대개 가장 수상하지 않은 놈이 범인이 되던데. 의외의 결말이라는 것 말입니다. 대개 늘 그렇다니까요."

투덜거림에 가깝다. 게다가 치졸한 논지다.

"하지만 그런 일이 계속되면 가장 수상하지 않은 놈이야말로 가장 수상해지지 않습니까? 수상한 놈일수록 수상하지 않고."

"아아, 그럴 때는 역시 가장 수상한 놈이 범인이지요. 잘 되지 않게 되어 있어요. 뭐, 범인이 아니라면 차 한 잔 드시지요."

형사가 차를 권했다. 몹시 멍청해 보였다.

받아들 때 팔을 보니 밧줄자국이 진창의 수레바퀴 자국처럼 빨갛게 나 있었다. 차는 벌써 몇 시간이나 전에 센고쿠로에서 들여온 것이어서, 그러니까 식어 있었다.

구온지 노인이 앉으라고 재촉해서, 계속 서 있던 승려가 겨우 삿갓을 벗었다.

단정한 얼굴이었다. 그러나 에노키즈와도 지안과도 다르다. 어디가 다른지는 알 수 없다.

석장을 벽에 기대어 놓고 여장을 푼 승려는 형사와 이마가와에게 목례하고 나서 다다미방으로 올라와 정좌했다. 연습이라도 한 것처럼 예의바른 동작이었다. 이 자가 이쿠보 여사가 찾던 사람———마츠미야 히토시인 모양이다. 다시 말해서 그 스즈의 어머니의 오빠가 되는 것일까.

구온지 노인은 술이라도 마시듯이 차를 마시더니, 맛없다는 듯이 얼굴을 찌푸렸다. 그리고 마츠미야의 기계 같은 동작을 곁눈질하면서 물었다.

"그런데 마츠미야 군. 봤지요———?"

마츠미야는 표정을 바꾸지 않고 노인 쪽을 향했다.

"당신은 지난번에 여기 왔을 때는 아마 못 만났지요? 아까 그 아이가 스즈라오."

마츠미야는 "네" 하고 짧게 대답했다.

이마가와는 흥미롭게 관찰했다.

———그는 스즈를 만났을까.

어떤 기분이 들었을까?

슬픈 것도 괴로운 것도 아닐 것이다. 쓸쓸할 리도 없고, 그리운 것도 아닐 거라고 생각한다. 죽은 동생의 환생 같은———아니, 승려라면 그렇게 생각하지는 않을 것이다. 상상이 안 된다.

노인은 또 물었다.

"어떻소, 그 나들이옷은 스즈코 씨의 기모노 아니오? 몹시 더러워졌고 어두워서 알아보기 힘들었지만, 그———무늬라든가, 기억에 없소? 어쨌거나 옛날 일이니 기억이 안 나시려나?"

과연, 그는 산 증인이다.

그의 기억은 구온지 노인의 추리를 뒷받침할, 무엇보다 큰 증거다.

마츠미야는 단정한 얼굴을 굳히며 잠시 입을 다물고 있다가 혼잣말처럼 띄엄띄엄 대답했다.

"———죽은 스즈코의 것입니다. 13년 전에———분명히 그것을 입고 있었습니다."

어두운 목소리였다.

"기억이———있는 거요?"

"기억납니다. 명확하게———옷의 무늬도, 색깔도 전부———."

목소리는 점점 커지고 그러다가 뒤집히고,

마츠미야는 둑이 무너진 것처럼 이야기하기 시작했다.

"———아버지는 스즈코를 눈에 넣어도 아프지 않을 만큼 귀여워했습니다. 체면만 차리던 아버지는 경제적으로 궁핍했지만 해마다 스즈코의 나들이옷만은 새로 맞추었어요. 뜯어서 고치거나 하지는 않았지요. 옷을 뜯어서 고치는 것은 가난뱅이가 하는 일이라며———우리 집은 가난했는데, 그런데도 아버지는 그렇게 말했어요. 그러니

까 스즈코의 나들이옷은 아버지의 체면의, 허영의 상징이
었지요. 스즈코는 솔직하게 기뻐했지만 소승은———."

승려는 거기서 말을 잃었다.

아무래도 그것은 좋은 추억이 아닌 모양이다.

구온지 노인은 화제를 바꾸었다.

"그래요? 뭐——— 여러 가지 일이 있었겠지만———
옛날 일은 됐소. 지금은 그 소녀가 중요하지요. 그래, 그
스즈는 어떻소? 스즈코 씨를 닮았소? 아니, 가령 노상강
도가 나들이옷을 벗겨 다른 아이에게 입혔다———는 것
도, 생각할 수 없는 일은 아니니 말이오. 먼발치에서 봤지
만 어땠소? 스즈코 씨의 얼굴이 남아 있던가요?"

마츠미야는 다시 침묵했다. 13년 전의 오래된 기억과
방금 전의 기억을 조합하고 있을 것이다.

그리고 승려는 다시 띄엄띄엄 대답했다.

"——— 닮았습니다 ——— 아니. 빼다 박았습니다. 스
즈코 자체입니다. 그것은——— 당신의 말씀대로 ———
스즈코의 딸이라고———."

"그렇게 닮았소?"

"네. 얼굴도, 모습도, 그 후리소데도 전부 그대로, 그날
그대로. 그것은——— 그것은 스즈코의 딸입니다!"

마츠미야는 한순간 고양되었다가 곧 눈을 감았다.

억지로 평정을 유지하려는 것 같았다.

이마가와는 뭔가 위화감을 느꼈다. 그것은———.

대단한 것은 아니지만 그것은———.

구온지 노인이 기쁜 듯이 말했다.

"그래요? 그럼 그 소녀는 당신의 조카가 되는구려! 이마가와 군 들었소? 내가 생각한 대로요!"

"그날 그대로?"

"왜 그러시오, 이마가와 군. 무슨 일이오?"

"그날이란 언제를 말하는 겁니까?"

"그야 그 화재의 ——— 화재가 있던 날을 말하는 것이겠지요? 뻔하지 않소. 떠올리고 싶지 않은 날일 게요."

"하지만 어르신. 그것은 저도 그렇게 생각합니다만."

"뭐요? 뭐가 마음에 걸리시오?"

"이쿠보 씨 말입니다. 이쿠보 씨는 히토시 씨 ——— 이 분인가요? 이 분은 화재가 있던 날의 다음날 아침에 집에 돌아왔다고 했습니다. 저는 그렇게 들었는데, 그것은 틀렸습니까?"

"형사도 그렇게 말했지요."

이마가와는 마츠미야를 보았다. 표정은 변함이 없다.

"그리고 연말부터 그때까지 이 분은 가출한 상태였다고, 이쿠보 씨는 그렇게 말했습니다."

"그랬던 것 같구려."

"그것뿐입니다."

"그것뿐이라니 ——— 이마가와 군."

마츠미야의 뺨이 약간 굳어졌다.

"그러니까 어르신. 그러면 스즈코 씨는 이분이 가출하기 전, 그 전해 연말부터 나들이옷을 입고 있었던 겁니까?

아니면 그것은 혹시 전해 정월이나 다른 행사 때 입었던 것입니까? 아니, 방금 전에 나들이옷은 매년 새로 지었다고 말씀하셨지요. 그렇다면 시침바느질 때 보신 겁니까? 아니, 양복(洋服)이 아니니 포목점에서 보았다거나."

마츠미야의 경직이 더욱 심해졌다.

"그날이란 ──── 언제입니까?"

마츠미야는 대답하지 않는다. 그저 딱딱해져 간다.

구온지 노인은 잠시 대머리를 쿡쿡 찌르다가 이윽고,

"오오!"

하고 묘한 목소리를 냈다.

"마츠미야 군 ──── 당신, 당신 설마 거짓말을 ────."

마츠미야는 더욱 얼굴이 창백해졌다.

"당신, 화재 때 현장에 있었군요? 그렇소? 이보시오."

아무 대답도 하지 않는다.

"말을 못 하겠소? 왜요? 대체 그날 무슨 일이 있었소? 가족을 잃은 마음을 나는 잘 안다오. 나도 그랬거든. 남의 일이라고는 생각되지 않는구려! 나는 그 스즈라는 소녀가 내 딸 같은 ────."

"구온지 님!"

마츠미야는 그제야 피가 통하는 큰 목소리를 냈다.

"그만두십시오! 그날이라고 말씀드린 것은 소승의 착각입니다. 아마 그 나들이옷은 아직 보지 못한 것일 겝니다. 스즈코다, 스즈코를 닮았다는 기분이 추억을 왜곡하고 만 것일까요. 하지만 말씀하신 대로 그 소녀가 스즈코의 딸이라는 것은 틀림없을 것 같습니다. 얼굴 생김새, 그리고 부적주머니의 글씨, 나이 ——— 아니오, 그런 것을 빼고라도 소승은 알 수 있습니다. 증거 따윈 필요 없습니다."

구온지 노인은 미간에 복잡한 주름을 지었다.

"그럼 ——— 한 가지만 대답해 주시오. 마츠미야 군. 당신은 방화살인의 범인은 아니오?"

형사가 깜짝 놀랐다.

"말해 주시오. 나는 그 스즈를 당신에게 맡길 생각이오. 보아하니 믿을 수 있을 것 같고 예의바른 승려이시구려. 정의감도 강해 보이고. 그러니 말해 주시오."

"소승은 ———."

"——— 아버지도 어머니도 죽이지 않았습니다."

"그래요? 믿어도 되겠지요."

마츠미야는 고개를 끄덕였다.

"그럼 묻지 않겠소. 이마가와 군도 신경 쓰지 마시오."

형사는 신경 쓰는 것 같았다.

갑자기 문이 열리고 도리구치가 뛰어들어 왔다.

"구, 구온지 씨."

"왜 그러시오, 안색도 안 좋고 무슨 ———."

나카지마 유켄이 살해되었다 ——— 고 도리구치는 큰 소리로 말했다. 형사가 ——— 정말로 펄쩍 뛰어올랐다.

"이, 이보시오, 당신, 지금 뭐라고 ——— 또, 또."

"그러니까 나카지마 유켄 씨가 살해되었단 말입니다. 구온지 선생님, 피곤하시겠지만 야마시타 씨가 검시를 부탁한다고!"

"뭐라고! 그거 큰일이군. 그럼 당신은?"

"저는 센고쿠로에 지원을 부르러 갑니다. 형사님, 이곳은 자고 있는 경관에게라도 맡기고 현장으로 가는 게 좋겠습니다! 그럼 저는 이만!"

*

이 녀석은 범인이 아니다———야마시타는 또다시 그렇게 생각했다. 이렇게 소거해 나가면 아마 아무도 남지 않을 것이다. 그러나 아닌 것은 아니다. 범인은 처음부터 범인이지 경찰이 만드는 게 아니다. 정말로 아무도 남지 않는다면 범인은 없다는 뜻이다.

마키무라 다쿠유는 실금(失禁)하고 있었다.

게다가 상당히 혼란스러워하며, 지객료에 있던 구와타 일행의 모습을 보자마자 꽤나 흥분했다. 구와타 조신은 사정을 알고 경악하고, 동요하고, 넋을 잃고, 빈혈이라도 일으켜 쓰러질 것 같은 상태였지만 그래도 자신의 행자의 지나친 꼬락서니에 눈썹을 찌푸리며 일갈했다.

다쿠유는 비슬거리며 주저앉았다.

야마시타는 그 틈을 노려 다시 질문을 시작했다.

"저기, 마키무라 씨. 순서대로 얘기해 주지 않겠습니

까?"

"저는──── 소승은 아무 짓도 안 했습니다. 아무 짓도."

"이봐요, 당신은 중요한 참고인이에요. 아무도 범인이라고는 하지 않았어요."

다쿠유는 고개를 떨어뜨렸다.

"구와타 씨나, 으음──── 당신, 이름은?"

"가가──── 에이쇼──── 입니다."

"그래요. 가가 씨가 있으면 얘기하기 어렵습니까?"

마키무라는 고개를 끄덕였다. 야마시타는 두 사람에게 옆방으로 옮기라고 말했다.

스가와라와 가메이는 정력적으로 바깥을 뛰어다니고 있다. 야마시타는 마키무라 다쿠유와 단둘이 남았다.

"좀 진정이 됐습니까?"

마키무라는 말이 없었다.

그러나 동요는 꽤 많이 가라앉은 것 같았다.

"왜 거기에 있었지요?"

"유켄 스님을──── 쫓아서."

"그래서요?"

"관수님의 암자로 들어가셨기 때문에, 나오시기를 기다리고 있었습니다."

"왜요?"

"에이쇼를──── 빼앗기고 싶지 않았어요."

"뭐라고요?"

"유켄 스님은 산을 내려가실 생각이지 않습니까? 그래서 에이쇼를 같이 데려가는 게 아닐까 하고 걱정이 되어서 ——."

"당신입니까! 에이쇼 —— 가가 씨의 상대는."

청년 승려는 희미하게 고개를 끄덕였다.

그때.

야마시타 일행이 나카지마 유켄을 데리고 선당을 나간 후, 승려들은 좌선을 시작했다고 한다. 지난 며칠 동안 그들은 취조가 없을 때는 좌선을 하기로 한 모양이다. 행동을 규제하고 있었던 것은 아니었지만 이렇게 침입자가 많으니 제대로 행지(行持)를 행할 수도 없었던 모양이다. 스물네 시간 내내 앉아 있으면 이상해지지 않느냐고 야마시타가 묻자,

"납팔대접심(臘八大接心)† 때는 일주일 동안 계속 앉아 있습니다."

하는 말을 들었다.

어쨌거나 승려들은 좌선을 시작했다.

고사카, 오니시, 스가노가 죽고 구와타가 모습을 감추고 나카지마 유켄마저 떠났으니, 남은 간부는 와다 지안뿐이다. 따라서 와다의 권력은 절대적이었다. 와다가 앉으면 전원이 앉는다. 그런 식이었던 모양이다. 와다는 말없이 그저 단 위에 올라가고, 전원이 그것을 따랐다.

---

† 매년 12월에 있는 좌선 주간으로, 임제종에서 가장 어려운 수행 중 하나.

그러나 가가 에이쇼는 좌선을 하지 않았다고 한다.

가가 에이쇼는 혼자서 앉지 않고 잠시 서 있었다. 마키무라는 그 모습에 마음이 쓰여 전혀 좌선에 집중할 수 없었다고 말했다. 와다도 가가를 꾸중하지 않았고, 결국 입구에 있던 가가는 가메이 형사에게 말을 걸더니 같이 밖으로 나가 버렸다.

마키무라는 안절부절 못 하게 되었던 모양이다.

그렇지 않아도 마키무라는 몹시 충격을 받고 있었던 것 같다.

동성애자가 아닌 야마시타는 그 심경이 어느 정도인지는 알 수는 없었지만, 말하자면 연인이 중년 남자에게 강간당할 뻔했고 거기에 대한 공개재판에 입회한 것 같은 ——— 독신인 야마시타는 그런 처지에 처한 적 또한 없지만 ——— 굳이 말하자면 그런 심경이었을까.

그 연인이 하필이면 강간범을 쫓아간 것이다. 그래서 마키무라는 ———.

"어떻게 빠져나간 거요, 당신은?"

"고원(庫院)의 아궁이 불이 걱정된다고 말씀드렸습니다. 전좌이신 조신 스님이 어젯밤부터 계시지 않으니 제가, 소승이 책임자라고 지안 스님께서 명령하셨던 터였습니다."

선당을 빠져나간 마키무라는 몰래 지객료로 다가가 상황을 살폈다고 한다.

"산을 내려가지 않겠습니까, 하는 조신 스님의 목소리

가 들렸습니다. 유켄 스님은 절을 나가겠다———는 말
을 남기고 선당을 나가셨기 때문에 이제는 두 분 다 이
명혜사를 나가시는가 보다고 생각했습니다. 에이쇼는 유
켄 스님의 제자이니 함께 하산하지 않을까 하고———."

하지만 제자라서보다 에이쇼의 마음이 바뀐 것은 아닐
까 하고 생각한 모양이다.

그러다가 나카지마 유켄은 지객료에서 혼자 나왔다.

마키무라는 반사적으로 몸을 숨겼다가, 망설인 끝에 그
뒤를 쫓았다. 법당을 빠져나가 대웅보전을 지났고, 그 사
이에 몇 번이나 말을 걸려고 생각한 모양이지만 뭐라고
말해야 좋을지 전혀 알 수 없었다고 마키무라는 말했다.
나카지마가 대일전으로 들어가 버리는 바람에 마키무라
는 별 수 없이 입구에서 나오기를 기다렸다고 한다. 거기
에서 그의 기억은 끊겼다.

"얻어맞은———것입니다."

야마시타가 살펴보니 뒤통수에 상처가 나 있었다.

등 뒤에서 얻어맞은 것 같았다. 스스로 낼 수 있는 상처
는 아니다.

"아아———이것은 아팠겠군요. 이 정도라면———
목까지 아프겠군."

야마시타가 그렇게 말하자 마키무라는 아픈 듯이 상처
를 문질렀다.

"그래서 당신은 기절한 겁니까?"

"예."

"얻어맞았을 때, 당신은 쪼그리고 있었나요? 서 있었나요?"

"예. 몸을 낮추고 있기는 했습니다."

"서 있었던 것은 아니고요?"

"한쪽 무릎을 꿇고 있었던 것 같습니다."

상처의 위치로 생각해 보면 그럴 것이다. 다만 마키무라를 내리친 것이 정말로 스기야마 데츠도라면 ──── 그는 거한이니 ──── 그렇게 단언할 수 없을지도 모르지만. 뒤집어서 생각하면, 서 있다가 얻어맞은 것이라면 범인은 데츠도 정도밖에 없다는 뜻도 된다.

"얼마나 쓰러져 있었는지 ──── 기절해 있었는지는 모릅니까?"

"그것은 ──── 모르겠습니다. 다만 정신이 들어 보니 ────."

"데츠도 ──── 스기야마 데츠도가 서 있었군요?"

"그래요 ──── 그 녀석 ──── 그 녀석이 한 겁니다. 유켄 스님을 그 깃대로 때려죽인 거예요."

"깃대?"

"깃대입니다. 깃대를 들고 있었어요."

"아아, 그 막대기 ──── 그렇군요."

야마시타는 바깥에 배치한 경관에게 막대기를 회수하라고 명령했다.

다행히도 그것은 아직 법당 돌바닥에 떨어져 있었던 모양이었다.

"하지만———데츠도는 아까 제가 서 있던 곳에 있었잖아요. 어떻게 서 있었지요?"

"막대기를 들고 떡 버티고 서서———그 녀석, 어디를 보고 있는 건지 잘 알 수가 없었어요. 그때는 아직 정신이 몽롱했는데 어느새 사라져서———정신을 차려 보니 눈앞에 뭔가가 있었는데, 그것이 무엇인지 알 수가 없었습니다. 그런데 그것이———아아———그러니까———."

"의심하는 게 아니니 걱정 말라니까요. 음———그런데 잠깐만요. 거기는 출입구지요. 그 데츠도가 서 있었을 때, 시체는 이미 있었습니까?"

"있었———던 것 같기도 하고———없었던 것 같기도 하고———확실하게는 생각나지 않습니다. 정신이 몽롱했거든요. 하지만 데츠도가 서 있는 것만은 알 수 있었고, 그래서———예, 누군가가 쓰러져 있고 그것이 유켄 스님이라는 것을 깨달은 것은 아마 안에서 관수님이 나오셔서 유켄 스님 하고 이름을 부르셨을 때인 것 같습니다. 제대로 정신이 들었을 때는 그저 피가 흐르고 있었기 때문에———그래서 무서워져서."

"비명을? 하지만———."

어딘가 이상하다.

데츠도를 범인이라고 가정해 보자.

기절해 있던 마키무라가 일시적으로 깨어나 범인 데츠도의 모습을 알아본다. 그것은 범행 전이라고 치자.

그러면 데츠도는 우선 대일전 입구 옆에 숨어 있던 마키무라의 등 뒤에 있었던 셈이 된다. 그리고 마키무라를 때려서 기절시키고 일부러 반대쪽――남의 눈에 띄기 쉬운 곳에 우두커니 서서 나카지마가 나오기를 기다리고 있었던 것이 된다. 게다가 마키무라는 현관 앞에 쓰러져 있었다. 이러면 잠복이 되지 않는다. 마키무라가 부상을 입기는 했어도 이렇게 살아 있는 이상, 범인이 나카무라를 기절시킨 이유는 나카지마 살해 범행을 목격당하고 싶지 않았기 때문이 틀림없다. 그렇다면 보통은 쓰러져 있는 마키무라를 현장에서 이동시키지 않을까. 그럴 시간이 없더라도, 적어도 일부러 반대쪽으로 가지는 않을 것이다.

마키무라가 깨어났을 때 이미 범행이 끝나 있었다 해도――역시 이것은 이상하다. 데츠도는 모처럼 기절시킨 마키무라의 의식이 돌아올 때까지, 자신이 죽인 나카지마의 시체를 멍하니 바라보고 있었던 셈이 되기 때문이다. 그러면 마키무라를 때린 의미가 없다. 그뿐 아니라 데츠도는 비명을 지른 마키무라를 그냥 내버려두고――다시 말해서 마키무라가 자신의 범행을 확인한 것을 알면서도――흉기를 든 채 유유히 사람들의 눈앞에 나타나 흉기를 법당 앞 돌바닥에 내리치고――.

이상하다.

몹시 이상하다.

데츠도의 지능 발달이 일반인보다 약간 늦은 데가 있는 것 같다는 사실은 야마시타도 안다. 하지만 그것은 크게 뒤처진 것은 아니라고 생각한다. 아니, 특수한 환경에서 자랐기 때문에 그렇게 보이는 것뿐일 가능성도 있다. 확실히 기본 교육조차 받지 못했으니 어휘 같은 것은 부족할 테고, 지식도 편향되어 있을 것이다. 과묵하고 말수가 적은 성격이나 우람한 용모도 맞물려 어딘가 괴물 같은 존재로 보이지만, 그것은 전부 편견일 것이다. 편견을 떨치면 장애가 있는지 없는지, 있다 해도 어느 정도의 것인지, 야마시타는 의사가 아니니 판단할 수 없다. 그러나 단 한 가지 확실한 사실은 스기야마 데츠도는 이상하지 않다는 것이다.

이상한 것은 이 산 자체다.

따라서 이런 경우, 저런 남자니까 이상한 행동을 하더라도 이상하지는 않다고 생각해서는 결코 안 된다. 데츠도는 살인쾌락증 정신병자가 아니다. 그런 의미로 데츠도는 정상인과 하등 다를 것이 없다. 그들을 혼동해서는 안 된다. 그것은 부당한 차별이라고 야마시타는 생각한다. 이 경우, 오히려 데츠도는 서툰 잔재주를 부릴 줄 모른다고 생각해야 한다. 증거를 인멸하거나 부재증명을 날조하거나, 그런 은폐공작은 분명히 불가능할 것이다.

―――― 하지만.

문득 불길한 생각이 스쳤다.

―――― 데츠도가 살인쾌락증이라면.

*

313

어두웠다. 게다가 땅도 몹시 고르지 못했다.

마음도 차차 동요하기 시작했다.

차례차례 사람이 죽어 간다.

이유를 모르겠다.

도리구치는 아주 조금 공포의 정체를 본 것 같은 기분이 들었다.

논리가 통하지 않는———이해가 불가능한 공포다.

도리구치는 어릴 때부터 유령이 그렇게 무섭지 않았다. 자신은 원한을 살 만한 짓은 하지 않았다고 생각하고 있었기 때문이다. 인과응보, 유령의 원한을 사는 사람은 어차피 나쁜 놈이다. 요츠야 괴담† 같은 것을 읽으면 가슴이 후련해진다. 다미야 이에몬은 대개 극악무도한 사람으로 그려진다. 가엾은 오이와 씨, 힘내, 이에몬을 쓰러뜨려, 하고 저도 모르게 생각하고 만다.

하지만 이유를 알 수 없는 것은 무섭다.

그래서 전쟁이 싫었다. 어째서 죽어야 하는지 이유를 알 수 없기 때문이다. 적을 죽여야 하는 이유도 잘 모르겠다. 나라를 위해서라거나 하는 거창한 대의명분은 개인의 죽음과는 조화를 이룰 수 없는 것이라 생각한다.

복수니 원한이니 영리 목적이니, 세상의 모든 범죄에 그런 이유가 붙어 있는 것은 어쩌면 전사(戰死)와 구별하기

---

† 원록(元祿) 시대(1688~1704)에 일어났다는 사건을 기초로 창작된 일본의 괴담. 에도의 요츠야가 무대이기 때문에 요츠야 괴담이라고 불린다. 기본적인 내용은 오이와라는 여자가 남편 이에몬에게 참살된 후 유령이 되어 복수를 한다는 것으로, 전형적인 괴담으로서 여러 가지 변형이 존재한다.

위해서가 아닐까. 그런 생각도 든다.

이유가 있으면 사람은 역시 안심할 수 있는 것이다. 그러나 한편으로 이 세상에는 무차별 연쇄살인이나 동기 없는 살인도 분명히 있다. 그것은 지난번에 관여했던 사건을 통해 질릴 만큼 알았다. 하지만 그것도 전사와는 다른 것이다. 그것들은 아직 사건의 중심에 인간이 있었다.

이번에는———인간이 없다.

무섭다. 조금씩 무서워진다.

그래서 도리구치는 가냘픈 아츠코의 손을 조금 세게 쥐고 걸음을 빠르게 했다.

스르륵 하고 눈이 떨어졌다.

서두르면 미끄러진다. 길을 잘못 들면 목숨이 위험할 수도 있다.

자신이 방향치라는 것을 이렇게 원망한 적은 없었다.

손전등이 비추는 범위는 좁고, 여기가 어디인지 판단할 수 있는 표지는 아무것도 없다.

"이쪽이었지요?"

"아마———하지만———모르겠어요."

"내려가고 있다는 건 틀림없으니까요."

"네."

일일이 확인하지 않으면 불안해진다.

얼굴이 보이지 않아서 누구의 손을 잡고 있는지 알 수 없게 되는 것이다. 아츠코라고 생각했는데 어느새 그것이 스즈가 되어 있거나 한다면———.

"아츠코 씨?"

"네?"

아츠코의 목소리다.

"아까 그. 마츠미야 씨. 그 사람이랑 스쳐 지나갔을 때."

"네."

"아츠코 씨 좀 이상하지 않았습니까?"

"이상했어요."

"예?"

도리구치는 살짝 미끄러졌다.

"그것은 ———."

"그 사람 ——— 너무 완벽해요."

"완벽?"

"모범적인 스님이라는 느낌이 들어서 ——— 태도도 말투도 모습도요. 왠지 너무 완벽했잖아요."

"그래서요?"

"나 같다는 생각이 들었어요."

"무슨 뜻인지 모르겠습니다."

"정말 이런 사람이 있구나 싶은 인간은 대개 거짓이고, 뭔가 꾸민 게 아닐까 하고 여겨지기 쉽잖아요. 하지만 그 것이 본성인 인간도 있어요."

"흐음, 아츠코 씨가 그렇다고요?"

"그래요."

"그런가요? 확실히 아츠코 씨는 완벽한 사람이긴 한데요."

"경박한 이야기 하나 하지 않고 일만 하면서, 이런 사건에 머리를 들이밀기 위해서 사는 것 같은——— 하지만 저는 그런 여자거든요."

"그렇지는 않은데요."

전혀 그렇지 않다고 생각한다.

누구에게나 고민은 있는 법이다. 그렇게 생각하니 공포가 조금 누그러졌다.

그러나 길에 대한 자신감은 크게 흔들리고 있다.

빛줄기 끝에 보이는 것은 나무와 덤불과 눈과,

——— 후리소데.

"아!"

"왜 그러세요?"

"아, 아뇨, 지금 스즈 씨가———."

"네? 어디에?"

아츠코는 도리구치의 몸을 붙잡다시피 하며 앞으로 몸을 내밀고 앞을 보았다.

도리구치는 조금 겁을 먹긴 했지만 그래도 그쪽을 비추었다.

빛은 장애물만 없으면 대상을 포착해 유효하게 비추지만 그물눈처럼 촘촘한 나무들의 무한한 깊이에는 도저히 효력을 발휘하지 못해, 앞쪽에 있는 나뭇가지가 하얗게 떠올랐을 뿐 앞길은 역시 어둠이었다.

계란으로 바위치기라는 속담이 있는데, 이 경우가 바로 그랬다. 산이 감싸 안은 어둠의 크기에 비해 손전등의 빛은 지나치게 보잘것없다. 도움이 안 된다. 밤의 어둠은 산을 덮고 있는 것이 아니라 산에 배어들어 있는 것이니까.

"기분 탓일까요. 서두르지요."

"네. 하지만 그 스즈 씨는———."

"왜 그러십니까?"

아츠코는 대답하지 않았다.

그때.

부스럭거리며 무언가를 가르는 것 같은 소리가 났다. 등 뒤다. 엄청난 기척의 덩어리가 다가온다.

도리구치는 손을 세게 당겨 아츠코를 끌어당겨 자신의 앞으로 세운 뒤, 몸을 뒤로 돌려 소리와 대치했다.

소리는 곧 멈추었다.

멈춰 서 있으니 엄청나게 춥다. 산길을 내려가는 것은 중노동이다. 두꺼운 옷을 입었기 때문에 땀도 난다. 움직일 때는 의식하지 못하지만 멈추는 순간 싸늘해진다.

발끝도 얼어붙었다.

손끝도, 귀도, 코도 얼어붙을 것처럼 차갑다는 것을 깨닫게 된다.

깨닫고 나니 이제는 추워서 견딜 수가 없어진다.

아츠코도 떨고 있는 것 같았다.

떨고 있는 것은 추위 때문만은 아니다.

"소리———났지요, 아츠코 씨."

"났어요."

"짐승이라도———승냥이라도 나온 걸까요."

"훨씬 더——큰 것인 것 같은데요."

"곰 같은 게 있나요? 없겠지요."

앞으로 나아가려야 나아갈 수가 없다. 소리가 나는 쪽으로 등을 돌리기는 무섭다.

그러나 지금 등을 돌리고 있는 방향에는——.

스즈가 있을지도 모른다.

——무섭다.

도리구치는 갑자기 몸을 돌려 손전등으로 가던 길을 비추었다.

이럴 때는 큰맘 먹고 봐 버리는 것이 최고다.

어차피 빛줄기는 검고 흰 눈과 나무밖에——.

색깔?

스즈가 있었다.

"와아앗!"

"왜 그러세요!"

빛줄기는 곧 스즈를 놓치고 말았다.

그뿐 아니라 빛줄기는 극히 좁은 범위를 비추면서 부스럭부스럭 하는 소리와 함께 깊은 덤불의 바다로 가라앉아 버렸다.

도리구치는 손전등을 떨어뜨리고 만 것이다.

치명적인 실수다.

"지, 지금 스즈 씨가———."

망막에 잔상이 남아 있다. 단발로 가지런히 자른 머리카락과 새하얀 얼굴. 구멍 같은 눈.

분명히 있었다. 있었지만———그런 것을 신경 쓸 때가 아니었다. 무섭든 어떻든 상대는 열두세 살의 어린아이다. 스즈보다 손전등이 먼저다.

다행히 손전등은 여전히 켜져 있었다. 위치는 확인할 수 있다. 경사면 중간에 걸려 있는 모양이다. 잘 알 수 없지만 그렇게 먼 거리는 아닌 것 같다.

"아아———아츠코 씨, 미안합니다. 여기서 움직이지 마세요. 지금 그, 주워올 테니까요."

"하지만———안 돼요. 위험해요. 가지 마세요."

"그야 위험하지만, 센고쿠로에서는 우리가 돌아올 거라고는 생각하지 않을 테고 명혜사는 저런 상황이니까 다른 인원은 오지 않을 겁니다. 우리 힘으로 내려가려면 꼭 필요해요!"

도리구치가 머뭇머뭇 발을 내민 그 순간.

부스럭부스럭 하고 나무가 흔들렸다. 검고 거대한 그림자다.

"사(嘎)! 사앗!"

도리구치의 하반신이 미끄러져 떨어졌다. 아츠코가 허둥지둥 손을 잡았지만, 당연히 아츠코도 비틀거렸다. 그림자가 술렁거리며 다가왔다.

"누, 누구! 누구냐!"

"이(噯)!"

"데, 데츠도 씨!"

두 사람은 크게 흔들리며 굴러떨어졌다.

*

구온지 의사가 지객료에 와서 "뻔히 다 아는 일이지만"
하고 서론을 꺼낸 뒤 유켄의 검시 결과를 말했다.

두개골 골절. 뇌좌상. 야마시타는 이렇게 생생하게 의학
용어를 알아들을 수 있었던 적은 과거에 한 번도 없었다.
노의사가 뭔가 말할 때마다 그 나카지마 유켄의 죽은 얼굴
이 떠오르고, 그와 함께 바로 저기서 두려워하거나 비명을
지르던 모습이 떠오른다. 직업상 변사체는 수없이 많이
봤지만 겨우 삼십 분 전까지 대화를 나누던 상대가 죽은
적은 없다. 전쟁 중에도 야마시타의 부대는 구멍을 파거나
감자를 캐는 일만 했고 그래서 눈앞에서 동료가 죽거나
한 적은 없었다.

"흉기는 추정할 수 있습니까?"

"돌이나 둔기는 아니오. 몽둥이지요. 단단한 몽둥이. 일
격이지만――흉기가 무겁거나, 범인의 힘이 무식하게
세거나 둘 중 하나일 거요. 머리에 길을 낸 것처럼 되어
있었소."

피로해 보이는 노의사에게 감사 인사를 한 후 선당 옆에

321

물러나 있게 하고, 야마시타는 다시 마키무라 다쿠유와 마주했다.

청년 승려는 약간 차분함을 되찾은 상태였다.

"그럼 ——— 마키무라 군. 아까 일어난 일은 대충 알겠는데요. 그 외에도 좀더 묻고 싶은 게 있어요. 당신이 그, 고사카 씨를 본 이야기 말입니다. 며칠 전인지 ———."

시간 감각이 마비되어 있었다.

"——— 실종된, 아니, 살해된 날부터 일주일이나 지났나요? 그 불경 책을 두고 왔다고 했나 하면서 구와타 씨의 암자에 ——— 뭐라고 했지요?"

"각증전 ——— 말입니까?"

"맞아요. 거기에서 고사카가 나왔다는 당신의 이야기 말입니다. 그 증언은 ——— 사실입니까? 뭐, 의심하는 것은 아니지만."

그 증언이 구와타를 의심하는 단서가 된 것은 분명하다. 그래서 야마시타는 물어보고 싶었다.

대답하기까지 약간 시간이 걸렸다.

"료넨 스님을 본 것은 사실입니다."

"것은, 이라는 건 무슨 뜻이지요? 것은, 이라는 건."

"각증전에서 나왔다는 것은 ———."

"거, 거짓말입니까? 그럼 어딘가 다른 곳에서?"

"아니오. 사실은 ——— 각증전 침소의 창문으로 ——— 보았습니다."

"침소? 하지만 당신은 불경 책을 두고 와서 ——— 아,

그게 거짓말입니까?"

마키무라는 부끄러운 듯이 진상을 이야기했다.

구와타 조신은 그 무렵 매일 밤마다 야좌(夜坐)를 한다며 선당에 다니고 있었다. 그러나 왠지 행자인 마키무라에게는 야좌를 강요하지 않았고, 오히려 함께 좌선하는 것을 허락하지 않았다고 한다.

마키무라는 야좌 동안에는 멀리 물러나 있어야 했다. 그 무렵, 구와타도 마음에 꺼림칙한 쥐를 키우고 있었던 것이다.

구와타가 돌아오는 시간은 매일 달랐던 모양이지만, 어쨌거나 소등 전에는 돌아오지 않았다고 한다.

그 동안 마키무라는 자유고, 각증전은 비어 있게 된다.

그리고 각증전은———.

마키무라와 가가 에이쇼의 밀회 장소가 되었다고 한다.

"그날은——— 목욕을 하는 척하면서 에이쇼를 불러냈습니다. 그리고———."

"그런 자세한 얘기는 안 해도 됩니다. 아니, 정말이에요."

야마시타는 뱃속이 간질간질해지는 것 같은, 거기다 수줍은 것 같은, 참으로 이상한 감각을 느꼈다. 이런 이야기는 역시 숨겨야 하는 것이지 이렇게 노골적으로 할 얘기가 아니다. 이야기하는 사람도 듣는 사람도 몸 둘 바를 모르게 된다.

"그——— 돌아갈 때 침소 창문의 장지가 살짝 열려 있는 것을 알아차리고 닫으려고 했습니다. 그랬더니 료넨 스님이 걸어가는 것이 보였습니다."

"그것뿐인가요?"

마키무라는 고개를 끄덕였다. 일단 료넨을 목격은 했던 모양이다.

"하지만――― 그렇다면 꼭 건물에서 나왔다고 말하지 않아도 되지 않았습니까."

"네. 하지만―――."

각증전은 산을 등지고 서 있다.

침소 창문은 각증전 뒤쪽에 있기 때문에 거기에서 보이는 풍경은 건물 앞쪽에서는 보이지 않는다.

다시 말해서 고사카 료넨의 모습은 그곳――― 각증전의 침소 창문――― 에서밖에 보이지 않았다. 그 근처를 지나가다가 볼 수 있는 장면이 아니었다. 그러나 마키무라가 침소에 들어갈 이유는 어디에도 없었다. 왜 그런 곳에 들어갔느냐고 누가 묻는다면, 그것이야말로 대답할 수가 없는 것이다. 그래서 처음에는 잠자코 있을까 하고 생각했던 모양이지만, 그러다가 무서워져서 모습을 보았다고만 말했다고 한다.

"그랬더니――― 그 형사님이 엄하게―――."

"추궁했군요?"

스가와라다.

스가와라가 윽박지른 것이다.

야마시타의 뇌리에는 그 시골 형사가 입에서 거품을 뿜

으며 마키무라를 추궁하는 장면이 실제로 본 것처럼 떠올랐다.

———봤다고요? 어디서 봤지요? 시간은?

그렇게 엄하게 다그치자 마키무라는 처음에는 각증전에서 ——— 라고만 대답했다고 한다.

시간은 실제로 목격한 시간, 여덟 시 사십 분에서 아홉 시 ——— 라 말했다고 한다. 어쨌거나 살인사건이니 그런 부분은 제대로 대답해야 할 거라고 마키무라는 생각한 모양이다.

거기까지는 거짓말이 아니다. 마키무라 다쿠유는 위증은 전혀 하지 않았다. 그러나.

그걸로 끝날 거라고 생각했는데 스가와라의 추궁은 멈추지 않았다고 한다. 그 멧돼지 같은 남자의 성격으로 보아 집요하게 물고 늘어졌을 것이다. 어쨌거나 거의 유일한 목격 증언이니, 야마시타라도 그렇게 했을 것 같지만.

왜 거기에 있었느냐는 물음에 마키무라는 곤혹스러워졌다.

사실을 말할 수는 없다. 연인을 만나고 있었다는 말은 입이 찢어져도 할 수 없다. 그야 그럴 것이다. 그래서 불경책을 가지러 ——— 라고 되는 대로 말한 것이다.

———거짓말 마시오. 자세히 말해 보시죠?

스가와라는 그렇게 말했다고 한다. 야마시타는 미덥지 못하게 생각하고 있지만 그래도 오랜 경험의 축적에서 생겨나는 형사의 감이란 있는 것 같다. 뭔가를 끝까지 숨기기 위해 입에서 흘러나온 거짓말이니, 이것은 알기 쉬웠을 것이다. 그러나 자세히 말하라고 해도, 이것만은 자세히 말할 수 없는 일이다. 그것이 탄로나 버린 지금과는 다르다. 그러나 어떻게 해도 추궁은 멈추지 않아서 마키무라는 저도 모르게 지껄이고 말았다고 한다.

"각증전 안쪽 방에서——까지 대답했더니, 나온 거냐고 강하게 물으셔서 저도 모르게 그만 네, 하고."

"안쪽 방에서 나온 것이 아니라 안쪽 방에서 본 것이었군요?"

착각——이라기보다 어쩌다 보니 그렇게 된 것이다.

스가와라는 비협조적인 환경 속에서 공을 세우려고 초조해진 것이다.

그러나 그렇다면 고사카는 대체 어디에서 어디로 가려고 했던 것일까.

그것을 묻자 마키무라는,

"어디에서인지는 모르겠지만 아마 유모토 쪽으로 내려가려고 했던 것이 아닐까요."

하고 말했다. 그렇다면 오시마의 증언과도 들어맞는다. 증언으로서도 정합성이 좀더 늘어난다.

야마시타는 팔짱을 꼈다. 이 청년에게는 아직 물을 것이 더 있을 것이다.

"그렇지. 대웅보전 옆에 있는 약초밭 말입니다."

"네——?"

"그것은 지금 어떻게 되었지요? 구와타 씨는 손을 대지 않았다고 하던데."

"아아, 이미 대부분은 못쓰게 되었습니다. 하쿠교 스님 이외에는 달이는 방법은 고사하고 풀의 종류도 모르니까요. 손질하기도 어렵고 키우는 방법도 모릅니다. 시든 것도 있고, 잡초와 섞여 버려서요. 눈도 내렸고, 이제———다만 작년 여름까지 재배한 것을 말리거나 분말로 만든 것은 아직 많이 있습니다."

"있나요? 어디에?"

"그———약초밭 옆에 작은 헛간이라고 할까, 비를 피하기 위한 차양 비슷한 것이 만들어져 있는데, 토기 같은 것에 넣어서 거기에———."

"그중에 마도 있습니까?"

"어떻게———그것을 아십니까?"

"있나요?"

"작년 봄에 벤 것을 그늘에서 말려서."

"그것을?"

"네, 하쿠교 스님은 작년 여름에 머리가 이상해지셔서 격리되었는데, 그———이유는."

"전부 알고 있어요. 이유도 알고 있고요. 그러니까 거기에 대해서는 말하지 않아도 되지만———당신은 그 말린 마를 스가노 씨에게 건네지 않았나요?"

"네. 매일 처방해서 가져갔는데요?"

"처, 처방? 매일이라니."

"소승이 당번일 때는 아침 죽을 올릴 때에. 당번이 아닐

때는 그 후 작무 때에 가져갔습니다."

"당번? 무슨 당번이지요?"

"하쿠교 스님의 식사는 주방을 담당하는 승려가 교대로 가져다주곤 했습니다. 경찰 분들이 오신 뒤로는 조신 스님이 가져다주셨지만, 그전까지는 당번제였고 소승도 사흘에 한 번은 가곤 했습니다. 그 분은 작년 말쯤까지는 착란을 일으키셨지만 서서히 회복되셔서 올해가 되자, 그렇지, 정신을 고칠 수 있는 약이라며 그것을 가져다 달라고 하셔서."

"당신한테 가져다 달라고 했습니까?"

"다른 사람은 모릅니다. 소승은 하쿠교 스님의 행자였으니까요."

"그래요? 그렇군요."

마키무라는 아무것도 모르고 대마를 가져다주었을 것이다.

"그래서 말씀하시는 대로 처방해서 매일 조금씩 나르곤 했습니다. 죽과 함께 드셨는지, 아니면———."

"흡입하고 있었어요. 담배처럼. 그것은 마약입니다. 일본에서는 마약의 친구지요."

"마약이라니———아편 같은?"

"그래요. 일본에서는 위법입니다."

같은, 이라는 말에서 나이가 느껴진다———고 야마시타는 생각했다.

그러나 듣자 하니 스가노는 대마를 이전부터 상용하지

는 않은 것 같기도 하다. 굴속에 유폐된 후에 뭔가 정신에 이상이 와서, 그 결과 대마를 흡입할 생각을 해냈다고도 생각할 수 있다.

반면 옛 행자인 마키무라에게 의뢰한 것을 보면 꽤나 머리를 썼다. 정기적으로 반드시 찾아오고, 자신에 대해서도 잘 알고 있다. 약초 만드는 일을 거들고 있었다면 솜씨도 좋을 테고, 무엇보다 마키무라는 그것이 나쁘다라고는 생각하지 않았을 것이다. 이것은 계획적이다. 그렇다면 그는 이미 정상에 가까운 상태까지 회복되었던 걸까. 다시 말해서 정신 이상이라기보다 심경의 변화라고 표현해야 할까.

"———미, 믿을 수 없습니다. 그렇게 되기 전까지는 그, 훌륭한 분이셨는데요."

"하지만 사실이에요. 그런데 오늘 그것은?"

"오늘은———어젯밤부터 조신 스님이 계시지 않아서 아침 죽과 함께 가져갔습니다."

오늘의 아침식사는 구와타가 없어서 조금 늦어진 모양이었다. 그래도 여섯 시 전이었다. 센고쿠로에서 묵은 형사들이 도착한 것은 여섯 시 반. 감식반이나 지원이 도착한 것이 일곱 시다. 회의를 마치고 야마시타가 감옥에 들어간 것은 그 후다. 대마를 피울 시간은 있었다. 그 후에도 몇 번이나 도중에 자리를 떴으니, 빈틈을 노리면 몇 번이든 피울 수 있었을 것이다. 그래서 이야기가 지리멸렬했던 것이리라.

그러나━━━그 다발은 없었다.

"그것뿐입니까? 그 후에 다발로 들여놓았다거나."

"다발? 그런 짓은 하지 않습니다. 제대로━━━."

"하지 않는다━━━라."

그렇다면 시체 옆에 있던 그 대마 다발은━━━틀림없
이 살인자가 놓았을 것이다.

"그러고 보니━━━."

"뭐지요? 뭐든지 좋으니 말해 보십시오."

"데츠도 녀석이━━━마란 어떤 것이냐, 이 근처에는
마는 자라지 않느냐고 물어서━━━자라지는 않지만 말
린 것은 있다고."

또 데츠도다━━━.

"데츠도라고요! 그래서 당신은 있는 곳을 가르쳐 주었
습니까?"

"네. 그렇게 나쁜 것인 줄은 몰랐기 때문에 놓아두는
장소와 이러이러하게 생긴 것이라고."

"언제, 어디서?"

"오늘 오후━━━입니다. 진슈 씨에게 식사를 가져다
주었을 때인데━━━아무래도 그는 처음에 진슈 씨에게
물으러 갔던 모양입니다. 그랬다가 모른다, 자라지 않는다
는 말을 들었던 모양인데 마침 그때 제가."

"오후라니 오후 몇 시입니까?"

"종이 울리지 않아서 시간은 모르겠지만━━━맞아
요, 진슈 씨의 오두막에서 나왔을 때 마침 그 이마가와

씨와 의사 선생님인가 하는 분이 ———.”

그렇다면 14시 정도일까. 이마가와 일행은 정오 지나서 찾아왔고, 그때까지는 지객료에 얌전히 ——— 실제로는 탐정이 유켄을 때린 모양이지만——— 있었을 것이다. 그 후에 진슈에게 갔다고 말했다. 이마가와에게 물어보면 좀 더 정확히 알 수 있을 것이다.

“그래서 데츠도는 어떻게 했지요?”

“글쎄요. 보러 갔을지도 모르지요.”

“어째서 그 녀석이 대마 같은 것에 흥미를 ———.”

자신이 쓰려는 것이 아니었음은 분명하다.

시체를 장식하기 위해 ———.

아니, 그렇지는 않을 것이다. 그 시간에 스가노는 아직 살아 있었을 것이다. 이마가와와 구온지 의원은 진슈의 오두막을 나온 후 스가노의 감옥으로 향했고, 피해자와 삼십 분쯤 이야기를 했다.

그렇다면 그것은 죽일 준비를 하고 있었다는 뜻일까.

시체 옆에 그 원죄를 드러내어 스가노 살해를 완성하기 위해, 그 재료를 찾고 있었다는 뜻일까?

감옥에는 어젯밤부터 보초가 서 있었다. 보초가 자리를 뜬 것이 15시 전후. 그 직후에 구온지 의사와 이마가와가 침입했다. 탐정이 부르러 들어가서 그들이 나온 것이 15시 30분 정도일까. 그 사이의 범행은 불가능하다. 그 직후에 이마가와가 체포되고 스가와라의 지시로 순경이 보초로 복귀한 것이 15시 50분. 그 사이에 이십 분이 빈다. 범행이

가능한 것은 그때다.

그 틈을 호시탐탐 노리고 있다가———.

———데츠도가?

생각해 보면 이유야 어찌 되었든 고사카를 나무 위로 끌어올리는 것도, 오니시를 변소에 꽂아 놓는 것도, 그 남자라면 간단한 일이다.

확실히 고사카는 몸집이 작고 무게가 가볍다. 야마시타라도 무리를 하면 짊어질 수 있을 것이다. 그러나 설사 짊어질 수 있다 해도 짊어진 채 지붕에까지 올라갈 수 있을까. 게다가 범행 당일에 조건은 매우 나빴다. 야마시타의 체력으로는 짐을 들고 있지 않았다 해도 지붕에는 올라갈 수 없었을 것 같다.

오니시 살해에 이르러서는 야마시타로서는 불가능하다. 물론 오니시도 야위었으니 짊어질 수 없는 것은 아니다. 그러나 오니시의 시체는 쇄골이나 늑골이 부러져 있었다. 물론 변소 바닥을 부술 정도의 기세로 메다꽂았기 때문이다. 그런 씨름꾼 같은 일은 보통 사람이 할 수 있는 것이 아니다.

게다가 야마시타는 방금 전까지 잊고 있었지만 오니시가 살해된 날 밤———이라고 할까 아침, 데츠도는 이치전을 찾아갔다. 취재반 및 마스다가 그 모습을 목격했다. 그것도 살해 시각 한 시간 반 전이다.

그래서.

스가노의 시체 옆에 놓여 있던 대마를 준비한 것도 데츠도였다면 ―――.

나카지마를 검시한 구온지 의사는, 범인은 엄청나게 힘이 세다고 말했다. 게다가 흉기는 막대기 같은 것이라고 한다. 데츠도는 현장 및 현장 부근에서 깃대 ――― 막대기를 들고 많은 사람들에게 목격되었다. 그 막대기에서 핏자국이 나온다면 ―――.

괴력인 데다 몸이 가볍다. 거동도 수상한 점이 많다. 동기는 전혀 알 수 없다. 아니, 동기는 전혀 없다.

물론 다른 승려와 마찬가지로 부재증명은 없다.

데츠도가 ――― 범인이라는 것일까?

야마시타는 단정할 수 없다.

"형사님."

"―――음?"

야마시타의 생각은 묘하게 코에 걸린 목소리 때문에 중단되었다.

"저어, 에이쇼와의 일은 ―――."

"아, 아아. 경찰은 프라이버시는 엄수합니다."

"모쪼록 지안 스님께만은 ――― 그."

"말 안 할게요."

마키무라는 흐릿한 눈을 했다.

간유리처럼 투명하지 않은, 안심을 하고 있다.

야마시타는 마키무라를 돌려보냈다.

시각적으로 차단되어 있었다고는 하지만 장지문 한 장을 사이에 둔 옆방에는 스승인 구와타 조신과, 그리고 특별한 관계를 갖고 있던 가가 에이쇼가 있었다. 당연히 마키무라의 고백은 들렸을 테고 그것은 마키무라 본인도 잘 알고 있었을 것이다.

슬쩍 옆방을 들여다보니 두 사람 모두 좌선을 하고 있었다.

가가는 산을 내려가겠다고 말했다. 나카지마 유켄이 죽은 지금도 그럴 생각인 것일까. 가가가 산을 내려가면 마키무라는 어떻게 할 생각일까. 설령 와다 지안에게 이 일이 알려지지 않는다 해도 앞으로 마키무라에게 어떤 전망이 펼쳐질 것인가? 이걸로 안심하는 것은 찰나적이라고 ——— 야마시타도 생각한다. 야마시타는 그 젊은 승려가 조금 걱정되기도 했다.

츠기타가 돌아왔다. 스가와라 대신 법당에서 관수에게 사정청취를 하고 있었던 것이다.

"어떻습니까, 그 젊은 승려는?"

"제법 여러 가지 수확이 있었다고 ——— 생각하는데요."

노인에게는 자극이 너무 강해서 자세히 이야기할 수 없다.

"그쪽은 어때요? 그 관수는 만만치 않을 텐데."

츠기타는 하아, 하고 말했다.

"이쪽은 거의 수확이 없군요. 갑자기 유켄 스님이 참선을 하러 왔다, 돈오했기 때문에 가사를 주었다 ——— 고요. 나간 후에는 비명이 날 때까지 몰랐다고 합니다. 두

행자도 잘 훈련했는지 똑같은 말밖에 하지 않습니다."

"가사? 가사가 현장에 있었나?"

"배 밑에 깔다시피 하고 죽어 있었던 모양인데요."

"스가와라는?"

"데츠도와 스즈를 찾으러 갔습니다."

관수 같은 자야말로 스가와라의 추궁이 효과적이지 않을까 하고, 야마시타는 생각했다. 다만 스가와라는 자신보다 높은 사람에게는 심하게 대하지 않을지도 모른다.

그건 그렇고 데츠도는——— 지나치게 수상하다.

야마시타는 앞으로 한 발짝만 더 가면 된다고 생각했다.

*

예고도 없이 흘러나온 과거와 현재 사이를 잘 타협하지 못하고, 이쿠보는 착란을 일으켰다.

나는 지배인에게 부탁해 별채에 자리를 깔아 달라고 하고, 마스다와 둘이서 이쿠보를 옮겨 쉬게 했다.

종업원———도키가 옆에 붙어서 상태를 봐 주고 있다고 했다.

큰 객실로 돌아왔을 때는 날짜가 바뀌어 있었다.

그러나 날짜가 바뀐다 해도 어떻게 되는 것은 아니었다. 우리는 힘이 빠졌다.

지배인이 차를 끓여 주었기 때문에 둘이서 마셨다.

마스다는 말했다.

"저어 ──── 이쿠보 씨는 무엇을 떠올린 겁니까?"

"아아. 떠올리지 않아도 되는 것입니다."

"떠올리지 않아도 되는 것?"

"그래요. 떠올리지 않았을 때는, 정체는 알 수 없어도 감미롭고 사랑스러운 것이지만 떠올린 순간 추한 현실로 모습을 바꾸는 ──── 그런 것을 떠올린 거지요."

마스다는 이상한 얼굴을 했다.

"그것은 말하자면, 잊어버리는 편이 나은 것 ──── 이라는 뜻입니까?"

조금 다르다.

"그것은, 한번 인식해 버리면 끝장입니다. 그러니 그녀는 이제 되돌아갈 수는 없어요. 아마 ────."

"아마?"

"──── 다음에 깨어났을 때는 13년 전 사건의 진상은 어느 정도 알 수 있을 겁니다. 그녀에게는 괴로운 고백이 될지도 모르지만요."

──── 제가 죽였어요.

그렇게 말했다.

"흐음. 어떻게 아십니까?"

"작년 여름에 배웠어요."

내가 그렇게 말하자 마스다는 다시 이상한 얼굴을 했다.

요란한 소리가 나른한 공기를 긴장시켰다.

전화벨이다.

마스다는 당황하며 퉁기듯이 벌떡 일어났다. 한밤중이

니 긴급사태일 것이다.

그러나 그것은 예상과 달리 교고쿠도를 찾는 전화였다. 일반적으로 전화를 걸기에는 비상식적인 시간이지만 이 상황에서는 여관에서 불평이 나올 리도 없어서, 전화를 받은 지배인도 담담하게 비상식적인 손님을 부르러 갔다.

교고쿠도는 옷도 갈아입지 않고 왔을 때 그대로의 옷차림으로 이층에서 내려왔다.

비뚤어진 친구는 생각에 잠겨 있기라도 했는지, 불쾌함을 뛰어넘어 흉악한 얼굴이다. 눈 밑에는 그늘이 져 있다. 나 따위에게는 눈길 한 번 주지 않는다. 마스다는 복도를 지나가는 그 모습을 눈으로 쫓으며 마치 남의 일처럼 말했다.

"어떻게 되었을까요. 명혜사."

짐작도 가지 않았다. 절 안에 있을 때는 그런 생각이 들지 않지만, 한 발짝 밖으로 나와 버리면 엄청나게 멀다. 마치 외국의 일을 상상하는 듯한 기분이 든다. 그러나 나는 교고쿠도의 충고대로 손을 뗄 수도 있지만, 경관인 마스다는 그럴 수도 없다.

"감식반이니 지원이니 하는 것이 도착하는 때는 역시 내일 아침이 될까요?"

"글쎄요, 연락한 것이 여덟 시 넘어서였잖아요. 현장에는 형사나 경관이 아직 스무 명은 있고요. 당장 무슨 일이 일어나지 않는 한은 현장만 유지하면 검시는 내일 해도 충분하다고, 뭐 그렇게 판단했겠지요. 본부는. 그런데 야마시타 씨는 어떻게 되었을까요. 스가와라 씨도 폭주하고 있는 것 같고―――스가노 씨인가요? 그 분은 경찰이 죽인 거나 마찬가지입니다. 뭐, 오니시 씨의 경우도 그렇지만―――."

"책임을 느끼십니까? 마스다 씨는."

"예. 형사가 되고 나서 지금까지 책임을 느낀 것은 처음입니다. 도대체 어떤―――사건인 걸까요."

마스다는 지쳐 있었다.

"아마 우리가 소란을 피우는 것과는 거의 상관없는 일일 겁니다."

"저도 그렇게 생각합니다. 세키구치 씨도 아시겠지만 우리 경찰은 놓친 것이 많아요. 보통의 사건에서는 이러면 안 되지요. 소쿠리로 물을 푸는 것 같은 수사를 하고 있는 겁니다. 지금, 우리는. 하지만―――."

마스다는 한숨을 쉬었다.

"가령―――오후에 들어온 보고를 아까 읽었는데요, 스가와라 씨가 그런 상태여서 미처 건네지 못했지만요. 교단 측과 명혜사의 관계가 확실해졌습니다. 어제는 그런 절은 모른다고 했지만, 그 후에 다시 추가 보고가 들어왔지요. 그, 마츠미야 씨인가요? 세키구치 씨에게서 들은 그 사람의 증언에 대해서는 거의 뒷받침이 된 모양입니다. 그리고 명혜사 스님들의 내력도 어느 정도 판명되었어요. 그런 것은 조사하면 나오는 것이고, 별로 수상한 것은 없습니다. 하지만―――."

"하지만?"

"모르겠습니다. 상관이 없어요. 저한테는 거기서부터 아무것도 보이지가 않습니다. 잘 생각해 보면 고사카라는 사람은 실제로 수상하거든요. 행동에 일관성이 없잖아요. 가령 환경보호단체 하나만 봐도, 그것은 말하자면 명혜사를 존속시킬 수 있는 유지비를 변통하기 위한 사기적 동기에서 기인했던 거잖습니까?"

"그런 것 같은데요."

"하지만 말이지요, 고사카는 꽤 성실하게 활동하고 있었어요. 단체 사람에게 확인했습니다. 활동 내용 자체는 수상한 데가 없고 구성원도 제대로 된 사람들뿐이에요. 이것은 어떻게 된 걸까요?"

"그것은 ——— 하다 보니 해볼 마음이 든 걸까요."

"그건 뭐 상관없습니다. 하지만 고사카 씨는 본산에서 온 여러 번의 소환 명령 ——— 이것은 진짜 내려졌던 모양인데요 ——— 그 명령도 어겼으니 이제 본산을 볼 낯도 없는 상태였지 않습니까? 게다가 각 교단에 대해서는 사기 같은 짓을 해서 돈을 뜯어낸 거고요. 하지만 고사카는 다른 절의 주지나 교단 관계자와도 아직 꽤 친밀하게 교류가 있었다는 겁니다. 이건 이해할 수가 없습니다. 물론 교단은 조직화되어 있으니 경리 부문과 그 외의 섹션은 분리되어 있습니다. 고사카가 친하게 지냈던 것은 오래된 절의 주지나 뭐 그런 사람들이니 그들이 직접 교단의 지출이나 과거의 다툼에 관련되어 있었던 것은 아니지만, 그런 사람은 교단 내의 교류는 물론이고 고사카가 원래 있었던 사원 쪽과도 당연히 교류가 있단 말이지요. 어쩌다가 고사카 료넨이 화제에 오르지 않는다는 보장도 없는데———."

그것은 그 말이 옳다고 생각한다.

"———하지만 고사카는 그런 것을 전혀 신경 쓰지 않은 것 같습니다. 자신이 하는 일이 당연하다는 것처럼 행동했어요."

"당연?"

"네. 죄책감이라거나 체면이라거나, 그런 것에 대한 배려는 없어요. 이것은 일반적인 감각으로 말하자면 더 추궁해야 할 점입니다. 그 뒤에 뭔가 있을 것이다———하고요. 하지만 아마 아무것도 없을 겁니다. 게다가 만일 뭔가 있다 해도 사건과 상관없을 거예요. 그래서 조사할 기분이 안 든단 말이지요———."

"음———."

그렇다. 고사카는 자신이 하는 일이 분열되어 있다고는 조금도 생각하지 않았을 것이다. 명혜사에서 승려로서 산다. 그리고 그 나름대로 사회와 관계를 맺으며 생활한다. 그것은 당연한 일이었다.

즉 그것은———.

명혜사라는, 본래 있어서는 안 되는, 또는 있지 말아야 하는 절을 있는 것으로 한 번 절대화했기 때문에 얻은 자신감이다.

명혜사의 존재 자체가 애초에 부자연스럽다는 인식 아래에서 보면, 지리멸렬하게 비치는 게 당연하다.

　마스다는 말을 이었다.

　"애초에 그 사람이 이마가와 씨에게 팔려고 했던 것은 무엇일까―――이것도 전혀 알 수가 없습니다. 조사해 보면 뭔가 사실이 나오긴 하겠지만 그게 어떤 의미를 갖는지를 알 수가 없어요. 아니, 어차피 그런 것은 아마 사건과 상관없는 일일 겁니다―――."

　마스다는 계속 차를 마시지 않고 바라보고만 있다가 그제야 단숨에 찻잔을 비웠다.

　"―――그러니까 본래의 범죄 수사에서 주목해야 할 문제점은 전혀 소용이 없어요. 조사해도 알아내도, 단순히 '아아, 그런 거였구나'라는 것뿐입니다. 과거의 일을 알아낸다 해도, 그 경우 우리가 얻는 것은 없는 셈입니다. '그래서?'라는 것뿐이지요."

　"그것은―――."

　그럴 것이다. 상관없다.

　"그러니까 규명해야 할 수수께끼는 좀더 다른 곳에 있습니다. 추젠지 씨는 이번 사건에는 수수께끼가 없다고 말씀하셨는데, 확실히 물리적으로 불가능한 괴기현상도 발생하지 않았고 탐정소설 같은 밀실도 존재하지 않지만―――하지만 아무리 사실관계만 쫓아가 봐도 정체가 보이지 않아요. 저는 오늘 아침에 추젠지 씨가 이야기해 준 선(禪) 강론이 훨씬 더 이번 사건의 핵심에 가까운 것 같은 기분이 들어요."

"아아———."

막연하다. 그러나 마스다는 확실히 뭔가를 파악해 가고 있는 것 같은 기분이 든다.

"지진 고아 데츠도의 신원. 호적이 없는 진슈 노인. 그리고 마츠미야 가 사건과의 관계. 조사해야 할 것은 많지만 ———."

마스다는 생각에 잠겼다.

"마스다 군!"

갑자기 부르는 소리에 마스다는 깜짝 놀랐다. 나도 놀라서 돌아보았다.

교고쿠도가 서 있었다.

"뭔가. 깜짝 놀랐잖은가."

"자네는 부르지 않았네, 세키구치 군. 그보다 마스다 군. 아까 그 명혜사 승려의 내력 같은 것이 보고되었다고 했지?"

"네에, 그렇습니다."

"자네는 듣고 있었나? 전화를 하고 있었던 게 아니었어?"

"시끄럽군, 전화하면서 듣고 있었네. 다 들려. 밤에는 조용하니까."

교고쿠도는 그렇게 말하지만 그의 전화 소리는 내게는 전혀 들리지 않았다. 귀신 같은 귀다. 친구는 무서운 얼굴을 한 채 미끄러지듯이 다가오더니 좌탁을 사이에 두고 내 맞은편에 앉았다.

"마스다 군. 그럼 좀 가르쳐 주지 않겠나? 그들이 원래 있었던 절에 대해서 ——— 곤란한가?"

마스다는 잠깐 기다리라고 말하며 일어서서 옆방에서 서류를 가져오더니,

"이건 별로 기밀사항이 아니라 조사하면 누구나 알 수 있는 거니까 가르쳐 드리겠습니다."

하고 말했다.

"우선 오니시 다이젠. 이 사람은 교토의 절로 ———."

나는 절 이름은 들어도 몰랐지만 당연히 교고쿠도는 아는 것 같았다.

"다이젠 노사의 스승 이름은 알아냈나?"

"으음 ——— 와다 ——— 와다 치넨이군요."

"와다? 와다라니 ——— 그건 마스다 군."

"아아, 몰랐어요. 그렇군요. 그러고 보니 지안 씨도 와다지요. 관계가 있을까요?"

"있네. 손자일세."

"어떻게 아나?"

"지금 전화로 들었어."

"그럼 묻지를 말게."

"와다 치넨의 손자가 와다 지안이라는 말을 들었을 뿐일세. 그 외에는 몰랐어. 그러니 마스다 군에게 물어서 확인하는 게 아닌가. 잠자코 좀 있게."

"흐음. 그런데 치넨의 제자가 다이젠과 게이안, 그 게이

안의 제자가 지안이고 지안의 조부가 치넨. 복잡하군."

"복잡하지 않네. 세키구치 군, 자네는 들어도 모르겠으면 미안하지만 잠자코 있어 주지 않겠나? 그리고 ———고사카 료넨은 마츠미야 진뇨 스님이 있었던 절에서 왔지. 그것은 가마쿠라의 ———?"

마스다가 절 이름을 말하자 교고쿠도는 곧 납득했다.

"그건 치넨 노사의 영향 아래에 있었던 절일세. 사계(寺系)도, 말사(末寺)는 아니지만 관계가 깊지. 그리고 그 절에서 고사카가 어땠는지는 알고 있나?"

"가마쿠라의 절에서는 문제아였던 모양이더군요."

"그렇게 보고되었나?"

마스다는 서류를 보면서 "네" 하고 말했다.

"그러니까 ——— 조사하러 보냈다기보다 이건 허울 좋은 좌천이겠죠. 그, 치넨 씨인가요? 그는 발언력이 강했던 모양인지, 명혜사에 들어가는 일을 도와 달라고 훨씬 전부터 요청했던 것 같아요. 오니시가 뒤를 이어 명혜사에 들어갔을 때 다시 요청했고, 그 결과 파견된 것입니다."

"그렇군. 나카지마 유켄과 구와타 조신은?"

마스다는 더듬거리며 절 이름을 말했다.

"이것은, 절 이름은 알아냈지만 나카지마와 구와타 두 사람이 파견되기에 이른 자세한 경위는 아직 조사 중입니다. 아무래도 이쪽은 정치적 판단이었던 것 같더군요. 조동종은 명혜사에는 별로 관심이 없었습니다. 어쨌거나 오니시 노사가 말했던 것처럼 열심히 조사하지는 않았어요.

처음에는요."

"처음이라니?"

"네. 원래는 1년이나 2년 후에는 다시 불러들이려고 했던 모양입니다. 하지만 연락을 할 수 없게 되고 말았다는군요. 그리고 그러다가 전쟁이 시작되었습니다."

"연락을 할 수 없었다는 건 무슨 뜻이지요? 마스다 씨."

내 물음에 대답한 것은 교고쿠도였다.

"조동종의 두 사람에게는 돌아오라는 명령이 전달되지 않았겠지. 하지만 그들의 절은 양쪽 다 멀리 있네. 서한이 본인의 손에 도착했는지 어떤지도 확인할 수 없었을 거야. 아마――그것은 고사카 료넨이 없애고 있었다는 것이지."

"어떻게 아나?"

"어제의 조신 스님의 태도로 보아 소환령이 내려졌다는 것을 알고 있었던 것 같지는 않거든. 마스다 군, 사원 측이 연락을 할 수 없었다면, 발송된 소환령에 대한 답신은 감감무소식이었다는 건가?"

"아니오. 그게 마지막에 소환령을 거부하는 서한이 와서, 사원 측은 포기한 모양입니다."

"그렇다면 그것도――고사카가 썼겠지."

"고사카가? 증거는 있나?"

"없네. 마스다 군. 그 편지는 현존하나?"

"그것은 두 절에 모두 남아 있었습니다. 하지만 그 편지에는――으음, 명혜사 관수 마도카 가쿠탄이라고 서명이 되어 있었던 모양인데요?"

"이름은 누구로든 쓸 수 있네. 이마가와 군이 갖고 있는 고사카의 편지로 필적 감정이라도 해 보면 알 수 있겠지만 ———— 그렇게까지 할 필요는 없으려나 ————."

"경찰은 고사카가 자신의 절에 보낸 명령 거부 편지를 증거물로 압수했습니다. 그러니 필적 감정은 어떨지 몰라도 편지를 본 형사에게 확인하게 하면 어느 정도는 알 수 있을 것 같은데요."

"그거 좋군" 하고 교고쿠도는 중얼거렸다.

"그게요? 의뢰할까요?"

"음 ———— 뭐, 해 달라고 하는 편이 ———— 좋으려나."

교고쿠도답지 않은 미적지근한 태도다.

"왠지 석연치 않군. 그건 이 사건과 상관없는 일 아닌가? 마스다 씨, 경찰이 이 친구의 일에까지 협조할 필요는 없어요."

"예, 뭐 ————하지만."

"그럼 오니시 다이젠에 대한 소환은 있었나?"

교고쿠도는 나를 무시했다.

"교토에서는 소환령은 없었습니다. 오니시는 말하자면 그 와다 치넨인가요? 그 사람의 칙령이랄까 유언으로 명혜사에 들어간 거라서 참견할 수 없었던 걸까요. 그 치넨의 입김이 닿은 사원은 모두 명혜사에 조금씩 관여하고 있어요. 다만 이것은 요컨대 그 치넨의 영향력이 남아 있는 동안만 그랬던 것 같더군요. 다시 말해서 직계 제자인,

으음, 게이안이나 그런 사람이 아직 살아 있는 동안 말입니다. 그런 사람들이 죽고 나자 더는———."

"과연 그렇군. 어제 진뇨 스님은 전쟁을 경계로 원조가 끊기고 교류도 없어졌다고 했는데, 그것은 그런 뜻인가———."

교고쿠도는 팔짱을 끼고 고개를 약간 숙이며,

"———와다 치넨이라는 사람은 정말로 그 절에 씌어 있었던 모양이군."

하고 말했다.

"그런데 마스다 군. 마도카 가쿠탄의 절은———어딘지 아나?"

"예?———아아, 그것은———으음, 그러니까."

"모르지?"

"모르는 것 같———군요."

"마키무라 다쿠유는 가쿠탄 관수의 친척이라고 들었는데."

"마키무라? 아아, 그 청년이요? 그, 것, 은, 아아, 있습니다. 알아냈네요. 응? 치치부[†]에 있는 절 주지의 아들이군요. 아버지 대에 폐사(廢寺)가 된 모양이네요."

"절 이름이 뭔가?"

"네? 조산원(照山院)이네요. 비출 조에, 뫼 산에, 원."

"치치부의 조산원?"

"아나?"

---

† 사이타마 현 서부의 상업도시.

교고쿠도는 또 나를 무시했다. 그리고,

"고맙네, 마스다 군. 잘 이해가 되었어."

하고 말하더니 깊은 생각에 잠겼다.

고민하는———아니, 망설이는 것처럼 보인다.

전에 없이 심각한 친구에게 나는 차마 말을 걸 수가 없었다.

교고쿠도는 자신의 일———그 매몰된 곳간에 잠들어 있는 명혜사의 서적들을 어떻게 처치하느냐를———고뇌하고 있는 걸까.

아무래도 그렇지는 않은 것 같은 기분이 든다.

나는 마침내 참다못해 물었다.

"이보게, 교고쿠도. 자네는 그 곳간 때문에 그렇게 그, ——— 고민하는 건가?"

친구는 건성으로 대답했다.

"아아. 그쪽은 그럭저럭 정리가 될 것 같네."

"뭐? 어떻게 정리한단 말인가?"

"아아. 정말로 가치가 있는 물건이 나오면, 설령 누가 주인이든 소장하기에 어울리는 곳에 어떻게 해서라도 팔 수 있도록 손을 써 달라고 했네."

"소장하기에 어울리다니?"

"책에 따라 다르네. 대학이나, 교단이나."

"그럼 자네는 이제 파내기만 하면 되나?"

"뭐, 정당한 소유자를 정하는 작업은 남아 있네만 최악의 경우 사사하라 씨가 주인이라는 걸로 결론을 내리더라도 지금 문제는 해결했네. 물건이 가야 할 곳에 가게 될 것 같아."

교고쿠도는 턱을 쓰다듬었다.

"그런데 대체 누구한테 그런 것을?"

"아카시 선생님일세. 아까 연락이 왔어. 망설였지만 상의하길 잘했지 뭔가."

"아카시 선생님?"

나는 면식이 없지만 교고쿠도가 스승으로 존경하는 인물인 모양이다.

"그, 추오[中央] 구 제일의 멋진 남자인가 하는, 자네가 존경하는 선생님 말인가? 그 선생님이 고문서의 후처리를 맡아 주기라도 했다는 거야? 대체 그 선생님은 정체가 뭔가?"

"그러니까 모른다니까. 나도 모르네. 다만 아카시 선생님은 불교계의 중진이나 관장급인 사람과도 친분이 있으시거든. 소개를 좀 해 달라고 했네."

"관장급이라니, 선종———교단의?"

"그래."

"그럼 이곳에 대해서도 처음부터 물어보지 그랬나. 그랬으면 당장 알았을 게 아닌가? 경찰을 번거롭게 할 필요도 없지!"

교고쿠도는 내 얼굴을 경멸이 담긴 시선으로 쳐다보았다.

"직접 조사하지도 않고 물어본다고 가르쳐 줄 것 같나? 누구나 할 수 있는 일이라면 직접 하라고 하실 걸세. 그건 당연하지."

"아아——— 엄한 사람이라고 했지."

지적인 태만을 용서하지 않는 사람——— 이라고 한다.

"게다가 아카시 선생님과 친분이 있는 사람들은 교단의 최고봉일세. 다시 말해 일본 불교계를 짊어지고 있는 현역의 정점이지. 그런 사람들은 명혜사 따위는 몰랐던 모양일세. 아는 것은 일부 장로나, 그중에서도 특히 와다 치넨과 관련이 있던 사람들뿐일세. 관장들은 명혜사에 대해 듣고는 놀라고 걱정했다고 하네. 당연하지."

"걱정을? 경찰이——— 왔기 때문인가?"

"뭐, 그것도 있네. 엄숙한 수행의 자리인 선림(禪林)에서 살인사건이라니 어불성설이니까. 다만 그들이 걱정하는 진짜 이유는 개인의 망집이 이렇게 일그러진 형태로 결실을 맺었다는 사실에 있네."

마스다가 자료를 덮으며 말했다.

"개인이라는 것은——— 와다 치넨입니까? 말하자면 와다 치넨이라는 단 한 남자의 망집이 그 명혜사를 낳았다는 뜻인가요?"

"아아——— 그렇다네, 마스다 군."

"하지만 교고쿠도. 그가 명혜사에 집착한 것은 사실이겠지만 그는 명혜사에 들어오자마자 죽었네. 그런———."

"마스다 군도 말했지 않은가. 치넨 노사는 생전에 상당한 영향력을 가진 사람이었네. 죽은 후 그 영향력만이 마치 망령처럼 남아서 제자나 산하 사원을 일시적으로 주박

(呪縛)†한 걸세."

망집의 ——— 사자상승(師資相承)인가 ———.

"왠지 무서운 기분이 듭니다."

마스다가 말했다.

"하지만 그런 것은 어차피 시간과 함께 엷어지고 풍화될 운명에 있네. 숭고한 사상이나 가르침은 수 대, 수십 대에 걸쳐 전해지지만 개인의 망집 같은 것은 그리 오래 가지 않는 법이지. 사실 15년 남짓 만에 그 주박은 깨끗하게 사라지고 말았네. 다만———."

"명혜사 안에서만 ——— 그 영향력은 풍화되지 않았다는 건가?"

"결국 명혜사는 고립된 ——— 것이로군요?"

"그렇다네. 격리된 환경 속에서 직계 제자 오니시 다이젠만은 끝까지 와다 치넨의 영향 아래에 있었던 걸세. 자네들은 명혜사에 대한 의혹을, 우선 그 다이젠 노사의 말을 있는 그대로 받아들임으로써 메우고 말았네. 하지만 생각해 보게. 선종의 각 교단이 기를 쓰고 조사에 나서고, 승려를 파견하고, 매달 원조금을 내다니 ——— 비상식적일세. 있을 수 없는 일이야."

"그래? ——— 그렇겠군."

명혜사를 덮은 구름은 완전히 개었다.

처음에 명혜사는 완전한 수수께끼 덩어리였다.

---

† 주술을 걸어 움직이지 못하게 하는 것. 심리적인 강제에 의해 누군가의 자유를 속박하는 것.

그 배후에 제일 먼저 떠오른 것은———불교계라는 흐릿하고 커다란 것이었다. 그것은 서서히 윤곽을 갖추어가, 선종 각 종파와 각 교단이라는 파격적인 뒷맛을 우리에게 예감하게 했다.

하지만 결국 그것도 허상에 불과했고 그 실체는 몇몇 유력 사원의 원조라는, 실로 타당한 것이라는 사실이 판명되었다. 그러나 그 원조 자체도 와다 치넨이라는 남자의 개인적 망집의 산물에 지나지 않았던 것이다.

이것이———진실이다.

그런 것이다.

아무도 숨기지 않았다.

거짓은 하나도 없었다.

그러나 모든 것은 가짜였다.

"그는———오니시 다이젠 노사는 그———진실을 인식하지 못했던 걸까?"

"노사에게는 그것이 진실이었네. 거짓말을 하지 않았으니 자네들도 신용했겠지. 다이젠 노사는 평생 와다 치넨의 주박 속에 있었던 사람일세."

———사회와 단절되어 있다.

구와타 조신이 그렇게 생각하는 것도 당연하다.

명혜사는 역시 산속의 이세계———였던 것이다.

"그것은 전부 와다 치넨의 망집이 낳은 환상이었네. 자네들이 들은 것은 그 절 안에서만 진실이야. 그 명혜사 안에서는 시간이 멈추어 있는 걸세."

"시간이 멈추어 있다고?"

"그래. 오니시 다이젠에게 세계는 아직도 쇼와 원년 (1926) 그대로일세. 구와타 조신에게는 쇼와 10년(1935) 그대로였지. 그들의 시간은 입산했을 때 그대로 멈추어 있었네. 그들은 모두 그 폐쇄공간의 과거의 시간을 살고 있었던 거야."

시간의 흐름이 다르다. 그것은 실감하고 있었다.

"그러니 바깥의 시간으로 살고 있는 우리가 들어가도 현혹될 뿐일세. 하지만 멈추어 있던 시간은 이 쇼와 28년 (1953)에 이르러 갑자기 흐르기 시작했네. 고사카의 죽음에 의해, 그 닫힌 세계에 구멍이 뚫리고 만 거지."

"고사카———료넨의 죽음에 의해?"

"그렇다네. 실제로 명혜사를 만든 것은 고사카 료넨일세. 고사카라는 책사 없이 명혜사는 존재할 수 없었네. 명혜사에 결계를 친 것은 고사카야."

"고사카가 결계를 쳤다는 것은 무슨 뜻인가?"

"고사카는 와다 치넨의 주박에 편승해 그곳에 자신만의 작은 우주———폐쇄사회를 만들어 냈네. 그의 재량으로, 본래는 있어서는 안 되는 절이 완전히 보통의 절로 기능하고 만 거야."

자금을 융통한다. 온 사람은 돌려보내지 않는다. 새로운 승려를 스카우트한다———확실히 고사카는 명혜사의 골격을 만들기 위해 정력적으로 활동했다.

하지만———.

"고사카 료넨의 굉장한 점은 결계 내부를 단순한 낙원으로 만들지 않은 점일세. 외부의 대립구조나 역사적 성립을 그대로 가져다가 밀봉했네. 그리고 자신은 외부와 내부를 자유자재로 오가며 내우주(內宇宙)에 적당한 자극을 주면서, 그곳이 피폐해지고 시드는 것을 교묘하게 막았지. 그는 명혜사의 사기꾼이었던 걸세."

"왜 ——— 왜 그는 그런 짓을 ———?"

내가 말을 마치기도 전에 마스다가 작게 외쳤다.

"고사카라는 사람은 어떤 사람입니까!"

마스다는 그리고는 머리를 끌어안았다.

"말씀하신 대로 고사카는 명혜사를 만들기 위해서 고생해 가며 온갖 지략과 모략을 동원해 바삐 움직였던 것 같습니다. 그렇게까지 해서 교묘하게 만들어 낸 명혜사를, 그는 지키고 싶었던 겁니까? 아니면 부수고 싶었던 겁니까? 고사카가 과거에 한 일은 범죄나 다름없는 행동을 하면서까지 명혜사를 지키는 거였어요. 하지만 고사카는 명혜사의 전통이나 신비성을 부수고 싶었던 거라고, 오니시 노사님도 구와타 씨도 말했지요. 분열되어 있습니다! 이해할 수가 없어요."

"분열되지 않았네."

"예?"

"속박 없이 자유는 없어. 다시 말해서 우리가 없으면 우리에서 나갈 수 없네. 우리에서 나가고 싶어 하는 사람은 우선 우리를 만들어야 하는 걸세."

"뭐라고요?"

"비유일세. 비유. 명혜사는 우주를 비유. 뇌수를 비유한 걸세. 그는 나가고 싶어서 만든 거야."

교고쿠도는 알 수 없는 말을 하더니 입을 다물었다.

마스다는 이상하다는 얼굴을 했다.

"그래서 ─── 결국 그 고사카를 죽인 건 누구인가?"

내가 그렇게 말하자 교고쿠도는 입을 다물고 말았다.

"자네는 잘 알겠다고 하지 않았나."

대답하지 않는다.

"이보게."

"누가 울새를 죽였나(Who Killed Cock Robin) ───."

"뭐?"

"야마우치 씨가 얼마 전에 말한 서양의 구전가요일세."

"그게 뭔가?"

"─── 나는 조금 전 전화로 아카시 선생님께 잔뜩 야단을 맞았네."

"야단을 맞아? 어째서 말인가."

"음."

교고쿠도는 한층 더 심각한 얼굴을 했다.

"그 절에서 지금 일어나고 있는 일은 ─── 역시 용서해서는 안 되는 일이겠지."

"무슨 당연한 소릴 하는 겐가. 벌써 몇 명이 죽었는데."

"알고 있네. 그래서 야단을 맞은 걸세."

"그건 자네에게 해결하라는 뜻인가?"

"아닐세. 할 수 없는 일이라면 어중간하게 관여하지 말고 얼른 손을 떼라는 걸세. 나도 ─── 그럴 생각이었네. 처음부터."

"할 수 없는?"

"아카시 선생님은 이렇게 말씀하셨네. 주작을 찾아 북문으로 나가면 도착하기도 전에 숨이 끊어질 걸세 ─── 라고."

"무슨 뜻인가?"

"그러니까 ─── 남쪽에 있는 집으로 가야 하는데 북쪽을 향해 출발하면 어떻게 되겠나? 물론 지구를 한 바퀴 돌면 도착하지 못할 것은 없지만 도착하기 전에 죽고 말테지. 내가 이 사건에 관여한다는 것은 그런 어리석은 행위라는 ─── 그런 뜻일세."

"아아 ───."

나는 순식간에 이해했다. 그 ─── 교고쿠도는 아마선과 가장 먼 곳에 있는 인간일 것이다. 그가 자신만의 방법으로 일을 처리하면 뭔가 장해가 있을 게 틀림없다. 그것은 ───.

"그것은 말인가?"

"그러 ─── 려나."

교고쿠도는 고개를 끄덕였다.

"종교에는 신비체험이 반드시 필요하네. 하지만 신비체험은 절대적으로 개인적 인식이야. 설령 아무리 엄청난 체험이라 하더라도 신비는 모두 개인의 뇌 속에서 해결되고 마는 걸세. 그 신비체험을 어떤 설명체계를 통해서 개인에게서 해방하고 보편적인 것으로 치환하면 종교가 생겨나지. 다시 말해서 신비를 공유하기 위해 모든 종교는 도구———말을 필요로 하는 걸세."

"선은———아니지?"

"그래. 선은 개인적 신비체험을 멀리하고 말을 부정하네. 선에서 말하는 신비체험이란 신비체험을 능가하는 일상을 가리키는 거야. 다시 말해서 수많은 종교의 형태 중에서 거의 유일하게 산 채로 뇌의 주박에서 해방되려고 하는 것이 선일세."

"뇌의———주박?"

"그래. 물론 뇌는 몸의 기관에 지나지 않네. 하지만 슬프게도 우리는 우리를 둘러싼 바깥 세계 또한 뇌로밖에 알 수 없다네. 바깥쪽마저 내포하는, 그것이 뇌라는 괴물일세. 그리고 말은 뇌가 바깥쪽을 끌어들여 개찬하고 재편집하기 위해서 만들어 낸 기호지. 이 말을 사용하지 않는다는 것은 뇌를 무시하고 세계를 인식한다는 것과 마찬가지일세. 나 없이는 세계가 있을 수 없고, 동시에 내가 없어도 세계는 존재한다———이 두 가지 진리를 동시에 아는 것이 깨달음일세."

"자네는 주술의 기본은 말이라고 했지?"

"아아———그랬지."

"그럼 선에는 주술이 듣지 않는 건가?"

"주(呪)는 뇌가 장치하는 덫일세. 그러니 보편적으로 뇌

357

속에서만 유효하지. 그리고 인위적인 주ーーー주술은 말이나 주물(呪物)을 이용하지 않고는 절대로 성립하지 않아. 하지만 선의 절반은 뇌 바깥쪽에 있네. 따라서ーーー."

"듣지 않는ーーー거로군."

"그런 의미에서 선은 불법(佛法)의 어느 측면에서의 완성형이라고 할 수 있네. 진정한 의미로 인간이 초월한 존재와 접할 수 있는 것은ーーー아아, 이런 표현을 쓰니까 착각하는 바보가 나오는 게지. 이 단계에서ーーー나는 이미 졌네."

분명히 선은 말을 다루어 마물을 풀어내는 음양사 따위가 손을 댈 수 있는 영역이 아니다.

불립문자(不立文字)라는 네 글자로 교고쿠도는 이미 부정당한 것이다.

너에게는 짐이 너무 무겁다, 분수에 맞지 않는 싸움은 하지 말라고, 그의 스승은 타이른 것이다.

이번만은ーーー.

교고쿠도가 이길 수 있을 리 없는 것이다.

나는 싸우지도 않고 패배한 친구를 보았다. 그러나 이 남자는 아직 뭔가 포기하지 않았다.

ーーー이제 와서 무슨 생각을 하는 거지?

교고쿠도는 좌탁을 바라보며 누구에게라고 할 것도 없이 중얼거렸다.

────하늘과 바다 사이에 있는 것은 주작만이 아닐세.

────현무도 있고 청룡도 있으니까.

뜻을 전혀 알 수 없었다.

"그건 뭔가?"

"아카시 선생님이 말씀하신 걸세. 그 뜻은────."

교고쿠도는 생각하고 있다.

그때.

정원에서 기척이 났다.

"뭐, 뭐지?"

마스다가 일어선 순간.

쿵, 하고 큰 소리가 났다.

드르륵 하고 난폭하게 유리문이 열리는 소리가 났다. 나는 허둥지둥 쳐다보았다. 마스다가 달려가 장지문을 열어 젖혔다.

정원의 큰 나무 앞에 뭔가 큰 것이 있었다.

무언가를 짊어진, 거대하고 새까만 그림자.

그것은────.

"데, 데츠도!"

며칠 전, 고사카 료넨의 시체가 앉아 있던 그 곳에 데츠도가 서 있었다.

짊어지고 있는 것은.

────인간?

아니. 저것은, 저것은 도리구치다. 그리고────옆에 안고 있는 것은────.

"아츠코!"

교고쿠도가 일어섰다. 툇마루까지 달려간다.

데츠도가 굵은 목소리로 말했다.

"사대분리(四大分離)해서 어디로 가나?"[†]

"어디로도 가지 않네!"

교고쿠도가 그렇게 대답했다.

데츠도는 두 사람을 툇마루에 눕히고 그대로 밤의 어둠 속으로 사라졌다.

나는 악몽에서 깨어난 직후처럼 현실감 없는 현기증을 느꼈다.

                              *

세존염화(世尊拈花) ———.

석가세존이 옛날, 영산회상에서 꽃을 따 그 자리에 있는 사람들에게 보여 주었다. 이때 사람들은 모두 뜻을 몰라 잠자코 있었다.

이에 오직 가섭존자만이 활짝 웃었다. 세존이 말하기를, "나에게 정법안장, 열반묘심, 실상무상, 미묘법문, 불립문자, 교외별전이 있으니 마하가섭에게 전하노라"고

[†] 《무문관》 제47칙 〈도솔삼관(兜率三關)〉의 내용 중 한 부분으로 원문은 "생사를 벗어났다면 갈 곳을 알 것이니 사대(四大)가 분리되면 어디로 갈 것인가?[脫得生死 便知去處 四大分離 向甚處去]"이다.

하였다.

조주구자(趙州狗子) ———.

조주 스님에게 어느 스님이 물었다. "개에게 불성이 있습니까, 없습니까." 이에 조주 스님이 말하기를, "없다"고 하였다.

우과창녕(牛過窓櫺) ———.

5조(五祖) 선사가 말하기를,

"비유컨대 물소가 창살 사이로 지나갈 때 머리와 뿔, 네 발은 모두 나왔는데 꼬리가 나오지 못한 것과 같다. 무엇 때문에 꼬리가 빠져나오지 못하는가."

정전백수(庭前柏樹) ———.

조주 스님에게 어느 스님이 묻기를, "달마 조사가 서쪽에서 오신 뜻이 무엇입니까?" 하니 조주 스님이 대답하기를, "뜰 앞의 떡갈나무니라"고 하였다.

운문시궐(雲門屎橛) ———.

운문 선사에게 한 스님이 묻기를, "어떤 것이 부처입니까?" 하니 운문이 대답하기를, "마른 똥막대기니라"고 하였다.

동산삼근(洞山三斤) ———.

동산 스님에게 한 스님이 묻기를, "무엇이 부처입니까?" 하니 동산이 대답하기를, "마(麻) 세 근이니라"고 하였다.

가섭찰간(迦葉刹竿) ————.
가섭존자에게 아난이 묻기를, "세존께서 금란가사 외에 따로 무슨 물건을 전하셨습니까?"고 하였다.
가섭이 소리쳐 부르기를, "아난아!" 하자 아난이 "예" 하고 대답하였다. 가섭이 말하기를, "문 앞의 찰간을 꺾어 버려라"고 하였다.

남전참묘(南泉斬猫) ————.
어느 날 동·서쪽 승방의 승려들이 고양이 한 마리를 놓고 다투었다. 남전 스님이 이 소리를 듣고 와서 말하기를, "누구든 한마디만 바르게 이르면 이 고양이를 살려줄 것이고, 바르게 이르지 못하면 당장 목을 베어 죽이겠다"고 하였다. 누구 하나 대답하는 승려가 없었다. 남전 스님은 결국 고양이의 목을 베었다.
저녁에, 밖에 나갔다가 들어오던 조주 스님이 남전 스님에게 이 이야기를 듣고, 신을 벗어 머리에 얹고 걸어나갔다.
그러자 남전 스님이 말하기를, "네가 그 자리에 있었다면 고양이의 목숨을 구했으련만" 하였다.

타시아수(他是阿誰) ———.

동산 연사(東山演師) 선사가 말하기를, "석가나 미륵이 모두 그의 노복이다. 말해 보아라, 대체 그는 누구냐"고 하였다.

불시불심(不是佛心) ———.

한 선승이 남전 스님에게 묻기를, "사람에게 설(說)하지 못한 법이 있습니까?" 하니 이에 남전 스님이 "있다"고 답하였다.

선승이 다시 "어떤 것이 사람에게 설하지 못한 법입니까?" 하고 물으니 남전 스님이 말하기를, "마음도 아니고 부처도 아니며 물건도 아니다"고 하였다.

즉심즉불(卽心卽佛) ———.

대매(大梅) 스님이 마조 선사에게 묻기를, "어떤 것이 부처입니까?" 하였다. 선사가 말하기를, "마음이 곧 부처이니라"고 하였다.

비심비불(非心非佛) ———.

마조 선사에게 한 승려가 묻기를, "어떤 것이 부처입니까?" 하였다. 선사가 말하기를, "마음도 아니고 부처도 아니니라"고 하였다.

도솔삼관(兜率三關) ———.

도솔열(兜率悅) 선사가 도를 배우는 이에게 세 가지 통과해야 할 법문을 베풀어 물었다.

　"번뇌의 풀을 헤치고 깊은 이치를 탐구하는 것은 오직 견성(見性)하기 위한 것이니, 지금 그대의 성품은 어디에 있는가?"

　"자성(自性)을 알았다면 곧 생사에서 해탈했을 것이니 눈빛이 떨어질 때 어떻게 해탈하려는가?"

　"생사에서 해탈했다면 가는 곳을 알 것이니 물, 불, 바람, 흙이 각기 흩어지면 어느 곳을 향하여 가는가?"

*

10

    도리구치는 아무래도 뼈가 부러진 모양이었지만 아츠코는 다행히 기절만 했을 뿐이어서 삼십 분쯤 지나자 의식을 되찾았다. 마스다는 아츠코에게 나카지마 유켄이 살해되었다는 말을 듣고 몹시 허둥거리며 전화로 달려갔다.

    교고쿠도는 누이를 다정하게 보살피지도 않고 위로하지도 않고, 그렇다고 해서 엄하게 꾸짖지도 않고 눈을 가늘게 뜨며 눈썹을 찌푸리고 딱 한마디,

    "멍청한 녀석."

    하고 말했다. 그때까지 아츠코는 그래도 조금은 다부지게 행동하고 있었지만, 그 말을 듣자마자 순식간에 새파랗게 질려서 냉정한 오빠에게 순순히 사과했다.

    마스다가 돌아왔다.

    아직도 허둥거리고 있다.

    "아아, 대체 어떻게 된 일일까요!"

    "허둥거리지 말게, 마스다 군. 지원은 언제 오지?"

    "역시 내일 아침입니다. 지금은 너무 늦어서."

    "근처 파출소에서는 움직일 수 없나?"

"그 절은 전기도 아무것도 없어서 감식 작업은 낮이 아니면 할 수 없습니다. 이 시간에는 가 봐야 거의 헛수고지요. 할 수 있는 일이라면 수사원이나 경비를 증강하는 정도입니다. 그것도 여기까지 오는 데에 한 시간 이상, 한 시간이면 이미 날이 밝을 겁니다."

"알겠네. 그리고 도리구치 군을 위한 구급대는 수배했나? 응급처치는 했지만 아무래도 다리가 부러진 것 같으니 산은 내려갈 수 없을 텐데."

"예에, 그쪽은 곧 올 겁니다. 소방단 사람에게 산 아래 병원까지 옮겨 달라고 하겠습니다. 그런데 추젠지 씨. 동생 분———아츠코 씨는———괜찮으십니까?"

"이 녀석은 괜찮아. 아츠코."

"네."

"얘기할 수 있니?"

"———네."

아츠코는 명혜사에서 무슨 일이 일어났는지를 상세하게 이야기했다.

"나카지마 유켄은———돈오(頓悟)해서 관수에게 참선을 하러 갔고, 그것을 마치고 나왔을 때 누군가에게 얻어맞아 죽었다———그런 거냐?"

"맞아요. 다쿠유 씨는 아무래도 유켄 스님에게 볼일이 있었는지, 입구에서 기다리고 있다가 얻어맞고 기절해서 정신을 차린 후에 비명을 지른 모양이에요."

"그런데———관수는 참문(參問)에 응했———니?"

"처음이자 마지막 참선이라고 유켄 스님은 말씀하시던
데요. 조신 스님도 지금까지 아무도 참선한 사람은 없다고
하셨어요."

"25년 동안 아무도? 그래? 그래서 데츠도 ———— 아까
그 덩치 큰 승려는 어떻게 했다고?"

"그게 ————."

아츠코는 데츠도의 기이한 행동을 이야기했다.

"그 막대는 흉기로 단정되었니?"

"글쎄요. 저는 그렇게 생각했는데요 ————."

"왜 그렇게 생각했지?"

"다쿠유 씨가 범인은 데츠도 씨라고, 현장에 서 있었다
고 했거든요. 그래서 ———— 선입관으로 그렇게 생각한 걸
까요."

"어떤 막대지?"

"글쎄요. 그렇지, 그 국기 같은 걸 게양하는 ————."

"깃대? 그렇군. 그럼 ———— 그래, 유켄 씨의 시체 옆에
는 뭔가 떨어져 있지 않았니? 예를 들면 ———— 낙자라든
가 가사라든가."

"못 봤는데요."

"흐음."

교고쿠도는 기분 나쁘게 침묵했다.

"그러면 아까 데츠도를 놓쳐 버린 것은 문제였을까요?
도망 ———— 친 거겠지요 ———— 이거 일이 곤란해졌군.
하지만 완력이 그렇게 세니 셋이 덤벼들어도 당하지 못했

을 겁니다. 다치기나 하는 것이 고작이지. 무모한 일이었
겠요."

마스다는 그렇게 말했지만 나는 어쨌거나 교고쿠도가
난투에 참여했을 거라고는 생각하지 않았다.

"마스다 군. 데츠도 군은 도망치지 않네. 명혜사로 돌아
갔을 거야."

"예? 어째서요? 자수입니까?"

"아닐세. 그냥 돌아갔을 뿐이야."

"하지만 데츠도는 범인이 아닙니까?"

"범인이 부상자를 구출해서 데려다 줄 것 같나?"

"예? 습격을 받은 거 아닙니까? 아츠코 씨?"

"아뇨. 습격을 받았다기보다 놀라서 발이 미끄러진 거
예요. 앞쪽에 스즈 씨가 있어서 ——— 저는 보지 못했지
만, 그래서 놀라서 손전등을 떨어뜨리는 바람에 ——— 도
리구치 씨가 그걸 주우려고 하는데 등 뒤에서 갑자기 '사
앗' 하고 누가 불러서 깜짝 놀라서요 ———."

"사아아?"

"그건 말이다, 아츠코. 사(嗄)라고 한 거다. 뭐, 그 경우에
는 '이봐, 위험해'라는 경고의 뜻이지."

"그래 ——— 요? 그 후에 '이이'라고 하고 ———."

"그것은 이(噫)겠지. '멍청아, 멈춰'라는 뜻이란다. 강한
경고를 할 때 하는 말이지."

"그럼 그때 데츠도 씨는 ———."

"너희들이 서 있던 곳은 아마 발 디디기가 나쁜 곳이었

을 게다. 그래서 데츠도 군은 주의를 준 거야. 그런데 떨어졌으니 구해준 것이지. 정말이지 구제할 길 없는 바보로구나, 너는."

아츠코는 입을 다물었다.

그러나 심야의 산길에서 그 데츠도가 그렇게 다가왔다면, 나는 굴러떨어지기 전에 심부전을 일으켰을지도 모른다———고 생각한다.

"하지만 이것은 경찰의 실수입니다. 그런 위험한 산길을———적어도 경관 한 명 정도는."

"그건 아닐세. 살인자가 어슬렁거리고 있는 살인현장에 태연하게 숨어든 민간인이 잘못한 거지. 경찰은 전혀 잘못한 게 없네. 도리구치 군은 외길에서도 길을 잃는 사람이야. 너도 그 정도는 알고 있었을 텐데."

"———죄송해요."

"뭐, 됐다. 그만 자렴. 내일 이후로는 얌전히 있어. 경찰의 사정청취에만 협조하면 된다. 그 외에는 움직이지 마. 볼일이 끝나면 냉큼 돌아가고."

아츠코는 다시 한 번 오빠에게 머리를 숙였다. 교고쿠도는 그 모습을 실망스럽다는 듯이 바라보더니 그대로 일어섰다.

다정한 말을 해 줄 생각은 없는 모양이다.

"마스다 군. 데츠도 군은———아니, 됐으려나. 확실하게 수사해 주게."

"저어———."

의미심장한 말에 마스다는 불안이 증폭되었는지, 이미 장지문에 손을 대고 있던 교고쿠도를 머뭇머뭇 붙들었다.

"———이런 걸 묻는 것은 이상하지만——— 이걸로 끝일 거라고——— 생각하십니까? 추젠지 씨는."

교고쿠도는 이마에 손을 대고 잠시 망설이더니,

"아아. 구와타 씨의 신변에는 충분한 경계가 필요할지도 모르네. 하지만 그래도———."

하고 거기서 더욱 망설이며,

"———이것만은 다음이 누구든 상관없는 셈인가."

하고 작은 목소리로 말하고 그대로 방을 나갔다.

마스다가 다시 붙들려고 하는 것을 나는 말렸다.

"저 친구는 이제 상관하지 않을 겁니다."

"그렇습니까———."

마스다는 입을 굳게 다물고 침묵했다.

일단 방으로 돌아갔다.

조금이라도 자는 게 좋다.

정신을 차려 보니 네 시였다.

왜 나는 시간에 신경을 쓰는 것일까.

세 시가 네 시가 되었다 해도 어딘가가 달라지는 것은 아니다.

그러나 결국은 나는 지금 몇 시인지 알지 못하면 마음이 안정되지 않는다. 평소보다 십 분 빠르다, 아직 이십 분이나 남았다고 말하며 안심하고 있다. 시간에 쫓기지 않는 해방감이라는 것은 시간에 얽매여 있기 때문에 느끼는 해방감이다. 나도 내가 원해서 우리에 들어와 있었던 것이다.

그런 건가.

이불은 몹시 차가웠다.

날은 곧 밝았다.

이른 아침, 상당수의 경관과 감식반, 그리고 또 몇 명의 형사가 센고쿠로에 도착했다. 선두는 국가경찰 가나가와 현 본부 수사1과의 이시이 간지 경부였다.

이시이와 나 사이에는 얕지 않은 인연이 있다. 얕지 않다고 해도 알게 된 지 아직 다섯 달, 이야기를 나누게 된 것은 작년 말에 관여했던 사건 이후 처음이니 짧은 사귐이기는 하지만, 아무래도 인연은 있는 모양이다.

이시이는 은테안경을 손가락 끝으로 신경질적으로 만지작거리면서 큰 객실로 들어왔다.

코끝이 빨갛다. 추운 것이다.

나는 결국 얕게 졸다가 깨어, 마스다와 둘이서 큰 객실에 있었다. 마스다는 자지 않은 모양이다.

"아아, 세키구치 씨. 당신도 꽤나 생전에 죄를 많이 지은 모양이군요. 이런 곳에서만 뵙게 되다니. 기바 군은 잘 지내는———잘 지내겠지요, 그 친구는. 뭐, 됐습니다. 이봐, 마스다 군. 야마시타 군은 대체 뭘 하고 있는 겐가!"

"예. 모르겠습니다."

"경찰이 개입한 후에 세 명이나 살해되었으니 나는 뭐라고 기자회견을 하면 좋단 말인가. 도대체가 어제 석간에, 경찰 대실패, 피해자 늘어나다, 수사는 진척이 없어———라고 큼직하게 나오고 말았단 말일세."

"신문에 실렸습니까?"

"당연하지 않은가, 무슨 소릴 하는 거야."

이시이의 말이 옳겠지만, 나도 이 세상에 신문이라는 것이 있었다는 사실은 잊고 있었다. 이런 곳에 오래 있으면 그런 감각은 없어진다.

"그래서 어떻게 하실 겁니까?"

"어떻게고 뭐고 없네. 승려를 전부 내보내. 절은 일단 비우게. 도대체가, 이런 굴욕적인 사건은 없어."

"전원 용의자라는 뜻입니까?"

"아닐세. 전원 피해자가 될 가능성이 있어. 추젠지 씨가 어제 그렇게 말하더군. 그 말을 듣자마자 한 명이 살해되었고 또 살해되었지. 그 사람의 예언은 아주 잘 들어맞는단 말이야. 마치 마법 같긴 하네만———좀더 좋은 예언을 해 주었으면 좋겠는데. 그러니까 이것은 보호입니다."

마츠미야 진뇨와 접촉교섭을 할 때 교고쿠도는 이시이에게 전화를 하고 있었으니 그때 이야기한 거라 생각하지만, 예측과 예언을 구별하지 못하는 점이 어디까지나 이시이답다. 게다가 아무래도 교고쿠도를 마법사 취급한 장본인은 이시이인 것 같았다.

그러나 이번만은———그 마법은 듣지 않는다.

이시이와 마스다를 남겨두고 많은 경관들은 명혜사로 출발했다. 교착 상태인 현재의 상황을 힘으로 밀어붙이려는 이시이 신체제를 상징하는 듯한 용감하고 씩씩한 출진이었다.

그러나 새로운 지휘관인 경부 자신은 현장에는 들어가지 않을 모양이다.

"추젠지 씨는 뭘 하고 계십니까? 아아, 오빠 말입니다. 계시지요?"

이시이는 아직 조금 붉은 기가 남아 있는 코를 손으로 데우면서 내게 물었다. 나는 몰랐기 때문에 종업원에게 물어보니 아직 방에 있다고 했다. 그답지 않게 자고 있는 걸까. 그렇게 생각하며 시계를 보니 그래도 아직 여섯 시 전이었다. 늦게 잤으니 아직 자고 있어도 이상하지 않은 시간이다.

"그렇습니까? 이봐, 마스다 군. 잠깐 정리해 두고 싶은데. 뭐, 낮에는 스님과 경관이 대거 내려올 테니 그 전에 말일세."

이시이 경부는 방석을 뒤집어 두 번쯤 두들겨서 먼지를 털고 나서 다시 깔고 앉았다.

"으음———첫 번째 피해자가 고사카 료넨. 육십 세. 이 사람은 실종되었다가 나중에 오쿠유모토에서 맞아 죽었고 시체는 사흘 후 심야에 이 센고쿠로의———아아, 저 나무인가? 으음, 정원 나무 위에 유기되었고, 다음날 나무 위에서 미끄러져 떨어져서 발견———."

나무 위에 버려진 고사카 료넨.

"다음 피해자는 오니시 다이젠. 팔십팔 세. 고사카의 시체가 발견된 다음날, 명혜사 이치전에서 자네들과 접견했고 그 직후에 마찬가지로 맞아 죽음. 시체는 한동안 누구의 눈에도 띄지 않았고 다음날 오후, 명혜사 동사(東司) ——— 이건 변소지? 변소에 거꾸로 꽂혀 있었다."

변소에 꽂힌 오니시 다이젠.

"세 번째는 어제일세. 으음, 피해자는 스가노 하쿠교. 칠십 세. 명혜사 토굴 ——— 이런 무대장치는 시대착오적이군. 토굴 안에서 맞아 죽음. 시체 옆에는 건조 대마가 놓여 있었다고 ——— 스가와라는 관할서 형사에게 보고를 받았네."

건조 대마 ——— 가 놓여 있었나? 나는 듣지 못했다. 출가한 후에도 스가노 씨는 대마를 피우고 있었던 것일까.

"네 번째가 마찬가지로 어젯밤. 나카지마 유켄. 오십육 세. 명혜사 대일전 앞에서 맞아 죽음. 이것은 자세한 사항은 알 수 없단 말이지."

아츠코는 데츠도가 깃대를 휘둘렀다는 둥 쓰러뜨렸다는 둥 하는 말을 했는데, 그가 범인이 아니라면 그것은 무슨 의사표시일까.

"요컨대 맞아 죽은 것이로군. 수법은 교묘하지 않아. 흉기는 몽둥이 모양일 걸세. 고사카와 오니시를 죽인 흉기는 동일한 것으로 판단 ——— 하지 않았나? 이거야 뭐 이상한 사후공작만 없다면 일반적으로는 충동살인이라고 할 수도 있겠군. 계획성은 없어. 서류만 보자면 그렇게 어려운 사건 같지도 않네만."

"계획성이 없습니까?"

"없겠지. 자네는 현장에 계속 있었으면서 모르나? 간격도 제멋대로. 아무리 봐도 닥치는 대로 죽인 거야. 동기가 중요하지. 동기가 없는 것 같지도 않고———."

"닥치는 대로 죽인 경우, 어떤 동기를 생각할 수 있습니까?"

"그거야 간단하지. 가령 한 명을 죽였는데 그게 목격되어서 목격자도 죽이고, 또 본 사람이 있어서 또 죽이는 식으로 연쇄적으로 범행을 계속하는 경우. 이건 범행 자체가 다음 범행의 동기를 낳는 경우일세. 그리고 가령 어떤 비밀을 공유하는 집단이 있었다고 할 때, 입을 놀릴 것 같은 기색을 보인 놈부터 순서대로 처리하는 경우. 누가 언제 배신할지 알 수 없으니 순간적인 판단으로 돌발적으로 범행을 저지를 수밖에 없지. 다시 말해서 동기만 앞서 존재하고, 범행에 이르는 계기가 언제 찾아올지 알 수 없는 경우일세."

밖에서 보면 그런 사건일 것이다.

안에 있는 사람에게는 그런 논리정연한 모습은 조금도 보이지 않았다.

마스다도 마찬가지일 것이다.

이시이가 오기 전까지, 마스다는 끊임없이 이시이가 야마시타의 전철을 밟을 가능성을 걱정하고 있었다.

듣자 하니 야마시타도 처음에는 수사에 대한 정연한 지론을 갖고 있기는 했던 모양이지만, 이 환경 속에서 그것은 쉽게 부서지고 만 것 같다. 그러나 현재 이시이 본인에게는 그런 자각은 없는 모양이다.

"야마시타 군도 실제로는 어떻게 된 걸까. 머리는 많이 쓰는데 몸을 별로 안 쓴단 말이야, 그 친구는."

"몸을 많이 쓰는 것치고 머리를 안 쓰는 스가와라 씨도 애를 먹던데요."

"뭐, 경험부족일세. 그 추젠지 씨의 여동생은 증언할 수 있나? 이야기를 좀 들어 둘까. 그렇지. 그 도리구치인가 하는 기자는 어떻게 됐나?"

"아침에 병원으로 데려갔는데 농담을 할 수 있을 정도이니 걱정할 것은 없겠지요."

"치료하면서 천천히 이야기를 들어 볼까."

이시이는 침착했다.

확실히 승려들을 그 절에서 해방하고 나면 더는 걱정할 것은 없을 듯한 기분이 든다. 이시이가 말하는 것처럼 결계 바깥쪽에서 보면 이 사건은 단순히 계획 없는 살인사건이다. 안쪽에 들어가서 해결하는 것보다 바깥쪽으로 끌어내는 게 더 좋을지도 모른다.

마스다가 불안한 듯이 물었다.

"이시이 씨. 이번 사태는 실수———지요."

"그야 대실수지."

"야마시타 씨는 처분을 받게 될까요? 강등이라든가."

"자네는 바보로군. 그런 것은 우선 밑에서부터 처분을 받는 걸세. 야마시타 군이 강등이면 자네는 징계면직이야. 나도 훈계감봉일세. 남 걱정하지 말고 자네 걱정이나 하게. 하지만 지금은 해결이 먼저겠지. 자, 추젠지 씨 동생한테——아."

"저어——."

"누구십니까?"

이쿠보 기요에였다.

"또——누가 돌아가셨군요."

"당신은?"

이쿠보는 슬퍼 보이지도, 괴로워 보이지도 않았다. 굳이 말하자면 지친 것 같았다. 그렇게 말하자면 그녀의 존재는 지금까지도 충분히 피로감을 동반하고 있었지만 같은 피로감 속에도 뭔가 결심한 듯한 의연함을 나는 희미하게 느꼈다.

그 의연함은 말투에서도 알 수 있었다.

"살인사건의 공소시효는 몇 년인가요?"

결연하다.

"뭐, 시효정지 신청을 하지 않은 경우에는 15년일까요."

"그래요——?"

"당신은 13년 전에 있었던 마츠미야 가(家) 사건의 관계자요?"

"그렇습니다. 제가 여러 가지로 생각해 봤는데."

이쿠보는 몹시 맑은 눈으로 나를 보았다. 나는 수면부족 때문에 흐릿한 눈으로 그 눈을 마주보았다. 마스다가 뭔가 말하고 싶은 듯이 시선을 보냈다.

"13년 전의 사건은 지금 일어나고 있는 사건과는 상관이 없어요. 그래서 빨리 그 말을 하지 않으면 또 뭔가 일어나는 게 아닐까 싶어서."

"그야 말해주는 편이 좋지만――― 저는――― 아아, 저는 이시이라고 합니다. 저는 그 사건에 대해서는 보고서를 대충 읽었을 뿐이어서 자세히는 모르지만, 그 보고서에 있는 것 이외의 정보라면 말씀해 보시지요."

마스다가 말했다.

"이쿠보 씨. 당신 일전에 명혜사에서 이야기해 준, 그게 전부가 아니었던 거군요?"

"그때는 그게 전부였어요."

"지금은――?"

"전부 생각났어요――."

어제. 어두운 추억의 숲 깊은 곳에 있는 우리는 그 문을 열고, 갇혀 있던 기억은 해방된 것이다.

"저는 스즈코가 맡긴 히토시 씨 앞으로 보내는 편지를 당장 개봉해서 내용을 읽고 말았어요. 저는 그 사실만을 잊고――― 아니, 깊이 넣어 두고 있었어요."

"그게 생각난 겁니까?"

"제가 깊이 넣어 두었던 기억은 분명히 '편지를 읽은 것'뿐이었어요. 하지만 그것을 없애는 바람에, 그래서 그것과 관련해서 일어난 일을 사실로 인식하지 못했던 거예요———."

　이쿠보는 이야기했다.

　마을의 이단아였던 마츠미야 스즈코에게는 이쿠보 외에 친구다운 친구는 없었던 모양이다. 그래서 스즈코는 이쿠보를 절대적으로 신뢰했다. 스즈코가 이쿠보에게 편지를 맡긴 것도, 이쿠보는 절대로 읽거나 다른 사람에게 건네주지 않을 거라는 강한 신뢰감을 갖고 있었기 때문으로 생각한다.

　한편 이쿠보는 그렇게 뚜렷한 의식을 갖고 있었던 것은 아니었다.

　오히려 이쿠보는 스즈코에 대한 우정보다도 스즈코의 오빠, 마츠미야 히토시에 대한 동경의 마음이 더 강했던 것 같다고 말했다.

　"스즈코도 싫어하지 않았고, 친구라고는 생각하고 있었지만———."

　이쿠보는 그렇게 말했다.

　스즈코의 아버지, 마츠미야 진이치로는 이쿠보를 딸이 학교에 오갈 때의 보호자나 시중꾼 정도로 생각하고 있었던 게 아닐까——— 하고, 이쿠보는 이야기했다. 그래서 이쿠보를 집에 들여보내 준 적도 없고, 말을 나눈 적조차 없었던 모양이다.

　분명한 점은 마츠미야 진이치로는 딸 스즈코를 몹시 사랑했던 것 같다.

집에 오는 시간이 조금이라도 늦어지면 현관 앞에서 스즈코는 큰 소리로 야단을 맞았고, 늦은 이유를 엄하게 캐물었다고 한다. 마츠미야 가를 경유해서 귀가하는 이쿠보는 "내일 또 봐"라고 말한 후에 몇 번이나 그 목소리를 들었다고 한다.

진이치로는 다시 말해서 거의 집에 있었다는 뜻이다.

"히토시 씨와 아버지의 대립 원인도, 사실은 스즈코에게 있었던 것 같아요. 저는 어렴풋이 느끼고 있긴 했지만 ———."

그날.

이쿠보는 마츠미야 가의 고용인에게 불려나갔다.

고용인은 뚱뚱하고 커다란 몸집의 영국인 노파였다고 한다.

이쿠보는 그때서야 처음으로 마츠미야 가의 뒷문으로 안내되었다.

후리소데를 단정하게 차려입은 스즈코가 있었다.

——— 꼭 전해 줘.

——— 나는 이 집에서 나갈 수 없거든.

——— 그러니까 돌아오라고 하더라고 전해 줘.

건네받은 봉투에는 '히토시 귀하'라고 적혀 있었다.

받을 사람 이름을 그렇게 썼다는 것이 이쿠보에게 무언가를 예감하게 했다.

오라버니도 오빠도 오라버님도 아니다.

"저는 스즈코가 맡긴 편지를 곧 뜯어서 읽고 말았어요.

그것은━━━."

"연애편지였군요."

"━━━잔혹한 분이시네요. 세키구치 선생님."
이쿠보는 왠지 아주 조금 유감스러운 듯한 얼굴을 했다.
"저 ━━━ 정말입니까, 이쿠보 씨?"
"분명히 세키구치 선생님의 말씀이 옳아요."
마스다는 몹시 곤란한 얼굴을 했다.
"그것은━━━하지만 이쿠보 씨, 두 사람은 남매 아닙
니까? 그 진이치로 씨라는 사람이 어떤 아버지였는지는
모르겠지만, 그것은 동생이 오빠를 생각하는 편지였던 게
아닐까요? 어떻게 쓰든 어차피 글의 내용은 비슷해지지
않겠습니까?"
"아뇨. 그것은 그런 편지가 아니었어요. 그것은━━━
여자라면."
이쿠보는 거기서 잠시 말을 찾다가,
"연애편지인지 아닌지는 어린애라도 ━━━ 알 수 있어
요."
그렇게 단언했다.
그렇다면 그것은 연애편지였을 것이다.
"그런 일도 있다네."
입을 벌리고 있는 마스다에게 이시이는 그렇게 말했다.

편지의 내용은 대략 다음과 같았다.

―――아버지는 이상하다. 미쳤다. 하루도 오빠와 떨어져 있고 싶지 않다. 하지만 나는 집에서 한 발짝도 나갈 수 없다. 아버지가 있어서 돌아올 수 없는 거라면 내가 아버지를 죽이겠다. 아버지를 죽여서라도 함께 있고 싶다. 아버지만 없으면 나도 밖에 나갈 수 있다. 사랑한다, 보고 싶다.

보고 싶다.

"처음에는 믿을 수 없었어요. 그러다가 무서워졌지요. 오빠와 동생이 그렇다니, 용서받지 못할 일이잖아요? 이상하게도 그때 저는 경찰에 신고해야 한다고 생각했어요. 어린아이였기 때문에 그것은 죄라고 생각한 거지요. 그리고 곰곰이 생각하다 보니 점점 더럽다, 불결하다는 생각이 들기 시작했어요. 그 무렵―――저는 히토시 씨를 좋아했기 때문에 더욱더 그렇게 생각했겠지요."

이쿠보는 결국 절 앞까지 갔다가 되돌아왔다.

그때 히토시는 아직 절에 있었다고 한다. 편지 내용을 본 이상, 아무래도 건네줄 수가 없었다.

이쿠보는 망설인 끝에 그대로 마츠미야 가로 돌아가 초인종을 눌렀다고 한다.

"제가 왜 그런 기분이 들었는지―――지금 생각하면 단순히 질투하고 있었던 거예요, 스즈코를. 그래서 분한 마음에 일러바칠 생각이었던 것 같아요―――."

―――역시 스즈코는 이길 수 없다.

그런 뜻이었을까.

스즈코가 현관에 나오지 않는다는 것을 이쿠보는 알고 있었다고 한다.

아버지는 스즈코가 현관에 나가는 것을 금지하고 있었던 것이다. 이쿠보는 본인에게 들어서 알고 있었던 모양이다.

마츠미야 진이치로 씨는 갑자기 찾아온 딸의 친구가 뜬금없이 자신을 만나기를 청한 사실을 몹시 곤혹스러워했던 것 같다.

"———— 왜 그렇게 했는지 모르겠지만 저는 봉투에서 편지를 꺼내서 알맹이만 건넸어요. 어째서인지는 ————모르겠습니다."

진이치로 씨는 한눈에 딸의 편지임을 알았다.

필적을 알고 있었는지, 아니면 어떤 예감을 갖고 있었는지, 아마 전자일 거라고 이쿠보는 말했다.

내용을 하나씩 읽으면서 진이치로의 분위기는 눈에 띄게 변했다고 한다.

붉은색을 칠한 것처럼 얼굴이 빨개지고, 정맥은 튀어나오고 눈은 충혈했다. 그리고 진이치로는 편지를 움켜쥐더니 우두커니 서 있는 이쿠보에게는 눈길도 주지 않고 큰소리로 딸의 이름을 불렀다.

이쿠보는 도망쳤다.

아버지에게 편지를 건넨 이상, 이쿠보의 배신은 얼마 안 있어, 아니, 당장 알려질 것이다. 그것으로 스즈코와의 관계가 결딴날 것은 분명했다. 망가지고 나면 이제 두 번 다시 회복할 수는 없을 것이다. 최악의 배신이다. 그래도 이상하게도 이쿠보는 스즈코에게는 미움도 아무것도 느끼지 않았던 모양이고, 그저 뒤가 켕겼을 뿐이라고 한다. 그래서 얼굴을 마주하는 것만은 싫었다고 한다.

그래서 ——— 도망친 것이다.

"스즈코는 죽을 거라고 ——— 생각했어요. 아뇨, 어쩌면 그것은 제 바람이었을지도 모르지요. 정말로 스즈코를 싫어하지는 않았어요. 하지만 질투는 하고 있었을지도 모르니까요. 그런데 왠지 돌이킬 수 없는 일을 한 것 같은 기분이 들어서 ———."

일단 집으로 돌아가기는 했지만 안절부절할 수 없었던 모양이다.

그것은 당연할 것이다.

마스다가 물었다.

"그리고 아마 저녁때가 되어 가족들 몰래 빠져나오려고 하는 사이에 ——— 불이 났지요? 그럼 그 후의 증언은 마찬가지입니까?"

"아뇨. 저는 화재가 일어나고 나서 간 것이 아니라 제가 화재를 발견했던 거예요."

"빠져나가 보니 불이 나 있었다고요?"

"——— 그게."

"그 다음은 오히려 말해 주지 않으면 곤란합니다, 아가씨. 남매가 서로 좋아하는 것은 법에 저촉되는 것이 아니지만, 방화살인이라면 얘기가 달라요. 당신은 혹시 누군가에게 죄를 물을 가능성이 있었기 때문에 처음에 제게 시효에 대해서 물은 게 아닙니까? 그런 각오로 이야기를 시작했다고, 그렇게 이해했는데요?"

이시이는 그렇게 말하며 검지로 안경을 밀어 올렸다.

이쿠보는 한 번 눈을 감고 나서 말했다.

"저는 그 사람을 죄에 빠뜨리려는 생각은 없어요. 다만 ────."

아마 마츠미야 진뇨를 배려해서 결정적인 말을 하지 못하고 있는 것이리라. 그러나 ────.

이미 문을 열어 버린 것은 어쩔 수 없다. 그것이 소중한 것을 망가뜨리는 결과가 된다 해도, 열어젖히고 만 것은 ────.

나는 잠시 망설이다가 말했다.

"당신만의 문제로 결론을 짓는 것은 무리가 있습니다. 게다가 ────그것은 지나친 일입니다. 설령 진실이 어떻다 해도, 그 사람은 무언가를 후회해서 출가한 것입니다. 그것이 진실이라면 현재의 마츠미야 씨는 아무 말도 하지 않겠지요."

이쿠보는 "그렇겠지요" 하고 말했다.

"안채는 이미 불타고 있었어요. 불길은 두 곳 이상에서 치솟고 있었고, 뒷문 쪽도 불타고 있었지요. 그리고 히토시 씨가 ────현관에 불을 지르고 있었어요."

"역시 ────마츠미야가 범인인가?"

마스다는 그렇게 말했다.

어젯밤에 츠기타 형사가 추궁했을 때 피하는 방법이 석연치 않았던 것은 분명했다.

"아뇨, 범인인지 아닌지는 알 수 없어요."

그러나 이쿠보는 마스다의 말을 부정했다.

"제가 본 것은 히토시 씨가 현관에 불을 지르고 있는 모습뿐이에요. 다른 것은 모릅니다. 부모님 살해나 안채의 화재와는 상관이 없을지도 몰라요."

"하지만 현관에만 불을 지른다는 것도 이상한데요. 그래서요?"

"히토시 씨는 뭐라고 외치면서 산 쪽으로 도망쳤어요. 그리고 후리소데를 입은 스즈코가 울면서 그 뒤를 쫓듯이 달려갔어요."

"둘이서 도망친 건가요?"

"저는 어떻게 해야 할지 알 수 없어서━━━ 잠시 멍하니 있었어요. 그러다가 이제 손을 쓸 수 없는 상태가 되고, 사람들이 모여들었어요. 저는 몰래 봉투를 불에 던져 태웠어요. 제 행위가 이 참사의 원인이라는 것은 아마━━━ 틀림없을 거라고 생각했기 때문에 무서웠거든요. 그리고 저는 봉투와 함께 기억도 태워 버린 거예요."

"이쿠보 씨━━━."

"네. 지금까지 13년 동안 제가 찾고 있었던 것은, 지금 말씀드린 기억 자체였어요━━━ 세키구치 선생님. 어딘가로 찾으러 간다고 찾을 수 있는 게 아니었어요. 히토시 씨를 만나서 이야기한다고 해서 알 수 있는 것도 아니었고요. 잃어버린 것은 제 안에 있었던 거지요. 저는 답을 처음부터 알고 있었어요———."

확실히 마츠미야가 자기 입으로 이야기할 리도 없는 일이다.

——— 알고 있었다면 처음부터 말했어야지.

에노키즈가 그런 말을 했던가.

"제가 이곳에 왔을 때, 창문에서 스님의 모습을 보고 그렇게 겁을 먹은 것은——— 히토시 씨에 대한 죄책감이 있었기 때문이에요. 제가 마츠미야 가를 붕괴로 이끈 것은 틀림없어요. 그 편지도, 지금 생각하면 스즈코는 농담으로 쓴 것일지도 모르지요. 만일 그렇다면 제가 죽인 거나 마찬가지예요."

이쿠보는 그렇게 겁먹고 있지는 않았다.

이 여성은 나보다 강한 사람이라고, 나는 생각했다.

"어제 당신은 그 마츠미야 씨에게, 당연히 지금 같은 이야기는 하지 않았겠지요?"

"네."

"그, 마츠미야 씨도 그 비슷한 이야기는 아무것도?"

"네."

"알겠습니다, 뒷일은 경찰에 맡겨 주십시오. 설령 원인이 당신에게 있었다 해도 범행을 저지른 것은 다른 사람입니다. 경찰을 믿어 주십시오."

이시이는 그렇게 마무리를 지었다.

"다만 그 사건 자체는 이번 사건과는 상관이 없겠지요. 그런데 이쿠보 씨, 당신은 첫 번째 피해자 고사카 료넨 시체유기사건의 목격자입니다. 또 두 번째 피해자 오니시 다이젠과는 범행이 일어나기 직전까지 같이 있었어요. 게다가 명혜사에 있는 스즈인가 하는 소녀는——— 뭐야, 그 스즈코 씨와 상관없다고는 생각할 수 없는 건가, 마스다 군?"

"딸이 아닌가 하는 의혹이."

"그래? 게다가 뭐야? 그 마츠미야라는 사람은 명혜사가 있는 땅의———."

"상속인이라고 합니다."

"보십시오, 그러니까 당신들은 이번 사건에 대해서도 무관하지는 않은 겁니다. 예를 들면 전혀 다른 이유로 당신이나 마츠미야 씨가 범인일 가능성도 없는 것은 아니에요. 그것은 기억해 두십시오. 그러니까 조금만 더 협조해 주시지요. 곧 끝날 테니까요."

이시이는 그렇게 말했다.

그리고 마스다를 데리고 아츠코의 방으로 향했다.

이쿠보는 큰 객실에 남았다.

나는 남몰래 생각한다.

생각해서는 안 되는 망상이다.

명혜사에 있는 스즈의 아버지는——— 마츠미야 진뇨

가 아닐까.

근친상간━━그 결과로서의 임신. 그것은 심각한 부자갈등의 원인으로는 충분하지 않을까. 싸움 끝에 히토시는 부모를 살해, 불을 지르고 스즈코와 함께 달아난다. 고용인들은 늘 있는 가족싸움이라고 대수롭지 않게 여기고 자고 있었거나 해서, 미처 도망가지 못하고 불타 죽는다. 히토시가 현관에 불을 지른 것은 고용인들이 도망치지 못하게 하기 위해서였을지도 모른다.

그러나 남매는 산속에서 헤어지고 만다. 스즈는━━마치 어젯밤의 도리구치 일행처럼━━절벽에서 굴러 떨어지거나 해서 진슈 노인의 구조를 받고 명혜사로 가게 된다. 그러면 산을 뒤진다고 발견될 리도 없다. 히토시는 돌아와, 법의 심판은 피할 수 있었지만 회한을 견딜 길이 없어 삭발을 하고 불문에 들어간다. 한편 스즈코는 스즈를 출산하고 저 세상으로 가게 된다.

아니. 구온지 노인의 이야기로는 스즈는 진슈의 집에서 태어난 것이 아니라 그 후리소데에 싸여 버려져 있었다고 했다. 그렇다면━━.

━━뭔가 이상하다.

아니. 그것은 크게 어긋나는 것은 아니다. 전체적인 구조는 틀림이 없을 것이다.

이 단계에서 다른 줄거리는 나로서는 생각할 수 없다.

구온지 노인의 추리와 맞추어 생각하면━━.

나는 어디가 이상한지 이해할 수 없어서, 생각을 멈추

었다.

이쿠보는 왠지 모르게 기운차 보였다.

나는 문득 떠올렸다. 어제 마츠미야 진뇨를 바라보고 있던 이쿠보의 시선———나로서는 이해할 수 없는 시선은 무의식중의 의혹———아니, 스즈코에 대한 질투일까———어쨌든 말로 표현할 수 없는 것에 의해 만들어진 것이었다. 그것도 말로 해방해 버린 지금은, 더는 그녀는 그런 눈을 하지 않을 것이다.

이시이의 말이 사실이라면 이제 곧 끝난다.

산에서 승려들이, 진슈 노인이, 스즈가 내려오면 모든 것은 해결된다.

이제 아무 일도 없을 것이다. 결계 안은 텅 비게 된다. 이제 곧.

그러나———그렇게 되지는 않았다.

오전 열 시.

센고쿠로로 돌아온 것은 이시이가 데려온 경관 두 명과 형사 한 명뿐이었다.

이시이는 초장부터 기가 꺾였다.

형사는 말했다.

"안 됩니다. 놈들은 산을 내려오지 않습니다."

*

승려들이 움직인 것은 오전 네 시였다.

야마시타가 일단 수사 중지 판단을 내린 것이 새벽 두 시의 일이다.

밤의 산은 위험하다. 수사원도 지칠 대로 지쳐 있었다. 일손도 부족하다.

스가와라가 분주한 보람도 없이, 스기야마 데츠도의 신병은 확보할 수 없었다. 만일 데츠도가 범인이었다면 마음 먹고 도망쳤을 가능성도 고려해야 할 것이다. 산을 내려갔다면 찾아 봐야 소용없게 된다. 날을 잡아 산을 샅샅이 뒤질 수밖에 없다. 동시에 현 전역에 수배할 필요도 있을 것이다.

진슈 노인은 츠기타가 보호하고 있었지만 어찌된 셈인지 스즈의 행방만은 알 수 없었다. 야마시타는 어린 스즈의 행방을 알 수 없는 것을 크게 우려했지만 어차피 손쓸 방법도 없었고, 당사자인 진슈가 걱정할 필요는 없다고 해서 어쩔 수 없이 수색을 중지했다. 그래도 걱정이었다.

승려들은 선당에서 야좌를 계속하고 있었다.

경비를 보는 경관을 선당 주위에 배치하고 선당 옆 건물에는 츠기타와 가메이를 배치했다.

구온지 의사와 이마가와, 마츠미야 세 사람은 그곳에 맡겼다. 지객료에는 구와타 조신과 가가 에이쇼, 그리고 스가와라를 들여보냈다. 마키무라 다쿠유는 아무래도 가가와 함께 지객료에 둘 수도 없고, 그렇다고 해서 선당으로 돌려보낼 수도 없어서 형사 두 명을 붙여 내율전으로 보냈다.

진슈 노인도 내율전에서 쉬게 하기로 했다.

범인의 동기는 전혀 알 수가 없으니, 이 경우 진슈도 위험하다. 승려만 노린다는 보장은 없다. 이 산에 사는 사람이라는 범주에는 진슈도 들어간다. 조심해서 지나칠 것은 없다.

스즈가 돌아왔을 때를 대비해서, 또는 데츠도가 들를 가능성도 있기 때문에 진슈의 오두막에는 두 명의 경관을 배치했다. 데츠도를 상대할 것을 생각하면 한 명으로는 불안하다. 두 명도 사실은 위험하다고 생각한다.

문제는 관수인 마도카 가쿠탄과 두 명의 시승(侍僧)이다.

관수가 기거하던 대일전은 살인현장이다. 게다가 아직 현장 검증은 끝나지 않았다. 그러니 그곳으로 돌려보낼 수는 없었다. 차라리 함께 야좌라도 해 주었으면 좋겠다고 생각했지만 아무래도 관수는 야좌를 할 생각이 없는 것 같아서, 이 또한 어쩔 수 없이 지객료 안쪽 방에 세 명을 수용했다. 그리고 야마시타는 아침을 기다렸다.

그로부터 두 시간.

우선 선당에서 야좌를 하고 있던 와다 지안이 지객료의 가쿠탄 관수를 찾아왔다.

야마시타는 지원이 도착하기를 이제나저제나 기다리고 있었기 때문에 당연히 잠이 오지 않았다. 구와타와 가가도 나카지마가 살해되었다는 사실에 기인한 동요는 숨길 수 없어서, 옆방에서 야좌를 계속하고 있었다. 스가와라 일행은 자고 있었다.

갑자기 문이 열리는 바람에 야마시타는 벌떡 일어났다. 문 앞에는 그 일본 인형 같은 남자가 서 있었다.

"뭐, 뭡니까, 와다 씨, 무, 무슨 일이 있었소?"

"걱정하지 마십시오. 소란 피우실 것 없습니다. 저는 관수님을 모시러 왔을 뿐입니다."

"과, 관수?"

장지문이 열렸다.

그곳에 서 있는 것은 구와타였다.

"지안 스님. 이런 시간에 무슨 일이시오?"

"조신 스님———."

와다는 모양 좋은 눈썹을 찌푸렸다.

"귀공은 무슨 생각으로 돌아오신 겁니까? 산을 버린 사람이 있을 곳은 없어요!"

"괜찮소. 소승은 이 산으로 돌아올 생각은 없소. 다만 눈앞에서 유켄 스님이 그렇게 되신 이상, 이대로 맥없이 물러날 수는 없소이다."

"물러나지 않으면——— 귀공이 무엇을 하실 수 있단 말이오?"

"그쪽이야말로 무엇을 하시려는 거요?"

와다는 구와타를 노려보았다.

"어쨌든 나는 귀공에게는 볼일이 없소. 관수님을 뵈려고 온 것입니다."

"무슨 일인가, 지안?"

또 장지문이 열리고 관수가 서 있었다. 가사도 법의도 입지 않았다. 하얀 홑옷 차림이다.

어두컴컴해서 옷밖에 보이지 않는다. 유령 같았다.

"가쿠탄 선사님———."

구와타는 당황했다. 유령 같아도 관수는 강한 자장(磁場)을 내뿜고 있다.

와다가 공손하게 절을 했다.

"예하. 법당으로 와 주십시오."

"법당? 조과 시간은 아직 안 되었지 않느냐."

"법회입니다."

"법회?"

"료넨 스님. 다이젠 노사님. 하쿠교 스님. 그리고 유켄 스님——— 이대로 놔두는 것은 조금———."

"이, 이봐! 당신들 설마 장례식을 시작하려는 건 아니겠지?"

"맞습니다."

"지안 스님! 생각을 좀 하시오. 귀공은 상황인식이라는 걸 못하는 겁니까! 지, 지금 이 절은 살인사건의 와중에 있습니다. 지금은 사건 해결이."

"물러나게, 조신! 지안. 알겠네. 지금 가지."

"관수님———당신은."

구와타 조신은 왠지 할 말을 잃었다.

*

"산을 내려오지 않는다니 무슨 뜻이지?"

이시이 경부는 신경질적으로 양손의 손가락을 움직이며 말했다.

"놈들은 비상식적이게도 장례식을 하고 있습니다. 강제적으로 끌어내도 될지 어떨지 경부님의 판단을 듣고 싶어서━━."

"강제적이라니, 말로 하면 못 알아듣나?"

"못 알아듣습니다. 경을 읽고 있어요. 손을 댈 수가 없습니다."

"멍청한 놈, 살인 현장에서 장례식이라니 전대미문이야. 멈추게 할 수 없나?"

"그러니까 쳐들어가서 강제적으로 연행해도 될지 어떨지, 이렇게 여쭈러 온 겁니다."

"야마시타 군은━━뭐라던가?"

"아아. 초췌해지셨더군요. 그 상황에서는 어쩔 수 없습니다. 저라면 미쳤을 거예요."

"그렇게━━엄청난가?"

이시이는 천천히 몸을 돌려 나를 보았다.

"세키구치 씨. 그 장례식이라는 것은 어느 정도면 끝납니까?"

"글쎄요. 대법요 같은 것은 며칠 동안이나 하기도 하지만━━보통은 몇 시간이겠지만요."

"아침 네 시나 다섯 시부터 시작한 것 같습니다. 어쨌거나 죽은 사람이 네 명이니까요."

"――― 끝날 ――― 때까지 기다린다."

"예?"

"끝날 때까지 대기하게. 쓸데없는 문제는 피해. 그들은 용의자가 아닐세. 또 용의자라 해도 장례식을 하고 있다면 범행을 더 저지를 수도 없고 증거인멸 작업도 할 수 없어. 최소한의 인원을 남겨두고 나머지는 하산해. 이곳 센고쿠로에서 대기한다. 감식반의 현장 검증은 계속하게. 시체는 회수해서 즉시 해부하고. 데츠도와 스즈의 수사만 계속한다. 이상."

이시이는 그렇게 지시를 내리고 발길을 돌려 성큼성큼 큰 객실을 나갔다.

형사와 경관은 제대로 쉬지도 못하고 다시 명혜사로 향했다.

나는 왠지 갑자기 ――― 불길한 예감이 들었다.

그래서 교고쿠도의 방으로 향했다.

교고쿠도는 앉아 있었다.

좌선을 하고 있는 것은 아니다.

좌탁에 양 팔꿈치를 짚고 깍지 낀 손등에 턱을 올려놓은 채 도코노마의 ≪십우도≫를 바라보고 있었다.

그의 방에 있는 ≪십우도≫는 ―――.

아마 〈기우귀가(騎牛歸家)〉 ――― 였던가.

나는 천천히 돌아들어 가, 친구의 옆모습이 보이는 곳에 앉았다.

"교고쿠도."

"왜 그러나."

내 얼굴도 보지 않고 대답한다. 늘 있는 일이다.

"나는 이제 지쳤네."

"피차일반일세."

무뚝뚝한 대답도 여전하다.

"명혜사의 승려들은 장례식을 시작했다는군."

"장례식? 그래? 깨끗이 체념하지를 못하는군."

"체념?"

"그래. 정말이지 ──── 깨끗이 체념하지를 못해."

뜻을 잘 알 수 없었다.

나는 분풀이라도 하듯이 말했다.

"이보게, 교고쿠도. 자네는 무슨 생각을 하고 있나? 자네는 이제 이곳에는 볼일이 없을 테니 얼른 돌아가서 그 곳간이라도 파내면 되지 않는가. 뭘 그렇게 꾸물거리는 겐가? 자네답지 않아. 이곳은 자네 집 방도 아니고 자네 가게 계산대도 아닐세. 자네가 있을 곳이 아닐 텐데!"

반응은 없었다.

친구는 한동안 움직이지 않고 있다가 이윽고 내 쪽을 돌아보며 이렇게 말했다.

"세키구치 군. 온 세상이 모두 같은 시간의 흐름 속에 있다는 상태는 ──── 과연 정상적인 상태일까?"

"무슨 소린가?"

"나는 ——— 싫네."

"싫어?"

"그래. 그래서 나는 고사카 료넨이 ——— 아니, 와다 치넨이 좀 밉네. 아니. 아주 밉네."

"무슨 말을 하는 건지 잘 모르겠군."

"그래? 아까 말일세. 야마우치 씨가 전화를 했네. 자네가 이쿠보 군과 이야기하고 있을 때였네."

"아아? 몰랐는데."

"안 되었다고 하더군."

"안 돼?"

"그래. 모든 것이 ——— 안 되었네. 이게 잘된 것일까. 잘되지 않은 것일까. 나는 지금 그것을 생각하고 있네. 물론 생각한다고 어떻게 되는 것도 아니네만."

"안 되다니 뭐가 말인가?"

"있지 말아야 하는 것은 ——— 역시 없는 편이 낫네."

"그러니까 알 수 있게 말해 주게."

"발견 따위 되지 않았으면 좋았을 것을."

말을 마친 교고쿠도는 악귀 같은 형상으로 《십우도》 중 하나를 노려보았다.

세 시에는 오시마 유헤이가 도착했다. 인상착의 확인이 아닌 목소리 확인을 할 예정이었지만 정작 가장 중요한 승려가 한 명도 없어서 결국은 헛걸음을 한 셈이다. 내가 가져온 정보는 아무 도움도 되지 않았다.

그리고 결국 오늘 아침에 명혜사에 들어간 대부분의 경관들은 두 구의 시체와 함께 센고쿠로로 돌아왔다.

오후 네 시였다.

나는 비닐 같은 것으로 둘둘 말려 마치 짐짝처럼 실려 온 두 구의 시체를 보았다. 한쪽은 나카지마 유켄. 그리고 다른 한쪽은———.

———스가노 씨.

내 안에서 처음부터 죽어 있던 남자. 그래서 만날 때는 역시 시체다. 그것도 비닐에 싸여 있어서 얼굴도 보이지 않는다. 조금도,

조금도 감개가 치밀어 오르지 않았다.

이상했던 것은 야마시타 경부보도 스가와라 형사도 츠기타 형사도, 그뿐 아니라 구온지 노인이나 이마가와, 마츠미야 진뇨조차도 돌아오지 않았다는 점이었다. 경관들은 아무래도 교대하고 돌아온 모양이다. 이시이 경부는 몹시 이상하게 여겼다. 가메이라는 젊은 형사가 이시이 경부에게 열심히 사정을 설명했지만 아무래도 이시이에게는 그 특수한 폐쇄공간의 뉘앙스가 전해지지 않은 모양이다.

"결국 몇 명을 남겨 두었나?"

"네. 으음, 원래 형사는 야마시타 씨를 포함해서 여섯 명이었는데 저희 세 사람은 내려왔고 오늘 아침에 도착한

지원이 두 명 남았으니까 합계 다섯 명. 경관은 오늘 아침에 들어온 것까지 열 명. 감식반은 전원 철수했습니다."

"어째서 야마시타 군은 내려오지 않았지? 됐네, 교대를 보냈으니까 내려왔어야지. 피곤할 텐데. 게다가 민간인도 내려보냈어야지. 앞으로의 식사 같은 것은 어쩔 텐가? 여기서 가져간 것은 다 먹었을 텐데?"

"아아. 그 구와타라는 승려가 전좌———요리하는 사람이어서 준비해 주고 있습니다. 사찰요리지만요. 요리랄까, 그냥 죽이지만———."

"겨우 죽이나 먹고 무슨 힘이 난다는 거야. 정말로 어째서 내려오지 않는 건가, 야마시타 군은. 묻고 싶은 것도 많고, 무엇보다 수사회의를 할 수가 없잖나."

"이시이 씨가 가지 않아서입니다."

가메이는 그렇게 말을 맺었다.

그러나 답은 간단하다.

그들은 나올 수 없게 된 것이다.

산의 포로가 된 것이 틀림없다.

나는 큰 객실에 있을 수 없게 되어서 복도로 나왔다.

매끈매끈하게 닦인 복도에는 먼지가 쌓여 있었다. 한동안 청소를 하지 않은 듯했다. 복도는 어둡다. 복도의 판자 이음매를 찬찬히 바라본다. 그리고 나는 도리구치가 언젠가 말했던, '옛날 냄새'라는 냄새를 눈으로 맡은 기분이 들었다.

복도 저편에는 그 이층으로 이어지는 계단이 있다.

다리 난간처럼 보이는 손잡이에 누군가 사람이 기대어
서 있었다.

이쿠보와 아츠코였다.

"세키구치 선생님 ———."

아츠코가 말했다.

그때,

시커먼 그림자가 계단을 내려왔다.

그것은 ———.

마를 쫓을 때의 검은 기모노로 몸을 감싼 교고쿠도였다.

검은 손등싸개에 검은 버선. 검은 목도리.

검은 홑옷에는 세이메이 문양이 물들여져 있다.

손에는 검은 두루마기와 검은 나막신을 들고 있다.

나막신코만 빨갛다.

"자, 자네, 어쩔 셈인가!"

"아아. 의미를 알았네, 세키구치 군. 하늘과 바다 사이에
는 북쪽도 동쪽도 다 있는 거였어."

"뭐? 그럼 자네는 ———."

"가야지. 결계에 결계를 치는 것 같은 복잡한 일은 역시
안 되네."

"승산은 있는 겐가!"

"이기고 지는 걸로 따지자면 나는 처음부터 졌네."

교고쿠도는 아츠코와 이쿠보를 보았다.

"아츠코. 다친 데는 어떠니?"

"괜찮아요."

"그래? 이쿠보 씨."

"네."

"13년 전의 사건을 끝내야 합니다."

"어———."

"마츠미야 스즈코에게 붙은——— 오카부로를 떼어 낼 생각이에요."

"그것은———?"

교고쿠도는 그렇게만 말하고 어두운 복도로 사라졌다.

아츠코와 이쿠보는 어안이 벙벙하여 그 뒷모습을 보고 있었지만 그것은 곧 어둠의 검은색에 동화하여 보이지 않게 되고 말았다.

나는———.

계단을 뛰어올라가 외투만 움켜쥐고,

전속력으로 뒤를 쫓았다.

큰 객실에는 많은 경관이 있었다.

계산대 쪽에는 종업원도, 지배인도 있었다.

아무도 검은 옷을 입은 남자를 알아차리는 사람은 없다.

교고쿠도는 걸음을 멈추지 않고 그 속도 그대로 밖으로 나갔다.

신을 신는 동안 나는 다시 크게 뒤처지고 말았다. 밖으로 뛰어나간다.

어둑어둑해졌다.

"이보게! 기다리게! 혼자 가지 말고."

"자네는 남아 있게. 넘어져서 다칠 걸세."

"바보 같은 소리 말게. 자네 혼자 가게 할 수야 있나 ──."

"이 다음에 재미있는 전말은 없을 거야. 유쾌하지 않은 결말이 있을 뿐이네."

"상관없어!"

눈이 소리를 내며 떨어졌다. 하얀 배경에 검은 옷을 입은 남자는 마치 종이를 오려낸 것처럼 또렷하게 보였다.

그 너머에 ──.

다리를 크게 벌린 키 큰 남자가 서 있었다.

"이 멍청한 서점 주인 같으니! 갈 건가?"

"갈 거야."

그것은 에노키즈였다.

"에노 씨!"

나는 에노키즈 쪽으로 몇 발짝 달려갔다.

"당신 어디에 있었어요? 돌아간 게 아니었습니까! 에노 씨 당신, 수배되었어요."

에노키즈는 나를 완전히 무시하고 말했다.

"교고쿠 혼자서는 짐이 무거울 것 같아서 말이야. 일부러 기다려 준 거지 ── 고맙게 생각하게."

교고쿠도는 스쳐 지나가면서 에노키즈의 얼굴도 보지 않고,

"그렇게 배려해 주니 눈물이 나는군."

하고 말했다.

에노키즈는 교고쿠도를 완전히 지나쳐 보내고 나서 고개를 돌려 그 모습을 돌아보더니 빙글 돌아 성큼성큼 그 뒤를 따랐다.

그리고 나는 걸음이 빠른 두 사람의 등을 보면서 산속의 감옥에 다시 발을 들여놓았다.

심장 고동이 빨라졌다.

산은 이미 어둡다.

절의 정문이 보였다.

교고쿠도는 그 앞에서 걸음을 멈추고, 우리 같은 나무들을 바라보면서 중얼거리듯이 말했다.

"이 세상에는———이상한 일이라곤 무엇 하나 없다네. 세키구치 군."

명혜사가 신기루처럼 떠올라 보였다.

정문을 통과했다.

교고쿠도는 짐승처럼 건물을 바라보았다. 망막에 새기듯이 바라본다.

참뱃길에는 같은 간격으로 화톳불이 피워져 있다. 장작이 타닥타닥 튀는 소리가 난다.

이미 어두워진 허공에 연기가 자욱하게 녹아든다.

삼문 앞에서 교고쿠도는 걸음을 멈추고 잠시 슬픈 듯이 과장스러울 정도로 커다란 그 문을 둘러보았다.

"지국(持國). 다문(多聞).[†] 위가 보고 싶은데. 음? 천체석가(千體釋迦)인가?"

경관이 달려왔다.

"저, 저어."

검은 옷을 입은 남자는 경관을 완전히 무시하고 슬쩍 빠져나가듯이 삼문 안으로 침입했다. 경관은 뭐가 어떻게 된 건지 모르겠다는 듯이 갈팡질팡하고 있었지만 에노키즈가,

"조용히 하게."

라고 말했기 때문에 입을 다물었다.

교고쿠도는 얼굴을 정면으로 향한 채 눈만 움직이며,

"저것이 동사——화장실."

하고 말했다. 듣고 보니 확실히 그곳은 오니시 다이젠이 죽어 있던 변소 건물 방향이다.

회랑에는 들어가지 않고 곧장 안뜰로 나갔다.

대부분의 미친 짓은 이곳에서 연기되었다.

"호오. 안뜰에 나무가 없나? 그래서——인가."

안뜰에는 분명히 나무는 심어져 있지 않았다.

그대로 직진한다.

화톳불이 타오르고 있다. 안뜰은 이상한 색깔로 물들어 있다. 독경이 땅 밑바닥에서 울리는 것처럼 들리기 시작

---

† (앞쪽)지국과 다문: 사천왕과 그 권속들이 사는 곳을 의미하는 사왕천(四王天)을 이루는 네 곳 중 두 곳. 지국(지국천)은 수미산 중턱의 동쪽에 있으며 지국천왕(혹은 그들의 권속)이 사는 곳이며 다문(다문천)은 수미산 중턱의 북쪽에 있으며 다문천왕(혹은 그들의 권속)이 사는 곳을 의미한다. 나머지 사왕천은 남쪽의 증장천(增長天), 서쪽의 광목천(廣目天)이다.

했다.

교고쿠도가 역시 내 쪽을 보지 않고 물었다.

"저건 불전인가?"

"아니 ――― 법당이라고 부르네."

"법당? 조사당(祖師堂)도 토지당(土地堂)도 없군. 저것은 고원(庫院)인가? 저기에 지사(知事)가 묵는 곳이 있는 게 아니로군. 이쪽 승당이 자네들이 말하는 선당이지? 저것은? 저게 지객료인가? 독립되어 있나? 원래는 ――― 뭐지?"

교고쿠도는 지객료를 보며 미간을 찌푸렸다.

"여기는 양식이 ――― 다른 건가?"

"뭔가 ――― 억지스럽네. 그런 게 없으니 사실은 알 수 없지만 ――― 아니, 그들도 몰랐기 때문에 칠당가람(七堂伽藍)¹을 멋대로 정했군. 법당 뒤는 대웅보전이라고 부르기라도 하나?"

"그렇게 ――― 말했네만."

"그래. 전부 절충한 건가."

교고쿠도는 짧게 그렇게 말했다.

독경 소리는 점점 커져 간다. 아니, 목소리가 커지는 것이 아니다. 우리가 가까이 다가가고 있기 때문도 아니다. 몸이 이곳 내부의 공기에 익숙해지고 있는 것이다.

---

† 강(講)과 선(禪)을 수행하는 일곱 종류의 건조물(七堂)을 갖춘 사찰을 의미. 칠당의 명칭 혹은 배치는 시대 혹은 종파에 따라 다르다. 선종에서는 본존불이 있는 불전, 설법을 행하는 강당(법당), 수행승들이 좌선하고 기거하는 승당(선당), 식량을 보관하고 조리하는 고당(고원), 삼해탈을 상징하는 삼문(산문), 화장실인 서정(동사, 정방), 목욕시설인 욕실(욕옥)을 칠당이라 한다.

지객료 앞에 야마시타가 서 있었다. 우리를 알아보았다.

안에서 구온지 노인이 나왔다. 이마가와도 스가와라도 뒤따라 나왔다.

구와타 조신과 ——— 에이쇼가 고원 쪽에서 나타났다.

교고쿠도는 그쪽에는 눈길도 주지 않고 곧장 법당을 향해 나아갔다.

독경 소리는 점점 커진다.

법당 앞에 이르러서도 교고쿠도는 멈추지 않고 그대로 계단을 올라갔다. 밖에 있던 전원이 우르르 모여들어 법당 앞에 집합했다.

"이보게! 에노키즈 군! 센고쿠로에서는 잘 숨어 있었나!"

구온지 노인이 그렇게 외쳤다.

에노키즈는 큰 소리로 대답했다.

"나는 숨지 않았습니다, 구마모토 씨. 벌거숭이 바보에게는 임금님은 보이지 않는 법이지요!"

"에노 씨, 그럼 당신은 돌아가지 않았던 겁니까? 여관에서도 나오지 않고 방에 있었군요!"

"시끄럽네, 세키."

교고쿠도는 마침내 법당의 문을 열었다.

독경이 그쳤다.

본존 앞에 가쿠탄 관수.

그 뒤에 와다 지안.

그리고 좌우로 십여 명씩의 승려.

내가 이름을 아는 승려는——— 이제 여기에는 없다. 지안이 돌아보았다.

승의(僧衣)를 입은 미승(美僧)과 어둠을 걸친 음양사는 이 때 처음으로 대치했다.

"누구요!"

"삼가 배례하오며 가르침을 청합니다!"

교고쿠도는 그렇게 말하고 지안을 응시했다.

지안은 가느다란 눈썹을 찌푸렸다.

"귀공은 누구냐고 물었소! 무례하군."

"당신이 지안 스님——— 치넨 노사님의 손자 되십니까. 처음 뵙겠습니다. 저는 추젠지라고 합니다. 요전에는——— 제 누이가 신세를 졌습니다."

"지, 지금 무엇을 하는지 알고 있는 거요! 법회 중입니다!"

"그 정도는 알고 있습니다. 분향이나 헌화라도 할까 싶어 왔습니다."

"무——— 무슨 짓을! 우롱할 셈이오?"

지안은 슥 일어섰다. 법의 소매가 펄럭 부풀었다가 곧 가라앉았다. 자태가 좋다. 동시에 교고쿠도가 미끄러지듯이 법당으로 스윽 들어갔다.

종류가 다른 그림자가 나란히 섰다. 우선 지안이 위협했다.

"이런 무례가 통할 거라고 생각하시는 겁니까, 추젠지 님! 우선은 귀공의 신분을 밝히시는 게 좋을 거요. 어쨌거 나 경찰이라고는 생각할 수 없는 옷차림이고, 이것이 당국 의 수사라면 그나마 참겠지만 경우에 따라서는 용서하지 않겠습니다!"

교고쿠도는 이까짓 서슬에 기가 죽을 정도도 무르지는 않다.

"저는 큰 공책에 돌아가신 노인들의 말씀을 베껴 좋은 문구를 모으고, 범부와 성인의 이름에 현혹되는 외도(外道)[†]를 공부하는 사람입니다. 십이분교(十二分敎)[††]와 같은 표현은 전부 알고 있으되 아직 불법이 무엇인지를 모르는 사람 ─── 서점 주인입니다."

"서점 주인?"

미승은 하얀 얼굴에 미소를 담고 외도를 위협했다.

"이것 참 말은 잘 하시는 서점 주인이로군. 게다가 스스 로를 잘 알고 계시는군요. 그렇다면 외도가 정법(正法)에 대들 생각이시오? 분수를 모른다는 것은 귀공을 말하는 것이오!"

"세존을 두고 좋은 말이 채찍 그림자만 보고도 가는 것 같다고 말한 외도도 있다고 들었습니다만."

[†] 불교 이외의 종교. 또는 그 신자.

[††] 부처의 일생 동안의 가르침을 내용과 형식에 따라 열둘로 나눈 경전. 수 다라(修多羅), 기야(祇夜), 가타(伽陀), 우타나(優陀那), 이제목다가(伊帝目多伽), 사다가(闍陀伽), 아부타달마(阿浮陀達摩), 아파타나(阿波陀那), 우바제사(優波提 舍), 이타나(尼陀那), 비불략(毘佛略), 화가라(和伽羅, 수기라고 번역).

"그렇다면 유언(有言)이든 무언(無言)이든 좋은 말처럼 가시는 게 좋겠군요!"

지안은 마치 외도에게서 관수를 감싸듯이 서서히 이동했다.

교고쿠도도 거기에 맞추어 조금씩 움직인다.

지안의 움직임이 멈추었다.

교고쿠도의 등 뒤에서 에노키즈를 발견한 것이다.

순간 지안이 조금 흐트러졌다.

탐정은 그것을 기다리고 있었던 것처럼 난폭하게 신을 벗고 쿵쾅거리는 발소리를 내며 안으로 들어섰다.

나도 허둥지둥 그 뒤를 따랐다.

"네, 네 이놈―――탐정! 무례하군. 이곳은 설법을 하는 법당, 게다가 관수님 앞이다! 당신 같은 속인(俗人)이 올 곳이 아니란 말이다! 나, 나가거라."

에노키즈는 성큼성큼 지안 앞으로 나아갔다.

"흠. 제육천마왕(第六天魔王) 에노키즈 레이지로가 일행인 원숭이를 데리고 장례식을 구경하러 왔다! 무례한 건 자네야."

"천마?"

"교고쿠에게라면 이길 수 있다고 짐작했겠지만 그렇게는 안 돼. 너 같은 속 빈 놈은 이렇게 해 주마."

에노키즈는 지안의 멱살을 잡았다.

"무―――무슨 짓을."

그리고 그를 끌어내다시피 하며 관수 앞에서 치우고는

거칠게 밀쳐 냈다.

"무슨 짓이냐!"

"어린애 주제에 잘난 척 떠들지 마!"

지안은 지안답지 않은 모습으로 힘이 쭉 빠졌다.

"자, 이 녀석은 이제 일어나지 못할 걸세, 교고쿠. 얼른 끝내 버려."

에노키즈가 의기양양하게 말했다.

좌우의 승려들에게 동요가 스쳤다.

관수가 천천히 이쪽을 돌아보았다.

교고쿠도는 단호하게 말했다.

"삼가 존답(尊答)을 청합니다."

이에 마도카 가쿠탄은 느릿느릿하고 위엄 있는 말투로 말했다.

"법회에 침입하여 난폭한 짓을 하고 대중을 혼란스럽게 하는 불한당의 물음에는 대답할 필요 없다!"

그리고 더욱 천천히 자세를 바로 했다.

그러자 자기장 같은 위압감이 뿜어져 나온다.

어느새 내 바로 뒤에는 구온지 노인과 이마가와, 그리고 야마시타가 서 있었다. 그 뒤에는 구와타 조신이 있다. 다쿠유와 에이쇼, 그리고 마츠미야 진뇨는 다른 형사들과 함께 바깥에서 상황을 살피고 있는 모양이다.

모두 지켜보고 있다.

관수 옆으로 즉시 두 명의 시승이 다가섰다.

좌우의 승려들도 각각 한쪽 무릎을 꿇고 임전태세에 들

어갔다.

법당에는 긴박한 분위기가 떠돌았다.

가쿠탄이 울부짖듯이 말했다.

"불전에서 이런 소란을 피우는 것은 입적하신 선승들에 대한 무례일세. 당장 멈추게!"

"이제 선승 흉내는 그만 멈추십시오!"

교고쿠도는 고함쳤다.

"당신은 그저 장식입니다. 이제 이런 무의미한 연극은 그만두십시오. 고사카 료넨이 친 결계는———깨졌어요."

"무슨———말을 하는 건지———모르겠군."

"깨끗이 단념하지를 못하시는군요. 당신이 찾고 있던 것, 그리고 료넨 스님이 계속 숨기고 있던 것은 이제 이 세상에는 없습니다."

"———그것을———귀공."

"그러니 당신이 여기 눌러앉아 있어도 당신이 찾는 자리는 얻을 수 없고, 사회적으로 알려지지도 못해요. 당신은 영원히 여기서 선사(禪寺) 놀이를 계속하다가 썩어서 죽게 될 뿐입니다. 그래도 좋습니까?"

가쿠탄은 처음으로 눈을 크게 떴다. 순간 그의 몸에서 발산되고 있던 자기장 같은 위압감은 전부 그 눈으로 새어 나오고 말았다. 가쿠탄은 내 눈에는 갑자기 평범한 노인이 된 것처럼 보였다.

교고쿠도는 그런 가쿠탄의 모습을 응시하면서 엉덩방

아를 찢은 지안을 향해 말했다.

"지안 스님. 당신은 이곳에서 자란 것이나 마찬가지인 사람이라서 몰랐겠지요 ——— 또."

그리고 양쪽에서 망연자실해 있는 스물다섯 명의 승려들을 순서대로 돌아보며 말을 이었다.

"——— 좌우에 계시는 대중 여러분도 들어 주십시오. 이곳에 앉아 있는 마도카 가쿠탄 스님은 선사(禪師)가 아닙니다. 선에 대해서는 아무것도 모르고 이곳에 불려와, 그저 관수라는 이름의 일을 하고 계셨을 뿐인 분입니다. 저는 지금 당장 여러분이 하산하시기를 권합니다. 왜냐하면 ———."

교고쿠도는 다시 한 번 스님들을 둘러보며 또렷하게 위협했다.

"——— 이 관수님은 당신들에게 전해야 할 바리때도 옷†도 갖고 계시지 않으니까요."

"무, 무례한 말을 하면 용서하지 않겠다!"

"무례한 것은 당신이에요, 마도카 씨! 아니 ———."

"전(前) 진언종 금강삼밀회(金剛三密會) 교주 마도카 가쿠탄!"

"지 ——— 진언종?"

---

† 석가가 마하가섭에게 자신의 의발, 즉 옷과 바리때를 준 것에서 유래한 것으로 법(佛法)을 전수함을 의미.

지안이 맥 빠진 목소리를 냈다.

"추젠지 님. 그것이 ——— 사실이오?"

조신이 물었다. 그러자 교고쿠도는 희미하게 고개를 끄덕였다.

"정말입니다, 조신 스님. 잘 들으십시오, 여러분. 료넨, 다이젠, 유켄이라는 세 명의 선장(禪匠)을 잃었고, 그쪽에 앉아 계시는 조신 스님도 곧 산을 내려가실 거라고 말씀하셨습니다. 그러니 당신들은 이제 이 절에 있는 한 누구에게서도 사법(嗣法)을 할 수가 없습니다."

승려들은 소리 없이 당황했다.

"거, 거짓말 마시오! 엉터리 같은 소리 말란 말이오!"

지안은 마치 정말 어린애로 돌아간 것처럼 힘껏 외치더니 흉포한 눈으로 교고쿠도를 노려보았다.

교고쿠도는 그것을 무시하고, 움직이지 않게 된 가쿠탄에게 한 발짝 다가가며 말했다.

"가쿠탄 씨, 당신이 배운 것은 선과는 전혀 다른 것, 우주를 개인 안에 재구축하려고 하는 ——— 진언."

가쿠탄의 표정은 변함이 없다.

"금강삼밀회는 메이지 1년(1868)에 생긴 진언종계 신흥 종파였지만 지금은 없습니다. 폐불훼석의 폭풍을 받고 사원의 팔 할이 폐사(廢寺)가 되었고, 쇼와 시대에 들어설 무렵에는 사라지고 말았지요. 초대 교주는 아마 ——— 마도카 가쿠도 ——— 당신의 할아버님이시지요?"

교고쿠도는 사정없이 말을 이었다.

"가쿠도 교주는 아마 당산파(當山派) 수험도(修驗道)†의 행자로, 엄한 수행 끝에 천안통(天眼通)††의 신통력을 익혀 많은 신자들을 얻은 후 동사(東寺)†††에 들어가서 수행하고 진언종 모 파 사원의 주지가 되었지요? 하지만 이것은 종교 활동을 하기 위한 방편이었고 결국 진언종 금강삼밀회라는 종파를 열었어요. 이것은 일시적으로 영화를 누렸지요. 하지만 시대가 나빴어요. 금강삼밀회는 십 년도 버티지 못하고 쇠퇴했습니다. 게다가 교주 자리는 세습할 수 있을지 몰라도 수상쩍은 신통력은 어차피 그 대(代)로 끝이거든요. 당신 아버님 대에서 교단은 거의 멸망하고 말았어요. 그때까지 여러 종파를 오가며 수행을 하던 당신은 결과적으로 돌아갈 곳을 잃고 헤매다가 같은 진언계 사원으로 할아버님의 제자에 해당하는 분이 주지를 맡고 있던 치치부 조산원(照山院)에 몸을 의탁해, 오랫동안 식객으로 신세를 지고 있었습니다 ―― 그렇지요?"

"치치부의 조산원? 그것은 다쿠유 군의―――."

"그렇다네. 그게 열쇠였던 거야, 세키구치 군. 이 사람의 출신 사원을 아무리 해도 알 수 없었던 것은 이 사람이 선종(禪宗)이 아니었을 뿐 아니라, 정말로 어느 절에도 없었기 때문이라네."

---

† 일본의 원시적인 산악신앙과 불교의 밀교적인 신앙이 서로 합친 종교로 7세기 무렵, 엔노교자(役行者)가 창시. 이후 헤이안 시대에 이르러 천태종의 영향을 받은 본산파와 진언종의 영향을 받은 당산파를 형성했다.

†† 모든 것을 꿰뚫어 보는 신통력. 또는 미래를 내다보는 힘.

††† 교왕호국사(敎王護國寺)의 통칭.

"교고쿠도, 그것은 어디서 조사했나?"

"내가 작년 말에 수수께끼의 진언승에 대해서 조사했던 것은 기억하겠지? 그때 마도카 가쿠도에 대해서도 알았네. 같은 마도카라는 성이라서 신경이 쓰이긴 했네만 ――― 어제 조산원이라는 이름을 듣고 겨우 연결되더군."

수수께끼의 진언승이란 작년 말, 어떤 사건 중에 즉신성불(即身成佛)한 괴승(怪僧)을 말한다.

"그, 그런 다른 종파의, 게다가 끊어진 종파의 교주가 왜 이 절에 ――― 그것도 관수로?"

조신은 아연실색한 표정으로 그렇게 말했다.

그는 지난 18년 동안 이 이교도를 관수로 우러러봐 온 것이다.

"글쎄요, 그겁니다, 조신 스님. 이 사람은 고사카 료넨의 교묘한 말에, 그러니까 스카우트되었습니다. 생각 좀 해 보십시오. 조사를 하기 위해 들어가는 절에 관수가 무슨 필요가 있겠습니까? 조사만 하면 될 일이지요. 고사카 료넨 씨는 처음부터 이 절을 보통의 절로 기능하게 하려고, 아니, 사회의, 우주의 축도(縮圖)로 설계한 것입니다."

교고쿠도는 가쿠탄에게 등을 돌리고 승려들 전원과 마주보았다. 야마시타도 이마가와도 구온지 노인도 법당에 들어왔고, 마츠미야와 에이쇼 일행도 문 앞에 다가와 있었다.

"고사카 씨는 가마쿠라의 오래된 절에서 수행하고 있었

는데, 사람들은 그의 선풍(禪風)을 꺼렸던 모양이에요. 그는 '무계(無戒)'[†]야말로 진정한 선(禪)이라고 생각하고 있었나 봅니다. 하지만 그것은 절 안에서는 단순한 파계에 지나지 않았어요. 그리고 옛날의 선장(禪匠)처럼 자신의 선풍을 관철하며 살아갈 수는 없다———고 그는 착각하고 말았지요."

교고쿠도는 말하면서 천천히 이동하기 시작했다.

"그는 '무계'와 '탈(脫)타율적 규범'을 착각하고 말았어요. 그리고———이 명혜사에 유배되어, 그는 어찌할 바를 몰랐을 겁니다. 일탈해야 하는 타율적 규범이 없으면 일탈은 할 수 없다는 것을 알았기 때문입니다. 그래서 그는 이 명혜사에 자신을 묶어 줄 타율적 규범을 만들려고 했어요. 하지만 이것은 간략한 것이어서는 안 되었지요. 자신을 가둘 우리———타율적 규범은 일종의 모형정원 사회———소우주로까지 높인 완성도를 갖고 있지 않으면 의미가 없었던 것입니다."

교고쿠도는 가쿠탄의 등 뒤에 섰다.

"그래서 그는 우선 이 명혜사를 사회와 단절하고, 그러면서도 존속할 수 있도록 교묘하고 정교한 장치를 했어요. 그리고 관수를 두고, 노사를 두고, 잠도를 맞아들여 형태를 갖추고 나아가 임제와 조동이라는 두 파의 선(禪)을 밀봉했지요. 그렇게 해서 일반사회와도, 교단과도 단절된 폐

---

† 처음부터 계를 받지 않음, 혹은 불교를 믿지만 계율에는 관계하지 않음을 의미.

쇄사회는 완성되었어요."

조신이 말했다.

"쉽게는————믿을 수 없는 일이군요."

"믿을 수밖에 없어요. 조신 스님. 당신은 교단에서 몇 번에 걸쳐 당신에게 소환령을 내렸다는 것을 아십니까?"

"소, 소승에게 소환? 설마."

역시 조신은 소환령을 몰랐던 모양이다.

"이것은 사실입니다. 게다가 몇 번이나 내렸다고 합니다. 하지만 그것은 전부 고사카 료넨이 없애고, 거부해 버렸습니다."

"그————그런 바보 같은 짓을————왜."

"그러니까 당신도 필요한 요소 중 하나였기 때문입니다. 돌려보낼 수는 없었지요."

"필요한————요소?"

조신의 곤혹이 극에 달했다.

"하지만————납득할 수 없소. 추젠지 님. 어떠한 곳에 있든 선풍은 관철하려면 관철할 수 있어요. 설령 교단에서 꺼린다 해도, 사회에서 경멸한다 해도 그럴 수는 있습니다. 일부러 그런 괴상한 짓을 해야 하는 의미를 소승은 모르겠소————."

"조신 스님. 거기에 대해서는 당신이 가장 잘 알고 있을 겁니다. 만일 고사카 료넨이 가마쿠라에서 자신의 선풍을 관철하고 고고하게 수행을 계속할 수 있었다 해도————도달하는 곳은 우부소행선(愚夫所行禪)[†]. 고작해야 관찰상

의선(觀察相義禪)†, 반연여실선(攀緣如實禪)††입니다. 고고한 수행으로는 여래청정선(如來淸淨禪)†††의 경지에는 훨씬 미치지 못한다고——고사카 료넨은 생각했던 것입니다."

"무슨 소린가? 교고쿠도."

"그러니까 세키구치 군. 자신만 깨닫는다, 불성이 있는 것을 안다, 부처의 가르침을 알고 수행에 힘쓴다, 거기까지는 알 수 있지만 직접 부처의 경지에 들어선 그것은 붙잡을 수 없다는 것이지. 그저 깨달은 것만으로는 사회나 중생을 구하는 데에는 훨씬 미치지 못하네. 거기 계시는 조신 스님은, 그렇기 때문에 수행자는 사회와 단절되어 산중에 틀어박혀 있어서는 안 된다——고 생각하셨지. 하지만 고사카 료넨은 완전히 반대의 발상을 했네. 즉 관여해야 하는 사회, 구해야 할 중생을 산중에 가두어 만들 생각을 했습니다. 따라서——당신들은 모두, 그 모형정원의 재료에 지나지 않았던 것입니다."

---

† (앞쪽)선종에서 말하는 좌선의 네 종류를 일컫는 사종선(四種禪) 중 하나. 소승의 수행자가 인간에는 불변하는 실체가 없다는 것만을 알고, 무상 · 고(苦) · 부정(不淨)을 자각하여 마음 작용의 소멸에 이르는 수행.

† 사종선의 하나로 '관찰의선(觀察義禪)'이라고도 한다. 소승(小乘) · 삼현(三賢)의 보살이 배운 불법을 관찰하고 사유하는 경지. 그러나 아직 불법이나 열반을 추구하는 강한 욕심이 있어서 깨달음을 얻지 못하는 상태이다.

†† 대승(大乘)의 보살이 삼업(三業)을 잊고, 유(有)도 아니며 공(空)도 아니라고 달관하는 경지. 그러나 중생을 구하고 싶은 바람이 있기 때문에 여래청정선(如來淸淨禪)에 들어가지 못한다. 교종(敎宗)에서는 중생을 모두 성불시키고 나서 자신이 성불하는 것이 보살이라고 되어 있지만, 선종에서는 먼저 자신이 성불하여 여래가 된 뒤 중생을 이끄는 것을 장려한다.

††† 여래와 같은 경지에 들어가 스스로 깨닫고 성스러운 지혜가 나타난 모습.

"그래서 소승도 ——— 필요한 요소."

"고사카 료넨은 자신만을 위한 우주를 만들고 거기에서 일탈함으로써 선장(禪匠)으로서의 자신을 확립했어요. 하지만 이것은 무서운 망상입니다. 선의 경지와는 한참 동떨어진 최악의 경지입니다. 고사카 료넨이야말로 모양을 이루는 자, 일반적인 호오(好惡)를 모르는 자였어요. 그는 단순히 자신의 윤곽을 확장해서 다른 사람들을 끌어들였을 뿐이었습니다. 당신들은 고사카 안에서 몇 년이나 살아온 것입니다."

구와타 조신은 말을 잃고 그 자리에 주저앉았다.

"그것은 ——— 만일 그것이 사실이라 해도 ——— 하지만, 하지만 일부러 다른 종파의 사람을 관수로 맞아들인 것은 이해가 안 갑니다. 가쿠탄 님. 당신은 정말로, 정말로 진언승입니까!"

조신이 강하게 물었지만 가쿠탄은 아무 대답도 하지 않았다.

교고쿠도는 등 뒤에서 가쿠탄을 내려다보다시피 하며 말했다.

"이 중에서 이 사람이 있는 곳에서 참선을 하신 승려가 한 명이라도 계십니까? 아무도 없을 겁니다. 그것이 이 사람이 선사(禪師)가 아니라는 무엇보다 확실한 증거입니다. 최초이자 최후의 참선자, 유켄 스님은 자못 낙담하셨겠지요. 아마 ——— 돈오했습니다, 오오, 그래? 라고 말했겠지요. 아니면 광명진언이라도 읊으셨습니까!"

가쿠탄은 고개를 떨어뜨렸다. 순간 위축되었다.

"가사를 주었어요. 그 스님은. 나카지마 씨에게."

야마시타가 그렇게 말했다.

"그래요? 웃기는군요. 당신에게 가사를 받아도 깔고 앉기밖에 더 하겠습니까. 분명히 이 가쿠탄 씨는 이 절의 관수입니다. 하지만 이 사람이 명혜사를 위해서 무엇을 했다는 겁니까? 남들 모르게 활동한[暗躍] 것은 고사카 료넨뿐. 이 사람이 그저 관수 직책을 맡기 위해서 준비된 꼭두각시라는 사실은 불을 보는 것보다 더 뻔한 일입니다. 아시겠습니까, 여러분. 이 사람은 할아버지의 영화를 꿈꾸고 있었습니다. 많은 신도들에게 둘러싸여 존경을 받고 숭배받으며 사는, 그런 삶을 원했을 뿐이에요. 속물입니다. 게다가 이 사람은 당신들을 데리고 금강삼밀회를 다시 일으키려고 했어요. 아닙니까!"

승려들에게 노골적인 충격이 스쳤다.

지안은 이윽고 자세를 바로 하고 옛 관수를 보았다.

교고쿠도는 몸을 낮추어 가쿠탄의 어깨에 귀를 대고 속삭였다.

"마도카 씨, 당신은 우선 관수라는 직책에 마음이 움직였어요. 하지만 무엇보다 당신이 이곳에 들어온 진짜 이유는————."

"이 명혜사가 진언종의 절이었기 때문이지요."

"거, 거짓말이야, 여기는 ——— 선사(禪寺)요!"

"엉터리 같은. 추젠지 님, 아무리 뭐라 해도 ———."

"사실입니다. 이곳은 분명히 선사지만 ——— 처음 절을 연 것은 구카이[空海]†나, 구카이의 뒤를 이은 자일 가능성이 매우 높습니다."

"되, 되는 대로 지껄이지 마! 그런 헛소리는 듣지 않겠다! 여러분! 현혹되어서는 안 되오! 귀를 기울이지 마시오! 이 녀석은 거짓말을 하고 있소!"

지안은 그렇게 외쳤지만 이미 승려들에게는 들리지 않는 것 같았다.

교고쿠도는 일어섰다.

"선(禪)을 일본에 전한 것은 에이사이라고들 하지만, 그것은 정확하지 않습니다. 예를 들어 원흥사(元興寺)에도 선원(禪院)이 있었어요. 이 절을 지은 도쇼[道昭]는 아스카 시대의 사람이지요. 도쇼는 당나라에서 선을 배웠어요. 나라 시대에도 선은 들어와 있었습니다. 천태종의 개조인 전교 사이초[最澄] 대사가 당에서 가지고 돌아온 것도 원(円), 밀(密), 선(禪), 계(戒) 네 종파입니다. 그리고 구카이 역시 ——— 선을 전했다고 하지요."

"그렇다고 해서 명혜사를 연 사람이 구카이라고 하는 것은 역시 헛소리라고밖에는 생각되지 않습니다."

"저도 그런 생각은 해 보지도 않았어요. 물론 누가 언제 지었는지는 아직 알 수 없습니다. 게다가 이만한 가람이

---

† 헤이안 시대 초기의 승려. 일본 진언종의 개조(開祖)이다.

기록에 남아 있지 않다는 것은, 애초에 어떤 이유로 기록에서 말소되었다고 생각할 수밖에 없어요. 그렇다면 그것은 조사할 방법도 없고, 추론의 영역을 벗어날 수 없지요. 그러니 단언할 수는 없습니다. 하지만 이———가쿠탄 씨는 믿어 버렸던 것입니다."

"이, 이유는?"

"그것은 ≪선종비법기(禪宗祕法記)≫입니다."

"그건가! 자네가 말했던 있어서는 안 되는 것이라는 게!"

"그렇다네, 세키구치 군. ≪선종비법기≫는 구카이가 썼다고 하는 선(禪)의 교전(敎典)입니다. 지금은 사라졌다고들 하지요. 현존하지는 않습니다. 그 환상의 책이 이 명혜사에 있었어요. 그것이 증거입니다."

"그런 것이 이곳에 있을 리 없습니다!"

조신은 힘주어 말했다.

교고쿠도는 가쿠탄의 등 뒤에서 말을 이었다.

"처음, 가쿠탄 씨는 료넨 스님에게 이런 유혹을 받았겠지요. 귀공은 적어도 한 종파의 장(長)이다, 그런데 이런 굴욕적인 생활을 하는 것은 말도 안 된다, 관수가 되지 않겠는가———그 책만 나온다면 그곳은 진언종의 절일 테고 귀공을 교주로 세워서 다시 영화를 누리는 것도 꿈은 아니다———게다가 그것은 불교계가 뒤집어질 정도의 발견이다———그냥 앉아 있기만 하면———탄로나지는 않을 거다."

가쿠탄은 부들부들 떨기 시작했다.

계속 옆에 있으면서 교고쿠도를 바라보고 있던 시승이 가쿠탄에서 떨어졌다.

교고쿠도는 가쿠탄의 귓가에서 말했다.

"그럴 마음이 들었지요?"

"하―――하지만 이제, 이제 아무래도 상관없었네!"

가쿠탄은 그것을 튕겨내듯이 얼굴을 들며 그렇게 소리 쳤다. 그리고 일어섰다.

머리에 쓴 것이 날아가고 대머리가 드러난다.

위엄은 흔적도 없이 사라졌다.

"그래, 당신 말이 옳아. 나는 천안통 마도카 가쿠도의 손자일세. 25년 전까지, 매일같이 '옴 아모카 바이로차나 마하무드라 마니 파드마 즈바라 프라바룻타야 훔'하고 진언을 외었지. 진언승일세! 료넨은 분명히 당신이 지금 했던 말을 내게 했네. 나는 믿었어. 하지만 이제 아무래도 상관없네. 당신 말대로 이 산속에서 선사 놀이를 하다가 죽어도 좋다고 생각하고 있었어. 너무 길었네. 너무 길었 단 말일세. 나는 속고 있었네. 그 료넨에게! 조신, 자네도 속고 있었던 걸세!"

"가쿠탄 님―――."

"그런, 그런 것은 처음부터 없었네. 틀림없이 있을 거라 고 생각하며 5년. 어딘가에 있을 거라고 믿으며 5년. 정신

---

† 광명진언으로 원문은 "귀명 불공 광명편조 대인상 마니보주 연화 염광 전 대서 원(歸命 不空 光明遍照 大印相 摩尼寶珠 蓮華 焰光 轉大誓 願)"이다.

이 들어 보니 벌써 25년이 지나 있었어!"

"그 말씀이 옳습니다. 소승은 17년, 돌아가신 다이젠 노사님은 28년을 찾았지요. 하지만 그런 것은 어디에도 없었습니다. 없었단 말입니다. 추젠지 님."

"기간만 길어 봐야 소용없습니다. 뭔가 찾아낼 마음이 있었던 것은 처음뿐이었겠지요, 조신 스님. 이 가쿠탄 씨도 이미 반쯤 포기하고 있었어요. 벌써 연세가 이렇게 되셨으니까요. 당신들은 그렇게 모두——완전히 고사카의 술수에 빠져 있었습니다."

"그렇다면 추젠지 님. 그것조차도, 그 ≪선종비법기≫라는 환상의 책도 가쿠탄 님을 유혹하기 위한 료넨 님의 책략이었던 게 아닙니까? 그렇다면 이곳이 진언종의 절이라고 하시는 것도——."

"있었습니다."

"있었다고!"

가쿠탄은 눈을 부릅떴다.

"처음에 당신은 이제 없다고——."

"이제 없다고 말씀드렸지요. 있었습니다. 이곳의 발견자——와다 치넨——지안 씨의 할아버지——는 물론 알고 계셨을 겁니다."

"와다——치넨 노사님께서?"

"저는 치넨 노사가 이 명혜사에 다닌 이유는 그 ≪선종비법기≫ 때문이 아닐까 하는 생각조차 듭니다. 지안 씨 ——."

부르는 소리에 지안은 겁먹은 강아지 같은 눈으로 교고 쿠도를 노려보았다.

"당신은 ——— 하쿠인 에카쿠[白隱慧鶴]에 경도되어 있지 않습니까?"

지안은 딴 데를 보았다.

"하쿠인은 분명히 일본 선종사상 굴지의 선장(禪匠)입니다. 그만큼 민중에게 알기 쉽게 선을 설법한 사람은 없어요. 하지만 지안 씨. 듣자 하니 당신의 선풍과는 아무래도 맞지 않더군요. 하지만 당신이 치넨 노사의 손자라는 말을 듣고 납득할 수 있었습니다. 당신이 정말 존경하고 있었던 것은 하쿠인 에카쿠가 아니라, 만난 적도 없는 조부 와다 치넨이었지요?"

지안은 묵묵히 있었다.

"하지만 치넨 노사가 자신을 하쿠인에 비유한 것은 재능이나 선풍이 가까웠기 때문이 아니에요. 그것은 알고 계셨습니까?"

지안은 더욱 얼굴을 돌렸다.

검은 옷을 입은 악마는 날카로운 눈 안쪽에서만 웃은 ——— 것 같다고 나는 생각했다.

"치넨 노사가 자신을 하쿠인에 비유한 이유는 하쿠인이 산속에서 선인(仙人) 하쿠유시[白幽子]를 만나 신비의 법(法)을 전수받았다는 '야선한화(夜船閑話)' 일화 때문입니다."

"오오. 그 선인 이야기는 들은 적이 있소."

구온지 노인은 그렇게 말했다.

"스가노가 말했지."

교고쿠도는 그를 힐끗 보고 나서 말을 이었다.

"치넨 노사는 길을 잃고 들어간 산속에서 이곳 명혜사를 발견하고, 아마 곳간 안에서 ≪선종비법기≫도 발견했을 겁니다. 그리고 밀교와 선정(禪定)이 융합된 완전히 새로운 선을 접하고―――그는 씌었어요. 하지만 그것이 진짜인지 위서(僞書)인지, 그는 판단할 수 없었습니다. 물론 다른 책이 한 권도 없으니 당연한 일입니다. 그래서 같이 들어 있는 다른 책들을 검토하며 그 진위 여부를 재고 있었어요. 그에게는 이 절을 손에 넣어 끊어진 신비의 선풍을 부활시키고 싶다는 야망이 있었겠지요. 하지만 이곳을 사들일 때까지는 겉으로 드러낼 수는 없었어요. 왜냐하면 ≪선종비법기≫가 있는 이상, 이곳은 진언종의 절일 가능성이 높았기 때문입니다."

"하지만 그런 곳간은 이곳에는 없을 텐데요."

"그래요. 이곳에 그런 곳간은 없지요. 이제는 없습니다. 다이쇼 대지진으로 남쪽 경사면이 무너지는 바람에 땅 속에 매몰되고 말았거든요."

"그런 일이―――."

"당신들에게는 계속 발밑에 있던 그것이 보이지 않았어요. 그것이 결계 밖으로 나가 버렸기 때문입니다. 하지만―――공교롭게도 지진은 땅값 하락을 낳았고 삼십 년 동안 교착 상태였던 이 땅은 매매되어, 절은 남의 손에

넘어갔어요. 마츠미야 진이치로 씨가 사들인 거지요. 치
넨 노사는 곳간이 없어진 것을 몰랐기 때문에 교단을 속
여 마츠미야 씨와 계약을 맺게 하고, 계열 사원에서 원조
금을 내게 해서 삼십 년 동안의 비원(悲願)을 이루려던 차
에————."

"이———이곳에 들어오자마자 돌아가시고 말았군
요."

조신은 마루방에 양손을 짚었다.

"그리고 뒷일은 다이젠 노사님께 맡겨졌군요. 마침내
료넨 스님이 불려왔고———하지만 추젠지 님. 다이젠
노사님은 그 곳간에 대해서."

"그건 모르지요. 제 느낌으로는 다이젠 노사님은 모르
셨던 것 같습니다. 하지만 료넨 스님이 알고 있었던 것은,
이 가쿠탄 씨의 증언으로 미루어 보아도 분명해요. 치넨
노사님은 생전에 료넨 스님이 있던 절에 이곳 조사를 도와
달라고 요청했다고 하니———료넨 스님은 접촉을 하고
있었을지도 모릅니다. 아니, 이곳에 파견된 것도, 어쩌면
스스로 희망하신 건지도 모르지요."

"소승은———."

"나갈 수 없었던 게 당연합니다. 와다 치넨의 망집에
이끌리고, 고사카 료넨의 망상에 에워싸이고, 이 가쿠탄
씨의 아집에 감시를 받는———이곳은 우리였습니다. 당
신들은 죄 없는 죄수였어요."

승려들이 하나둘 일어섰다.

"그럼 어떻게 하시겠습니까!"

이미 제각기 흩어져 반쯤 일어서 있던 승려들은 무기력하게 교고쿠를 보았다.

"당신들은 이 명혜사에서 그런 연극을 더 계속하실 겁니까? 지금의 당신들에게는 이 진언승인 가짜 관수밖에 없습니다! 자! 어떻게 하시겠습니까!"

교고쿠도는 법당 전체에 울릴 정도의 큰 목소리로 말했다.

앉아 있던 승려는 깊이 머리를 숙였다.

서 있던 승려는 움츠러들었다.

결국 전원이 일어섰다.

산을 나가려는 것이다.

"――― 야마시타 씨가 누구십니까?"

"접니다."

교고쿠도는 날카로운 눈으로 야마시타를 보며 말했다.

"이곳 승려들은 이제 이 산을 내려가실 것 같습니다. 예정대로 일단 센고쿠로 가시게 할까요? 만일 걱정되신다면 수배를."

"알겠소. 괜찮겠지."

야마시타는 스가와라와 츠기타를 불렀다.

이어서 경관 몇 명이 들어왔다.

승려들은 옛 관수와 지안에게 각각 목례를 하고 차례차례 법당을 나갔다.

고사카 료넨의 결계가 완전히 깨진 것이다.

"네, 네 이놈!"

갑자기 ———.

지안이 중앙으로 달려 나왔다.

"이봐! 이런 헛소리에 혀, 현혹되지 마! 이 녀석은! 이 녀석은 거짓말을 하고 있다! 이봐! 내 목소리가 들리지 않나. 내 명령을 따르지 못하겠나!"

지안은 승려 한 명을 때리려고 했다.

쳐든 팔을 에노키즈가 움켜잡았다.

"노, 놓아라!"

교고쿠도는 그 옆으로 다가가,

"지안 씨. 외도인 저조차 선장(禪匠)을 상대로 할 때는 목숨을 겁니다. 너무 꼴사나운 짓은 하지 마십시오."

하고 말했다.

뭔가 말하려고 하는 지안을 에노키즈는 내려다보며,

"나는 천마(天魔)니까 아무것도 안 걸어. 교고쿠! 이 녀석은 알맹이가 텅 비었으니 떼어 내려고 해도 아무것도 떨어지지 않을 걸세. 무슨 말을 해도 소용없어. 감당할 수 없지! 이봐, 사장. 날뛰면 계속할 수가 없으니까 좀 누르고 있어!"

하고 말했다.

야마시타는 사장이라는 말을 듣고도 화도 내지 않고 되물었다.

"계속이라니 ——— 뭐가 더 있습니까?"

"이제부터가 진짜입니다."

교고쿠도는 거기에서 땀을 닦았다.

평소에 땀이라곤 흘리지 않는 친구가, 이렇게 추운데도 땀을 흘리고 있었던 모양이다. 그리고 외도인 서점 주인은 제단 앞에서 웅크리고 있는 옛 관수에게 애처로워하는 시선을 보냈다.

"가쿠탄 씨. 당신은 어쩔 겁니까?"

"나도 이곳에는 있을 수 없네. 조만간 산은 내려가겠지만, 이대로 내려갈 수는 없어. 설령 가짜이든 다른 종파이든 나는 명혜사 관수로 25년이나 이곳에 있었네. 적어도 끝까지 있게 해 주지 않겠나? 당신의 이야기는———이걸로 끝이 아닐 텐데."

"아아. 당신만 상대하는 거였다면 편했을 텐데요."

교고쿠도는 가볍게 본존 쪽을 향했다.

승려들이 물러가고 법당은 횅뎅그렁했다.

지안은 스가와라에게 붙들려 퇴장하고, 자리에 남은 것은 나와 에노키즈, 구온지 노인과 이마가와, 그리고 조신 스님과 가쿠탄, 야마시타와 마츠미야 진뇨뿐이었다.

교고쿠도는 말했다.

"본래 제 역할은 이걸로 끝입니다. 오래된 불구(佛具)나 법구(法具)도 긴 시간을 거치면 요괴가 된다, 그것은 잘 알고 있지만 지금 전부 떼어 냈습니다. 이제 이곳에 남아 있는 사람들 안에 깃들어 있는 요괴는 없어요. 하지만———."

주저하고 있다.

구온지 노인이 말했다.

"추젠지 군. 자네가 무엇을 두려워하는지는 모르겠지만 내 생각에 피해자가 더 늘어나지는 않을 것 같소. 두려워할 것은 없다오."

구온지 선생님 —— 하고, 교고쿠도는 어두운 목소리로 말했다.

"멈춰 있던 시간이 갑자기 흐르기 시작했을 때 대체 무슨 일이 일어나는지 —— 구온지 선생님, 당신은 그걸 잘 아실 겁니다. 세키구치 군, 자네도 마찬가지일세. 나는 그런 것은 이제 싫단 말이야."

구온지 노인은 순식간에 무언가를 이해하고, 갑자기 얼굴을 붉히며 눈두덩을 눌렀다.

교고쿠도는 말했다.

"이곳은 이중의 결계에 의해 오랜 기간 봉인되어 있었습니다. 그러니 —— 지난번과는 비교도 되지 않을 겁니다."

멈춰 있던 시간. 실은 거기에는 행복이 있기도 하다.

그 감미로운 시간을 나는 알고 있다.

나는 마츠미야 진뇨를 보았다.

판으로 찍은 것처럼 똑같은 얼굴을 하고 있었다.

바깥이 조용해졌다. 승려들은 조용히 투항한 것이다.

법당 바깥은 밤이다. 시간을 알 수가 없다. 도착한 지 몇 시간이 지났을까?

나는 갑자기 불안해졌다.

—— 결계는 깨지지 않은 걸까?

"추젠지 군."

구온지 노인이 물었다.

"당신이 말하는 이중의 결계라는 것은———그 고사 카와, 와다 치넨의?"

"아니오. 그것은 같은 것입니다."

"그러면———."

"이 명혜사에는 본래 결계가 쳐져 있었습니다."

나는 눈을 감았다.

교고쿠도의 목소리가 울렸다.

"와다 치넨은 그 결계 내부에 들어가 산중이계(山中異界)를 보았어요. 그래서 이곳의 포로가 되었지요. 치넨은 그 결계를 따라 자신의 결계를 쳤습니다. 그래서 이렇게 튼 튼한 결계를 칠 수 있었던 겁니다. 고사카 료넨은 그 강한 결계를 이용해 자신의 소우주를 만들었을 뿐입니다. 고사 카는 분명히 똑똑한 사람이지만 이 산 전체를 덮을 수 있을 정도의 그릇은 아닙니다. 이 명혜사 없이 고사카의 주법(呪法)———이것은 일종의 주술이겠지요———은 결코 이루어질 수 없었어요. 다른 곳에서는 무리였습니 다."

"그렇겠지요. 우선 이 입지. 그리고 무엇보다 아무에게 도 알려져 있지 않고 기록에도 실려 있지 않은 채, 그때까 지 수백 년이나———아."

구온지 노인은 거기서 말을 멈추었다.

"그래요———그것이 처음부터 쳐져 있던 결계입니

다. 산속에 있는 절의 결계는 드문 것이 아닙니다. 하지만 그 그윽한 계약사항은 개발이라는, 뱃심이 통하지 않는 야만적인 행위에 의해서 이제는 완전히 없던 것이 되고 말았어요. 돌 하나만 놓여 있어도 '들어가지 말 것'이라는 계약이 성립하던 좋은 시절은 먼 옛날입니다. 하지만 이곳은 이 조건으로, 수백 년 동안이나 누구에게도 발견되지 않았습니다. 아마——— 최강의 결계겠지요."

탁 하고 숯이 튀는 소리가 들렸다.

기분 탓일 것이다.

"그것은 누가 친——— 결계입니까?"

조신의 목소리다.

바작바작하는 것은 초의 심지가 타는 소리다.

기와의 눈이 사락사락 바람에 춤춘다.

"이곳을——— 수백 년이나 지켜온 사람입니다."

"어?"

"그 사람이 범인입니다."

"범인은——— 누군가?"

"그러니까 범인은 이곳의 진짜 관수입니다."

"뭐?"

"범인은 저기 있는 진슈 씨입니다."

교고쿠도가 바깥을 가리켰다.

문 앞에 넝마를 입은 진슈 노인이 서 있었다.

"다, 당신! 무슨―――아앗?"

야마시타가 큰 소리를 냈다.

진슈 노인은 커다란 눈을 가늘게 뜨고 눈초리에 주름을 가득 지으며 만면에 웃음을 띠고 있었다.

"지―――진슈 씨! 당신이 범인이란 말이오!"

구온지 노인의 얼굴이 더는 불가능할 정도로 빨개졌다.

"예, 예. 그렇습니다."

진슈는 그렇게 말했다.

"처음 뵙겠습니다. 저는 추젠지라고 합니다. 진슈 스님, 이라고 부르면 될는지요."

"보시다시피 걸식승입니다."

"당신 승려였소!"

구온지 노인은 자신의 대머리를 철썩 때렸다.

조신과 가쿠탄은 호흡을 멈춘 것처럼 경직했다.

"이제 됐습니다. 진슈 스님. 숨길 생각도 없었을 테고, 자수할 생각도 없었지요?"

"그냥 내버려 두려고 했지요."

"그런, 이봐, 당신."

야마시타는 침착하지 못하게 여기저기를 쳐다보고 나서 머리카락만 쓸어 올렸다.

진슈는 등을 약간 펴고 교고쿠도와 마주보았다.

"젊으신 분. 아까부터 여기서 듣고 있었는데 어떻게 소승의 짓이라는 것을 꿰뚫어 보셨습니까?"

"간단합니다. 당신은 처음에 이름을 말씀하셨습니다."

"호오, 언제 이름을 말했지요?"

"고사카 료넨을 죽였을 때입니다. 저는 오늘, 원래는 센고쿠로에서 목소리를 구분할 예정이었던 안마사 오시마 유헤이 씨를 만났습니다. 눈이 불편하신데도 무리해서 와 주셨는데, 결국 헛걸음만 하고 돌아가셨지요. 그 오시마 씨가 말했습니다. 그 범인으로 생각되는 승려는, 어차피 점수(漸修)로 오입(悟入)은 어렵다고 말했다더군요."

——— 그것은 나도 들었다.

"호오. 그것이 어찌?"

——— 목소리가 바뀌었다. 말투도 다르다.

"어찌고 뭐고 없습니다. 점수로 깨닫는다 ——— 점오선(漸悟禪)이라면, 그것은 북종선(北宗禪)입니다. 북종선은 나라 시대에 당나라 승려에 의해 전해지기는 했지만 전혀 뿌리를 내리지 못했지요. 일본의 현재의 선은 전부 남종선의 흐름을 따른 것. 다시 말해서 전부 돈오선(頓悟禪)입니다. 그렇다면 범인은 임제승도 조동승도 될 수 없다는 뜻이 되지요. 하물며 승려도 아닌 자가 입에 담을 말이 아닙니다. 그럼 남은 가능성은 얼마 안 되지요. 북종이 쇠퇴하기 전에 점오선을 일본에 전할 수 있었던 인물은, 시기적으로는 사이초나 담징(曇徵)이 고작일 겁니다. 하지만 사이초는 아니에요. 그렇다면 구카이가 가져온 선이 바로 북종선이었던 것이 아닐까 ——— 명혜사가 구카이와 관련된 선사

(禪寺)라면, 그곳을 지키는 사람은 북종의 점오선을 전하고 있는 것이 아닐까 ——— 그렇다면 그것은 북종의 개조, 신수(神秀)와 같은 발음의 이름을 가진 당신 ———."[†]

"훌륭하오. 훌륭한 영해(領解)요!"

진슈는 당당한 목소리로 말했다.
"아아!"
이마가와가 큰 소리로 말했다.
"그것은 당신 ——— 이었습니까."
"그렇소 ——— 일전에 이치젠에서 귀공을 상대한 것은 바로 소승이라오. 조주구자의 영해, 훌륭했소."
"이, 이마가와 군, 틀림없습니까?"
야마시타는 허둥거리기만 했다.
완전히 위엄을 잃은 가쿠탄이 물었다.
"진슈 ——— 아니, 진슈 씨, 다, 당신은 대체 누구요? 저, 정말로 이 남자가 한 말은 ———."
"소승은 이 분이 말씀하신 대로 대대로 이 산을 지키는 진슈라는 이름을 물려받은 자요."
"부, 북종선 ——— 을?"
조신의 목소리는 떨리고 있었다.
"북종을 스스로 표방한 적은 없소. 본래 종(宗)에는 이름 따위 없다오. 남도 북도 없지요. 불제자라는 것 외에는 본

[†] 신수(神秀)와 진슈(仁秀)는 일본어로 읽으면 발음이 같다.

래 무일물(無一物)."

"구카이 ――― 라는 것은?"

"그렇게 전해지고는 있지만 아무래도 상관없는 일. 나
의 법맥은 신수에서 사자상승(師資相承)으로 물려받은 것이
오. 절을 연 사람이 누구든, 그것도 상관없는 일이지요."

가쿠탄은 큰 한숨을 쉬었다.

진슈는 ――― 이야기를 시작했다.

"그 옛날 ――― 치넨 스님이 처음으로 찾아오셨을 무
렵, 소승은 아직 불혹을 맞았을 때쯤이었던가. 치넨 스님
은 소승을 보고 놀라셨소. 무리도 아니지. 차림이 이랬으
니. 그리고 소승도 놀랐소. 선대께서는 마을에 내려가 자
주 책을 구하셨고 또 대대로 전해진 선적(禪籍)은 많이 있었
기 때문에 소승은 지식만은 많이 갖고 있었지만, 선대 이
외의 승려라는 자를 불혹이 지나 처음으로 본 것이오. 치
넨 스님은 소승을 하쿠유시에 비유하며 크게 놀란 것 같았
소."

"그래서 ――― 다, 당신은 치넨 노사님과는 ―――."

조신은 당혹스러워하고 있었다. 17년 동안 같은 절 안에
서 살았는데도 조신은 이 노인의 정체를 꿰뚫어 보지 못했
던 것이다.

"그 분은 이미 대오(大悟)를 몇 번 겪으셨고, 소오(小悟)는
셀 수도 없다고 말씀하셨소. 소승은 그 경지를 알 수가
없었지요. 그래서 소승은 처음을 제외하고는 두 번 다시
만나지 않았소."

"───하지만 몇 번이나 왔다고 하던데."

"와도 만나지는 않았소. 몇 번 오셨는지는 모르겠군요. 그 후, 그 큰 지진이 있은 후에 다이젠 스님이 오셨소. 그리고 다이젠 스님은 돌아가지 않으셨소."

"그 후에 나와 료넨이 들어왔는데───."

가쿠탄은 어깨를 축 늘어뜨리고 이마에 손을 댄 채 몹시 괴로워 보이는 얼굴을 했다.

이 절에서 지낸 25년의 시간들이 한꺼번에 덮쳐 왔을 것이다.

교고쿠도가 물었다.

"료넨 스님은 당신의 정체를 알고 있었습니까?"

"───모르지 않았을까요."

"곳간에 대해서는?"

"스스로 조사했겠지요. 애초에 소승은 지진이 났을 때 무너진 후로 그곳에는 가지 않았소. 찾지도 않았으니 어디에 묻혀 있는지도 모릅니다."

"가지 않았다고? 하지만 ≪선종비법기≫는 거기에 있었을 텐데!"

가쿠탄이 천박하게 물었다.

진슈는 시원스럽게 대답했다.

"그런 것은 단순한 종잇조각. 쓸데없는 글씨가 적혀 있을 뿐이오. 집착하는 것은───어리석은 일입니다."

가쿠탄은 한층 더 고개를 떨어뜨렸다. 입장은 완전히 역전되었다.

"지 ──── ."

야마시타는 겨우 회복된 것 같았다.

" ──── 진슈 씨. 그, 이야기해 ──── 주시겠습니까."

경부보는 그렇게 말하며 안주머니에서 수첩을 꺼냈다.

"당신이 범인이라면 ──── 나는 물어야 합니다. 경찰
관이니까요."

"고사카 료넨을 죽였지요?" 하고 야마시타는 물었다.
진슈는 고개를 끄덕였다.

그리고 진슈는 담담하게 이야기하기 시작했다.

"료넨 스님은 그날, 조과 후부터 소승의 오두막에 오셔
서 저녁때까지 계셨소."

"당신 ──── 집에 있었다고요?"

"그렇습니다. 그리고 이렇게 말씀하셨소."

──── 진슈 씨. 어쩌면 이번에는 이 산이 팔릴지도 모
릅니다. 그러니 그렇게 되면 나가야 하오. 그것은 곤란하
실 테지요?

──── 예, 예, 곤란하지요.

──── 그래서 이 땅을 사들이기 위해, 있는 물건을 팔
생각이오. 나는 옛날에 치넨 노사님께 들었는데, 당신은
처음부터 이곳에 있었다면 알고 있겠지요. 이 절에 있던
그 큰 곳간. 그것은 놀랍게도 절벽 아래로 미끄러져 떨어
져서 묻혀 있었소. 그 안에 있는 것을 팔까 하오. 그래서
그것을 판 돈으로 이곳을 사들이는 것입니다. 달리 부탁할

수 있는 스님도 없으니 도와주지 않겠소?

"그럼 료넨 씨가 제게 보낸 편지에 씌어 있던, 세상에
나오는 일은 있을 수 없는 신물(神物)이라는 것은 그 책을
말하는 것이었습니까!"

이마가와는 손뼉을 치며 그렇게 말했다.

"소승은 들일을 할 것이 있는데 그 후라도 괜찮다면 도
와드리겠다고 말씀드리고 자리를 떴다가 돌아와 보니 료
넨 스님은 아직도 계셨소. 그리고 같이 가 달라고 말씀하
셔서 함께 갔지요."

"각증전 뒤쪽을 지났습니까?"

"그렇소이다."

"그것을 마키무라 다쿠유가 본———건가?"

——진슈 씨. 당신은 여기에 얼마나 있었지요?

——글쎄요, 나이를 세는 것도 쓸데없을 정도로 있었
지요.

——그렇소? 나는 25년이오. 25년 동안, 나는 바보
같은 짓을 계속했다오. 당신도 승려는 아니지만 학식은
있으니 깨달음이라는 것은 알겠지요?

——글쎄요, 저는 그런 불경계(佛境界)와는 거리가 멀
어서요.

——진슈 씨. 말은 그렇게 하지만 당신은 평범한 쥐
는 아닐 것이오.

—— 흐음, 쥐라니 무슨 말씀이십니까?

—— 치넨 스님이 돌아가시기 전에 당신 이야기를 했소. 그 자는 하쿠유시라고.

—— 저는 선경(仙境)에서 노닐 만큼 우아한 사람은 아닙니다.

—— 그래요? 나는 이 산에 우리를 만들었소. 왜인지 알겠지요?

—— 글쎄요, 전혀.

—— 그렇소? 나는 우리를 만들고, 우리에서 소를 도망치게 했소. 그리고 간신히 붙잡았지요. 나는 지금 막 소를 얻은 참이오. 이제부터 시작이지요. 그러니 지금 땅을 빼앗겨서는 안 되오. 대학에서도 올 테고.

—— 소라고 하셨습니까?

—— 그렇소. 소요.

—— 그럼 그 소는 어디에 있습니까?

—— 여기에 있소. 그리고 이제 없다오. 내가 소라는 것을 알았거든. 나는 어제 활연대오했소. 길었지. 25년이나 걸렸으니.

—— 대오 —— 라고요.

—— 대오요.

—— 정말로 대오하셨습니까?

—— 정말이오. 사는 것이나 죽는 것이나 매한가지요.

—— 매한가지? 죽는 것이 무섭지 않습니까.

—— 무섭지는 않소.

―― 정말 대오하셨단 말이지요.

―― 무엇을 의심하시오. 이 경지요.

"료넨 님은 거기에서 시원스럽게 앉으셨소. 등이 곧게 펴지고, 참으로 좋은 좌상(座相)이었지요. 분명히 훌륭하게 대오하셨소. 그렇게 생각했다오."

"그래서요?"

"죽였소."

"예?"

"소승이 죽였소."

"그, 그러니까 어째서!"

야마시타는 조금 떨고 있었다.

"소승은 아직 대오를 모른다오. 다만 오로지 수행을 계속할 뿐이지만 아직 소오(小悟)도 모르지요. 소승은 그렇게 백 년 가까이 살아 왔소. 고작해야 25년이 무슨."

"배, 백 년?"

야마시타는 마치 괴물이라도 보는 듯한 눈으로 진슈를 보았다.

"소승은 그저 남의 말에 고분고분 따르며 살았고, 백 년이 걸렸는데도 깨달음은 반쯤 얻었을 뿐이오. 하리마†를 떠나 하코네에 이르러서, 선대 진슈에게 거두어진 것이 만연(万延) 원년(1860)이었소. 글을 읽고 좌선을 하고 경을 외고 작무(作務)를 하면서 일체지각(一切知覺), 불사십방(不捨

† 현재의 효고 현 남부를 가리키는 옛 지명.

十方), 이렇게 오래 살아 왔지만 아직도 수행이 되지 않았지요. 미숙하기 짝이 없는 몸이외다."

"그러니까———도, 동기는 뭐요!"

"활연대오라오."

"뭐?"

"교고쿠도. 이 진슈 씨는———."

교고쿠도는 말했다.

"그렇습니다. 이 사람은 깨달은 사람을 깨달은 순서대로 차례차례 죽였던 것입니다. 그렇지요?"

"그렇소이다."

"그건 뭐요? 이봐요, 진슈 씨, 당신———."

"이 분의 말씀이 옳습니다. 소승은 활연대오하신 훌륭한 분을 죽였습니다."

우선 이마가와가 뒤집어진 목소리로 말했다.

"아아———다이젠 노사님은 그날 밤 제게 '그랬나, 고맙네' 하고, 그렇게 말씀하셨습니다. 저를 향해 구자불성을 이야기하시다가, 아마 당신도 돈오하신 것 같았습니다. 그럼———그래서? 그 이유만으로 살해되신 겁니까?"

"다이젠 스님이 대오하셨다고 데츠도가 말했소. 소승은 당장 찾아뵙고 그 견해를 여쭈었지요. 실로———훌륭한 견해였소."

다음으로 구온지 노인이 경련하는 것 같은 목소리로 말했다.

"그, 그럼 진슈 씨, 당신은 내가, 내가 그때 당신에게 스가노가 대오했다고 전했기 때문에———."

"그렇습니다. 하쿠교 스님은 노경(老境)에 드신 후에 출가하셨지만, 끊기 어려운 번뇌를 안고도 훌륭하게 대오하셨소."

"———그래서 죽인 건가! 마, 말도 안 돼!"

늙은 의사는 혈관을 돋우며 큰 목소리를 삼켰다.

그리고 조신이 검푸르고 어두운 얼굴로 말했다.

"유켄 스님도———그렇습니까———진슈 스님."

"관수참선 후, 의발(衣鉢)을 받아 나오셨기에."

"죽인———겁니까. 소승과 문답 끝에 대오하셨는데———무엇 때문에———오오."

조신은 손으로 얼굴을 덮었다.

"바보인가? 미쳤어!"

야마시타는 다시 일어섰다.

"그건 이상하잖아요. 이상하지요? 아니면 내가 미친 건가? 깨닫고 깨닫지 못한 게 뭐란 말이오! 그, 그것은 생사와 관련된 거요?"

야마시타는 몇 번인가 마루를 밟아 소리를 냈다.

교고쿠도는 조용히, 그러나 엄하게 말했다.

"야마시타 씨! 형사가 피의자보다 더 혼란스러워 하시면 어떡합니까. 잘 들으십시오. 당신의 지금 그 견해는 틀렸습니다. 큰돈을 손에 넣기 위해서 죽이거나 질투 때문에 죽이는 것은 미치지 않았고, 대오한 자를 죽이는 것만 미쳤다———그런 말씀이 돼요."

"예?"

"살인은 살인. 용서될 수 있는 것이 아니지요. 하지만 자신이 이해할 수 있는 동기는 허용하고 이해할 수 없는 동기는 거절해 버리는 것은 어떨까요. 이———진슈 씨는 어릴 때부터 고금(古今)의 선적(禪籍)만 읽으며 거의 속세와 끊긴 생활을 백 년이나 보내셨어요. 국가도 법률도 민주주의도 무관한 겁니다. 이 명혜사에는 원래 이 사람밖에 없었어요. 이 진슈 씨의 상식이야말로 이 절에서의 상식입니다. 그것은———발견되고 만 지금은 이제———통하지 않지만 말입니다."

교고쿠도도 일어섰다.

"이곳은 북종(北宗)의 성지(聖地). 점오선을 수행하는 곳입니다. 거기에 남종의 후예가 대거 몰려왔을 뿐 아니라 멋대로 들어와 결계를 치고 돈오니 대오니 외치고 있었습니다. 배척되어야 하는 이단은———당신들이었어요."

조신과 가쿠탄은 굳게 눈을 감고 표정을 굳히고 있었다.

그들도 우리와 마찬가지로 이단자였던 것이다.

야마시타는 잠시 생각하다가 앉았다.

구온지 노인이 말했다.

"잠깐만. 그 연출은 뭐요?"

"그, 그렇지, 그 연출은———그것도 이 사람이 한 거요? 그것 때문에 얼마나 ———.”

나무 위의 고사카 료넨.

변소에 꽂혀 있던 오니시 다이젠.

대마가 곁들여져 있던 스가노 하쿠쿄.

막대기가 쓰러져 있던 나카지마 유켄.

뜻을 알 수 없는 비유일까.

장식일까.

“——— 그것은 공양(供養)입니다.”

“공양?”

“공양과는 조금 다를까요. 데츠도 군 ——— 의 짓이지
요?”

“그런 것 같더군요.”

“이보시오, 추젠지 군. 이해할 수 있게 말해 주시오.”

“이해할 수 있게 말할 수는 없습니다. 구온지 선생님.
그것은 공안(公案)이니까요.”

“공안?”

에노키즈를 제외한 전원이 동시에 그렇게 말했다.

“진슈 씨. 당신은 죽인 고사카를 어떻게 했습니까? 감추
었나요?”

“감추지는 않았소. 다만 ———.”

“데츠도 군이 현장에 왔지요?”

“그렇소. 데츠도는 힘이 세니 소등 후에는 일을 좀 거들
게 해 달라고 료넨 스님이 말했기 때문에, 장소를 말해
두었소. 그 눈먼 분이 떠나신 후에 데츠도가 쫓아왔더군

요. 그리고 무슨 일이냐고 묻기에 죽였다고 대답했소. 계속해서 료넨 스님이 어째서 이런 곳에 온 거냐고 묻기에, 그건 스스로 생각하라고 대답했지요."

"다이젠 스님 때는."

"이치전에 데츠도와 함께 찾아갔다가 그 자리에서 죽이고, 이것이 부처라고 말했소."

"그 자리에서? 이상하군―――아아, 그런가."

야마시타는 머리를 끌어안았다.

"당신은 증거를 인멸하기 위해 이치전에 있었던 거요?"

"더러워진 곳은 깨끗하게 치웠는데요."

"그런 감각인가―――꼼꼼하게 치웠소?"

"청소를 할 때는 열심히 청소를 한다오. 다행히 마루에 피가 조금 묻었을 뿐이었소. 거기에―――귀공이 오셨소."

"그래서―――당신도 풀었소, 였습니까?"

이마가와는 납득했다.

"스가노 씨 때는."

"그때는 데츠도가 이렇게 물었소. 부처는 어디에 있습니까, 하고. 그래서 부처는 조사전(祖師殿)†에 계신다고 말했소."

"조사전? 그 토굴이?"

조신이 의아하다는 듯이 물었다.

---

† 본당보다 안쪽에 위치하여 개산조사(開山祖師) 영상(靈像)이나 신령을 모셔 놓은 곳.

"소승은 그렇게 부르고 있소. 어릴 때 그 우리 안에서 수행을 해야 했지요. 무서웠다오."

"아아, 대일여래가."

이마가와가 말했다.

"그려져 있었지요. 본존 말입니다."

"본존――― 역시 진언종――― 그것이 조사전."

조신은 새삼 놀람을 곱씹은 것 같았다.

"유켄 스님 때는 가사를 받았다고 데츠도 군에게 말했지요?"

교고쿠도의 물음에 진슈는 "그렇습니다" 하고 대답했다. 야마시타가 물었다.

"그곳에서 마키무라 군을 후려친 것은――― 목격되고 싶지 않았기 때문――― 이 아닙니까?"

"다쿠유 스님은 유켄 스님에게 위해를 가하려고 노리고 계신 것 같았소. 막대를 들고 긴장하고 계셨으니까요. 그래서――― 기절시킨 것입니다."

"막대? 그런 말은 하지 않았는데."

야마시타가 고개를 갸웃거렸다.

"갖고 있었습니다. 만일 다쿠유 스님이 유켄 스님을 해치는 일이 있다면――― 이것은 안 된다고, 그렇게 생각했소."

"선두를 빼앗기면 곤란하다는 거요?"

"아니오. 다쿠유 스님도 지옥에 떨어질 테니까요."

"으음. 모르겠군――― 그보다 그걸로 무엇을 알 수 있소 ——— 추젠지 씨."

교고쿠도는 우선 구온지 노인을 향해 말했다.

"어느 날, 승려가 조주 스님에게 물었어요. 달마는 왜 서쪽에서 왔습니까? 스님은 대답했지요. 뜰 앞의 떡갈나무다."[†]

"아 ——— 그럼 이쿠보 군이 본 것은 데츠도인가! 그런데 왜 그날이었지? 사흘이나 지났는데."

"그것은 구온지 선생님. 데츠도 군은 찾고 있었기 때문입니다. 떡갈나무를. 하코네 산에 떡갈나무는 얼마 안 되거든요. 보통 선사 앞뜰에는 떡갈나무를 심습니다. 그래서 이 공안도 있는 것인데, 이 절에는 떡갈나무가 없어요. 게다가 뜰 앞의 떡갈나무여야 하지요. 그래서 ———."

야마시타가 의아하다는 듯이 진슈에게 물었다.

"그 동안 시체는 어떻게 했소?"

"계속 지게에 실어 놓았지요."

"지게에?"

"제 암자 봉당에 있었소."

"아무도 몰랐던 거요! 전좌 스님도 왔을 텐데! 어떻게 그렇게 아무도 몰랐을 수가."

"그런 일도 있다오, 야마시타 군."

구온지 노인은 숙연하게 말했다.

---

† 정전백수(庭前柏樹), 혹은 조주백수(趙州柏樹). 《무문관》 제37칙의 내용.

교고쿠도는 이어서 이마가와를 향해 말했다.

"어느 날, 한 승려가 운문 스님에게 물었어요. 부처란 어떤 것입니까? 스님은 대답했지요. 마른 똥막대기다."[†]

"똥막대기? 똥막대기란 ———."
"똥을 치울 때 쓰는 막대기를 말하지."
분명히 그때. 다이젠의 방에 온 데츠도는 똥막대기라는 게 뭐냐고 물었다. 데츠도가 그 공안을 생각하고 있었기 때문에, 그래서 ——— 오니시 다이젠은 변소에 꽂힘으로 부처가 된 것이다.
교고쿠도는 다음으로 야마시타에게 말했다.

"어느 날, 한 승려가 동산 스님에게 물었어요. 부처란 어떤 것입니까? 스님은 대답했지요. 마 세 근이다."[††]

"스기야마 데츠도는 어제 그 공안을 생각하고 있었던 것이로군. 마가 어쨌다느니 ——— 그래서 마키무라 군에게 대마가 어디 있는지를 물어보러 간 건가? 즉 그것은 준비하고 있었던 것이 아니라, 마침 그 생각을 하고 있을 때 당신이 살인을 저질렀다는 것이었단 말인가? 그렇군. 분명히 마는 세 묶음으로 나뉘어 있었지. 마 세 근이야."

[†] 운문시궐(雲門屎橛), 혹은 간시궐(乾屎橛). 《무문관》 제21칙의 내용.
[††] 동산삼근(洞山三斤), 혹은 마삼근(麻三斤). 《무문관》 제18칙의 내용.

"오오, 죄를 적발한 것이 ——— 아니었단 말이오?"

구온지 노인이 더욱 쓸쓸하게 말했다.

교고쿠도는 마지막으로 조신을 향해서 말했다.

"당신은 이미 알고 계시겠지요. 마하가섭에게 아난존자가 물었어요. 당신은 세존으로부터 금란가사 이외에 무엇을 받았는가? 가섭은 아난을 불러, 그 대답을 듣고 나서 이렇게 말했지요. 문 앞의 찰간을 쓰러뜨려라.'"[†]

"가섭찰간 ——— 인가요. 그럼 그 장대를 쓰러뜨렸을 때 계속 고개를 갸웃거렸던 것은 ———."

"문 앞이라는 것이 어딘지 알 수 없었던 겁니다. 이 절에는 문이 많이 있지요. 건물 앞인지도 모르고, 삼문인지, 정문인지 ———."

"그 ——— 말이 맞소. 전부."

"그렇습니다. 모두 ≪무문관(無門關)≫이나 ≪벽암록(碧巖錄)≫[††] 등에 나오는 유명한 공안들이에요. 그는 그것을 ——— 생각하고 있었을 겁니다. 매일."

"그렇군요 ——— 그런 것을 알았더라면."

야마시타는 힘없이 고개를 떨어뜨렸다.

몰랐다고 해서 탓할 수 있는 것은 아니다. 알고 있었다

[†] 가섭찰간(迦葉刹竿). ≪무문관≫ 제22칙의 내용.

[††] 중국 송나라 때의 선승인 설두 중현(雪竇重顯)이 ≪전등록(傳燈錄)≫에 있는 1,700칙의 공안 중 100칙을 골라 정리한 것으로 ≪벽암집≫이라고도 한다. ≪무문관≫과 함께 선종의 공안을 이야기하는 대표적인 불서이다.

해도 아무도 그런 생각은 하지 않을 것이다.

야마시타는 고개를 숙인 채,

"이것은, 고사카의 경우는 시체 유기, 오니시의 경우는 시체 훼손이라는 죄일지도 모르지만 ——— 하지만 이것은 범죄일까요? 확실히 우리 세계의 말로 하자면 공양이라는 것이 가까울지도 모르겠군요."

그렇게 말했다. 교고쿠도는 말했다.

"우리가 이곳에 와 버렸기 때문에 그것은 이제 범죄가 되고 말았습니다."

"그런 수수께끼는 얼마든지 만들 수 있네!"

혼자 입구 계단에 걸터앉아 있던 에노키즈는 그렇게 말했다.

교고쿠도는 진슈 앞으로 가서 물었다.

"진슈 씨."

"예, 예, 왜 그러십니까."

원래대로의 사람 좋아 보이는 할아버지 말투다. 그러나 이렇게 말투나 태도가 바뀌는데도 이 노인의 인상은 전혀 바뀌지 않는다. 의연해도, 비굴해도 똑같다. 마츠미야 진노와는 매우 다르다.

나는 마츠미야를 찾았다. 그는 기둥 그늘에서 무언가를 견디는 듯한 얼굴을 하고 앉아 있었다.

교고쿠도는 쪼그리고 앉아 말했다.

"많은 종교는 그, 선에서 말하는 깨달음의 경지를 최종 목적으로 생각하는 경우가 많은 것 같습니다. 그래서 죽으

면 부처가 되지요. 죽으면 부처가 되는 이유는, 최종목적
은 그 부분에 설정해 두어야지, 살아 있는 동안에 달성해
부처가 된다면 더는 정진하지 않게 되기 때문입니다. 밀교
는 즉신성불, 죽은 후가 아니라 살아 있는 몸으로 그대로
부처가 된다고 하지요. 하지만 즉신성불은 결과적으로 수
행 끝에 하는 자살과, 행위로서는 같은 뜻이 된 것이 현재
의 상황입니다. 하지만 선은 목적이라는 개념을 걷어치움
으로써 그 점을 어려움 없이 해결했어요 ——— 진슈 씨.
한 가지만 묻겠습니다. 당신이 배우신 선, 아니, 수행하고
계시는 선은 깨달음을 최종목표로 하는——— 예를 들면
최종해탈이나 즉신성불 같은 발상이 있는——— 그런 교
의(敎義)에 따른——— 선입니까?"

"말도 안 되는 소리."

진슈는 활짝 웃었다.

"수증일등. 깨달음과 수행은 같은 것입니다. 그렇다면
깨달음에는 시작도 없고 끝도 없으며 깨달음은 항상 여기
에 있다는 것을 알고는 있소. 아무리 사법(嗣法)이 다르다
해도 그것은 마찬가지요."

"그, 그것은 마찬가지요. 어디나 다르지 않소."

조신은 그렇게 말했다.

진슈는 그 말을 듣자 더욱 웃으며,

"깨달음을 얻는다고 하면 평소에는 없었던 것인가 생각
한다. 깨달음이 왔다고 하면 평소에는 어디에 있었던 것인
가 생각한다. 깨달음을 이루었다고 하면 깨달음에 시작이

있는 것인가 생각한다. 가소롭구나. 불립문자 교외별전이라고 큰소리를 쳐도, 그것도 모두 말 위에 있는 것. 심신탈락(心身脫落)이라니 가소롭구나. 천동 여정께서 말씀하시기를, 심진탈락(心塵脫落)이니라. 어차피 도겐의 선은 법화경선(法華經禪). 임제 같은 자는 때로는 때리고, 때로는 까마귀 소리를 들으며 활연대오에 이르다니 가소롭기 짝이 없도다——그렇게 생각한 적도 있었지만, 세상에 몇 개의 길이 있든 사람이 걷는 길은 다 거기서 거기라오. 험하거나 완만하거나, 멀거나 가깝거나, 고작해야 그 정도 차이일 테지요."

하고 말했다.

"그렇습니까——."

교고쿠도는 조금 의아한 얼굴을 했다.

"진슈 씨. 사람의 마음이나 의식이라는 것은 연속된 것이 아닙니다. 연속된 것처럼 착각할 뿐이고 아침과 저녁, 아까와 지금은 전혀 다르기도 하지요. 뇌라는 것은 그 이치를 맞추려고 합니다. 돈오니 대오니 하는 것은, 그러니까 아주 잠깐의 일이지요. 그 이후 쭉 인격이 바뀌는 것은 아니에요. 그렇기 때문에 깨달음 후의 수행이 중요한 것입니다. 그렇다면 당신은 왜——."

진슈는 껄껄 웃었다.

"백 년이 지났는데도 소승에게는 그 한순간이 없었소. 그래서 순식간이라 해도 그것이 찾아온 자에게 질투가 났던 것이오. 분했던 것이오. 참으로 수행이 부족하지요. 덕이 부족한 승려라오. 그러니 그, 만일 내가 깨닫는 일이 있다면, 깨달은 상태인 채로 죽어 버리면 가장 행복할 거라고, 그렇게 생각하기도 했소. 한심하고, 한심하고, 한심한 일이오. 실로 료넨 스님의 말씀이 옳소이다. 소승은 우리 속의 쥐요."

그리고 일어서더니 방금 전까지 가쿠탄이 앉아 있던 곳에 가서 앉았다.

"여기에 이렇게 앉는 것은 28년 만이구려. 본존도 바뀌어 버렸소. 경찰 시주님."

"왜 그러시오?"

"처벌해 주십시오."

야마시타는 조금 비틀거리면서 진슈 뒤에 앉았다.

"처벌하는 것은 법률이지 내가 아니지만―――당신은 호적도 없을 텐데. 어떻게 해야 할지."

"무엇이든 말씀드리겠소이다."

"뭐, 증거는 확실히 없지만―――."

"증거―――그렇다면 흉기―――를 말씀하시는 거요? 그것은 전부 료넨 스님이 가지고 계시던 석장이라오. 지금도 암자에 놓여 있지요. 료넨 스님을 죽인 장소는 유모토 쪽의 산길. 소승은 그 곳간이 어디에 묻혀 있는지 모르니 곳간에는 어떻게 가는지 모르지만, 이쪽에서 가장 경사가 완만한 길을 따라 내려간 산기슭 부근이라오."

"음. 아니―――믿어요. 당신이 범인이지요. 물증도 아무것도 없어도, 분명 그럴 테지."

"나머지는———거기 계시는 분이 자세히 전부 설명해 주셨소. 수고를 끼쳤구려. 아직 더 죽이려고 했는데."

교고쿠도는 선 채로 말없이 바깥을 보고 있었다.

이걸로———끝난 걸까?

아니———.

"데츠도는 죄를 지은 게 됩니까?"

"뭐———그렇지요."

"그렇습니까. 가능하면 데츠도가 돌아온 후에 의발을 물려주고 싶습니다. 그 후에는 어디로든 가겠습니다. 무슨 일이든 하겠습니다."

데츠도에게 법을 물려준다———다시 말해 이 산에 데츠도만 남는다는 뜻일까.

그럼 이 산의 결계는 아직 조금도 깨지지 않은 건가!

나는 교고쿠도를 보았다.

교고쿠도는 모든 것을 알아차리고 어두운, 슬픈 얼굴을 했다.

처음부터 졌다———.

그런 뜻인가.

"거기 계시는 의사 선생님."

"응? 나 말이오?"

"스즈를 부탁합니다."

"오. 오오. 알고 있소."

마츠미야가 흠칫하며 얼굴을 들었다.

나는 그가 신경 쓰여서 견딜 수가 없다.

"스즈는 어젯밤부터 어디론가 가 버렸습니다. 지금 데츠도가 찾고 있습니다. 뭐, 전부터 자주 불쑥 사라지곤 했으니 별로 걱정할 필요는 없을 것 같지만———."

"스———."

마츠미야가 쉰 목소리로 말했다.

"스즈는———."

교고쿠도가 마츠미야를 노려보고 있었다.

에노키즈도 어깨 너머로 그를 바라보고 있다.

구온지 노인이 일어섰다.

"진슈 씨. 저 사람은 스즈의 외삼촌이라오. 마츠미야 군, 이쪽으로 오게."

진슈는 앉은 채 이쪽으로 방향을 틀었다. 마츠미야 진뇨는 어색한 움직임으로 일어서서 진슈 앞에 정좌를 하더니 공손하게 인사를 했다.

"마츠미야 진뇨라는 행각승입니다."

"머리를 드시게. 그렇게 머리를 숙일 정도로 덕이 높은 승려는 아니라네. 지금 들었겠지. 파계 중에서도 파계, 살생을 저지른 중일세."

"파계에 크고 작은 것은 없습니다. 금수나 벌레, 물고기를 죽이는 것이나 사람을 죽이는 것이나 불살생계(不殺生戒)를 깬 무게는 같지요. 분명히 스님은 파계승이지만 파계라면 소승도 파계승이니, 수행이 얕은 소승이 예를 다하는 것은 당연합니다."

"그런가."

"스즈는 ———— 제."

"아아, 그렇다면 ———— 그렇군. 스즈는 하쿠교 스님의
————."

"진슈 씨. 그것은 없었던 일로 해 주시오. 스가노는 죽었
소. 이제 됐지 않소."

"그러고 보니 ————."

야마시타가 의아하다는 듯이 말했다.

"그 스가노를 토굴에서 꺼낸 것은 누구요?"

"예?"

왜일까.

갑자기 오싹했다.

"그것은 스즈요."

진슈는 낮게 말했다.

"뭐? 정말이오?"

"하쿠교 님을 유혹해 미치게 한 것은 스즈입니다."

"뭐라고? 진슈 씨, 그것은."

"그 아이는 ———— 그런 아이."

"그런 아이?"

"자주 ———— 사람을 홀리지요."

그 눈. 그 얼굴.

나는 다시 공포가 학질처럼 들끓는 것을 느꼈다.

"그————."

마츠미야 진뇨는 그제야 비로소 얼굴을 들었다.

"그렇겠지요. 소승은 지금 여기서 일어난 일들을 보고,

459

듣고, 부끄러웠습니다. 그 아이가 만일 그렇게 자랐다면 그것은 소승의 부덕, 파계의 증거입니다. 소승은 승려로 서의 계율뿐 아니라 인륜을 벗어난 파계를 저질렀습니다."

"이보게, 마츠미야 군, 자네———."

"구온지 님. 이마가와 님. 그리고 추젠지 님, 세키구치 님. 소승은 13년 동안 자신을 속이며 살아왔습니다. 추한 자신의 본성에 눈을 감고, 귀를 막고, 게다가 승려라는 가 면을 쓰고 모르는 척하며 살아왔어요. 과거의 잘못을 잊는 것이 수행이라고 착각하고 있었습니다. 자신의 우리에서 나오기는 고사하고 자신의 우리에 틀어박혀 열쇠를 잠갔 습니다."

"마츠미야 군, 자네는———무슨 말을."

"구온지 선생님. 그 사람이———고백하게 해 주십시 오! 지금, 여기서!"

"세키구치 군, 당신, 뭐요? 왜 그러시오?"

심장 고동이 격렬하다.

공포를 흥분으로 밀어내는 것이다.

"마츠미야 씨. 이쿠보 씨가 생각해 냈습니다. 당신은 산 을 내려가면———반드시 그 말을 해야만 될 거예요. 그 러니 여기서———당신은."

교고쿠도가 내 팔을 잡았다.

"왜 그러나!"

"그만두게. 세키구치."

노려보고 있다.

나는 침묵했다.

"아니오, 그만두지 않겠습니다. 추젠지 님, 세키구치 님 말씀이 옳습니다. 이쿠보 님이 무엇을 기억하고 계셨는지 소승은 모릅니다. 하지만――― 그 집을 태운 것은 소승입니다. 소승은 동생 스즈코에게서 도망치기 위해 그 집에 불을 지르고, 그리고 도망쳤습니다."

"뭐라고?"

야마시타가 몸을 돌려 마츠미야를 기막히다는 듯이 쳐다보았다.

"마츠미야 스님!"

교고쿠도가 불러도 그 소리는 닿지 않았다.

"아버지와 싸우고 집을 나온 소승이――― 그날 돌아가 보니 집안은 조용하고, 불도 켜져 있지 않았습니다. 고용인들은 깊이 잠들어 있었지만 현관문은 열려 있더군요. 부모님은――― 머리가 엉망진창으로 깨진 채 죽어 있었어요. 아마 숨이 끊어지고 나서도 계속 때렸을 겁니다. 고용인을 불러야겠다는 생각이 들었는데, 그때 스즈코가 마음에 걸렸어요. 돌아보니 스즈코가 서 있었습니다."

"그럼――― 범인은 동생인가!"

"그건 모릅니다. 다만 스즈코는 손에 재떨이인지 뭔지를 들고 있었어요. 소승은――― 아니, 저는 동생을 의심하기보다도, 위로하기보다도 먼저――― 마치 찬물을 뒤집어쓴 것처럼 오싹하니――― 무서워졌습니다. 동생은

———웃고 있었어요. 그리고 말하더군요.”

——— 오라버니 ——— 아이가 생겼어요. 오라버니의
아이예요.

"그래요. 저는 동생과 남녀 관계를 맺고 있었습니다. 그
러니 진슈 스님. 스즈는 저와 동생 스즈코의 아이. 그런
발칙한 행위 끝에 태어난, 불행한 아이입니다.”

진슈는 형용하기 어려운 표정이 되었다.

"저는 스즈코를 밀치고 램프를 바닥에 내던졌어요. 불
은 곧 옮겨붙더군요. 스즈코는 움직이지 않았어요. 저는
완전히 당황해서 방을 뛰쳐나가 뒷문에 불을 지르고, 고용
인들이 있는 별채 복도에 불을 지르고, 마지막으로 현관에
불을 질렀습니다. 스즈코도, 아버지도, 모두 불에 타 버리
라고 생각했어요. 그리고 도망쳤습니다.”

"그런 말은 여기서 해서는 안 돼요!”

교고쿠도가 일갈했다.

"당신의 죄는 당신의 것. 풀어놓으면 편해질지도 모르
지만 당신이 편해질 뿐입니다! 그런다고 누가 구원됩니
까!”

"하, 하지만.”

"당신은 먼저 내려갔어야 했어요.”

"왜———.”

"저는 이 상황에서 스즈 씨에게서———.”

"스즈."

진슈가 말했다. 모두가 그쪽을 보았다.

입구에 스즈가 있었다.

"스, 스즈!"

마츠미야가 외치며 한 발짝 내딛었다.

"다가오지 마!"

스즈 뒤에 데츠도가 서 있었다.

"스즈는 널 싫어해."

"무슨 소리를———."

"네가 왔기 때문에 산으로 도망친 거야. 돌아가."

데츠도는 스즈를 안아 올렸다.

"스승님. 어디로 돌아갈까요."

"데츠도, 여기에 있어라."

시간이 다시 멈추었다.

스즈가 모두를 둘러본다.

암흑의 눈동자에 빨려들 것 같다.

단발머리로 가지런히 자른 머리카락. 순진하고 단정한
얼굴 생김새.

꽃봉오리 같은 자그마하고 붉은 입술. 눈 같은 피부.

에노키즈가 한 발짝 물러섰다.

교고쿠도가 한 발짝 나섰다.

이마가와도 구온지 노인도, 조신도 가쿠탄도 미동도 하

지 못한다. 야마시타는 얼어붙었다.

그때 타닥타닥 하고 숯이 튀는 소리가 났다.

"와아아아앗."

무언가가 데츠도에게 부딪쳤다.

허를 찔린 데츠도는 앞으로 고꾸라지고, 스즈는 땅바닥에 폴짝 내려섰다. 데츠도는 스즈를 놓치고 나서. 한마디, 오오———하고 울부짖으며 일어섰다. 거대하다.

에이쇼가 데츠도의 등을 때리고 있었다. 아니, 때리는 것이 아니다. 에이쇼는 칼을 들고 있다. 야채 써는 칼로 데츠도의 등을 찌르고 있었던 것이다.

"이 멍청한 놈!"

에노키즈가 즉시 에이쇼에게 달려들었다. 야마시타와 이마가와가 허둥지둥 뛰어나갔다. 데츠도는 다시 한 번 울부짖으며 에이쇼를 튕겨 냈다. 에노키즈가 등 뒤에서 잡고 있던 피투성이 소년 승려는 탐정과 함께 날아갔다.

"오오오."

"데츠도!"

진슈가 달려온다. 교고쿠도가 밖으로 나갔다. 모두가 움직이고 있다. 그것은 아주 잠깐의 일이었던 모양이다. 나만이 엄청나게 느릿했다.

나는 구르다시피 뒤를 쫓아 밖으로 나갔다.

경관 다섯 명이 달려왔다. 조신과 교고쿠도가 데츠도에게, 이마가와가 에이쇼에게 매달렸다. 데츠도는 조신과 교고쿠도를 뿌리치고 일어섰다. 에이쇼는 새빨간 얼굴을 하고 외쳤다.

"스승님을 왜 죽였나!"

조신이 그 어깨를 강하게 누르며 말했다.

"유켄 스님을 죽인 것은 데츠도가 아니다, 에이쇼. 그 분은 내가 죽인 것이다. 아니, 죽인 거나 마찬가지."

"―― 뭐라고요?"

"아니, 이 산이, 이 절이 죽인 것이다. 어리석은 짓은 그만두어라."

에이쇼는 식칼을 떨어뜨렸다.

다른 경관이 달려들어 에이쇼를 붙들어 눌렀다. 스가와라 형사와 츠기타 형사가 지객료에서 뛰어나와 날뛰는 데츠도를 눌렀다.

"데츠도!"

진슈가 일갈했다. 데츠도는 경관과 형사의 부축을 받다시피 하며 앉았다.

"당신은 의사 선생님이셨지요. 데츠도를."

"그러지요."

구온지 노인이 데츠도의 등 뒤로 돌아갔다.

이마가와가 지켜본다.

이 산에 있는 전원이 안뜰에 집합한 셈이 된다.

에노키즈가 벌떡 일어나 선당 쪽을 보았다.

나도 그쪽으로 시선을 주었다.

거기에 스즈가 서 있었다.

마츠미야는 혼자 무리를 떠나 스즈에게 다가갔다.

스즈는 처음 만나는 것일 아버지를 노려보고 있다.

나는 교고쿠도의 말이 신경 쓰였다.

아까는 왜 말렸을까?

───── 저는 스즈 씨에게서.

그 다음은 뭘까?

교고쿠도는 눈을 가늘게 뜨고 고통스러운 표정으로 얼굴을 돌리고 있었다.

마츠미야는 더욱 걸음을 내딛었다.

쓸데없는 발악이다. 이 상황.

이 절은 끝까지 이 세상과 잇닿는 것을 거절하고 있다. 이제 아무것도 없는데도.

전부 해체되었는데도 이제 와서 무엇을 ───── 무엇을 거부한다는 것일까?

나는 어쩌면 마츠미야 만큼이나 몹시 동요했다.

스가노는 스즈에게서 그 여자를 보았을 것이다.

그 여자는 늘 불러일으킨다.

사람 속의 사람 아닌 존재를.

사람은 짐승의 뇌를 갖고 있다고 한다.

사람의 뇌는 사람이 사용하지 않는 뇌에 둘러싸여 있다고 한다.

깨달음은 뇌 바깥에 있다고 한다.

추억은 우리 안에 있다고 한다.

나는 ─────.

마츠미야는 스즈 앞까지 다가갔다.

"스즈———."

스즈는 노려본다.

"스즈. 스즈야. 나는 너의——— 너의———."

스즈는 계속 노려본다. 움직이지 않는다.

마치 인형 같다. 표정이 없다.

입술이 움직였다.

"돌아가."

"아니, 그럴 수는 없어. 나는———."

"돌아가라고 했잖아."

"하지만 나는 너의———."

"이제 와서 뭘 하려는 거야, 오라버니."

"뭐?"

"오라버니를 위해 아버지도 어머니도 죽였는데."

"스———."

"스즈코를 태워 죽이려고 했지."

"스즈———."

"오라버니의 아이 따위는 지워 버렸어."

"와, 와아아아."

마츠미야는 튕긴 듯이 뒤로 펄쩍 뛰었다.

"스, 스즈코——— 스즈코."

"모처럼 여기서 조용히 몇 년이나 지냈는데, 이제 와서 찾아온들 알 바 아니야. 오라버니 같은 사람 정말 싫어.
시간이 ——— 흘러 버렸어."

"우, 우와아아아아."

나는 비명을 질렀다. 마츠미야는 비명도 지르지 못하고
후들거리는 다리로 도망치려고 했다.

교고쿠도가 그 앞을 막았다.

"진정해요, 마츠미야 군! 저것은 당신의 아이가 아니에
요. 동생 스즈코 씨예요! 똑바로, 똑바로 봐요!"

"우, 우아아."

교고쿠도는 마츠미야의 뺨을 때렸다.

"정신 차려요! 현실을 봐요. 그녀는 유령도 아니고 무엇
도 아니에요. 이 세상 사람이에요. 당신도 선승이라면 알
아야지! 당신이 쓸데없이 굳게 믿는 바람에 ——— 좋은
형태로 떼어 낼 수가 없게 되고 말았다고요!"

스즈코는 교고쿠도를 노려보았다.

교고쿠도는 천천히 스즈코를 보았다.

"미안하구나."

스즈코는 침묵했다.

그때.

나는 하늘에서 이변을 보았다.

하늘이 붉었다.

전원이 위를 올려다보았다.

타닥타닥 타는 것은 화톳불이 아니다.

"뭐, 뭐지? 무슨 일인가!"

야마시타가 큰 소리로 말했다.

하늘이 붉게 일그러져 있다.

고원(庫院)이 ――― 불타고 있었다.

아니, 불길은 다른 곳에서도 치솟고 있는 것 같다.

대일전. 이치전. 설창전. 각증전. 내율전.

야마시타가 외쳤다.

"무슨 일인가! 네놈들 어딜 감시하고 있었어!"

"저, 저쪽에는 아무도 없어서요."

"멍청한 놈, 당장 보고 와! 자네는 빨리 아래로 내려가서 소방대를 불러! 이봐, 스가와라! 멍하니 있지 말게."

야마시타는 팔을 흔들었다.

스가와라가 달린다. 경관들이 달려간다.

이어서 선당에서 불길이 솟았다.

"큰일이군. 위험해. 이곳에서는 소방 활동은 불가능하네!"

"추젠지 군의 말이 맞소. 도망쳐야 하오. 산불이 나면 끝장이오!"

"저것을 ―――."

이마가와가 회랑을 가리켰다.

여우불 같은 불빛이 길게 한일자로 꼬리를 끌며 호랑이처럼 회랑을 달려갔다.

스즈코가 그 틈을 뚫고 달리기 시작했다.

"위험해. 누가 스즈코 씨를 좀."

나는 스즈코를 쫓아 법당 쪽으로 달려갔다.

저 소녀는 저 세상의 존재가 아니었다.

그러나 이 세상의 존재도 아니었다.

시간과 시간 사이에 떨어진 소녀였다.

애정이 결핍되어 성장이 멈추는 일이 있다고 한다.

그녀는 무언가가 결핍된 채, 이 명혜사의 결계에 갇힌 것이다. 그렇다면 구해야 한다.

스즈코는 법당으로 들어갔다.

"스즈코 씨!"

"오지 마!"

에노키즈가 큰 걸음으로 나를 추월했다.

스즈코는 대웅보전으로 숨어들었다.

에노키즈가 대웅보전의 문을 활짝 연다.

나는 에노키즈를 추월했다. 뒤에서 야마시타와 교고쿠도가 따라왔다.

이어서 조신과 이마가와, 진슈가 뒤따랐다.

스즈코는 멈춰 있었다.

암흑의 눈이 흔들리는 오렌지색 빛을 담고 있다.

그것은 ——— 불꽃이었다.

대웅보전 중앙에 지안이 서 있었다.

손에 횃불을 들고 있다. 활활 타오르는 오렌지색 불빛이 미승의 뺨을 농염하게 물들이고 있다.

아지랑이처럼 단정한 얼굴이 흔들흔들 흔들렸다.

"지안 씨. 당신———."

"닥쳐, 외도! 네 이놈, 우르르 몰려와서 빈승을 방해하기만 하고! 이, 이 산은 빈승의 것이다! 이 산은 빈승의 것이야! 이것이 할아버지의 무엇보다 큰 비원이다!"

"마(魔)에 홀린 건가! 정법을 전하는 선승이 할 행동이 아니군요! 당신은 선 같은 건 배우지 않았어요. 수행 따윈 하지 않았어. 선의 말을 배우고 선의 계율을 수행했을 뿐이에요. 전해진 마음이 없는 겁니다! 누구에게서도 마음은 전해지지 않았어요!"

"쓸데없는 짓이네, 교고쿠! 이 녀석에게는 아무것도 통하지 않아."

에노키즈가 외쳤다.

"그렇다! 빈승은 알맹이 없는 가람당. 그렇다면 빈승은 결계 자체다! 결계를 깨면 사라져서 없어지지. 외도 따위가 떼어 낼 수 있을 것 같으냐! 전부 다 죽어!"

지안은 횃불을 쳐들었다. 부웅 하고 불꽃의 바람을 가르는 소리가 났다. 순식간에 그 불꽃은 제단의 막에 옮겨 붙었다. 화염지옥의 업화(業火)가 제단을 눈 깜짝할 사이에 감쌌다.

활활 타오르며 흔들리는 새빨간 빛은 소용돌이가 되고, 대일여래가 떠올랐다.

교고쿠도가 숨을 삼켰다.

불꽃은 곧 천개(天蓋)†에 다다랐다.

움직일 수가 없다.

"갈(喝)!"

진슈가 외쳤다.

지안이 횃불을 향했다.

부웅 하고 소리가 났다.

"진슈! 네놈 빈승의 명령을 듣지 않을 테냐!"

타닥타닥 화염이 튄다.

붉은 불. 푸른 불. 활활 타오르는 불.

그래도 스즈코는 여전히 잘 차려입고 있다.

붉은 무늬. 감색 무늬. 보라색 무늬.

색채 없는 선사가, 지금은 야단스러운 색채를 띠고 있었다.

진슈는 말했다.

"대오. 지금 대오했습니다."

"진슈 씨, 그것은———."

"소승이 물려받은 법은 이걸로 끝이오. 조신 스님!"

"왜, 왜 그러십니까?"

"데츠도를 정법으로 이끌어 주십시오. 살아 있는 선을———."

백 세의 노승은 그런 말을 남기고 광기의 미승에게 덤벼들어 그 팔을 잡았다.

---

† 불상을 덮는 일산(日傘)이나 법당 불전(佛殿)의 탁자를 덮는 것으로 집 모양이다. 부처의 머리를 덮어서 비, 이슬, 먼지 등을 막는다.

지안의 옷이 바람을 머금고, 그 바람은 불꽃을 불렀다.
제단이 와르르 무너졌다.
"스즈, 가거라!"
"큰일 났다. 나가!"
야마시타가 조신을 문밖으로 밀어냈다.
에노키즈가 교고쿠도를 껴안다시피 하고 불꽃에서 멀어졌다.
교고쿠도는 큰 소리로 말했다.
"스즈코 씨! 돌아와요!"
스즈코는 불꽃 속에서───.
웃었다.

그리고 내게 말했다.

"오라버니, 미안해요."

나는 강한 현기증을 느끼며 쓰러졌다.
귓가에서 노래가 들렸다.

석가모니의 가르침을 잘못 알아듣고
수천의 부처가 들끓었다고 한다.
수천의 부처가───.

〈선경(仙境)〉, ≪금석백귀습유≫(하권, 비[雨])†

† 다나카 나오히(田中直日) 소장 및 자료 제공.

*

화재를 완전히 진화하는 데에는 꼬박 이틀이 걸렸다.

소식을 들은 소방단은 이런저런 방법으로 소방 활동을 시도했지만 수원(水原)이 부족한 데다 불이 난 곳 근처까지 자동차가 올라갈 수 없었기 때문에, 결국 불이 다른 곳으로 옮겨붙는 것을 막는 데 급급했다. 그리고 명혜사는 전소했다.

그러나 소방단이 노력한 덕분에 큰 산불로 확대되는 것만은 막을 수 있었던 모양이다.

꺼지고 나서 보니 마침 명혜사만 불에 탄 모양새가 되었다고 한다.

다시 말해서 결계 안만 깨끗하게 불탄 셈이다.

우연이라고는 하지만 이상한 일은 역시 있는 법이다.

이상한 일이라면, 불탄 자리에서 발견된 시체는 왠지 하나였고 그것은 지안의 것으로 생각되었다. 스즈코는 또 화재에서 도망쳐 다른 결계로 들어갔는지도 모른다. 그리고 진슈 노인은──────처음부터 이 세상의 존재가 아니었을지도 모른다.

호적조차 없으니.

그러고 보니 에노키즈도 그 절에 범인은 없다고 단언했다고 한다. 물어보니 에노키즈는 처음에 명혜사에 갔을 때는 진슈 노인과도 데츠도와도 만나지 못했던 모양이지만, 만일 만났다 해도 ——— 역시 그렇게 말했을지도 모른다. 그런 기분이 들었다.

다른 승려들은 전원이 센고쿠로에 들어갔고 무사했다. 승려들은 산이 붉게 물드는 모습을 보고 하나같이 종말을 예감했다고 한다.

데츠도의 부상은 다행히 치명상이 아니었고, 도리구치와 같은 병원에 입원했다. 또 그는 그 스기야마라는 성으로 가족을 찾을 수 있었다. 본명은 스기야마 데츠오. 지진이 났을 때 그가 죽은 것으로 생각했던 그의 가족은 삼십 년 만의 생존 확인에 크게 놀랐다고 한다.

나는 어땠느냐 하면 대웅보전에서 정신을 잃고 하마터면 떨어지는 대들보인지 뭔지에 끼일 뻔한 것을, 이마가와가 짊어지고 나와 살았다고 한다. 정신이 들어 보니 센고쿠로의 방이었다. 누가 옮겨다 준 것인지 신경 쓰였지만, 물어봐야 별 수 없을 것 같아 그만두었다.

현장에 있던 사람은 대부분 무사했지만, 야마시타만은 오른쪽 뒤통수에 화상을 입었다. 하지만 심한 것은 아니었고 고작해야 벗겨지는 정도로 끝난 모양이다.

이시이 경부는 특기인 동물적 위기감지능력을 유감없이 발휘해 최선의 사후처리를 담당했다. 야마시타는 어찌

된 셈인지 위축되지도 않고 거기에 협조했다.

사정청취가 있어서 나는 센고쿠로에 발이 묶였다.

승려들은 각각 여러 선사나 절에 들어가게 된 모양이다. 교고쿠도가 주오 구 스키지의 선생, 그러니까 아카시 선생에게 부탁을 한 것인지도 모르고, 그런 일은 해 주지 않는 분인지도 모른다. 하지만 나는 그런 기분이 들었다.

가가 에이쇼는 구와타 조신과 함께 구와타가 원래 있던 절로 간다고 한다. 마키무라 다쿠유는 마츠미야가 있던 가마쿠라의 선사로 가기로 결정된 모양이다. 다만 마도카 가쿠탄 한 사람만은 갈 곳이 없었던 것 같다. 그러나 새삼 개종하는 것도 모양새가 좋지 않고, 선종에도 진언종에도 면목이 없다면서 환속을 결심했다고 들었다.

이렇게 해서 하코네 산 연속 승려 살인사건은 끝났다.

몹시 길게 느껴졌지만 달력을 보니 하코네에 온 지 아직 일주일밖에 지나지 않았다. 벌써 몇 달이나 지난 것 같은 기분이 들었다.

나는 사고를 완전히 정지함으로써 우선 스스로를 유지하고 있다. 교고쿠도는 이보다 더 인상이 나쁜 사람은 없을 것 같은 분위기로 한동안 말도 하지 않았다. 에노키즈는 거의 잠만 자고 있었다.

나는 처음으로 정원에 나가 보았다.

정원은 바라보는 것이 아니라 나가 보는 것이다.

상쾌했다.

나무들도 아래에서 보니 분위기가 전혀 다르다.

정원에는 마츠미야 진뇨와 이쿠보 기요에가 있었다.

마츠미야는 깊이 머리를 숙였다.

"세키구치 선생님. 이번에는 신세가 많았습니다."

"나는 아무것도 안 했어요. 그렇지요, 이쿠보 씨?"

"아뇨."

이쿠보는 웃었다.

"마츠미야 씨. 당신은 처벌을 받게 됩니까?"

"모르겠습니다. 체포를 당하지는 않을 것 같습니다. 옛날 일이고, 야마시타 경부보님이 여러 가지로 확인해 주고 계시는 모양이에요."

"그래요? 그럼 앞으로 어떻게 하실 겁니까?"

"예. 가마쿠라의 본산에 연락을 취했습니다. 이곳 말사(末寺)에서 수행을 다시 시작할 겁니다. 스즈코의 명복도 빌어야 하고, 고사카 스님이 하시던 환경보호단체 일도 물려받아 할까 합니다."

"스즈코 씨는———."

———아직 어딘가에.

"예. 그때 추젠지 님이 말씀하신 대로 저만 정신을 차렸다면 스즈코는 그렇게 되지는 않았을 겁니다. 저는 결국 13년 전과 똑같은 일을 되풀이하고 말았습니다. 다만 이것은 이제 와서 후회해도 어쩔 수 없는 일. 다행히 시체는 발견되지 않았으니 마음 한구석에서 살아 있음을 바라며 살아가려고 합니다. 만일 살아 있다면 이번에는 확실하게 오빠로서 맞이해 줄 생각입니다."

"오빠로서?"

"예. 동생이라고 ——— 어디에선가 생각하지 않고 있었던 게지요. 그 아이는 제 동생입니다. 그렇다면 무서워할 게 있었을까 하고, 이상한 기분마저 듭니다. 추젠지 님께 얻어맞고 정신이 들었습니다. 저는 제 안의 병든 부분을 보고 있었던 것이겠지요. 고치면 실수는 없을 테니까요. 앞으로 말입니다."

마츠미야 진뇨는 건전하다. 이 청년은 실은 뼛속부터 이런 사람이다. 다만 교고쿠도의 말대로 인격은 일정한 것이 아닐 테니, 건전할 때는 누구나 건전한 것인지도 모른다.

나는 떡갈나무를 올려다보았다.

이제 떨어질 정도로 눈이 쌓여 있지는 않다. 꽤 전망이 좋아졌군. 그렇게 생각했다.

응접실에는 이마가와와 구온지 노인이 있었다.

한가운데에는 바둑판이 나와 있지만 바둑을 두고 있는 것 같지는 않다. 나는 마츠미야와 이쿠보에게 목례를 하고 그쪽으로 향했다.

"오오. 세키구치 군. 내가 늙은 몸으로 너무 무리를 했나

보오. 이마가와 군은 아직 기운이 넘친다오."

이마가와는 나를 보고 작게 웃었다. 나는 이 희로애락을 파악하기 힘든 남자의 표정 변화를 이제는 조금 느낄 수 있게 되었다.

"안녕하세요———뭐라고 말해야 좋을지. 이마가와 씨."

"마치코안이라고 부르십시오. 다들 그렇게 부릅니다."

"예에."

이마가와는 뭔가 알 수 없는 웃음을 보였다.

"아아. 나는———또 딸을 잃은 기분이오."

구온지 노인은 심각한 말을 아무렇지도 않게 했다.

"그, 이번에 다시 도쿄에서 개업을 할까 한다오."

"정말입니까?"

"정말이지요. 이곳에 언제까지나 있을 수도 없을 테고."

노인은 턱을 당기며 몸을 기울였다. 버릇인가 보다.

"추젠지 군은———그 사람도 꽤 피곤해 보이던데 괜찮소?"

"아아. 괜찮습니다."

괜찮을 것이다.

"그래요? 강하군. 에노키즈 군은 당신을 짊어지고 그 산을 내려왔으니 참 대단하지요."

"에노키즈가———요?"

나를 옮겨준 것은 에노키즈였나 보다.

"세키구치 씨는 또 빚을 지고 만 겁니다."

이마가와는 그렇게 말했다.

문득 후지미야에 있는 아내를 떠올렸다.
몹시 그립다고 생각했지만 얼굴을 마주했을 때 할 말이
떠오르지 않았다. 이런 사건이 있을 때마다 나는 아내에게
떳떳하지 못한 기분을 느끼게 된다.

이틀 후, 우리는 해방되었다.
나와 교고쿠도는 아츠코와 에노키즈를 데리고 후지미
야로 돌아갔다.
후지미야의 아기곰 같은 주인은 우리를 보더니,
"아아, 용케 무사하셨군요."
하고 말했다. 파출소에서 얘기를 슬쩍 들은 모양이다.

방에서는 목발을 든 도리구치가 아내들과 함께 기다리
고 있었다. 도리구치는 교고쿠도를 보자마자,
"제가 함께 있었는데 이렇게 돼서 면목 없습니다. 아니,
제가 면목 없습니다. 반성하고 있습니다."
하고 이상한 자세로 사과했다.
"정말 그렇군. 별로 앞으로는 나를 스승이라고 부르지
말게."
"우헤에. 그건 너무 심하신데요."
도리구치는 여전히 농담조다. 질리지도 않나 보다. 나는
왠지 모르게 아내의 얼굴을 똑바로 볼 수가 없어서 인사도

제대로 하지 않은 채 말없이 외투를 건넸다. 아내는,

"어머나. 수염 정도는 깎으세요."

하고 말했다.

교고쿠도의 아내는 말없이 차를 끓여 주었다.

그러나 교고쿠도는 역시 말수가 적었고, 그대로 차도 마시지 않고 그 곳간으로 향했다.

붙임성이라곤 없는 친구다.

──── 그 곳간,

유일하게 남은 환상의 잔해. 그것이 이 세상의 것이었다는 증거. 그 안에는────.

──── 그 책은 어떻게 되었을까?

교고쿠도는 세 시간쯤 지나서 돌아왔다.

친구는 묘하게 후련한 얼굴을 하고 있었다.

에노키즈가 누운 채 교고쿠도의 다리를 걷어찼다.

나는 물었다.

"교고쿠도. 그 곳간 안에 그────."

"아아. 말했잖나. 안 되게 되었다고."

여전한 대답이다.

"안 되다니────."

"음. 입구 부근에 있던 것은 무사했지만 내용물은 전부 못 쓰게 되었네. 용케 그렇게까지 파먹었구나 싶을 정도의 참상이야."

"파먹다니?"

"글자 그대로 파먹었네. 쥐 소굴이 되어 있었거든. 게다가 보통 쥐가 아닐세. 뉴트리아야."

"뉴트리아? 그 모피를 얻는 커다란 쥐 말인가?"

"그래. 보통은 습지에 사는데, 안쪽이 어딘가 지하 쪽에 연결되어 있었는지도 모르지. 따뜻하고 살기 좋았는지 굉장하게 번식했어. 우리가 곳간에 들어갔더니 꽤 많은 놈들이 한꺼번에 도망쳐 나오더군. 덕분에 이웃 일대에서 불평이 쇄도한다고 하네. 사사하라 씨가 책임지고 구제하겠다고 했지만, 그 사람도 꽤 큰 손해를 봤어."

큰 쥐는 정말 있었다.

"그럼 여기에 나온 쥐도———센고쿠로도!"

"그렇다네."

"뉴트리아라는 게 뭡니까?"

도리구치가 물었다.

아츠코가 대답했다.

"전쟁 전부터 수입했던 큰 쥐예요. 최근 야생화한 것도 있는 모양인데, 크기가 이만하답니다."

"우헤에, 그거 크군요."

"어머나———소름 끼쳐라."

교고쿠도의 아내가 얼굴을 찌푸렸다.

"역시 있었잖나, 도리!"

에노키즈는 자면서 잘난 척 말했다.

"안쪽에서 새끼쥐가 꿈틀꿈틀 나오더군. 책은 옥석이

섞인 채 전부 종이 쓰레기가 되어서 복원이 불가능하네. 덕분에 내가 없는 동안에는 큰 소란이 있었나 보네. 쓰레기 속에서 제대로 된 것을 찾는 게 엄청난 일이었던 모양일세. 결국 망했네."

"그럼 ≪선종비법기≫는."

"있었겠지만, 그러니까———종이 쓰레기일세."

교고쿠도는 그렇게 말했다.

———결국 아무것도 남지 않게 되고 말았다.

그리고 교고쿠도는 창 쪽으로 가면서,

"확연무성(廓然無聖).† 이걸로 잘 된 거겠지."

하고 다짐하듯이 말했다.

나는 그 옆으로 가서 함께 창밖을 보았다.

거짓말처럼 조용하다. 시냇물 흐르는 소리가 들린다.

"≪십우도≫의———."

교고쿠도는 말했다.

"그 ≪십우도≫의 마지막 두 장은———아마 진슈 씨가 버렸을 걸세. 그 사람이 어떤 기분으로 〈입전수수(入鄽垂手)〉를 보았을까 생각하면———아무래도 말일세."

〈입전수수〉———그것은 깨달은 후에 산 아래로 내려가 중생을 구하는 그림이라고 한다. 포대는 중국에서는 미륵보살이라고 한다. 그렇다면 포대가 나타나는 것은 오십육억 칠천만 년 후다. 그렇게 정신이 아득해질 것 같은 시간도, 기다리다 보면 반드시 온다고 한다면 기다릴 수도

---

† 모든 게 공(空)이어서 성(聖)과 범(凡)의 차별이 없다는 의미.

있겠지만———.

나는 그, 사라져 버린 절을 생각했다.

"그렇지. 이보게, 교고쿠도, 와다 지안은——— 어째서 거짓말을 했을까."

"거짓말?"

"야좌하고 있었던 것이 조신 씨인지 아닌지 몰랐다고 했잖나. 사실은 틀림없이 알았을 텐데."

"아아."

교고쿠도는 냉담한 목소리로 말했다.

"그 사람———지안 씨는 아마 정말로 몰랐을 걸세. 그 사람은———."

그리고 거기서 입을 다물었다.

옆에 길게 누워 있던 에노키즈가 갑자기 벌떡 일어나 내 옆에 나란히 섰다. 교고쿠도가 평소처럼 한쪽 눈썹을 추켜올리고, 내 쪽을 보지도 않고 말했다.

"나는 또 아카시 선생님께 야단을 맞았네."

"뭐야. 또 야단을 맞았나?"

"그래. 실력이 나쁘면 큰 일거리는 하지 마라, 다루기가 너무 어려워서 감당할 수 없다, 조마조마해서 보고 있을 수가 없다——— 면서."

"아아."

"정말 그 말이 옳았지."

교고쿠도는 먼 곳을 보았다.

"자네는 에노 씨보다는 도움이 되었잖나."

"닥쳐, 원숭이. 나는 옳으니까 자네보다는 나아."

에노키즈는 그렇게 말했다. 그럴지도 모른다.

"아카시 선생님이라면 ──── 이보게, 교고쿠도. 그 수수께끼의 답을 가르쳐 주게. 알았을 테지."

"뭐야, 자네는 몰랐나? 곤란한 친구로군. 그건 이런 걸세. 주작은 남쪽, 현무는 북쪽. 청룡은 동쪽을 나타내잖나. 하늘[空]과 바다[海] 사이 ──── 구카이[空海]의 절에 있었던 것은 남종의 후예만이 아닐세. 동사 출신의 관수도, 북종선의 계승자도 있었지 않은가. 아카시 선생님은 그러니까 나 같은 놈이라도 조금은 승산이 있다는 걸 가르쳐 주신 건데 ────."

교고쿠도는 다시 입을 다물었다. 그리고 이렇게 말을 이었다.

"──── 스즈코 씨를 도로 데려올 수는 없었네."

"이쪽에 있는 것만이 ──── 좋은 것은 아닐세."

어리석은 위로 방법이다. 그러나 반쯤은 본심이었다. 물론 교고쿠도는 대답하지 않았다.

"그 절은 ──── 역시 환상이었던 걸까?"

"그럴 리는 없네. 곳간이 남아 있으니."

"그렇네만 ────."

"그런 곳은 이제 ──── 앞으로는 없어지고 말겠지. 그런 곳은 앞으로 개인 개인이 끌어안아야만 될 걸세."

교고쿠도는 거기서 후우, 하고 긴장을 풀며,

"뭐, 시대의 흐름이지 ──── 어쩔 수 없나."

그렇게 말하고 창밖을 보았다.

나도 함께 설경을 바라보았다.

눈은 내리지 않았다. 하지만 바깥은 하얗다.

그 흰색에서, 나는 잔상처럼 환영을 본다.

눈 속을 바른 자세로 정정하게 걸어오는 검은 그림자.

대나무로 엮은 삿갓에 석장. 낙자에 치의.

마치 수묵화 같은 승려.

그리고 그 뒤에,

후리소데를 입은 소녀.

이제 무섭지는 않다.

교고쿠도는 중얼거렸다.

"소승이 ─── 죽인 것이오."

잠시 더 하코네에 있자고, 나는 생각했다.

옮긴이 | 김소연
한국외국어대학교에서 프랑스어를 전공했으며, 현재 출판기획자 겸 번역가
로 활동하고 있다. 옮긴 책으로 교고쿠 나츠히코의 《우부메의 여름》, 《망
량의 상자》, 《광골의 꿈》과 《음양사》 시리즈, 《샤바케》 시리즈, 《집
지기가 들려주는 기이한 이야기》, 미야베 미유키의 《마술은 속삭인다》,
《외딴집》, 《혼조 후카가와의 기이한 이야기》, 《메롱》 등이 있다.

철서의 우리 下

교고쿠 나츠히코 지음 | 김소연 옮김

초판 1쇄 발행 2010년 6월 21일
초판 2쇄 발행 2010년 7월 23일

발 행 인 박광운
책임편집 김남철
기획편집 김은경

발행처 도서출판 손안의책
출판등록 2002년 10월 7일(제313-2002-450호)
주소 서울 마포구 동교동 159-6 파라다이스텔 1307호(우편번호 121-898)
전화 02)325-2375 | 팩스 02)325-2376
홈페이지 http://www.bookinhand.co.kr, http://cafe.naver.com/bookinhand

ISBN 978-89-90028-59-4   04830